Jerry B. Jenkins

Countdown

Roman

Jerry B. Jenkins

Roman

Projektion J

Titel der Originalausgabe:
Underground Zealot Series #1: Soon

Published by Tyndale House Publishers, Inc., Wheaton, Illinois 60189, USA

1. Auflage 2004

Die Bibelverse wurden der Einheitsübersetzung,
Katholische Bibelanstalt GmbH,
Stuttgart 1980, entnommen.

ISBN 3-89490-533-6

Übersetzung: Eva Weyandt
Umschlaggestaltung: Michael Wenserit
Umschlagfoto: Brand X Pictures/Alamy
Satz: Die Feder GmbH, Wetzlar
Druck und Verarbeitung: Schönbach-Druck, Erzhausen

Für Bill Oudemolen
mit Zuneigung

Danke
an
Dianna Jenkins
Elisa Petrini
David Vigliano
Ron Beers
Ken Petersen
Das Team von Tyndale
John Perrodin
Tim MacDonald
und
Mary Haenlein

Imagine . . . no religion too.

John Lennon, „Imagine“

Aus Briefen an das *Time Magazine*,
28. Oktober 2002

„Wenn es keine Religionen gäbe,
sondern nur Mitgefühl,
Altruismus und Humanismus,
dann wäre die Welt
wahrlich aufgeklärt."
Preeti Kumar, Harlington/England

„. . . schafft alle diese Religionen, Sekten und
von Menschen gemachte Vorschriften
zur Anbetung Gottes ab.
Verbietet den unterschiedlichen Religionsführern,
ihre Ansichten als allgemein gültig zu verbreiten . . .
Verbietet die Religionen und es wird weniger
Auseinandersetzungen geben."
Jorma Kajaste, Espoo/Finnland

Nach dem Dritten Weltkrieg im Herbst des Jahres 2009 wurde von der neuen internationalen Regierung in Bern beschlossen, dass vom 1. Januar des folgenden Jahres an die Bezeichnung A.D. (*anno domini*, „im Jahr des Herrn") oder n. Chr. („nach Christus") durch p.3 (post 3. Weltkrieg) abgelöst werden sollte. Der 1. Januar 2010 n. Chr. würde also der 1. Januar 1 p.3 sein.

Prolog

23:05 Uhr Washingtoner Zeit
Montag, 22. Dezember 36 p.3
Brightwood Park, Washington D. C.,
Hauptstadt der Region Columbia,
Vereinigte Sieben Staaten von Amerika

Ein normaler Bürger hätte die Gefahr nicht erkannt. Aber bei dem einsamen Insassen des Chevy Electrolumina handelte es sich um den pensionierten Sergeant Major Andrew Pass vom *Delta Force Command.*

Mit dem rechten Daumen berührte er die Spitze seines kleinen Fingers und aktivierte so die in seine Backenzähne implantierten Funkzellen. Natürlich hätte er auch mit den anderen Fingerspitzen wählen können, aber er entschied sich für die Spracherkennung und nannte schnell die Nummer, die ihn auf einer sicheren, privaten Leitung mit seinem Bruder verbinden würde, der sich im unterirdischen Versteck befand.

„Hallo, Andy, hier spricht Jack", kam die Antwort. Sie wurde von seinen Wangenknochen direkt in sein Ohr geleitet. „Das GPS zeigt, dass du auf der 16. in Richtung Norden nach Silver Springs unterwegs bist."

„Das stimmt. Meine berechnete Ankunftszeit war 23:15 Uhr –"

„*War?*"

„Ja, ich –"

„Sag nichts. Ich sehe sie. Was ist es für ein Fahrzeug, Andy?"

„Sieht aus wie ein Suburban Hydro. Sie sind hinter mir her."

„Bist du sicher?"

„Ja. Und ich bin unbewaffnet, Jack."

„Kannst du sie nicht abhängen?"

„Hier liegt ziemlich viel Schnee, der dazu noch festgefahren ist, aber ich muss es versuchen."

„Wie kann ich dir helfen?"

„Ich wollte nur, dass du Angela Bescheid gibst, falls es schief geht."

„Jetzt sieh doch nicht gleich so schwarz, Andy. Komm schon."

„Wenn ich nicht in zehn Minuten bei dir bin, dann gib die Nachricht weiter."

Andy drückte die Spitzen von Daumen und Zeigefinger aneinander und sah in den Rückspiegel. Jetzt bloß vorsichtig! Der mit Wasserstoff angetriebene Suburban blieb fast drei Blocks zurück. Mittlerweile war ihnen vermutlich klar geworden, dass er sie bemerkt hatte. Offensichtlich wollten sie die Aktion nicht durch ihren Übereifer in Gefahr bringen.

Er überlegte, ob er selbst mit seiner Tochter sprechen sollte, beschloss aber, dass er sich auf das Fahren konzentrieren musste. Jack würde es ihr schonend beibringen.

Andy bog nach rechts und dann nach links ab und schaltete die Scheinwerfer aus. Damit würde er den Suburban zwar nicht abschütteln, denn mit seinem leistungsstarken Motor könnte dieser Andy innerhalb von wenigen Sekunden einholen, selbst bei diesem Wetter. Im Augenblick jedoch war er für seine Verfolger nicht zu sehen. Andy griff in die Tasche und holte den flachen, glatten weißen Stein heraus, der den Leuten, denen er sich zu erkennen geben wollte, zeigen würde, dass er zu ihnen gehörte. Er öffnete das Fenster einen kleinen Spalt breit und warf den Stein in die eiskalte Nacht hinaus. Er würde den Chevy abhängen müssen.

Rasch bog er in eine kleine Seitenstraße ein und hielt nach einem Versteck für seinen Wagen Ausschau. Nichts. Er sprang aus seinem Auto und rannte im eisigen Schneegestöber durch die kleinen, dunklen Gassen. Zum Glück hatte seine Kondition unter seinem Alter nicht gelitten. Mit 65 war er noch ziemlich fit, worüber er auch froh war. Aber andererseits joggte er auch jeden Tag. Allerdings machte er sich Vorwürfe, dass er das Versteck ohne Waffe verlassen hatte.

Schon lange war Andy nicht mehr in eine gefährliche Situation geraten. Vor Monaten zum letzten Mal, doch das war keine Entschuldigung für Nachlässigkeit. Wenn er nur genügend Entfernung zwischen sich und den Suburban bringen konnte, dann könnte Jack ihn in einem anderen, unverdächtigen Wagen abholen lassen.

Ein zweiter schwarzer Suburban kam schlitternd vor ihm zum Stehen. Andy vernahm das Schlagen von Türen und knirschende Schritte im Schnee. Er wirbelte herum und wollte den Weg zurücklaufen, den er gekommen war, doch der andere Wagen, der ihn verfolgt hatte, versperrte ihm bereits den Fluchtweg. Andy rutschte aus, konnte sich jedoch noch abfangen. Er wollte auf ein Fensterbrett klettern und sich von dort auf ein einstöckiges Gebäude ziehen. Zu spät. Seine Verfolger waren mit gezückten Schnellfeuergewehren in die Gasse gestürmt.

Eine magere, dünnlippige Frau mit dichtem silbergrauen Haar trat vor.

„Andrew Pass?"

Er würde nicht antworten.

Ein junger Mann in Uniform tastete ihn ab. Sein schneller Atem zeigte Andrew, dass der Junge aufgeregt war. „Er ist unbewaffnet." Er zog Andrews Hände auf dessen Rücken und legte ihm Handschellen an. Der kalte Stahl schnitt Andrew in die Handgelenke. „Ich werde ihn checken."

Oh, nein.

Mit einem Detektor fuhr er über Andys Gliedmaßen und hielt inne, als ein hoher Ton den Identitätsbiochip unter der Haut von dessen rechtem Unterarm anzeigte. Der junge Mann studierte die Anzeige. „Das ist Pass."

Silberhaar gab den anderen Soldaten ein Zeichen. Sie führten Andy zu einem fensterlosen Lieferwagen und schoben ihn hinein. Die Tür wurde geschlossen und Andy setzte sich auf den Boden. Da seine Hände auf den Rücken gefesselt waren, konnte er sich nicht richtig festhalten und wurde gegen die Tür geschleudert, als der Wagen losfuhr.

Würden seine Familie und seine Gefährten erfahren, was mit ihm geschehen war? Würde ihm eine Flucht gelingen? Er musste es versuchen. Er musste etwas unternehmen.

Nach Andys Schätzung waren sie etwa 10 bis 15 Minuten mit hoher Geschwindigkeit unterwegs gewesen. Er wurde von einer Wand zur anderen geschleudert. Als der Lieferwagen endlich zum Stehen kam, setzte Andy sich auf, indem er sich mit einem Fuß an der Seite des Lieferwagens abstützte und die Schulter gegen die andere Seitenwand presste. Die Türen gingen auf und er wurde herausgezerrt.

Der vereiste Asphalt war glatt und es roch nach feuchten Ziegeln. Sie schienen sich auf einem heruntergekommenen Industriegelände zu befinden. Ein paar Gebäude wurden offensichtlich noch genutzt, denn die Außenbeleuchtung brannte, aber im Augenblick waren sie zweifellos leer. Die anderen wirkten verlassen, waren nicht mehr als schwarze

Silhouetten im Licht der Scheinwerfer der Wagen, die Andy nun umringten – die beiden Suburbans und ein neuer, eine schlanke dunkle Limousine. Andy versuchte zu erkennen, wer darin saß, aber die verdunkelten Fensterscheiben waren undurchdringlich. *Irgendein hohes Tier*. Er erschauderte.

Die grauhaarige Frau stand neben die Limousine und sprach mit einer Person, die auf dem Rücksitz saß. Sie trat ins Licht und nickte einem ihrer Leute zu. Er fuhr einen der Wagen zur Eingangstür der schwarzen Ruine auf der linken Seite. Zwei Männer holten ein Fass aus dem Wagen und rollten es umständlich in das Gebäude, ein dritter schob von hinten mit. Zwei andere stießen Andy durch die Tür in einen dunklen Raum, wo die beiden mit dem Fass gerade den Deckel abnahmen. Dieser fiel scheppernd zu Boden.

Andy schloss die Augen und atmete tief durch. Ein ätzender Geruch drang in seine Nase. Furcht flackerte in ihm auf. Wie oft hatte er sich diesen Augenblick schon vorgestellt. Er betete, dass er nicht schwach werden würde.

Die Frau baute sich vor Andy auf; ihre Augen waren genauso silbrig wie ihre Haare. *Psycho-Augen.*

Sie trat an ihn heran und beugte sich zu Andys Ohr hinüber. Ihr Atem war heiß und feucht. „Kommen Ihnen diese Dämpfe bekannt vor, Major?"

Andy funkelte sie an. Er war entschlossen, kein Wort zu sagen. Es war nicht seine Art, aufzugeben. Mit einem einzigen Fußtritt könnte er diese Hexe zu Boden schicken. Mit der Schulter und einem Kopfstoß könnte er vielleicht noch einen oder zwei andere ausschalten. Aber der Versuch wäre sinnlos. Selbst wenn er die Tür erreichen könnte – draußen warteten mindestens vier Männer, außerdem der Fahrer und wer sonst noch in der Limousine saß, und alle waren zweifelsohne bewaffnet. War er bereit, auf ihre Weise zu sterben, oder lieber mit einer Kugel im Rücken? Die Zeit lief ihm davon.

„Taten haben ihre Konsequenzen, Andy", spöttelte die Frau. „Andere werden die Botschaft verstehen. Die USSA dulden keine subversiven Elemente."

Andy empfand das dringende Verlangen, ihr ins Gesicht zu spucken. *Bleib ruhig. Stark.* Seine Gedanken überschlugen sich. Was erwartete ihn? Folter? Tod? Unzählige Male hatte er sein Leben schon auf dem Schlachtfeld riskiert, aber noch nie hatte er ein solches persönliches Grauen erlebt. War sein Glaube stark genug?

„Dies ist deine Chance, ein echter Märtyrer zu werden, Andy, ein *Heiliger* zu werden."

Das war es also? Ein schmählicher Tod ohne einen Kampf? Man hatte Andy beigebracht, Mut nicht mit Furchtlosigkeit gleichzusetzen. Mut war vielmehr die Bewältigung der Furcht. Mit seiner Furcht kam er nicht besonders gut klar. *Ich werde tatsächlich sterben.*

Zwei der Männer hoben ihn über das Fass mit Napalm. Als sie ihn herabließen, versuchte Andy, um sich zu treten, aber seine Fersen verfingen sich am Rand des Fasses, während seine Hände und sein Rücken in die drei Zentimeter tiefe, erstaunlich kühle, gelartige Flüssigkeit glitten. Einer der uniformierten Männer schlug Andys Füße vom Rand los. Da saß er nun fest – die Füße direkt über seinem Kopf und das Kinn so fest an die Brust gedrückt, dass er kaum Luft bekam.

„Fertig, Sir!", rief die Frau.

Andy hörte keine Antwort, nahm aber an, dass sich ihr Vorgesetzter – die Person in der Limousine? – jetzt im Gebäude befand. *Wozu? Um mich leiden zu sehen?*

„Okay, macht es zu", brüllte die Frau.

Jemand drückte den Deckel auf das Fass und schloss Andy darin ein. Etwas Licht drang durch Löcher im Deckel. Trotz seiner Ausbildung litt er nach wie vor unter Platzangst. Sein Atem kam stoßweise durch seine zusammengebissenen Zähne.

„Treten Sie zurück, meine Herren."

Ein Streichholz wurde angezündet und die kleine Flamme in das Fass geworfen. Eine Explosion der Dämpfe. Andy zwang sich, keinen Laut von sich zu geben, aber es gelang ihm nicht. Er hatte noch einmal tief Luft geholt, bevor die Flammen ihn mit einer schier unerträglichen Hitze einschlossen. Und er atmete mit einem so durchdringenden Schrei aus, dass er ihn über das Gebrüll des Feuers hinweg hören konnte.

Er schrie, so lange er konnte, da er wusste, dass er mit seinem nächsten Atemzug die Flammen und das Gas einatmen würde, für die sein Körper nur ein kleiner Docht war. Außer sich vor Schmerzen und unfähig, sich zu rühren, tat Andy schließlich den todbringenden Atemzug – das gnädige, letzte Eindringen von heißer Luft, die seine Lungen und sein Herz röstete und ihn von einer Welt in die nächste beförderte.

In Washington D. C. wusste man noch, wie man Feiertage beging. Obwohl die Stadt nun nur noch eine von sieben Hauptstädten der Vereinigten Sieben Staaten von Amerika war, erstrahlte sie an Festtagen wie diesem in ihrer alten Pracht und erinnerte die Älteren an die Jahrtausendwende – bevor der Krieg alles veränderte, auch den Kalender.

Der dichte Schneefall beeinträchtigte den Verkehr kaum und dämpfte auch nicht die Stimmung dieses 24. Dezembers – des Winternachtsabends – 36 p.3. Die Denkmäler, die den Krieg überlebt hatten oder seither errichtet worden waren, wurden angestrahlt. Nur die Kriegerdenkmäler blieben dunkel. Zwar waren die militärischen Helden mit angemessenen Trauerfeiern geehrt worden, doch des Krieges selbst hatte man seit mehr als 35 Jahren nicht mehr gedacht.

Die Hauptverkehrsstraßen der historischen Stadt waren von den mit Lichtern geschmückten Bäumen hell erleuchtet. Das Licht fiel auch auf den Westflügel des Weißen Hauses, der vom Krieg verschont geblieben war. Und dahinter erleuchtete ein großer Winternachtsbaum den Rasen. Nikoläuse standen an den Straßenecken, läuteten ihre Glocken und dankten den Passanten für ihre Gaben, die aber nicht für die Heilsarmee bestimmt waren, denn der Begriff *Heil* und das Wort *Armee* waren aus dem Sprachgebrauch verbannt worden. Das Geld würde an internationale humanitäre Hilfsfonds gehen. An einer von Bäumen gesäumten Allee im alten Georgetown standen eine Reihe von fast identischen dreistöckigen braunen Gebäuden. In der Auffahrt eines Eckhauses schmolz der Schnee auf der dampfenden Motorhaube eines gemieteten Ford Arc. Der elektrische Antrieb des Wagens kühlte sich ganz langsam ab. Frische Fußspuren – die von zwei Erwachsenen und zwei Kindern stammten – führten zur Haustür. Das Haus selbst trug außen keinen Winternachtsschmuck, doch durch das Fenster war ein mit Lichtern geschmückter Winternachtsbaum zu erkennen.

Im Inneren des Hauses begrüßten Dr. Paul Stepola, Jae Stepola und ihre beiden Kinder aus Chicago ihre Eltern, Lieutenant General Ranold B. Decenti im Ruhestand und seine Frau Margaret.

Dies war der erste Winternachtsabend in ihrer zehnjährigen Ehe, den die Stepolas bei den Decentis feierten. Bislang hatten sie die Feiertage in Chicago bei Pauls allein lebender Mutter verbracht, während die Decentis dank Ranolds Karriere in der *National Peace Organization*, für die auch Paul arbeitete, zum Jahresende bei unzähligen Partys hochrangiger Persönlichkeiten eingeladen waren. Aber inzwischen war Ranold aus der Regierung ausgeschieden und Pauls Mutter war im vergangenen September nach einem langwierigen und sehr schmerzhaften Kampf gegen einen Gehirntumor gestorben. Ihr Tod war erwartet und nicht unwillkommen gewesen, darum ließ nicht die Traurigkeit über den Ortswechsel die Begrüßung so steif ausfallen. Die vier Erwachsenen hatten sich mit Handschlag begrüßt. Tochter Brie, sieben, und Sohn Connor, fünf, wurden formell zur Kenntnis genommen.

Paul hatte bisher noch keine passende Anrede für seinen Schwiegervater finden können. Er hatte es mit *Dad, General, Ranold* versucht und sogar mit *Deputy Director,* dem Titel des 66-Jährigen in der NPO. In diesem Jahr nannte Paul den Mann *Sir,* und er log, als er sagte, es sei schön, ihn wieder zu sehen.

Margaret Decenti hätte gut auch unsichtbar sein können. Gelegentlich brachte sie ein Lächeln zu Stande, aber nur selten ergriff sie das Wort. Paul hatte den Eindruck, dass es ihr Los im Leben zu sein schien, ihrem Mann zu Diensten zu stehen. Das tat sie auch, meistens mit ausdruckslosem Gesicht. Gelegentlich ermahnte sie die Kinder, das eine oder andere zu unterlassen.

Die Feiertage wurden für Paul noch dadurch zusätzlich kompliziert, dass Jae sich wieder bei ihm darüber beklagte, dass er so viel unterwegs war. Das war ihre Art, ihm zu sagen, dass sie ihm nicht vertraute. Sechs Jahre zuvor hatte sie ihn bei einer Indiskretion erwischt, die sie eine „Affäre" nannte. Mit 36, knapp zwei Metern Größe und seinem wachen Verstand hatte er auf Frauen schon immer anziehend gewirkt. Wenn er auf seinen Reisen abends mit einer Kollegin zum Essen ausging, kam es häufig vor, dass sie nach ein paar Drinks eindeutige Signale aussandte, manchmal ihre Einladung auch deutlich formulierte. Fand er eine Frau anziehend, was nicht selten vorkam, sagte Paul nicht Nein.

Diese Begegnungen waren meist einmalige, kurze Liebesabenteuer aus Langeweile und hatten in Pauls Augen nicht das Geringste mit seiner Ehe zu tun. Aber wie Sherlock Holmes durchsuchte Jae sein Gepäck und löcherte ihn ständig mit Fragen. Ihre Eifersucht und ihr beleidigtes Schweigen setzten ihm zu. Früher hatte Paul sich oft einfach nur an ihrem Anblick gefreut. Jetzt konnte er es kaum ertragen, mit ihr in einem Raum zu sein.

Sie hatten sich 22 p.3 an der Universität von D. C. kennen gelernt, kurz nachdem Paul die streng geheime Eliteeinheit zur Terrorismusbekämpfung, die *Delta Force*, verlassen hatte. Seinem Vater zuliebe war er damals in die Armee eingetreten. Dieser war im Dritten Weltkrieg, als Paul noch ein Kind gewesen war, ums Leben gekommen. Trotz Pauls offensichtlicher Eignung für diesen Beruf war bei der Armee keine große Karriere zu machen, da es auf der Welt kaum noch bewaffnete Auseinandersetzungen gab. Darum hatte Paul beschlossen, einen Doktortitel in Religionswissenschaften zu erwerben. Seine Mutter hatte ihn in seinen Bemühungen unterstützt.

Sie hatte ihn gelehrt, dass jeder Krieg durch die Märchen der religiösen Extremisten verursacht würde. Ihrer Meinung nach war es höchst lohnenswert, durch seinen Beruf einen Beitrag zur Erhaltung einer intellektuellen, humanistischen Gesellschaft zu leisten, die Religion und Krieg ablehnte.

„Studiere die bedeutenderen Religionen", betonte sie immer wieder, „und du wirst es erkennen. Du wirst herausfinden, was die Menschen dazu bringt, wie Schafe einem Despoten zu folgen. Studiere die Geschichte oder du bist dazu verdammt, sie zu wiederholen."

Alles, was Paul über die Religion las, schien die Überzeugung seiner Mutter zu bestätigen. Sein Studienprogramm war im Grunde ein virtueller Geschichtskurs über militärische Ereignisse, vor allem mit Blick auf den Dritten Weltkrieg, der durch den moslemischen heiligen Krieg gegen die Juden und den Westen ausgelöst worden war und 2001 mit dem Angriff auf das amerikanische *World Trade Center* seinen Anfang genommen hatte. Die amerikanische Invasion des Irak im Jahr 2003 hatte zu einer Eskalation des Konflikts zwischen Israel und den Palästinensern geführt, die 2008 zu verheerenden terroristischen Angriffen auf die Völker führte, die Frieden zu stiften versuchten – sowohl in Nordamerika als auch in Europa. In der Zwischenzeit waren auch die Auseinandersetzungen zwischen Katholiken und Protestanten in Nordirland weitergegangen, die ihren Höhepunkt in der Zerstörung von bedeutenden Sehenswürdigkeiten in London fanden. Der Balkan war durch die gegenseitige Verfolgung von Katholiken, Muslimen und orthodoxen Serben explodiert; Hindus und Moslems hatten weiterhin um die indische Provinz Kaschmir gekämpft und verschiedene asiatische Religionsgruppen hatten sich Scharmützel geliefert. Schon bald hatte es auf der ganzen Welt Angriffe, Gegenangriffe und Vergeltungsmaßnahmen gegeben, und schließlich brach ein globaler Atomkrieg aus, von dem alle dachten, er würde das Ende der Welt bedeuten.

Jae stammte aus D. C. selbst, war Studentin der Wirtschaftswissenschaften, groß, schlank und sehr attraktiv. Paul hatte sich sofort zu ihr hingezogen gefühlt, und sie hatte seine Zuneigung erwidert. Er könne sich durchaus mit ihrem Vater messen, so hatte sie behauptet, einem der Gründungsväter der NPO und General im Ruhestand. Sie hatten 26 p.3 geheiratet, unmittelbar nach ihrem Examen.

Paul träumte von einem Job in einem Wirtschaftsunternehmen, doch als sich ihm in diesem Bereich keine Gelegenheit bot, drängte Jae ihn, sich bei der NPO zu bewerben. Die *National Peace Organization* war nach dem Dritten Weltkrieg aus den Überresten des FBI und der CIA erstanden. Wie die CIA war sie eine Geheimdienstorganisation, wenn auch im Vergleich zu ihrer Vorgängerorganisation eine recht kleine, denn in der Nachkriegswelt überwachten die Vereinten Nationen die weltweite Erhaltung des Friedens. Und wie das FBI kümmerte sie sich um staatenübergreifende Verbrechen wie Betrug, Bandenkriminalität, Terrorismus und Drogenschmuggel.

Paul wurde in Langley, Virginia, ausgebildet und verbrachte die ersten Jahre in Chicago im Dezernat für Bandenkriminalität, wo sein Studienfach sich erstaunlicherweise auszahlte. Während seines Studiums der großen Weltreligionen hatte er sich auch mit einer ganzen Reihe von Sekten auseinander gesetzt. Sein Wissen war nun von unschätzbarem Wert und seine Aufgabe führte ihn und seine Kollegen nicht selten auch nach Übersee. Mittlerweile arbeitete er häufig im Ausland. Er gehörte einem der Beratungsteams an, die die NPO an andere Regierungen auslieh, um bei der Ausbildung eigener Friedens- und Geheimdiensttruppen mitzuhelfen.

Für Ranold Decenti war Pauls Arbeit ein bequemer Schreibtischjob. Zwar machte Ranold Paul niemals mit Worten nieder, aber sein Tonfall und das Verhalten seines Schwiegervaters ihm gegenüber waren herablassend. Ranold betrachtete die frühen Jahre der NPO, als er die Organisation mit aufgebaut und vom ursprünglichen Hauptquartier in Washington aus geführt hatte, als das goldene Zeitalter dieser Organisation. „Damals sind die Jungs zur Organisation gekommen, weil da was los war, und nicht, um zu lehren und zu beraten. Und niemand wollte in einer Regionalhauptstadt festsitzen. Die besten und klügsten Köpfe kamen nach Washington."

„Nun", entgegnete Paul darauf, „vielleicht war das damals auch sinnvoll, als Washington noch Hauptstadt des Landes war. Heute interessiert sich keiner mehr für diese Stadt."

„Was du nicht sagst. Die heutigen Direktoren sind keine visionären Führer mehr, sondern beaufsichtigen eine Gruppe von Bürovorstehern, die alle nur ihre eigenen Interessen verfolgen."

„Die Einsatztruppen arbeiten auch außerhalb der Gebietsgrenzen."

„Ja, aber –"

In diesem Augenblick platzten die Kinder ins Zimmer, gefolgt von Jae. Sie trugen jetzt ihren Schlafanzug und wollten wissen, ob die Geschenke denn auch schon in der Nacht aufgemacht werden dürften und nicht erst am Morgen. Margaret stieß einen hörbaren Seufzer aus.

Ranold warf ihnen einen Blick zu, der auf der Stelle dem Schneefall hätte Einhalt gebieten können. „Nein!"

Seine Antwort klang so drohend, dass Brie ängstlich zurückwich, aber Connor starrte unbeirrt den Winternachtsbaum an.

„Warum hast du eine Flagge oben auf deinem Baum, Grandpa? Die Mutter von meinem Freund Jimmy sagt, als sie klein war, hätten die Leute Sterne oder Engel auf ihre Bäume gesetzt. Sie hat noch ein paar davon."

Ranold winkte ab. „Nicht in diesem Haus. Und in eurem auch nicht, hoffe ich."

„Natürlich nicht", erklärte Paul.

Connor kletterte auf Pauls Schoß und legte die Arme um dessen Hals. Paul spürte die Müdigkeit des Jungen. „Warum nicht, Dad?"

„Wir reden morgen früh darüber", wehrte Paul ab. „Warum gehen du und deine Schwester jetzt nicht –"

„Aber warum nicht? Das klingt hübsch. Sie passen doch besser auf einen Winternachtsbaum als eine alte Fahne."

Ranold erhob sich und ging zum Fenster. Er wandte ihnen den Rücken zu.

„Diese Flagge steht für alles, an was ich glaube, Connor."

„Er hat doch nichts gegen die Flagge gesagt", wandte Paul ein. „Er versteht es noch nicht. Er ist doch nur ein –"

„Er ist alt genug, dass man es ihm erklärt, Paul."

„Das Thema hat ihn bislang noch nicht beschäftigt, Ranold. Ich wollte es ihm sagen –“

„Sieh zu, dass das geschieht! Und du solltest diese Mutter überprüfen, die verbotene religiöse Symbole versteckt hält.“

Paul schüttelte den Kopf.

„Was ist denn mit Sternen und Engeln nicht in Ordnung, Daddy?“

„Ich verspreche dir, ich erkläre es dir morgen.“

„Erkläre es ihm jetzt, Paul!“

„Ranold, lass es gut sein. Ich entscheide, wann und wie ich meinen Sohn erziehe . . .“

Jae erhob sich, nickte Brie zu und nahm Connors Hand. „Jetzt wird er erst mal ins Bett gehen“, bestimmte sie.

„Dann erzähle es ihm im Bett“, forderte ihr Vater.

■ ■ ■

Jae mied Pauls Blick, als sie die Kinder zur Treppe führte. „Sagt Grandpa und Grandma gute Nacht.“

Beide riefen ihren Großeltern eine Gute Nacht zu. Margaret erwiderte höflich ihren Gruß. Ranold sagte: „Ja, ja.“

Na toll, dachte Jae. *Paul und Dad streiten schon wieder.*

In der ersten Zeit ihrer Ehe hatte Paul noch zu ihrem Vater aufgesehen. Mittlerweile schien aber unterschwellig ein gewisser Konkurrenzkampf zwischen ihnen zu herrschen. Paul hatte ein gutes Angebot vom Washingtoner Büro der NPO abgelehnt und sich stattdessen Chicago, seiner Heimatstadt, zuteilen lassen, um nicht länger im Schatten seines Schwiegervaters zu stehen. Für Jae war es ein Abenteuer, sich in einer neuen Stadt einzuleben, und sie war überglücklich, als sie eine Anstellung bei der Chicagoer Handelskammer fand. Dann wurden die Kinder geboren und sie gab ihre Stellung auf. Nun, da sie zur Schule gingen, vermisste Jae die Kameradschaft im Büro, aber sie hatte den Eindruck, dass sie nicht wieder arbeiten gehen konnte, da Paul so häufig unterwegs war. Selbst wenn er zu Hause war, war er ihr kein richtiger Partner. Er verhielt sich so distanziert und zerstreut, dass ihr altes Misstrauen wieder aufflackerte. Sie hatte sich auf die Feiertage in Washington gefreut, weil sie hoffte, dass diese sie von ihren Sorgen ablenken würden.

Als sie oben auf der Treppe ankam, merkte sei, dass Paul ihr gefolgt war.

„Was ist?“, fragte sie.

„Du weißt genau, was los ist. Ich mag es nicht, wenn dein Vater die Kinder kritisiert.“

„Das gefällt mir auch nicht“, erwiderte sie, „aber du kennst ihn ja. Und du weißt, was er wegen einer Gruppe religiöser Fanatiker verloren hat.“

„Jae, ach, komm schon. Er hat überreagiert. Connor hat das Thema angeschnitten und –“

„Er hat einen guten Grund dafür, in diesem Bereich so überempfindlich zu sein.“

„Wir alle haben unsere wunden Punkte, Jae.“

„Natürlich.“ Jae führte die Kinder zu ihren Betten und deckte sie zu. „Aber, Paul, er hat seine gesamte Armee und die Bevölkerung eines ganzen Staates verloren. Damals war Hawaii noch ein Staat, wie du weißt.“

Paul beugte sich zu Connor hinab, um ihn zu umarmen. Doch dieser wandte sich ab; der Tonfall, in dem das Gespräch geführt wurde, schien ihm nicht zu gefallen.

„Damals gab es viele Staaten, Jae.“

„Was soll das heißen?“

Sie schlossen die Tür zum Kinderzimmer und traten in den Flur. „Nur, dass es nicht dasselbe ist, als würde man jetzt eine ganze Region verlieren. Und es gibt ihm nicht das Recht, mir zu sagen, wie ich meine Kinder erziehen soll.“

„Ach, Paul, er meint es doch nicht so. Er war ein General. Er ist es gewöhnt, seine Meinung zu sagen.“

„Ich auch.“

Tränen stiegen Jae in die Augen. „Paul, bitte – das sollen doch schöne Feiertage werden. Mom hat den Eindruck, dass Dad so gereizt ist, weil er sich nicht so richtig an seine Beraterfunktion gewöhnen kann – weil er nicht mehr im Rampenlicht steht.“

„Das war seine Entscheidung, wenn man seinen eigenen Worten Glauben schenken darf. Er hatte die Arbeit seiner Vorgesetzten satt und glaubte, bei bestimmten Projekten ‚kreativer‘ sein zu können, was immer das bedeutet. Und es ist mehr als ein Jahr her.“

„Ja, aber für jemanden wie ihn ist es schwer, die vielen Mitarbeiter, die Autorität und die Vergünstigungen aufzugeben, auch wenn er jetzt tun und lassen kann, was er will. Also sei ein wenig nachsichtig mit ihm. Kannst du denn nicht hinuntergehen und die Wogen glätten?“

„Wie soll das denn gehen? Ich werde mich nicht entschuldigen, weil ich nicht –"

„Du sollst dich ja gar nicht entschuldigen. Entspanne die Situation. Nimm einen Drink mit Dad. Ihr zwei habt doch jede Menge Gesprächsstoff. Wir wollen die Feiertage doch nicht mit einem Streit beginnen."

„Okay, das kann ich machen. Auch wenn du es mir nicht glaubst: Die Auseinandersetzung mit dem alten Dickschädel macht mir keinen Spaß."

■ ■ ■

Als er die Treppe zum Wohnzimmer hinunterstieg, fühlte er sich, als hätte man ihn in das Büro des Direktors gerufen. Paul wusste sehr gut, dass es kein Thema gab, über das sich sein Schwiegervater mehr aufregte, als die Religion. Während des Krieges hatte Ranold die amerikanischen Pazifik-Streitkräfte befehligt. Zum Zeitpunkt der Katastrophe hatte er sich gerade auf dem Rückweg von Washington in sein Hauptquartier in Fort Shafter, nördlich von Honolulu, befunden. Die Auseinandersetzungen zwischen religiösen asiatischen Gruppierungen im Südchinesischen Meer hatten zum Abschuss von zwei nuklearen Sprengköpfen geführt. Ein riesengroßes Stück von Südchina, wozu auch Kowloon gehörte, wurde buchstäblich vom Rest des Kontinents abgetrennt. Abgesehen von der Zerstörung, die die Bomben selbst anrichteten und bei der viele Millionen Menschen ums Leben kamen, lösten die Erdbewegungen einen Tsunami von ungeheuren Ausmaßen aus. Dieser verschluckte ganz Hongkong, überflutete Taiwan, raste dann weiter zum Philippinischen und dem Ostchinesischen Meer, ließ Japan und Indonesien verschwinden, schwappte dann ins nordwestpazifische Becken und den Japangraben und erreichte schließlich den Nordpazifikstrom.

Dann verschluckte der Tsunami den gesamten Staat Hawaii – ausnahmslos alle Inseln, noch bevor eine Evakuierung durchgeführt werden konnte. Kein einziger Mensch hatte dort überlebt. Die große Flutwelle erreichte schließlich Südkalifornien und Baja Kalifornien im Norden Mexikos. Die Wassermassen drangen weiter als erwartet ins Landesinnere vor und töteten Tausende von Menschen, die gedacht hatten, sie seien weit genug geflohen. Die Wassermassen veränderten die Landschaft und die Geschichte von Millionen von Hektar Pazifikufer, das damals als Nordamerika bekannt war. Die Weltkarte würde niemals wieder so aussehen wie früher und Jahrzehnte später herrschte noch immer Trauer über die Zahl der Todesopfer.

Die Zerstörungskraft des Tsunami war um ein Vielfaches größer als die der Atombomben, die den Krieg schließlich beendeten. Diese Katastrophe schien jeden Extremisten auf der Welt wachzurütteln. Es war, als hätte jedes Volk über Nacht die Lust auf eine Auseinandersetzung verloren.

Fast jedes Staatsoberhaupt wurde durch Antireligionsparteien und Antikriegsparteien gestürzt und aus Asche und Trümmern erstand eine internationale Regierung. Die Vereinigten Staaten wurden neu aufgeteilt und bestanden nun aus sieben Regionen:

Atlantica im Nordosten umfasste zehn ehemalige Bundesstaaten. Die Hauptstadt bildete New York City. Zu Columbia gehörten nun neun ehemalige Staaten, mit Washington D. C. als Hauptstadt. Der Präsident der Vereinigten Staaten wurde abgelöst und der Vizepräsident als Regionalgouverneur eingesetzt. Er unterstand der internationalen Regierung, deren Sitz in der Schweiz war. Zu Gulfland gehörten Texas und fünf angrenzende Staaten; die Hauptstadt war Houston. Sunterra setzte sich aus Südkalifornien, Arizona und Neumexiko zusammen. Hauptstadt wurde Los Angeles. Zu Rockland gehörten sieben Staaten mit Las Vegas als Hauptstadt. Pacifica mit seiner Hauptstadt San Francisco umfasste Nordkalifornien und vier nordwestliche Staaten sowie Alaska. Und Chicago wurde die Hauptstadt von Heartland mit zehn Staaten des Mittleren Westens.

Pauls Vater war damals im Krieg ums Leben gekommen, als die Koalition der moslemischen Völker Washington D. C. angriff. *Ranold hat nicht als Einziger einen entsetzlichen Verlust erlitten. Seine gesamte Generation denkt noch immer an das Schreckliche, das sie erlebt hat. Sie erinnern uns ständig daran, was die Menschen damals erleiden mussten, damit wir jetzt im Frieden leben können.*

Schuldgefühle machten sich in Paul breit. Zu Beginn des 21. Jahrhunderts war die Welt hässlicher gewesen, als er sich vorstellen konnte, und der schreckliche Krieg hatte Narben hinterlassen – persönliche und globale, körperliche und psychische –, die niemals heilen würden. Er durfte sich von seinem Schwiegervater nicht provozieren lassen. Er hasste die Selbstgerechtigkeit des alten Mannes, aber vielleicht konnte er die Lage ein wenig entspannen.

Als Paul nach unten kam, waren jedoch weder Gastgeber noch Gastgeberin da. Er blickte auf die Uhr. Es war elf. Paul schaltete das große Fernsehgerät ein und setzte sich in einen Sessel.

„Die örtliche Polizei berichtet von einem grausigen Fund. Es handelt sich um die verkohlten Überreste eines hoch angesehenen Militärangehörigen. Offensichtlich ist er einem tragischen Unfall zum Opfer gefallen. Der Leichnam des pensionierten Sergeant Major Andrew Edward Pass vom ‚Delta Force Command' wurde in den Ruinen eines verlassenen Fabrikgeländes nördlich des zoologischen Gartens von Columbia gefunden."

Paul sprang auf und schnappte nach Luft. *Andy? Andy Pass?*

„Warum sich Major Pass auf diesem Gelände aufhielt, konnte noch nicht ermittelt werden, so der Sprecher der Polizei, doch Brandstiftung wurde ausgeschlossen. Das Feuer ist auf einen Kurzschluss zurückzuführen, und die Polizei vermutet, dass Pass das Feuer vielleicht entdeckt und versucht hat, es zu löschen. Seit seiner Pensionierung vom Militärdienst fünf Jahre zuvor engagierte sich Pass für das Gemeinwohl. Die Ehrenbeisetzung auf dem Regional-Friedhof von Arlington findet am Samstag, den 27. Dezember, statt."

Paul ging zur Bar seines Schwiegervaters auf der anderen Seite des Raumes. Er goss sich einen zwei Finger breiten Scotch ein, hob das Glas und goss noch etwas nach. Ranold kam in Bademantel und Pantoffeln ins Zimmer.

„Kein Eis, Paul?"

„Nein, danke."

„Das ist aber ein großer Whisky."

„Ich habe gerade erfahren, dass mein Kommandeur bei der ‚Delta Force' tot ist. Er war wie ein Vater zu mir und –"

„Pass?"

„Du kennst ihn?"

„Gieß mir auch einen ein. Mach einen Bourbon daraus."

„In den Nachrichten wurde gesagt, dass er in einem Brand in einem Fabrikgebäude ums Leben kam."

„Paul, du darfst nicht alles glauben, was du hörst."

„Was meinst du?"

„Vermutlich kann man über die Reihenfolge der Ereignisse streiten: ob er zuerst gefangen genommen wurde oder ob zuerst das Fabrikgebäude abgebrannt ist."

„Von wem gefangen?"

„Wann hast du das letzte Mal etwas von Pass gehört?"

„Ich weiß nicht – vor sieben oder acht Jahren."

„Dann hast du also keine Ahnung, was er getrieben hat, seit du in Fort Monroe sein Protegé warst."

„Nein, aber Andy war der netteste –"

„Setz dich." Ranold nahm Paul sein Glas ab und deutete auf einen Sessel.

Paul ließ sich in das Leder sinken.

Ranold beugte sich vor. „Pass stand an der Spitze einer religiösen Untergrundbewegung hier in D.C., in Brightwood Park."

„Religiös? Welche Gruppierung?"

„Christen."

„Andy Pass? Das kann ich gar nicht glauben. Er war ein Veteran, ein Patriot . . ."

„Das sind diejenigen, die sich umdrehen lassen. Die wahren Gläubigen. Nur ein Mann, der des Glaubens fähig ist, lässt sich bekehren."

„Das behauptet man jedenfalls."

„Es stimmt. Paul, solche Zellen schießen wie Pilze aus dem Boden, wie Schlangen in einem Holzhaufen. Man muss sie zerstören, solange sie noch klein sind. Schlage ihnen den Kopf ab, dann wird ihr Schwanz bald absterben."

„Ihre Köpfe? Inwiefern bist du daran beteiligt, Ranold?"

Sein Schwiegervater lächelte. „Ich hasse Schlangen." Er stieß mit Paul an und nahm einen Schluck. „Andrew Pass soll den anderen Staatsfeinden als Abschreckung dienen."

■ ■ ■

Von Zweifeln geplagt, ging Paul zu Bett. Wie konnte Andy Pass ein Feind des Staates werden, egal, ob es nun etwas mit Religion oder mit etwas anderem zu tun hatte? Menschen änderten sich natürlich, aber Andy schien immer feste Überzeugungen gehabt zu haben. Und Ranold war so schrecklich selbstgefällig. War diese ganze Geschichte vielleicht darauf zurückzuführen, dass er Probleme damit hatte, sich an seine neue Aufgabe zu gewöhnen? War es ein Versuch, im Rampenlicht zu bleiben? Konnte es sein, dass er sich das Ganze aus dem Geschwätz seiner Kollegen bei der Organisation zusammengereimt hatte? Ranold war ein entschiedener Feind jeglicher religiöser Strömungen und er wusste gern über alles Bescheid. Vielleicht hatten seine Arbeit und seine Erfahrungen den Mann zu einem Verschwörungsfanatiker gemacht.

Paul würde Ranolds Geschichte ja gerne Glauben schenken, aber er wusste es besser – und das machte ihn zornig.

Kapitel 2

Jae war geschockt, als sie vom Tod von Pauls früherem Kommandeur erfuhr. Sie war ihm nur wenige Male begegnet – zuletzt bei ihrer Hochzeit –, aber sie wusste nur zu genau, wie sehr Paul ihn bewundert und sogar geliebt hatte. Sie versuchte, Paul zu trösten, aber er zog sich von ihr zurück, blieb höflich, aber distanziert und war ganz offensichtlich deprimiert. Er sprach nur wenig, sogar am Winternachtstag. Erst am Samstag wurde Jae klar, dass er gerne an der Beerdigung von Pass teilnehmen wollte.

„Unser Flug geht um halb drei“, erinnerte sie ihn. „Können wir um ein Uhr wieder da sein?“

„Ich möchte allein hingehen“, erklärte er. „Ich werde rechtzeitig zurück sein.“

„Warum kann ich nicht mitkommen?“, fragte sie.

„Das ist eine dienstliche Angelegenheit.“

„Dienstlich? Warum sollte die NPO einen Unfalltod untersuchen? Und falls eine Untersuchung gegen Andy lief, würde sich dann nicht das Büro in D.C. darum kümmern?“

„Du weißt, dass ich über meine Arbeit nicht reden kann.“

„Und es gibt bestimmt keinen anderen Grund, warum ich dich nicht begleiten soll?“

„Hör auf damit, Jae. Ich bin jetzt nicht in der Stimmung dazu.“

„Du musst zugeben, dass es seltsam erscheint –“

„Lass gut sein.“

Jae wusste, dass es zwecklos war, Paul noch mehr zu drängen. Geheimhaltung war bei seiner Arbeit oberstes Gebot, aber was konnte an einer Beerdigung so streng geheim sein?

Und dann kam ihr ein Gedanke: *Und wenn Andy Pass nun zur NPO gehört hatte? Und wenn er in Erfüllung seiner Pflicht ums Leben gekommen war?* Ihr Misstrauen beschämte sie. Sie wollte Paul einen

Kuss geben, aber er wandte den Kopf ab, sodass ihr Kuss seine Wange traf.

„Ist schon gut", sagte sie und wich zurück. „Das habe ich vermutlich verdient."

Paul zuckte die Achseln.

Sie verstand dies als Zustimmung. *Ich muss mein Misstrauen in den Griff bekommen.*

■ ■ ■

Pauls Stimmung war noch düsterer, als er Jae spüren ließ. Er hätte ihr einiges über Andys Situation erklären können, ohne Einzelheiten zu nennen, aber er konnte sich einfach nicht überwinden, darüber zu reden. Ranold erwähnte den Fall ebenfalls nicht mehr, obwohl Paul spürte, dass sein Schwiegervater ihn beobachtete. Dann und wann tauschten sie auch bedeutungsvolle Blicke aus. Nachdem er drei Tage lang über Andy Pass nachgedacht hatte, hatte sich sein Unbehagen verstärkt. Die Teilnahme an der Beerdigung sei eine dienstliche Angelegenheit, das hatte er jedenfalls Jae gesagt, aber in Wahrheit war es ihm eher ein persönliches als ein offizielles Anliegen – ein Versuch, den Feind zu stellen, der seinen Mentor vernichtet hatte.

Der Zorn vernebelte seine Sinne, als er in Richtung Süden über den Potomac nach Virginia zum Arlington-Friedhof fuhr, südlich der Stelle, an der die Iwo-Jima-Statue einst gestanden hatte, und leicht nordwestlich des Pentagon-Memorial-Kraters. Die bekannte Statue, die durch die Bombe eines islamischen Terroristen zu Beginn des Krieges zerstört worden war, hatte an das Aufstellen der amerikanischen Flagge auf Iwo Jima durch vier Marines während des Zweiten Weltkrieges erinnert. Jetzt war sie nur noch auf einem durch eine Hütte geschützten Foto zu sehen.

Der Krater wurde an der Stelle, an der das Pentagon gestanden hatte, von einem Maschendrahtzaun umzäunt. Dort hinterlegten die Besucher Erinnerungsstücke an die Tausenden von geliebten Menschen, die sie während des Dritten Weltkrieges verloren hatten. Einer der größten Sprengköpfe, die je auf amerikanischem Boden eingeschlagen waren, hatte eines der weitläufigsten Gebäude der Welt sechs Monate vor dem Krieg in Trümmer gelegt. Der Sprengkopf war von einem nordkoreanischen U-Boot auf eine so niedrige Bahn abgeschossen worden, dass er von keinem Radar erfasst werden konnte. Der direkte Treffer in den Hof des Pentagons ließ das Gebäude buchstäblich vom Erdboden verschwinden.

Der Friedhof selbst, der noch immer ein nationales Denkmal war, hatte während des Krieges keinen Schaden genommen und war so schön wie immer. An diesem Tag lagen mehrere Zentimeter Schnee und die weißen Grabsteine der Veteranen schienen aus der eisigen Decke herauszuwachsen.

Paul wurde zu einem niedrigen Steingebäude auf dem neuen nach dem Krieg eingerichteten Teil geführt, in dem alle Grabsteine rechteckig waren. Es gab keine Kreuze, keine Davidssterne und keine anderen alten religiösen Symbole. Nachdem er sich als Regierungsbeamter ausgewiesen hatte, wurde sein Wagen von einem Armeekadetten geparkt.

Das Gebäude war lang, schmal und schlicht. Im vorderen Bereich stand der Sarg, abgedeckt von der amerikanischen Flagge mit den sieben Sternen. An der Wand dahinter hing als einziger Schmuck eine Reihe amerikanischer Flaggen aus der Vergangenheit, vom 13-Sterne-Modell von Betsy Ross bis hin zum 50-Sterne-Banner, dem Vorgänger der gegenwärtigen Flagge.

Paul nahm von einem jungen Offizier ein gedrucktes Programm entgegen. Im hinteren Bereich des Gebäudes glaubte er NPO-Agenten entdeckt zu haben. Keiner von ihnen erwiderte seinen Blick. Paul erkannte drei ehemalige Kameraden aus Armeezeiten, die nebeneinander in der Mitte der Halle saßen. Sie begrüßten ihn mit einer Herzlichkeit, die ihn auf ihre Unschuld neidisch machte. Für sie war Andy Pass nach wie vor ein Held.

Alle drei waren an diesem Tag aus New York gekommen. Inzwischen waren sie aus dem Regierungsdienst ausgeschieden und arbeiteten in der freien Wirtschaft. In der dem Anlass angemessenen Zurückhaltung hänselten sie Paul, weil er noch immer für die Regierung tätig war.

„In der Wall Street interessiert sich niemand für religiöse Studien“, erwiderte Paul. „Und ein Lehrauftrag an der Hochschule ist nichts für mich.“

Sein Nachbar beugte sich zu Paul hinüber. „Deine Frau hat dich zur NPO gebracht. Habe ich Recht?“

„Es war meine Entscheidung, aber sie ist glücklich, ja.“

„Noch verheiratet?“, fragte einer, der stolz seinen blanken Ringfinger zeigte. Die anderen führten ebenfalls ihre Ringfinger vor.

„Seit zehn Jahren", erwiderte Paul und präsentierte ihnen seinen Ring.

„Armer Junge", bedauerte ihn einer. „Wenn ich noch verheiratet wäre, könnte ich heute Abend nicht durch D. C. ziehen."

„Wer hätte gedacht", sagte Pauls Nachbar und schlug ihm auf den Rücken, „dass der Frauenliebling in unserer Gruppe als Einziger noch verheiratet ist?"

Die anderen lachten.

„Und ich wette, das Geld verleiht dir noch immer den alten Charme. Habe ich Recht?"

Paul verdrehte die Augen und musste unwillkürlich grinsen.

„Du Hund! Dieselben alten Tricks! Habe ich Recht?"

Paul schüttelte den Kopf. „Und du sagst noch immer nach jedem Satz ‚Habe ich Recht?'"

„Wie ich schon sagte, einige Dinge ändern sich nie."

„Außer Andy", erwiderte Paul ernst. „Hey, bevor die Trauerfeier beginnt, was wisst ihr über seinen Tod?"

Die drei sahen sich an. „Nur was in den Nachrichten gebracht wurde. Warum?"

„Ich habe mir so meine Gedanken gemacht. Seit Jahren habe ich nichts mehr von Andy gehört. Die Nachricht hat mich ziemlich geschockt. Habt ihr schon seine Frau gesehen?"

Sie schüttelten den Kopf.

„Und er hatte doch auch Kinder, oder?"

Sie nickten.

Ein älterer Mann in einem blauen Anzug betrat das Podium und bat um Ruhe. „Wir sind an diesem Tag zusammengekommen, um das Leben von Andrew Edward Pass zu feiern. Edward wurde am 12. November 1989 n. Chr. geboren und starb am 22. Dezember 36 p.3 im Alter von 67 Jahren. Nach den ersten terroristischen Angriffen auf die Vereinigten Staaten trat er im September 2001 n. Chr. in die Armee ein, zwei Monate vor seinem 12. Geburtstag. Später schloss er sich dem Reserveoffiziersausbildungscorps an. Die Militärakademie in West Point schloss er mit Auszeichnung ab. Während der amerikanischen Invasion des Mittleren Ostens tat er sich als Unterleutnant hervor, danach stieg er während des Dritten Weltkriegs durch seinen herausragenden und heldenhaften Dienst für sein Land schnell in den Rängen auf. Er wurde schließlich kommandierender Sergeant Major des ‚First Special Forces Operational Detachment Delta', besser bekannt als ‚Delta Force'. Meine

Damen und Herren, würden Sie bitte aufstehen, wenn Sie zu irgendeinem Zeitpunkt in Ihrer militärischen Laufbahn unter Sergeant Major Pass gedient haben oder von ihm ausgebildet wurden?"

Paul und seine Kameraden standen auf. Die Hälfte der Anwesenden hatte sich ebenfalls erhoben.

„Würden sich nun bitte auch alle anderen erheben, um mit mir gemeinsam ‚Amerika, du Schöne' zu singen."

Paul wusste von seiner Studienzeit, dass dies eines der religiösen patriotischen Lieder war, die nach dem Krieg einen anderen Text bekommen hatten.

„Du Schöne mit dem weiten Himmel, mit den goldgelben Kornfeldern!
Mit den purpurnen majestätischen Bergen über der fruchtbaren
Ebene.
Amerika! Amerika! Wir verpflichten uns dir
und krönen dein Gutes mit Bruderschaft, von einem Meer zum
anderen funkelnden Meer."

Nach dem Lied kündigte der Redner an, Major Pass' Tochter werde die Traueransprache halten. Danach sollte jeder Gelegenheit bekommen, einige Gedenkworte zu sprechen. Eine hübsche junge Frau trat vor das Mikrofon. Mit der einen Hand hielt sie ein Taschentuch umklammert, in der anderen ein Stück Papier. Ihre Stimme war belegt, die Kehle schien ihr eng zu sein.

„Mein Name ist Angela und ich bin die einzige Tochter von Andrew Pass. Wir sind tief gerührt, dass Sie so zahlreich erschienen sind, obwohl ich gestehe, dass es uns nicht überrascht. Der Einfluss meines Vaters, der Sie veranlasst hat, sich die Zeit zu nehmen, um ihn auf diese Weise zu ehren, ist uns nicht fremd. Denselben positiven Einfluss hat er zu Hause ausgeübt.

Fanden Sie ihn hart und fordernd? Wir auch. Haben Sie ihn jemals ungerecht oder grob erlebt? Nein, wir auch nicht. Hat er Sie herausgefordert, in sich nach Kräften zu suchen, von denen Sie nie geglaubt hatten, dass Sie sie besitzen? Hat er Sie nach vorne gedrängt und Sie zu Höhen inspiriert, die Sie sonst niemals erreicht hätten? Dann kennen Sie meinen Vater.

Dad konnte seine Frustration und manchmal sogar seine Abscheu dem gegenüber, was seinem geliebten Land vor der Geburt seiner Kinder zugestoßen ist, nicht verbergen. Aber er war ein Mann von tiefen

Überzeugungen, die sein Leben bestimmt haben. Wir finden heute Trost in dem Glauben, dass er weiterleben wird. In all dem Guten in Ihnen und mir lebt er weiter. Und solange Menschen auf dieser Erde leben, die auf ihre Weise von diesem einzigartigen Mann beeinflusst wurden, wird er weiterleben."

So sehr Paul sich auch bemühte, er konnte aus nichts, was sie sagte, ablesen, dass sie sein Misstrauen über den Tod ihres Vaters teilte. Auch vernahm er keinen Hinweis auf Andys staatsfeindliche Aktivitäten – obwohl die Zeile, in der sie von seinem tiefen Glauben gesprochen hatte, so oder so ausgelegt werden könnte. Sein Zorn flackerte erneut auf und er wandte sich um und ließ seinen Blick über die Trauernden in seiner Nähe schweifen. Die anwesenden NPO-Agenten würden jeden der Trauergäste fotografieren und identifizieren. Irgendwo unter ihnen saß sicher auch die Schlange, die Andy gebissen, die ihm das Gift injiziert hatte, das Glaubenseifer und Gewalt hervorgebracht und ihn letztlich das Leben gekostet hatte. Wenn ein standhafter Soldat wie Major Pass solchen Verlockungen erliegen konnte, dann war niemand dagegen immun.

Wenn ich diesen Fanatiker nur in die Finger bekommen könnte – diesen Mörder . . .

Eine Reihe bildete sich nun links vom Podium. Paul spürte, dass der Blick seiner Kameraden auf ihn gerichtet war. *Ich war Andys Günstling.* Es fiel ihm schwer, seinen Zorn mit seiner unleugbaren Dankesschuld gegenüber Andy, der ihm in der Armee buchstäblich ein Ersatzvater gewesen war, in Übereinstimmung zu bringen. Was auch immer aus Andy geworden war, wegen dieser gemeinsamen Vergangenheit hatte er es verdient, geehrt zu werden. Paul erhob sich und reihte sich in die Zahl derjenigen ein, die etwas zu Andys Person sagen wollten.

Als Paul sich vorstellte, bemerkte er, dass Angela interessiert aufblickte. Er suchte nach den richtigen Worten. „Die beiden Jahre, die ich unter Major Andrew Pass ausgebildet wurde und gedient habe, sind für mich die entscheidenden Jahre in meinem Leben. Andy Pass repräsentierte alles, was die Armee zu bieten hatte, und er war derjenige, den wir beeindrucken mussten, um weiterhin einer der Auserwählten zu sein. Aber trotz seiner Härte war er im Kern voller Menschlichkeit, etwas, das zumindest ich nie auf diese Weise in anderen vorgesetzten Offizieren gefunden habe. Als er erkannte, dass ich jede noch so unangenehme Aufgabe erfüllte, und dies auch noch gerne tat, belohnte er mich – wie so viele andere auch – mit Respekt und Freundschaft. Ich wollte nur sagen, dass er mein Leben verändert hat. Er hat mich zu hervorragenden Leistungen angespornt und in mir den Wunsch geweckt, andere so zu behandeln, wie er mich behandelt hat."

Später reihte sich Paul in die Reihe der Kondolierenden ein. Er war erstaunt, als Angela ihn ansprach.

„Sie sind also Paul Stepola", sagte sie und lächelte ihn durch ihre Tränen hindurch an. Voller Herzlichkeit ergriff sie seine Hand. „Daddy hatte eine hohe Meinung von Ihnen."

Ihre Würde und Herzlichkeit waren schon ihrer Rede abzuspüren gewesen, aber aus der Nähe betrachtet war ihre Schönheit einfach entwaffnend. Und sie duftete nach Lavendel. Obwohl er so wütend auf ihren Vater war und trotz des ernsten Anlasses, fühlte sich Paul sofort zu Angela hingezogen.

„Oh, das kann ich mir nicht vorstellen", brachte er mühsam heraus. „Ihr Dad hatte im Laufe der Jahre so viele Auszubildende und Untergebene –"

„Ich meine es sehr ernst", erwiderte sie. „Sie waren scheinbar der Inbegriff dessen, wonach er bei der ‚Delta Force' suchte. Ich wollte Sie schon immer kennen lernen."

Paul murmelte kaum hörbar, wie sehr es ihn freue, ihre Bekanntschaft zu machen. Unzählige Gedanken schossen ihm gleichzeitig durch den Kopf. Obwohl er die Macht der Verführung durchaus kannte, hatte er sich noch niemals zuvor sofort so überwältigend zu einer Frau hingezogen gefühlt – nicht einmal zu Jae.

Gut, dass sie nicht hier ist.

„Ihre Rede war perfekt", sagte Angela. „Es wurde deutlich, dass Sie ihn wirklich gekannt haben."

„Nun, Angela, er hat mir sehr viel bedeutet – uns allen hat er viel bedeutet. Ich hoffe, wir haben die Gelegenheit, irgendwann einmal etwas ausführlicher über ihn zu sprechen."

„Das hoffe ich auch", sagte sie. „Ich würde mich freuen." Sie ließ seine Hand los und deutete auf zwei Jungen. „Dies sind meine Söhne und ich würde sie Ihnen gerne vorstellen."

„Selbstverständlich", erwiderte Paul ernüchtert. Sie war also verheiratet. Nun, er ja auch.

Er reichte den Jungen die Hand, und beide sahen ihn an und sagten ihm, sie freuten sich, ihn kennen zu lernen. Paul steckte Angelas Visitenkarte ein.

■ ■ ■

Die Beisetzung fand im engsten Familienkreis statt. Paul ging zusammen mit seinen Kameraden zum Parkplatz. Ihre Einladung zum Mittagessen lehnte Paul jedoch ab. Er musste umgehend Jae und die Kinder abholen. Nachdem seine Freunde abgefahren waren, blieb Paul mit seinem Zorn allein zurück. Er konnte sich nicht überwinden, zu seinem Wagen zu gehen, darum drehte er noch eine Runde auf dem schneebedeckten Friedhof. Die Reihen mit den Grabsteinen und die Denkmäler von Robert E. Lee und John F. Kennedy ließ er hinter sich und begab sich zu einem Teil, in dem alle Grabsteine die Form eines Kreuzes hatten.

Auf einem Plakat stand zur Erklärung: *Vor dem Dritten Weltkrieg waren religiöse Symbole üblich und jeder Soldat gab seine denominatorische Zugehörigkeit an.*

Paul spuckte angewidert aus.

Während er zwischen den Grabsteinen herumschlenderte, steigerte sich sein Zorn noch. Alle diese jungen Männer und Frauen, von denen einige kaum dem Teenageralter entwachsen waren, hatten ihr Leben gelassen, und für was? Weil fanatische Moslems einen heiligen Krieg gegen den Westen ausgerufen hatten? Weil religiöse Gruppierungen in Bosnien das Sagen haben wollten? Und wenn man noch weiter in der Geschichte zurückblickte, dann merkte man, dass es schon immer so gewesen war. Die Menschen hatten sich ständig wegen irgendwelcher abstrakter Ideen bekämpft. Und dass diese Grabsteine die Ideale symbolisierten, für die diese Menschen gestorben waren, erschien ihm eine besonders grausame Ironie des Schicksals zu sein.

Und worum ging es bei diesen Glaubenskonzepten? Um seltsame Vorstellungen von einem Leben nach dem Tod. Sicher, es war schwer, sich vorzustellen, dass mit diesem Leben alles zu Ende sein sollte. Paul musste bekennen, dass man als Mensch einfach daran glauben musste, dass das Leben mit dem Tod nicht zu Ende war. Paul wünschte sich, er hätte seinen Vater kennen gelernt, und wie gerne würde er daran glauben, dass dies vielleicht später einmal möglich wäre – irgendwo im Nirwana. Aber lohnte es sich, für solche Wünsche zu töten? Dafür zu sterben? Seine Mutter hatte Recht. Diese religiösen Fanatiker glaubten, die Wahrheit zu kennen – und viele waren davon überzeugt, dass ihre Wahrheit die einzige Wahrheit war. Doch dies zeigte nur, wie sehr alle sich irrten.

Noch schlimmer als die eigene Täuschung war der Drang, andere zu täuschen – und selbst solche gefestigten Männer wie Andy Pass zu korrumpieren.

Paul hatte Hunger und seine Füße waren kalt. Er hatte darauf verzichtet, Überzieher über seinen Schuhen zu tragen, denn dieser Ausflug in die Todeszone war nicht geplant gewesen. Er kehrte zu seinem Wagen zurück. Noch einmal drehte Paul sich zu den Reihen mit den Kreuzen um, die bis zum Horizont zu reichen schienen. *Ich hoffe nur, sie haben einen gewissen Trost darin gefunden. Und doch liegen sie hier.*

■ ■ ■

Als Paul von der Beerdigung zurückkam, hatte Jae bereits alles gepackt und die Kinder fertig angezogen. Sie verstauten das Gepäck im Kofferraum und verabschiedeten sich. Ranold hielt Paul am Arm zurück. Während Jae die Kinder anschnallte, sagte der alte Mann leise: „Es war keine gute Idee, an dieser Beerdigung teilzunehmen."

„Wie meinst du das?"

„Paul, die NPO konzentriert ihre Aufmerksamkeit mehr und mehr auf Feinde des Staates. Wenn es herauskommt – die Wahrheit über Pass, meine ich – und bekannt wird, dass du an seiner Beerdigung teilgenommen hast, dass ihr alte Freunde wart –"

„Ich bin nicht als alter Freund hingegangen."

„Was immer dich dazu getrieben hat, hinzugehen, es war unklug."

„Willst du damit sagen, es könnte mir schaden?"

„Natürlich."

„Das hätte aber vorausgesetzt, dass ich die Wahrheit gekannt hätte, bevor ich hingegangen bin, oder?"

Ranold presste die Lippen zusammen. „Du wusstest es. Ich habe es dir gesagt."

„Dann könnte ich nur Probleme bekommen, wenn jemand erfahren würde, dass du es mir gesagt hast. Habe ich Recht? Und das wirst du doch bestimmt für dich behalten . . ., Dad. Darauf kann ich mich doch sicher verlassen, nicht wahr?"

Paul war erleichtert, am Sonntagmorgen in seinem eigenen Bett aufzuwachen. Die Wintersonne strömte durch die Fenster und wurde von dem sauberen, strahlend weißen Schnee reflektiert. Jae war bereits mit den Kindern unten. Sie wollten Eis laufen gehen.

„Bei meinen Eltern haben sie sich ein wenig eingesperrt gefühlt", erklärte Jae, als Paul zum Frühstück herunterkam. „Etwas Bewegung in der frischen Luft tut uns bestimmt gut."

„Kannst du nicht allein mit ihnen gehen?", fragte Paul. „Mir ist nicht nach Eis laufen. Ich wollte noch ein wenig im Haus meiner Mutter räumen. Den Urlaub möchte ich gerne dazu nutzen, um alles auszuräumen, damit wir das Haus verkaufen können."

„Wir könnten dir dabei helfen."

„Nein, danke. Du hast schon so viel gemacht. Die Sachen, die noch übrig sind, muss ich allein durchsehen."

„Das ist nach einer Beerdigung bestimmt deprimierend."

„Nein, im Gegenteil. Die Beerdigung hat mich in die richtige Stimmung versetzt."

■ ■ ■

Doch in Wahrheit fühlte Paul sich ebenfalls eingesperrt. Er sehnte sich danach, einmal einen Nachmittag allein zu verbringen. Nachdem er das Haus seiner Mutter betreten hatte, blieb er in der Diele stehen und genoss die Stille. Seine Mutter hatte ihr ganzes Leben in diesem hübschen Haus verbracht, das sich in einem der Vororte befand. Hier war Paul aufgewachsen; später, als sie sich nicht mehr selbst versorgen konnte, war eine Pflegerin zu ihr gezogen. Während der letzten Jahre ihres Lebens hatte sie zunehmend unter Altersdemenz gelitten und ihren Sohn und ihre Enkel nicht mehr erkannt. Im vergangenen Jahr zu

Winternacht hatte Paul ihr den Baum aufgestellt, obwohl er merkte, dass sie ihn gar nicht wahrnahm.

Zwar war Krebs mittlerweile durchaus heilbar, doch bestimmte Arten widerstanden selbst den intensivsten Bemühungen der modernen Wissenschaft. Selbst nach einem Jahrhundert Forschungen war es der Wissenschaft noch nicht gelungen, die komplizierten Mechanismen des Gehirns zu entschlüsseln. Bei Pauls Mutter hatten die modernsten Behandlungsmethoden das Fortschreiten der bösartigen Krankheit nur aufhalten können. Die Ärzte könnten nicht mehr tun, so war Paul gesagt worden, als ihr die Schmerzen so weit wie möglich zu nehmen. Der Tod seiner Mutter hatte dann keine neuen Wunden aufgerissen, denn Paul hatte sich schon Jahre zuvor von ihr verabschiedet.

Die oberen Räumlichkeiten waren bereits leer geräumt, aber Paul musste sich noch um den Keller kümmern, in dem sich das Gerümpel eines ganzen Lebens angesammelt hatte. Einen Mülleimer neben sich, begann er, die verstaubten Kisten durchzusehen. Seit Jahrzehnten wurden finanzielle Transaktionen nur noch elektronisch getätigt, darum war Paul erstaunt, eine Kiste mit Kontoauszügen und Scheckbelegen aus der Zeit vor dem Krieg zu finden – sorgfältig abgeheftet und in Dollar ausgestellt, der damaligen amerikanischen Währung, als jedes Land noch eine eigene Währung hatte. Seine Mutter war sehr ordnungsliebend gewesen und hatte alles aufgehoben. Er nahm einige Scheckvordrucke heraus, um sie den Kindern zu zeigen. Den Rest warf er weg.

Am frühen Nachmittag hatte er die Hälfte des Kellers ausgeräumt. Jetzt begann er mit der Sichtung der Erinnerungsstücke aus der Ehe seiner Eltern. Viele der Papiere, Fotos und Besitztümer hatte seine Mutter ihm schon vor langer Zeit geschenkt, und er erinnerte sich noch daran, dass er sich einige von denen, die sie behalten hatte, als Kind angesehen hatte. Er fand den Trauschein seiner Eltern, ihre Hochzeitseinladung – die Feier hatte in einer Halle auf einem Armeestützpunkt stattgefunden – und einen mit einem Band zusammengebundenen Packen Glückwunschkarten zu seiner Geburt mit bunten Bildern auf der Vorderseite und gedruckten Inschriften auf der Innenseite. Darunter befand sich auch ein schwerer, cremefarbener Umschlag mit einem Klecks dunkelrotem Wachs auf der Klappe – ein aufgebrochenes Siegel, nahm Paul an.

Er wischte sich den Staub von den Händen, nahm den Umschlag und drehte ihn herum. Auf der Vorderseite stand in festen, schwarzen Buchstaben: „Für meinen Sohn an seinem 12. Geburtstag“. Paul erinnerte sich, dass einer seiner Schulkameraden einen solchen Brief bekommen hatte. Seine Eltern hatten ihn am Tag seiner Geburt geschrieben und darin ihren Hoffnungen für seine Zukunft Ausdruck verliehen. Paul hatte seine Mutter danach gefragt, aber sie tat so, als würde sie diese Tradition nicht kennen. Woher hatte sie dann diesen Brief? Er holte das Blatt heraus und war erstaunt, das Datum seiner Geburt oben auf der Seite zu lesen.

„Mein geliebter Sohn,
deine heutige Geburt war ein Wunder, und sie erfüllt mich mit einer Freude, wie ich sie nie zuvor empfunden habe und auch nie für möglich gehalten hätte. Dich zum ersten Mal in den Armen zu halten war ein unbeschreibliches Gefühl. Ich fühlte mich so gesegnet ...“

Bei diesem seltsamen, antiquierten Wort stutzte Paul.

„... mit dem höchsten irdischen Geschenk. Eines Tages wirst du selbst ein Kind in den Armen halten und die unendliche Tiefe und Weite der Liebe eines Vaters begreifen.
Der Tag, an dem du dies liest, wird dein 12. Geburtstag sein. Auf der Schwelle zum Erwachsenwerden wirst du eine andere Art der Liebe begreifen – die Liebe Gottes. In dem Augenblick, in dem ich dies schreibe, wird sie geschmäht. Es hat auf der ganzen Welt viele Verfolgungen und terroristische Aktionen gegeben, die angeblich im Namen Gottes begangen wurden, so wie die unterschiedlichsten Gruppierungen ihn darstellen. Und dies alles hat uns in einen Weltkrieg hineingezogen. Viele haben sich von einem Gott abgewandt, den sie als die Wurzel allen Übels betrachten. Dazu gehört auch deine Mutter. Aber du darfst dich nicht von ihm abwenden, mein Sohn. Erstens, weil Gottes Liebe alle irdischen Gaben übersteigt, sogar das Geschenk deiner Geburt. Gott hat diese Welt so sehr geliebt, dass er seinen vollkommenen, einzigen Sohn geopfert hat, der am Kreuz gestorben ist, um uns zu retten. Diese Liebe anzunehmen war die wichtigste und erfüllendste Entscheidung meines Lebens.
Der zweite Grund ist, dass Gottes Sohn versprochen hat, in Herrlichkeit wiederzukehren, um alle diejenigen zu holen, die an ihn glauben. In der Bibel lesen wir: ‚Er wird sie zur Quelle des lebensspendenden Wassers führen. Und Gott wird alle ihre Tränen abwischen.‘

Aber diejenigen, die Gott abgelehnt haben, werden ein ganz anderes Schicksal erleiden: Strafe und Leiden, das schlimmer ist als alles, was wir uns vorstellen können oder was wir je einander haben antun können. Das letzte Buch der Bibel, das Buch der Offenbarung, beschreibt in lebendigen und erschreckenden Einzelheiten, was diejenigen erleiden werden, die sich Gottes Zorn zuziehen.
Dies könnte zu deinen Lebzeiten geschehen, mein Sohn. Viele Gelehrte betrachten die gegenwärtigen Konflikte auf der Welt als die Erfüllung der alten Prophezeiungen der Bibel. In den Evangelien heißt es, wir sollten jederzeit bereit sein, ‚denn der Sohn des Menschen wird kommen, wenn niemand ihn erwartet'. Und in der Offenbarung sagt uns der Herr Jesus selbst mehrmals: ‚Ich komme bald.'
Ich hoffe, an deiner Seite zu sein, wenn du diesen Brief liest. Aber wenn dies nicht der Fall ist, so werde ich hoffentlich wenigstens die Zeit gehabt haben, dir von diesen Dingen zu erzählen, sobald du alt genug bist. Sonst musst du dich selbst auf die Suche nach der Wahrheit machen. Ich bitte dich, öffne dein Herz der Wahrheit – um nicht nur ein Mann, sondern auch ein Mann Gottes zu werden.
Dein dich liebender Vater,
Paul Stepola Sr."

Entgeistert starrte Paul den Briefbogen an. Sein Vater war gestorben, als er selbst noch zu klein gewesen war, um sich auch nur an ihn zu erinnern. Mit Hilfe der Fotos und Erzählungen seiner Mutter und seiner Kameraden, die ihn ausnahmslos als edlen und tapferen, ehrlichen und warmherzigen Menschen darstellten, als einen Helden und vertrauenswürdigen Freund, hatte er sich selbst ein Bild gemacht. Bis zur vergangenen Woche hätte er ironischerweise Andy Pass mit denselben Worten beschrieben. Wie konnte es sein, dass keiner der Männer, die er sich zum Vorbild genommen hatte und die für ihn der Inbegriff eines integeren Menschen waren, diesem Anspruch gerecht wurden?

Dies war die einzige direkte Nachricht von seinem Vater an ihn. Und offensichtlich hatte seine Mutter ihm diesen Brief vorenthalten. Zweifellos war sie es gewesen, die das Siegel erbrochen hatte – sie hatte ihrem Mann nicht getraut.

Hatte sie Angst gehabt, der 12-jährige Paul wäre für die Worte seines Vaters offen? Wollte sie Paul seine Illusionen erhalten – und ihre eigenen –, anstatt zuzugeben, dass sein Vater so leichtgläubig und feige gewesen war? War sie darüber schockiert gewesen, dass ihr Mann seinem Sohn statt Weisheit oder Inspiration nur einen Mythos geboten hatte, die erfundene Geschichte eines Mannes, der an einem Kreuz gestorben war und wiederkommen würde, um diejenigen zu bestrafen, die nicht daran glaubten?

Mit 12 hätte ich mehr von dir gebraucht, Dad. Ich hätte Besseres verdient gehabt. Danke, Mom, dass du mir dies bis jetzt erspart hast.

Und die Vorstellung, dass sich die Prophezeiungen aus der Bibel erfüllten, dass Gottes Sohn bald wiederkehren würde – nun, Dringlichkeit gehörte zu buchstäblich jedem Schwindel dazu. „Ein einmaliges Angebot", „Steigen Sie ganz unten ein", „Ausverkauf – die Preise werden nie niedriger sein", „Etwas für nichts" – wie konnte sein Vater auf so etwas hereinfallen? Während seines Studiums hatte Paul von dem Buch der Offenbarung erfahren, aber er hatte es nie gelesen, obwohl er gehört hatte, es sei aussagekräftig und voller Symbolik. Die blühende „Was wäre, wenn"-Masche war auch so eine typische Krämertaktik – eine Effekthascherei, um Angst zu verbreiten und Geschäfte zu machen.

Drohten nicht alle Religionen die verschiedensten Strafen an, um die Gläubigen bei der Stange zu halten? War sein Vater wirklich so naiv gewesen? Nachdem er ihn sein Leben lang bewundert hatte, empfand Paul nun nur noch Verachtung für den Mitleid erregenden Tölpel, als der sein Vater sich entpuppt hatte.

Was war das für ein Mann, der auf einen solchen Blödsinn hereinfiel – und es sogar die „wichtigste und erfüllendste Entscheidung meines Lebens" nannte – und der sogar versuchte, dies einem Kind aufzuzwängen? Vielleicht hatte seine Mutter trotz all ihrer Vernunft und ihrer Abscheu vor der Religion es nicht rechtfertigen können, ihm diesen Brief auch nur zu zeigen, vielleicht schämte sie sich aber auch nur zu sehr. An Ranolds Reaktion durfte er gar nicht denken. Oder ob diese Sache von ihm geplant war? Das wäre wirklich ein Zufall, dass er in derselben Woche diesen Brief gefunden und die Informationen über Andy Pass erhalten hatte.

Der Umschlag wirkte dafür, dass er mehr als 30 Jahre in einer Kiste gelegen hatte, noch ziemlich neu. Das Siegelwachs schien nachgedunkelt und brüchig zu sein, aber nur ein Experte könnte mit Sicherheit sagen, ob es neu war oder alt. Dasselbe galt für die Tinte, die scheinbar aus einem Tintenfass stammte. Er konnte die Handschrift mit anderen Briefen vergleichen, die seine Mutter von seinem Vater aufbewahrt hatte, aber nur eine Computeranalyse würde ihm letzte Klarheit verschaffen.

Wir waren lange genug in Washington. Ohne weiteres hätte hier jemand in der Zwischenzeit einen Brief deponieren können. Aber habe ich jemandem erzählt, ich würde an diesem Wochenende den Keller im Haus meiner Mutter ausräumen?

Paul untersuchte die Kiste mit den Erinnerungsstücken. Er konnte keinen Unterschied zu den anderen feststellen. Sie hatte inmitten der anderen Kisten gestanden, darum war der Deckel nicht verstaubt, und es gab keinerlei Hinweise darauf, dass sie nicht echt war. Aber vielleicht ging es gar nicht um den Zeitpunkt. Vielleicht hatte Andy schon seit Monaten unter Beobachtung gestanden. In dieser Zeit waren bestimmt auch die Menschen in seinem Umfeld überprüft worden – auch Paul, falls Ranold, der wusste, dass Andy früher fast wie ein Vater für Paul gewesen war, in diesem Fall die Untersuchungen leitete.

Ranold würde Paul natürlich niemals verdächtigen, ein Christ zu sein, aber der Brief könnte ein Loyalitätstest sein – um zu sehen, ob Paul die Wahrheit über Andy wusste und ignorierte. Wenn Paul auf einmal entdeckte, dass sein eigener Vater Christ gewesen war, wäre es doch verständlich, wenn er sich an den einzigen religiösen Menschen wenden würde, den er kannte und dem er vertraute. Der Brief hätte ihm also in den drei Monaten, in denen das Haus seiner Mutter bereits leer stand, jederzeit untergeschoben worden sein können.

Während Paul seinen Verschwörungstheorien nachhing, musste er zugeben, dass dieses Szenario nicht sehr wahrscheinlich war. Vielleicht griff er nach Strohhalmen, um sich nicht der Tatsache stellen zu müssen, dass sein Vater ein Spinner gewesen war und nicht das leuchtende Vorbild, das er 30 Jahre lang verehrt hatte. Aber „weit hergeholt" bedeutete nicht „unmöglich". Paul wusste sehr gut, dass die Fälschung eines Briefes für die NPO ein Kinderspiel war; und falls dieses Unternehmen zu Ranolds ersten Spezialprojekten gehörte, dann hätte sein Schwiegervater alle Register gezogen.

Der Brief selbst war vermutlich der einzige Schlüssel zur Wahrheit. Paul riss ein Stück von dem Umschlag ab, steckte den Brief in den Umschlag zurück und legte ihn wieder in die Kiste, unter den Packen mit den Glückwunschkarten.

Er hatte wieder einmal den Schwarzen Peter gezogen, dachte Paul verbittert. Andy und sein Vater hatten etwas mit den Christen zu tun. Und vielleicht wollte Ranold ihn auf die Probe stellen. Morgen würde er mit seinem Vorgesetzten über das Problem sprechen. Er würde ihn fragen, ob die Aktivität der Christen landesweit zu verzeichnen oder nur auf Washington begrenzt war. Und er würde versuchen, einen Hinweis darauf zu bekommen, ob er selbst unter Verdacht stand.

Und wenn diese Seuche nicht auf Ranolds Mist gewachsen ist, dann möchte ich ein Kammerjäger sein. Und nicht nur wegen der nationalen Sicherheit.

Am Montagmorgen sprach Paul bei seinem Chef, Robert Koontz vor, dem Leiter der Dienststelle der *National Peace Organization* in Chicago. Als er eintrat, gestand Paul sich ein, dass er Koontz um sein Büro beneidete. Es war groß und hübsch ausgestattet und die beiden Fenster boten einen atemberaubenden Ausblick auf den Chicago River und den Michigansee.

Koontz war 60 Jahre alt, sehr groß und hatte eine Glatze mit einem grauen Haarkranz. Er war gerade mit seinem Computer beschäftigt, bot Paul jedoch einen Stuhl an.

„Und wie waren die Feiertage?", fragte er, ohne den Blick von dem Bildschirm zu wenden.

„Das Übliche. Abgesehen von Andy Pass."

Koontz versteifte sich, drehte sich aber nicht herum. „Sie kannten ihn?"

„Bob, das wissen Sie doch. Ich habe die Jungs von der NPO bei seiner Beerdigung gesehen. Sie haben Ihnen doch bestimmt gesagt, dass ich da war."

Koontz wirbelte auf seinem Stuhl herum und hob beide Hände. „Sie haben Recht, Paul. Ja, ich weiß es. Sie haben unter ihm gedient. Es tut mir Leid um Ihren Verlust."

„Danke. Aber warum unsere Präsenz?"

Koontz seufzte. „Pass war ein christlicher Fanatiker."

So, nun war es heraus.

„Das ist unglaublich. Was ist mit seiner Familie?"

„Wir glauben, dass sein Bruder John – er wird Jack genannt – auch tief drinsteckt, aber er ist noch nicht so oft in Erscheinung getreten. Wir haben nichts gegen ihn in der Hand."

„Sonst noch jemand? Frau, Kinder?"

„Offensichtlich hat seine Frau sich deswegen von ihm scheiden lassen. Darum gehen wir nicht davon aus, aber sicher sind wir nicht."

„Bob, haben wir ihn aus dem Weg geräumt?"

„Was hat Ihr Schwiegervater Ihnen erzählt?"

„Niemand mauert so wie ein alter Meisterspion. Dann heißt das also ja?"

„Nun –"

„Warum? Hat er Widerstand geleistet?"

„Davon können Sie ausgehen. Wie ich höre, wurde in seinem Wagen ein ganzes Waffenarsenal gefunden, und er hat versucht, ein paar von unseren Jungs mitzunehmen. Ein mutiger Mann, aber das wussten Sie ja."

„Dann war die Geschichte mit dem Feuer in dem Fabrikgebäude –?"

„Futter für die Presse. Seine Gefährten haben die Botschaft klar und deutlich vernommen, aber wir haben die Nase der Öffentlichkeit aus unseren Angelegenheiten herausgehalten. Wenn durchsickert, dass diese Sekte existiert, wird sie Zulauf bekommen. Und was ist mit Märtyrern? Daran will ich gar nicht erst denken. Hören Sie sich das an." Er wandte sich wieder seinem Computer zu. „Vor mehr als 100 Jahren wurden in Russland fast alle Kirchen geschlossen. Die Regierung schaffte sich mehr als 40 000 Geistliche vom Hals. Die Kirchen in den Städten wurden in Museen, die Kirchen in den Dörfern in Ställe oder Wohnungen umgewandelt."

„Genau wie bei uns."

„Aber hören Sie weiter: Um die Jahrhundertwende, natürlich nach dem Fall des Kommunismus, bekannten sich zwei Drittel aller Russen zum christlichen Glauben."

„Dann hat die Revolte also im Untergrund geschwelt."

„Genau. So etwas müssen wir hier unter allen Umständen verhindern. Was vor Jahrzehnten in Russland, China und Rumänien geschah, könnte auch hier passieren, direkt unter unserer Nase. Die Religion wird erst dann ausgemerzt sein, wenn wir die Fanatiker festgesetzt haben. Fassen sie erst einmal Fuß, könnte es einen religiös motivierten Aufstand geben."

„Gibt es tatsächlich eine bewaffnete christliche Sekte?"

„Viele Dinge kommen erst jetzt ans Tageslicht, Paul. Wir stellen eine Einsatztruppe zusammen, die das Ausmaß des Problems untersuchen soll. Die Frage ist, ob es sich nur um ein paar wenige isolierte Zellen handelt oder ob die Lage noch schlimmer ist."

„Das ist wie eine Krankheit", wütete Paul. „Wie eine Abhängigkeit. Die Religion zieht die Menschen in ihren Bann und sie scheinen ihre

Überzeugungen nicht für sich behalten zu können. Sie verbreiten ihre Ideen und fangen damit andere Menschen ein. Das macht mich krank – Andy Pass war so ein guter Mann. Was für eine Verschwendung!"

„Genau", pflichtete Koontz ihm bei. „Und darum müssen wir dagegen vorgehen, wie wir auch gegen einen Krieg oder gegen Drogen vorgehen würden – wir müssen die Gefahr aufdecken, die Schuldigen aufscheuchen und eliminieren." Er schüttelte den Kopf. „Die Situation ist ernst. Alles, wofür dieses Land seit dem Krieg gekämpft hat, steht auf dem Spiel. Ich kann mich noch gut an früher erinnern. Die religiösen Extremisten haben Homosexuelle verfolgt, Abtreibungsärzte umgebracht – bevor es die Kinderzulagen gab, um die Wiederbevölkerung der Erde zu fördern – und die Stammzellenforschungslabore zerstört, in denen die meisten unserer Heilmittel für die verschiedensten Krankheiten hergestellt wurden. Und nach den terroristischen Angriffen von '05 waren es die Extremisten, die sich den Toleranzgesetzen widersetzten, Aufstände anzettelten und Moslems umbrachten."

Paul nickte. Das alles hatte er in der Grundschule gelernt. Natürlich wollten die Menschen Rache für die Bombenanschläge auf den *Super Bowl* und Disneyland und die Gasangriffe auf die U-Bahnen in Washington, Boston und New York. Dasselbe war nach der Zerstörung des Eiffelturms, der London Bridge und des Vatikans auch in Europa passiert. Und dann brach der Krieg aus – wegen des religiösen Fanatismus wurde beinahe alles Leben auf der Erde ausgelöscht.

„Wir können froh sein, dass der Krieg so zu Ende ging und wir aufgewacht sind", meinte Paul. „Dann hat diese Tragödie wenigstens etwas Gutes hervorgebracht."

„Wem sagen Sie das", entgegnete Koontz. „Frieden seit mehr als einer Generation. Zum ersten Mal in der Geschichte führt kein einziges Volk Krieg gegen ein anderes. Aber wir dürfen uns nicht in Sicherheit wiegen. Nicht jetzt – nie mehr."

„Was ist das für eine Einsatztruppe, die Pass außer Gefecht gesetzt hat?"

„Wir nennen sie Sonderkommando Zelotischer Untergrund."

„Bob, ich möchte da mitmachen. Sie wissen, dass ich das nötige Wissen habe. Der Fall von Andy Pass und so vielen anderen fordert Rache."

■ ■ ■

In der folgenden Woche wurde Paul mit einem Beraterauftrag nach Mexiko geschickt, von dem er am Dienstag nach dem Martin-Luther-King-Feiertagswochenende nach Chicago zurückkehrte. Und dort gab es große Neuigkeiten: Ein Redner bei einer King-Feier hatte im Zusammenhang mit dem Namen des Märtyrers zweimal den archaischen und verbotenen Ausdruck *Reverend* genannt. Ein Experte im Fernsehen schlug vor, keine Berichterstattungen über den King-Tag mehr zu bringen, „bis die Organisatoren gelernt haben, sich zu beherrschen".

Pauls Sekretärin Felicia, eine große Farbige Ende 40, konnte ihre Erregung nicht verbergen.

„Dr. King starb lange bevor ich geboren wurde, aber egal, was Sie sagen, der Mann war ein Reverend. Wenn der King-Tag wegen so etwas Geringfügigem abgeschafft wird, dann wird es Ärger geben. Sagen Sie mir die Wahrheit, Dr. Stepola. Finden Sie es schlimm, wenn man den Titel eines Menschen ausspricht, den er sich verdient und den er selbst verwendet hat?"

„Ja, das tue ich, Felicia. Und die Organisatoren sollten es auch wirklich besser wissen. Man spielt mit dem Feuer, wenn man die Religion mit einem Helden wie Dr. King in Verbindung bringt."

„In Verbindung? Hat Dr. Kings Philosophie von der Gewaltfreiheit nicht da ihren Ursprung?"

„Wenn Sie von seiner Taktik sprechen, ich denke, da ist eher Mahatma Gandhi sein Vorbild. Denken Sie doch mal darüber nach – dieser Titel bringt ihn in Verbindung mit Okkultismus und Ignoranz."

„Ich meinte ja nur –"

„Dr. King war ein Produkt seiner Zeit. Sind Sie der Meinung, es würde seinem Andenken dienen, wenn man die Ignoranz dieser Epoche verherrlichen würde? Wenn wir Thomas Jefferson ehren wollen, konzentrieren wir uns dann etwa auf seine Befürwortung der Sklaverei?"

Felicia blickte ihn zerknirscht an. Paul lächelte.

„Muss ich Sie verhaften, weil Sie Religion praktizieren, Felicia?"

„Legen Sie mir Handschellen an. Sie werden Verstärkung brauchen."

„Ach ja?", fragte er lachend. „Das werden wir ja sehen. Aber mal im Ernst, ich habe vier Jahre lang die größeren Religionen studiert. Ständig gab es irgendwelche kriegerischen Auseinandersetzungen. Das war die Geschichte. Glauben Sie mir, Religion ist das Gegenteil von Gewaltlosigkeit."

Paul ließ das Verhalten seiner Sekretärin zwar durchgehen, doch er war erstaunt, dass eine Sekretärin in der NPO vor ihrem Vorgesetzten die Religion verteidigte. Aber vor Winternacht hatte er es kaum in Betracht gezogen, dass es hier in den USSA eine christliche Bedrohung gab. *Wir haben vergessen, dass der Preis für Freiheit ständige Wachsamkeit ist. Wir nehmen den Frieden als selbstverständlich hin. Aber das ist jetzt vorbei.*

Draußen war es so kalt, dass der Fluss kurz davor stand, zuzufrieren. Das war eine Seltenheit. Paul starrte an dem Foto von Jae auf seinem Schreibtisch vorbei auf das Wasser und gestand sich ein, dass er während seiner Abwesenheit mehr an Angela Pass gedacht hatte als an seine Frau. Er war sehr erleichtert gewesen, als Koontz sie mehr oder weniger aus dem Kreis der Verdächtigen ausgeschlossen hatte. Bei der Beerdigung hatte Angela gesagt, sie hätte ihn schon immer kennen lernen wollen und sie würde sich gerne einmal mit ihm treffen, um mit ihm über ihren Vater zu reden.

Felicia meldete sich über die Gegensprechanlage. „Koontz möchte Sie sehen."

Paul zog sein Jackett gerade, richtete seine Krawatte und schnappte sich einen Schreibblock. Bei zwei Checkpoints blieb er zum Irisscan stehen, dann wurde er von Koontzs' Sekretärin hereingebeten.

„Er spricht gerade über das Videofon, aber Sie sollen trotzdem hereinkommen."

Paul betrat das Büro und schloss die Tür hinter sich, als Koontz gerade sein Gespräch beendete: „Er ist jetzt da. Ich rufe Sie zurück."

Er legte auf, bot Paul aber keinen Platz an.

„Das war der oberste Boss. Wir haben über Sie gesprochen, Step."

Paul nickte. Er wusste nicht so recht, was er sagen sollte.

Koontz erhob sich. „Gehen wir." Er deutete mit dem Daumen nach unten.

In den abhörsicheren Raum?

Koontz lächelte. „Ich habe Neuigkeiten."

„In Ordnung", erwiderte Paul, mehr als Frage.

Koontz öffnete seinen Schrank und das DNS-kodierte Schloss an seinem Safe und nahm eine versiegelte Dokumentenschachtel heraus.

Paul folgte ihm zum Aufzug und sie fuhren 16 Stockwerke hinunter in den Keller. An jedem Checkpoint wurde die Identität von Koontz überprüft. In dem Flügel, der zu dem abhörsicheren Raum führte, wurden Koontz und Paul wie alle anderen auch behandelt. Obwohl sie die uniformierten Wachen schon seit Jahren mit Namen kannten, gab es keinen Smalltalk und kein Abkürzen der Prozedur. Ihre Ausweise mit den holografischen Bildern wurden vom Computer eingelesen und mit ihren Gesichtern verglichen. Die Iris wurde abgetastet und außerdem mussten sie noch ihre Handflächen zur Überprüfung der Fingerabdrücke und zum DNA-Check auf einen Bildschirm legen.

Danach durchschritten sie einen Metalldetektor und bekamen endlich zwei Metallschlüssel für den abhörsicheren Raum. Die gesamte Prozedur kam Paul immer ein wenig altmodisch vor. Die Schlüssel waren eine Vorsichtsmaßnahme gegen Wanzen, die in den modernen elektronischen Schließvorrichtungen irgendwie einkodiert sein könnten. Koontz schloss eine drei Zentimeter dicke Stahltür auf. Dahinter lag in sechs Zentimetern Entfernung eine drei Zentimeter dicke, ebenfalls verschlossene Holztür. Nachdem sie sich endlich Zugang verschafft hatten und Koontz beide Türen wieder gesichert hatte, führte ein Wachposten draußen eine letzte Überprüfung des Raumes durch. Die Ergebnisse wurden auf einem kleinen Monitor an der Wand sichtbar. Kein Hinweis auf Wanzen, Mikrowellen oder irgendwelche anderen Abhörvorrichtungen. Koontz drückte einen Knopf neben dem Monitor, der ein so genanntes weißes Rauschen auslöste, ein kaum hörbares Summen, das jede Aufzeichnung stören und ihr Gespräch unverständlich machen würde.

Sechs luxuriöse dunkelrote Ledersessel waren um einen runden Mahagonitisch gruppiert. Ansonsten war der Raum leer, abgesehen von einem Krug mit Eiswasser und mehreren Gläsern. Koontz warf die Dokumentenschachtel auf den Tisch und goss zwei Gläser Wasser ein. Unter jedes Glas legte er eine kleine Serviette.

„Irgendwie habe ich meinen Beruf verfehlt", sagte er, als er sich setzte und auf einen Sessel deutete. „Ich hätte Kellner werden sollen."

Paul setzte sich, lächelte und versuchte, ruhig zu reagieren. Koontz, der sich normalerweise nicht mit Belanglosigkeiten aufhielt, schien zu zögern. Paul fragte sich, ob sein Schwiegervater Recht gehabt hatte. Hatte er sich durch die Teilnahme an der Beerdigung von Pass verdächtig gemacht? Er würde behaupten, er hätte keinerlei Kenntnis von Pass' Aktivitäten seit ihrer gemeinsamen Zeit bei der *Delta Force* gehabt – was ja auch zutraf. Oder hing das alles irgendwie mit dem Brief seines Vaters zusammen? *Der angebliche Brief.* Das Stück, das er von dem Umschlag abgerissen hatte, steckte noch in seiner Brieftasche. Und wenn er nun durchsucht würde? *Ob der Brief nun getürkt ist oder nicht – sich darüber Gedanken zu machen, ist kein Verbrechen. Es wäre seltsam, wenn mich das nicht beschäftigen würde.*

Koontz erhob sich, zog sein Jackett aus und hängte es über seinen Sessel. Dann lockerte er die Krawatte.

„Machen Sie es sich bequem", forderte er Paul auf. „Wir haben einiges zu erledigen."

„Im Augenblick fühle ich mich ganz wohl", erwiderte Paul. Er war schon zweimal im abhörsicheren Raum gewesen und wusste, dass er gleichmäßig beheizt wurde.

„Machen Sie eigentlich regelmäßig Ihre Schießübungen, Paul?"

Paul nickte. „Ich kann mit allen Waffenarten umgehen, von einer Derringer bis zu einer Haubitze. Ich trainiere mindestens alle zwei Wochen."

„Besitzen Sie eine Double-Action-Halbautomatik?"

„Ich besitze eine 11,5 Millimeter Beretta und eine Walther Stealth."

„Haben Sie eine bestimmte Vorliebe?"

„Das hängt davon ab. Was soll ich damit tun?"

„Jemanden aus nächster Nähe töten."

Paul zögerte. „Die Beretta ist kaum zu schlagen, Bob. Wen soll ich töten?"

„Hoffentlich niemanden. Aber bei diesem Job braucht man eine Handfeuerwaffe."

„Bei diesem Job?"

„Die neue Einsatztruppe. Sie haben darum gebeten und Sie sind ihr zugeteilt worden."

„Das ist ja großartig! Aber sagen Sie mir eines – ist Ranold auch dabei?"

„Die Einheit Spezialprojekte in D. C. bereitet eine Operation vor. Sie ist streng geheim – es gibt nur wenige Eingeweihte – und irgendwann werden wir sie vermutlich aufteilen. Im Augenblick fällt uns wohl eher die Aufgabe zu, die Informationen auszuwerten."

„Was wird meine Aufgabe sein?"

„Sie haben zwei Aufgaben. Zum einen werden Sie unser Joker sein. Offiziell nehmen Sie an strategischen Razzien teil. Sie werden uns in diesem Rahmen Hintergrundinformationen über den Glauben dieser Christen liefern und uns dabei helfen, zu interpretieren, was sie bei einer Vernehmung tatsächlich sagen. Sie werden auch selbst Verhöre durchführen. Inoffiziell werden Sie mich persönlich über die Größe und Stärke der Sekte auf dem Laufenden halten. Wir wissen nicht, ob die verschiedenen Splittergruppen miteinander in Verbindung stehen. Wie gut organisiert sind sie? Besteht dieses Problem landesweit oder handelt es sich um unabhängige Gruppen, die nur ähnlich wirken und handeln?“

„Ich werde mich über ihre Theologie, ihren Glauben und ihre Praktiken informieren müssen.“

„Wir denken, dass einige von ihnen Sabotageakte durchführen. Erinnern Sie sich an den Zwischenfall mit dem Reflektierenden Teich in Washington?“

„Er verfärbte sich rot, oder? War das nicht irgendein Trick?“

„Nicht wirklich. Vor Hunderten von Touristen verwandelte sich das Wasser in Blut. Richtiges Menschenblut – wir haben es überprüft. Und es braucht nur einer in einer Menge wie dieser zu behaupten, das sei ein Wunder – und genau das ist damals auch passiert, wenn wir es auch aus der Presse herausgehalten haben –, und schon ist man mit einer religiösen Krise konfrontiert. Christen inszenieren solche angeblichen Wunder und machen sie sich zu Nutze, um die Menschen auf ihre Seite zu ziehen, indem sie behaupten, dies seien Zeichen dafür, dass die Welt ihrem Ende entgegengehe.“

Koontz beugte sich nach vorne. „Ich sage das nur ungern, aber wir sind der Meinung, dass Pass hinter der Sache mit dem Teich steckte. Als wir versuchten, ihn zu verhören . . . nun, sagen wir, die Art und Weise, wie er sich gewehrt hat, hat zu einem Selbstmord durch die Polizei geführt.“

Paul nickte. „Extremisten sind bereit, für ihre Sache zu sterben.“

„Ich möchte ehrlich zu Ihnen sein, Paul. Es wird nicht leicht werden. Weitere Menschen werden sterben. Das ist nicht zu vermeiden.“

„Ich werde tun, was immer nötig ist.“

Koontz öffnete das Siegel der Dokumentenschachtel und zeigte Paul in den kommenden zwei Stunden die Dokumente, die ihrer Meinung nach darauf schließen ließen, dass es in allen sieben Staaten christliche Gruppierungen gab.

„Sehen Sie, womit wir es zu tun haben?“

„Es ist schockierend, wie schnell sich das ausgebreitet hat“, meinte Paul.

„Ich bin froh, Sie an Bord zu haben. Für den Fall, dass Sie bereits Überlegungen dazu angestellt haben: Diese Aufgabe wird für Sie einen Karrieresprung mit sich bringen und natürlich eine wesentlich höhere Bezahlung.“ Koontz erhob sich und sammelte sein Material zusammen.

„Sie werden in Ihrem Büro bleiben, und Sie können Felicia über die Veränderungen informieren, aber zuerst müssen wir ihre Geheimhaltungsstufe erhöhen. Wenn Sie zurückkommen, ist sicherlich alles erledigt."

„Von wo?"

Koontz griff in seine Brusttasche und holte einen dünnen Ordner hervor. „Flugtickets, Hotelreservierung und Informationen über Kontaktpersonen", sagte er und schob Paul die Unterlagen über den Tisch hinweg zu. „Ihre erste Aufgabe: San Francisco. Unsere Leute haben eine christliche Zelle entdeckt, die von einer reichen Witwe geleitet wird. Wir haben ihr den Decknamen Polly Carr gegeben."

Paul lächelte. „Dann wissen Sie also doch noch etwas über Kirchengeschichte."

„Nun, ich habe von Polykarp gehört, aber das ist auch schon alles."

„Und wie lautet die Aufgabe?"

„Offensichtlich lebt diese Frau in einem alten viktorianischen Haus in dem ehemals eleganten, jetzt aber ziemlich heruntergekommenen Viertel Sea Cliff. Die Hälfte der Häuser steht leer. Sie wohnt allein. Wir haben den Tipp bekommen, dass jeden Sonntagmorgen vor Anbruch der Dämmerung mehrere Dutzend Menschen auftauchen und in ihrem Haus verschwinden. Sie kommen getrennt, und wir sind davon überzeugt, dass es sich um eine religiöse Versammlung handelt. Sie sollen hinfliegen und feststellen, was los ist. Wenn es das ist, was wir glauben, dann werden wir sie uns schnappen. Sie werden die Verhöre von unserem Büro in San Francisco aus leiten."

„Das klingt nicht so, als würde ich eine Waffe dafür brauchen."

Koontz zuckte die Achseln. „Man kann nicht vorsichtig genug sein."

„Für wann ist die Operation geplant?"

„Für den kommenden Sonntag, den 25."

„Ich nehme an, ich kann es meiner Frau erzählen."

„Dass Sie einen neuen Job haben, natürlich. Einzelheiten zu diesem Auftrag sicherlich nicht."

■ ■ ■

Auf dem Weg zurück in sein Büro schaute Paul im Labor vorbei. Es wurde von Trina Thomas geleitet, einer temperamentvollen Rothaarigen aus dem Süden, die offensichtlich genauso gerne flirtete wie Paul. Obwohl sie verheiratet war, hatte Paul immer den Eindruck, dass nur die Tatsache, dass sie zusammenarbeiteten, sie davon abhielt, einen Schritt weiter zu gehen.

„Dr. Stepola!", begrüßte sie ihn. „Ich habe Sie vermisst. Sie haben uns schon lange nicht mehr die Ehre eines Besuches gegeben."

„Nur ein äußerst wichtiger Termin konnte mich davon abhalten."

„Mexiko, oder? Und was haben Sie für uns? Ein wertvolles Artefakt?"

„Eigentlich geht es um einen persönlichen Gefallen. Für Jae."

„Ist sie bereit, Sie an mich abzugeben?"

„Ich fürchte nicht. Nein, es handelt sich eher um . . . ein Stammbaumprojekt, glaube ich. Sie ist auf ein Dokument gestoßen und möchte gerne wissen, ob das Alter dieses Dokuments verrät, von welchem Mitglied der Familie es stammen könnte."

„Ich werde das gleich heute Nachmittag erledigen – aber natürlich nicht umsonst. Wie wäre es mit einem Mittagessen?"

„Diesen Preis zahle ich gerne. Aber leider kann ich heute nicht. Ich reise morgen mit einem neuen Auftrag ab."

„Dann, wenn Sie wieder da sind."

■ ■ ■

Jae zeigte nur mäßige Begeisterung für Pauls neue Aufgabe.

„Ich bin froh, dass du nur noch innerhalb der Staaten unterwegs bist. Aber da du gerade erst nach Hause gekommen bist, kann ich nicht sagen, ich würde mich freuen, dass du schon wieder wegfährst."

„Fang gar nicht erst damit an, Jae. Ich weiß, worum du dir Sorgen machst, und ich habe es satt, mich ständig verteidigen zu müssen. Wenn ich einen Schreibtischjob hätte, wärst du auch davon überzeugt, dass ich mich mit einer anderen Frau treffe."

„Paul, wenn du zurückkommst, sollten wir vielleicht eine Therapie machen."

„*Du* solltest eine machen, denn schließlich bist *du* diejenige, die ein Problem hat."

Kapitel 5

Pauls Flugzeug landete am Samstag kurz nach Mittag in San Francisco. Seine Lieblingsstadt war allein zu seinen Lebzeiten von 700 000 auf mehr als eine Million Einwohner angewachsen.

Er nahm ein Taxi und fuhr über die 101 nach Norden. Diese Schnellstraße war mittlerweile in beide Richtungen auf sieben Spuren ausgebaut worden und man hatte von dort einen wunderbaren Blick auf das tiefblaue Wasser der San Francisco Bay. Seit dem Krieg waren eine Reihe von erdbebensicheren Wolkenkratzern gebaut worden. Sie trotzten den gelegentlichen Erderschütterungen, die dieses Gebiet noch immer heimsuchten. Das gläserne, o-förmige Gebäude von „Pacifica Life & Casualty" war ein wahres Wunderwerk, und das Nebeneinander von Regional- und Kommunalzentren, das eine in Form des Unendlichkeitssymbols und das andere in Form eines Ankers, zog Fotografen aus der ganzen Welt an. Im Zentrum von San Francisco, das man nach der Tsunami-Katastrophe aus den Trümmern wieder neu aufgebaut hatte, prangten Nachbauten der altertümlichen und bunten, für die Stadt so typischen Reihenhäuser. Sogar die *Cablecars* waren nachgebaut worden.

Paul checkte im Presidio-Hotel ein, das in gleicher Entfernung vom neu erbauten Palast der schönen Künste und dem Nationalfriedhof im neuen Golden-Gate-Park lag. Während er sich in seinem Zimmer einrichtete, empfand Paul ein neues und seltsames Gefühl, das er von seinen bisherigen Aufträgen in Übersee nicht kannte. Nervosität, ja, natürlich, Aufregung, Freude auf das Unbekannte. Aber nie das Gefühl einer realen Gefahr. Es war faszinierend.

Ein Klingelton, der aus dem Flachbildschirm in der Wand kam, kündigte eine Nachricht an. Paul aktivierte diesen per Fernbedienung und rief die Nachricht ab. Es handelte sich um eine Mitteilung von Larry Coker, dem Agenten in der örtlichen Dienststelle, der die Operation am folgenden Morgen leiten würde.

„Ich freue mich darauf, Sie kennen zu lernen, und hole Sie um sechs zum Abendessen ab. Ich habe einen Tisch im ‚Smyrna's Sole Emporium' reserviert. Sagen Sie Bescheid, wenn Sie keinen Fisch mögen. Dann gehen wir woanders hin."

Paul mochte eigentlich lieber Steaks, aber er aß auch gerne einmal Fisch, vor allem, wenn er in San Francisco war. Die knappe Nachricht schien zu bestätigen, was er über Coker gehört hatte – dass dieser sehr tatkräftig war. Er war jünger als Paul und ein Navy SEAL. Paul war sicher, dass sie sich gut verstehen würden.

Eine Minute vor sechs fuhr Coker in einem Dienstwagen vor. Paul wartete draußen bereits auf ihn. Sogleich sprang der Agent aus dem Wagen und schüttelte ihm überschwänglich die Hand. Er hatte kurze blonde Haare und rote Wangen, war über 1,90 Meter groß und sehr stämmig. Paul schätzte ihn auf 111 Kilo.

„Hey Mann, Sir, ich habe ja tolle Sachen von Ihnen gehört", begrüßte Coker ihn.

Paul lächelte. Sie nahmen die 101 in Richtung Süden, und als sie in die Nähe des wieder aufgebauten *Fischerman's Wharf* kamen, wies Coker Paul auf alle interessanten Sehenswürdigkeiten hin – das Denkmal für das zerstörte Maritime-Museum und auch das vollkommen computerisierte und interaktive Fort Mason, das Institut für holografische Kunst und die historische *Cable Car Barn.* Coker sprach mit unglaublicher Schnelligkeit, und Paul brachte es nicht übers Herz, ihm zu sagen, dass er vermutlich genauso viel über San Francisco wusste wie sein Gastgeber.

„Wissen Sie, hier legen keine Fischerboote mehr an", erklärte Coker. „Die Fänge werden auf Gefrierschiffen verarbeitet und dann direkt an Einzel- und Großhändler geliefert."

„Ich weiß." In Pauls Augen brauchte eine Stadt, die im Westen am Pazifischen Ozean und im Osten an der San Francisco Bay gelegen war, keine weitere Werbung. Früher hatte sie sich auf 40 Hügeln ausgestreckt, jetzt waren es nur noch 20. Coker ließ sich nicht davon abbringen, sowohl den *Russian*- als auch den *Nob*-Hügel hinauf- und hinunterzufahren. Der Ausblick, den man von dort hatte, begeisterte ihn. Trotzdem kamen sie pünktlich zur vereinbarten Zeit in dem Lokal an, in dem er einen Tisch für sie reserviert hatte.

Sie wurden in eine abgeschiedene Ecke geführt. Paul gefiel das Ambiente – dunkles Holz, Leinen und Silberbesteck, was dem Lokal eine gewisse Klasse verlieh. Er war verblüfft, dass Coker ein so elegantes Restaurant gewählt hatte. Vielleicht täuschte der erste Eindruck.

Während des Abendessens sprachen sie über ihre Militärzeit. Danach kam Coker zur Sache.

„Und jetzt zu morgen", sagte er und breitete seine Papiere so auf dem Tisch aus, dass Paul einen Blick darauf werfen konnte. „Dies sind Luft- und Landaufnahmen von Polly Carrs Haus. Das ist ihr Codename."

„Das habe ich gehört."

„Hat dieser Name eine besondere Bedeutung?" Paul klärte ihn kurz auf. „Seltsam. Ich frage mich, warum gerade dieser Deckname gewählt wurde."

„Ich bin nicht sicher", erwiderte Paul. „Vielleicht, weil diese Leute auf Ärger aus sind, so wie Polykarp."

„Vermutlich", meinte Coker. „Wie auch immer, wir werden nachher dort vorbeifahren und uns die Gegend ein wenig ansehen. Dieses Viertel ist größtenteils verlassen, wir dürften eigentlich keine Probleme mit neugierigen Plappermäulern bekommen." Er deutete auf die Luftaufnahme. „Hier und hier werden unauffällige Vans stehen. Sie werden mit mir und meiner Gruppe in diesem hier sitzen, etwa anderthalb Blocks südlich der betreffenden Wohnung auf der 25. Straße. Sie werden einen guten Blick auf das Haus und die eintreffenden Personen haben. Wir haben einen Überwachungschip für Sie installiert, der sowohl als Sender als auch durch die Empfänger in Ihren Backenzähnen auf die Wanze im Inneren des Hauses abgestimmt ist."

„Die Wanze wurde bereits installiert?"

„Vor zwei Tagen."

„Großartig."

Coker packte die Papiere zusammen und räumte sie weg. „Wenn Sie nichts dagegen haben, würde ich gerne bei der ersten Angriffswelle mit meinen Leuten mit hineingehen, weil wir daran gewöhnt sind, als Team zusammenzuarbeiten."

„Das macht Sinn", erwiderte Paul enttäuscht.

„Es wird mehr als genug Trubel geben", beruhigte Coker. „Wir werden schon Spaß haben!"

„Rechnen Sie mit Widerstand?"

Coker legte den Kopf zur Seite. „Hey, das Gesetz ist doch eindeutig – Versammlungen zum Zweck der Ausübung von Religion sind verboten. Wenn diese Leute das nicht genau wüssten, würden sie nicht im Schutz der Dunkelheit herumschleichen."

„Gibt es irgendwelche Hinweise auf Waffen?"

„Meine Aufgabe besteht darin, eine Witwe und ihre Gruppe von regierungsfeindlichen Verschwörern festzusetzen. Vermutlich können wir nicht einfach klopfen und damit rechnen, dass sie widerstandslos herauskommen. Aber wenn Sie Angst haben, das Ganze könnte außer Kontrolle geraten, keine Sorge. Der Tatendrang meines Teams ist zwar groß, aber alles wird im Rahmen bleiben."

„Ich mache mir keine Sorgen."

„Morgen werden Sie sehen, was das SEAL-Training bringen kann. Mein Team und ich werden diese religiösen Eiferer schneller überwältigt haben, als Sie ‚Delta Force' sagen können. Dann steht es Ihnen frei, mit ihnen Scrabble zu spielen oder was immer Ihnen aufgetragen wurde."

■ ■ ■

Coker kam am folgenden Morgen um vier Uhr in einem einfachen weißen Van mit geschwärzten Scheiben am Hotel vorgefahren. Die feuchte Kälte durchfuhr Paul unangenehm, trotz seines Hutes, des schweren Mantels und seiner Handschuhe.

Coker ließ das Fenster auf der Beifahrerseite herunter, um Paul zu zeigen, dass er es war, und als Paul einstieg, bemerkte dieser, dass Coker von Kopf bis Fuß in Blau gekleidet war. In seinem schweren Gürtel gab es mehrere Fächer für Munition, Schlagstock, Handschellen und eine 50-Kaliber *Glock Century Three*.

„Das ist die eine Hälfte unseres Teams", stellte er die übrigen Mitfahrenden vor, als er auf der 101 in Richtung Westen zum Highway 1 fuhr. „Meine Damen und Herren, Dr. Paul Stepola, unser Berater aus dem Chicagoer Büro."

Vier Männer und zwei Frauen, die alle wie Coker gekleidet und mit Sturmgewehren bewaffnet waren, begrüßten den Neuankömmling und wünschten ihm viel Glück. Danach wurde es still im Wagen. Coker fuhr auf der 1 nach Süden, nach Westen auf dem *Geary Boulevard* und dann auf der 25. Avenue nach Norden und blieb schließlich auf der *California Street* stehen. Dort stellte er den Motor ab und streifte sich die Nachtsichtbrille über den Kopf. Eine zweite reichte er Paul. Mit leiser Stimme, sodass seine Leute ihn nicht hören konnten, wandte er sich dann an ihn.

„Die anderen Mitglieder des Teams sind in Position und haben Sichtkontakt zum Haus. Wir sind insgesamt zwei Gruppenleiter, ich selbst und zwölf Mitglieder der Einsatztruppe."

„Wie viele Teilnehmer werden denn erwartet?", fragte Paul.

„Bisher haben wir nie mehr als 23 bemerkt, Sir."

„Paul."

„Und los geht's, Paul." Coker reichte ihm eine Karte mit einer eingebauten kleinen Platine, die aussah wie eine Kreditkarte. Er hatte sie auf die Frequenz des in Pauls Backenzahn implantierten Empfängers programmiert.

„Sie werden unsere gesamte Kommunikation verfolgen können, sowie das, was von der Wanze aus dem Haus übertragen wird. Und Sie werden unsere Position feststellen können, egal, was auch passiert."

Die Übertragung war erstaunlich gut. Durch die Nachtsichtbrille konnte Paul keinerlei Bewegung in der Nähe des im Dunkeln liegenden Hauses ausmachen. Er hörte ein Tier herumlaufen, vermutlich einen Hund. Es winselte leise. Er hörte auch, wie er annahm, das Brummen des Kühlschranks und das Ticken einer Uhr.

Etwa eine halbe Stunde später sahen er und Coker auf, als sie Geräusche im Haus vernahmen.

„Muss die alte Dame sein", sagte Coker. „Wir sind sicher, dass sie allein lebt."

Der Hund wurde lebendig, als ein Licht eingeschaltet wurde, und Paul hörte das Plätschern eines laufenden Wasserhahns. Die Frau machte sich in der Küche zu schaffen. Sie sprach mit dem Hund und füllte Wasser- und Fressnapf.

Mehrere Minuten später sagte Coker: „Bogey, drei Uhr." Paul lächelte darüber, dass Coker den ersten Besucher mit demselben Ausdruck belegte, den er für ein herannahendes feindliches Flugzeug gewählt hätte.

Ein großer, schlanker Mann Anfang 20 kam zum Haus. Er trug billige Kleidung und eine Jacke, die für die Wetterverhältnisse viel zu dünn war. Die Hände hatte er in die Taschen gesteckt.

Der Mann klopfte dreimal leise an die Tür. Als die Frau öffnete, sagte er: „Er ist auferstanden."

Sie erwiderte: „Er ist wahrhaftig auferstanden."

„In meinen Ohren klingt das religiös", meinte Coker.

Paul erkannte den Satz als den Gruß der ersten Gemeinde. Er bezog sich auf Jesus.

Was brachte zwei so unauffällige Menschen – eine alte Frau, die mit einem Hund in einem heruntergekommenen Haus lebte, und diesen uninteressanten, schäbig gekleideten Mann, der sehr schüchtern zu sein schien – dazu, sich trotz der Gefahr einer verbotenen Gruppierung anzuschließen? Keiner von ihnen wirkte besonders mutig, abgedreht oder gefährlich. *Das sind keine Hitzköpfe*, dachte Paul. *Das sind Loser, die ihr leeres Leben mit einer Scheinwelt und der Hoffnung auf eine herrliche Belohnung im Leben nach dem Tod aufpeppen wollen. Geheime Treffen sind ihre einzige Abwechslung.*

Aber das erklärte nicht die Sache mit Andy Pass, der eine Familie, beruflichen Erfolg und den Respekt seiner Kollegen erworben hatte. Und was war mit Pauls Vater? Bei diesem Gedanken errötete Paul.

„Sehen Sie was?“, fragte Coker.

„Nein. Diese Leute machen mich krank. Das ist alles.“

Während der folgenden 15 Minuten tauchten eine Reihe von Besuchern auf, einzeln und zu zweit. Paul bemerkte ein Ehepaar mittleren Alters, vermutlich neben der Gastgeberin die Ältesten. Der Mann war ausgesprochen rundlich und humpelte. Die Frau hatte eine große Tasche bei sich und schien unter dem langen Mantel eine weiße Uniform zu tragen.

„Könnte bewaffnet sein“, meinte Coker.

„Ja“, bestätigte Paul. „Bonnie und Clyde. Was für traurige Säcke.“

„Das Haus könnte ein Bombenlager sein.“

„So, ich denke, wir sind jetzt alle da“, ertönte die Stimme der älteren Frau.

„Also gut!“, sagte Coker und griff nach seinem Helm.

„Zu Beginn werden wir die Bibel herumgehen lassen. Bitte lest jeweils nicht zu lange. Während wir darauf warten, dass wir an die Reihe kommen, können wir anderen singen.“

„Das war's. Die Bibel ist verboten“, sagte Coker. „Es geht los.“

„Warten Sie“, wandte Paul ein. „Ich möchte das gerne hören. Wir finden vielleicht heraus, was sie vorhaben.“

Es war, als wären Pauls Lehrbücher lebendig geworden. In der Zwischenzeit wurde im Haus gesungen.

„Amazing grace! How sweet the sound –
that saved a wretch like me!
I once was lost but now I am found,
was blind but now I see.“

■ ■ ■

„In ein paar Minuten werden sie tatsächlich sehen“, knurrte Coker. Paul hörte, wie er den Kontakt zur anderen Einheit aufnahm.

Zweifellos war ein Verbrechen im Gange. Aber was sollte das? Wovon waren diese Leute so fasziniert?

Jetzt sprach die Frau.

„Fasst Mut, Brüder und Schwestern. Hört das Wort des Herrn: ‚Selig, wer sein Gewand wäscht: Er hat Anteil am Baum des Lebens und er wird durch die Tore in die Stadt eintreten können. . . . Ich, Jesus, habe meinen Engel gesandt als Zeugen für das, was die Gemeinden betrifft. Ich bin die Wurzel und der Stamm Davids, der strahlende Morgenstern. . . . Wer hört, der rufe: Komm! Wer durstig ist, der komme. Wer will, empfange umsonst das Wasser des Lebens . . . Er, der dies bezeugt, spricht: Ja, ich komme bald. Amen. Komm, Herr Jesus!‘

Und was sollen wir nun angesichts dieses Textes tun?“ Die Frau las weiter: „‚Darum geht zu allen Völkern und macht alle Menschen zu meinen Jüngern; tauft sie auf den Namen des Vaters und des Sohnes und des heiligen Geistes, und lehrt sie, alles zu befolgen, was ich euch geboten habe. Seid gewiss: Ich bin bei euch alle Tage bis zum Ende der Welt.‘“

„Laut Vorschrift sollten wir jetzt ausrücken“, mahnte Coker. „Je länger wir warten, desto größer ist die Gefahr, dass jemand auf uns aufmerksam wird.“

„Noch eine Minute“, wandte Paul ein. „Sie kommt jetzt zum Punkt.“

„Also, meine Lieben, wir sind nicht allein“, sagte die Frau gerade. „Der Herr ist bei uns, und viele andere Gläubige stehen auf, sammeln sich in der Gewissheit, dass das Ende nahe ist. Wir alle haben die Zeichen gesehen. Das Kommen des Herrn steht kurz bevor. Darum müssen wir uns an die Arbeit machen. Wichtige Aufgaben warten auf uns. Trotz des Gesetzes, trotz der Gefahr vertrauen wir darauf, dass Gott uns Mut gibt. Wie Jesus seinen Jüngern sagte: ‚Die Ernte ist groß, aber es gibt nur wenig Arbeiter. Bittet also den Herrn der Ernte, Arbeiter für seine Ernte auszusenden.‘

Und warum glauben wir daran, meine lieben Freunde? Jesus selbst hat gesagt: ‚Siehe, ich komme bald. Selig, wer an den prophetischen Worten dieses Buches festhält.‘ Später sagte er weiter: ‚Siehe, ich komme bald und mit mir bringe ich den Lohn, und ich werde jedem geben, was seinem Werk entspricht. Ich bin das Alpha und das Omega, der Erste und der Letzte, der Anfang und das Ende.‘“

Diese Verrückten, die davon sprachen, aktiv zu werden, ließen Pauls Blut erstarren. Sie hofften also, ihr Gift auf der ganzen Welt zu verbreiten – „alle Völker zu Jüngern zu machen“. Sie planten etwas Großes – „trotz des Gesetzes, trotz der Gefahr“, hatte die Frau gesagt. Und die Vorstellung, das Ende sei nah, dass Jesus bald wiederkehren würde, das nahmen sie als Rechtfertigung für ihre Verführung.

„Wir haben lange genug gewartet“, beschloss Coker nun. „Wir gehen jetzt rein.“

„Seien Sie vorsichtig. Diese Leute sind vielleicht noch verrückter, als wir denken.“

„Entspannen Sie sich, Professor. Wir wissen, was wir tun.“ Coker drehte sich um und bedeutete seinen Leuten, ihm zu folgen.

Er stieg aus, ging zu Pauls Fenster hinüber und zeigte ihm den in die Höhe gereckten Daumen.

„Passen Sie auf, hören Sie zu und lernen Sie“, sagte er. Er rannte los und führte seine Leute zu den anderen, die ebenfalls auf das Haus zurannten.

In weniger als einer Minute war das Haus umstellt. Und soweit Paul es beurteilen konnte, wusste niemand im Inneren, was außen vor sich ging.

„Ich möchte es euch ermöglichen, vor Sonnenaufgang wieder zu Hause zu sein“, sagte die Frau gerade. „Wir singen noch ein Lied und beten dann miteinander.“

Coker hob den Arm und ließ seine Faust kreisen. Kein Klopfen, keine Ankündigung, keine Warnung – wie ein Mann stürmte das Sondereinsatzkommando das Haus. Paul riss sich seine Nachtsichtbrille vom Kopf, sprang aus dem Van und schlich näher heran. Fenster wurden eingeworfen, die Vorder- und Hintertür eingetreten, Tränengasdosen ins Haus geschleudert. Schreie zerrissen die Nachtluft.

Durch seinen Empfänger hörte Paul, wie sich die Mitglieder der Eingreiftruppe gegenseitig Ermutigungen zubrüllten. Dann ein neues Geräusch – das unverwechselbare, unvergessliche Zischen von Laserstrahlen, die auf menschliches Fleisch trafen. Dies war keine Razzia; das war eine Schießerei! Diese heruntergekommenen Sonderlinge waren nicht nur eine Gruppe in die Irre geführter Träumer – sie waren mit modernen Gewehren bewaffnet!

Paul rannte mit gezogener Waffe durch die Dunkelheit. Als er sich der Veranda näherte, wurde ein Flammenwerfer eingesetzt. Die alte Frau kam aus der Haustür gestürmt. Sie zog ein Feuersegel hinter sich her. Die hässliche, knisternde Feuergestalt und der Geruch von verbranntem Fleisch ließen Paul innehalten. Mit einem einzigen Schuss streckte er sie nieder und Augenblicke später war sie nur noch ein zischender, rauchender Haufen.

Ein ohrenbetäubendes Donnern ließ die Erde erbeben. Ein leises Dröhnen, das immer lauter wurde, schleuderte Paul zu Boden. *Das ist eine Bombenfabrik!*

„Coker!“, brüllte Paul. „Raus da!“

Aus den Augenwinkeln heraus bemerkte er neben dem Haus etwas Weißes – die weiße Uniform, die er unter einem Mantel hatte hervorblitzen sehen. Das Ehepaar mittleren Alters war aus dem Haus entkommen und taumelte nun so schnell davon, wie der Mann hinken konnte. Paul feuerte und sah die weiße Gestalt niedersinken. Sie zog den Mann mit sich zu Boden. Paul feuerte erneut und auch der Mann blieb reglos liegen.

Das Holzhaus kreischte und splitterte auf seinen Fundamenten. Ein Mann durchbrach ein Vorderfenster, taumelte auf die Veranda. Als Paul anlegte, hob sich der Boden und warf ihn nieder, während er einen Schuss abgab. Der Mann stürzte über die Brüstung. Der Schuss schien den Mann in die Brust getroffen zu haben.

Paul wollte aufstehen, doch der Boden hob sich erneut. Er klopfte gegen seinen Bauch wie ein großes Herz, das im Inneren der Erde pochte. Unmittelbar vor ihm öffnete sich eine Erdspalte. Paul barg den Kopf in den Armen, rollte über den bebenden Boden bis hin zur Straße, und als er endlich Halt bekam, kroch er auf Händen und Knien weiter den Berg hinunter. Er war den Berg schon halb hinabgekommen, als es ihm endlich gelang, aufzustehen und seine zerschlagenen Glieder dazu zu zwingen, so schnell wie möglich zum Fuß des Hügels zu rennen, wo jetzt die blitzenden blauen Lichter der Polizeiwagen von San Francisco zu sehen waren.

Zwei behelmte Polizisten eilten auf ihn zu, um ihm zu helfen. Er sank ihnen in die Arme. Ein weiterer ohrenbetäubender Knall und eine mächtige Erschütterung ließen die drei zu Boden gehen. Noch während sie versuchten, zu sich zu kommen, gab es eine letzte Erschütterung, und Trümmer regneten vom Berg herunter. Als sie endlich wieder sehen konnten, war die Bergkuppe in einer Wolke aus Rauch und Staub verschwunden.

Die Polizisten halfen Paul in einen Krankenwagen. Er las ihnen die Frage, was passiert sei, von den Lippen ab.

„Bombe", brachte er durch seine aufgesprungenen, blutenden Lippen mühsam hervor. In seinen Ohren klingelte es so laut, dass er nicht wusste, ob er es laut aussprach. Seine Augen waren zugeschwollen, und nur mit Mühe schaffte er es, sich auf die Bahre zu legen. Während die Sanitäter ihn an medizinische Geräte anschlossen, durchzuckte ein einziger Gedanke den Schmerz und das Klingeln in seinem Kopf: *Was für eine Bombe richtet einen solchen Schaden an?*

■ ■ ■

Es war ein Wunder. Das sagten die Ärzte über Pauls Verletzungen – beziehungsweise über die Tatsache, dass er weitgehend unverletzt geblieben war.

„Nur ein paar Schnitte und Abschürfungen", erklärte man ihm. „Es sieht viel schlimmer aus, als es ist."

Paul versuchte, sich dies in Erinnerung zu rufen, als er die dunkelblauen Flecken auf seinen Armen, Beinen und seinem Körper untersuchte. Der Mantel, Hut und die Handschuhe, die ihn gerettet hatten, hingen in Fetzen an ihm herunter, bis die Ärzte ihn im Krankenhaus davon befreien konnten. Paul bestand darauf, die Fetzen zu behalten.

Seine Trommelfelle waren geplatzt, aber mit Hilfe der modernen Technologie war dieser Schaden schnell zu beheben. Etwa eine Woche lang würde er sich von allem Lärm fern halten müssen. Das war eine Erleichterung, weil er zu mitgenommen war, um weitere Fragen ertragen zu können.

▪ ▪ ▪

Jaes Vater war von Pauls neuem Job begeistert. „Genau das, was er braucht. Junge Leute wie er, für das Militär ausgebildet – er muss doch frustriert sein nach all den Jahren als Schreibtischhengst. Wenn das nicht so wäre, hätte ich keinen Respekt vor ihm. Früher habe ich das immerzu erlebt. Jae, das ist das Beste für ihn."

Als Paul dann zerschlagen und geschunden nach Hause kam, war Jae entsetzt, doch sie schwor, ihre Gefühle für sich zu behalten. Den Kindern würde es schon schwer genug fallen, mit den Verletzungen ihres Vaters umzugehen, auch ohne dass sie mitbekamen, dass ihre Eltern darüber stritten. Pauls Körper war wirklich ein schlimmer Anblick. Und wenn ihr Vater nun Recht hatte? Wenn ein Grund für Pauls Gleichgültigkeit war, dass er eine neue Herausforderung brauchte, die Gelegenheit, sich selbst zu beweisen? Zweifellos hatte er seinen Eifer unter Beweis gestellt. Er war ein Held. Im Augenblick stand ihre Ehe auf so wackeligen Beinen, dass sie bereit war, fast alles zu akzeptieren, um sie wieder zu kitten.

▪ ▪ ▪

„Ein Wunder", sagte Koontz und knallte das Protokoll auf seinen Schreibtisch. „Das behaupten jedenfalls die Aufwiegler über die Explosion in San Francisco."

Er und Paul saßen in dem abhörsicheren Raum und sprachen über die Operation Polly Carr, nachdem Paul sich nach zwei Wochen wieder zum Dienst gemeldet hatte. Eine solche Explosion hatten die Wissenschaftler noch nie erlebt, ein Erdbeben, das selbst in der mittlerweile erdbebensicheren Stadt eine Panik ausgelöst hatte, weil es die Menschen an einen terroristischen Angriff erinnerte. Die höchste Stelle des Berges hatte sich gespalten und bildete einen Krater, in dem das Haus der Witwe und ein paar andere verlassene Nachbarhäuser verschwunden waren. Die starken wellenähnlichen Erschütterungen hatten Bäume entwurzelt und Risse in den Straßen verursacht, aber bei anderen erdbebensicheren Häusern weiter unten am Hügel nur geringfügigen Schaden angerichtet. Trotzdem mussten diese Häuser evakuiert werden, bis geologische Tests ergaben, dass der Berg solide war, und bis herausgefunden wurde, was dieses seltsame Beben der Erde ausgelöst hatte, falls das überhaupt möglich war.

„Es war eine Bombe", bekräftigte Koontz. „Wir wissen nur noch nicht, was für eine, und nachdem die ganze Bergkuppe über dem Haus zusammengestürzt ist, frage ich mich, ob wir das jemals herausfinden werden. Aber offensichtlich sind diese Leute viel klüger und gefährlicher, als wir gedacht haben."

„Was ist mit den Spezialwaffen der NPO und mit den Leuten?"

„Die Leute sind tot, die Waffen verloren."

Paul schüttelte den Kopf. „Der arme Coker. Er war ein sehr tatkräftiger Mensch."

„Wir denken, dass diese Fanatiker vor ihrem Tod auch dieser Meinung waren."

Paul beugte sich vor. „Dazu wollte ich Ihnen noch etwas sagen, Bob."

„Nur zu."

„Coker und die Eingreiftruppe sind in das Haus gestürmt – es gab keine Warnung, keine Identifizierung. Sie schwärmten aus, griffen mit Flammenwerfern, Tränengas, Bayous mit Laseraufsätzen und Pulsar-Waffen an –"

„Das muss ja ein Spektakel gewesen sein."

„Das war es auch! Ich hörte Schüsse – ob Warnschüsse oder nicht, konnte ich nicht sagen. Als ich losrannte, um zu helfen, kam die alte Dame aus dem Haus getorkelt. Sie hatten sie in Brand gesetzt. Das war, bevor ich etwas von einer Bombe wusste."

Bob stieß scharf die Luft aus. „Was sagen Sie da?"

„Wussten wir denn überhaupt, dass diese Menschen bewaffnet waren? Es war, als wären diese Jungs in eine verdammte Falle gelaufen. Darum habe ich die alte Dame erschossen."

„Das klingt so, als hätten Sie sie von ihrem Elend erlöst."

„Und dann ging die Bombe los. Wussten wir, dass dort eine war?"

„Wir hatten einen Verdacht."

„Warum wurde ich nicht informiert?"

Koontz zögerte. „Der Leiter einer Operation wie dieser muss sehr verschwiegen sein. Vielleicht war die Situation zu brisant, sodass er Sie und die anderen nicht in vollem Umfang aufklären konnte. Wir werden es wohl nie erfahren."

„Nun, ich habe einfach geschossen. Gefangene zu machen war nicht möglich. Auch drei andere habe ich erwischt – eine Krankenschwester, wie es schien, und zwei andere, die zu entkommen versuchten."

„Haben Sie sie getötet?"

„Ich denke schon."

„War es das erste Mal für Sie?"

„Ja."

Koontz lächelte. „Das ist hart. Aber lassen Sie sich davon keine grauen Haare wachsen. Sie haben getan, wozu Sie ausgebildet wurden. Und außerdem standen Sie unter Beschuss. Sie sind der einzige Überlebende. In einer Zeit wie dieser braucht kaum jemand von uns noch zu töten. Sehen Sie es einmal so – die Bombe ging los. Das ist doch ein ziemlich guter Beweis dafür, dass sich in diesem Haus Terroristen aufhielten."

„Bob, ich bedauere nichts. Mir geht es um diese Leute vom Einsatzteam, Coker und die anderen. Sie sind vollkommen ahnungslos in ihr Unglück gelaufen. Sie hatten keine Chance."

Koontz nickte. „Guerrillakrieg. Genau damit haben wir es hier zu tun."

Der Montag nach dieser Besprechung mit Koontz war Pauls erster offizieller Arbeitstag nach seiner Verwundung. Er kam früh ins Büro und traf dort Trina Thomas an. Sie saß mit übereinander geschlagenen Beinen auf Felicias Schreibtisch, ein Schuh schaukelte an ihrem Zeh.

„Hey, was für ein Anblick", sagte sie. „Ich wollte Ihnen gerade eine Nachricht hinterlassen. Sie sehen aus, als wären Sie mit einem Kaktus aneinander geraten."

„Letzte Woche hätte man noch vermutet, ich hätte einen Zusammenstoß mit einem Grizzly gehabt."

„Sie könnten es bestimmt jederzeit mit einem Bären aufnehmen. Aber mal im Ernst, wie geht es Ihnen?"

„Erstaunlich gut. Ich habe gar keine Schmerzen mehr, obwohl mein Körper von blauen Flecken und Blutergüssen übersät ist."

„Das ist sehr männlich, das versichere ich Ihnen. Ich bin vorbeigekommen, um Ihnen zu sagen, dass ich diese Probe während Ihrer Abwesenheit ein paar Mal habe durchlaufen lassen."

Paul schloss seine Bürotür auf. „Kommen Sie rein." Sie nahm Platz und er schloss die Tür. „Und?"

„Es ist altes Papier von hoher Qualität. Das wenige Papier, das heute noch hergestellt wird, besteht aus den wiedergewonnenen Fasern des Plastiks, das früher als unzerstörbar galt. Aber damals zur Jahrtausendwende besaß Papier einen hohen organischen Anteil – Holzfasern, sogar Gewebefasern. Billigeres Papier wurde aus Holzmehl hergestellt und war oft säurehaltig, sodass es schneller vergilbte. Ihre Probe ist von bester Qualität, mit einem hohen Anteil an Gewebe- oder Baumwolle. Daher der gute Zustand."

„Kann man so etwas heutzutage noch kaufen?"

„Nicht, dass ich wüsste. Seit dem Krieg ist es nicht mehr im Handel. Es gibt so viel überschüssiges Plastik, das viel billiger und leichter zu verarbeiten ist. Auch ist das Endprodukt viel stabiler. Vielleicht gibt es noch einige Handwerker, die organisches Papier für künstlerische Arbeiten oder so etwas in kleinen Mengen herstellen. Aber die Spektralanalyse hat ergeben, dass die Fasern in Ihrem Papier bereits zu zerbröseln begonnen haben. Das lässt darauf schließen, dass sie zwischen 35 und 50 Jahre alt sind. Auf der Probe sind auch Gummispuren zu finden, behandelt mit einem Klebstoff, der durch Feuchtigkeit aktiviert wird. Das Stück gehört zu einem Umschlag, richtig? Früher verschloss man Umschläge, indem man das Gummi angeleckt hat."

„Iiieh."

„Nicht so hygienisch wie unsere heutigen Verschlüsse mit Schnapp-Punkten und längst nicht so sicher. Wenn ein moderner Sicherheitsumschlag erst mal verschlossen ist, kann man ihn nicht unbemerkt öffnen und wieder verschließen, weil man die Punkte niemals wieder richtig aufeinander setzen kann. Aber damals hat man den Umschlag, wenn man sicher gehen wollte, dass niemand anderer als der Empfänger ihn öffnet, mit einem Wachssiegel verschlossen. Auf Ihrer Probe habe ich einige Wachsspuren gefunden."

„Interessant."

„Wo kommt er Jaes Meinung nach her?"

„Oh, äh, das Stammbaumprojekt. Irgendwelche Verwandte während des Krieges."

„Das macht Sinn. War ein Brief darin? Irgendetwas Wichtiges, nehme ich an, wenn man die Qualität des Briefpapiers bedenkt. Und vermutlich nicht elektronisch gedruckt. Handgeschrieben? Kalligrafie?"

„Ich werde sie fragen."

„Man sollte doch erwarten, dass ein so formeller Brief unterschrieben ist. Und 35 Jahre ist doch so lange nicht. Ich bin erstaunt, dass Jaes Verwandte das Dokument nicht identifizieren können."

„Hören Sie, ich danke Ihnen sehr, dass Sie sich die Zeit genommen haben, alle diese Tests durchzuführen."

„Sagen Sie mir Bescheid, wenn Jae die Tinte testen lassen möchte. Damit könnten wir das Alter noch genauer festlegen. Natürlich wären Sie mir dann ein zweites Mittagessen schuldig."

■ ■ ■

Paul rechnete beinahe damit, dass Trina den Fall weiter verfolgen und sich erkundigen würde, wer den Brief geschrieben hatte. Kriminaltechniker konnten aus kleinen Hinweissplittern ganze Szenarien entwerfen.

Aber wenn das, was sie sagte, stimmte, konnte der Brief durchaus echt sein – eine Vorstellung, die Paul entsetzte. Es war schwer zu sagen, was schlimmer war – festzustellen, dass er Opfer einer verdeckten NPO-Operation zur Aufdeckung von Korruption geworden war oder dass der Vater, den er verehrt hatte, sich von einer üblen Sekte hatte einfangen lassen.

Aber er musste Gewissheit haben – jetzt, nachdem er selbst beinahe zu Tode gekommen war, mehr als jemals zuvor. Die Tinte könne Aufschluss darüber geben, hatte Trina gesagt, und die Analyse der Schrift würde zusätzliche Gewissheit liefern. Aber Trinas Intuition und Neugier könnten problematisch werden. Paul wollte nicht riskieren, dass im Büro über den Brief spekuliert würde.

Aber was war mit Angela Pass? Nach den Informationen auf ihrer Visitenkarte arbeitete sie für die Kongressbibliothek. Dort waren bestimmt die nötigen Mittel vorhanden, um den Brief zu analysieren. Er könnte sich mit ihr über die sichere E-Mail in Verbindung setzen, über die er mit seinen Informanten kommunizierte. Dann würde sie nicht erkennen können, dass er bei der NPO arbeitete. Nun, da die Wahrheit über Andy bekannt geworden war, hatte der Brief für Ranold als Beweis für Pauls Loyalität keine Beweiskraft mehr, aber der alte Spion hegte vielleicht noch immer ein gewisses Misstrauen gegen ihn. Falls Ranold ihm tatsächlich den Brief untergeschoben hatte, dann konnte er ihn aufscheuchen, indem er sich mit Angela in Verbindung setzte.

Er schrieb Angela eine Nachricht. Darin betonte er noch einmal, wie sehr er sich gefreut hätte, sie kennen zu lernen. Er erklärte ihr, er arbeite an einem Gedenkprojekt für einen alten Kameraden ihres Vaters, und fragte sie, ob einer ihrer Kollegen vielleicht zwei Handschriftenproben vergleichen könne, um einen Soldaten zu identifizieren, der einen bestimmten Brief geschrieben hätte. Er würde die Handschriftenproben einscannen und ihr schicken. Und er fragte sie, ob sie ihm vielleicht auch helfen könnte, durch eine Analyse der Tinte das Alter des Briefes zu bestimmen.

Agenten spielen kann ich auch.

Und, dachte Paul lächelnd, seine Bitte könnte den Funken zwischen ihnen entfachen.

Jae war erstaunt gewesen, mit welcher Vehemenz Paul sich geweigert hatte, während der zwei Wochen Genesungsurlaub zu Hause mit seinem Schwiegervater zu reden. Er behauptete, er hätte zu große Schmerzen. Aber nachdem er jetzt seit ein paar Tagen wieder arbeitete, schien er sich über Ranolds Anrufe zu freuen. Jae wertete das als ein gutes Zeichen. Sie hoffte, dass Pauls berufliche Zufriedenheit die Beziehung zu ihrem Vater verbessern würde. Möglicherweise würde er dann auch zu Hause zufriedener sein.

■ ■ ■

Koontz forderte Paul auf, sich bei seinem Job nicht zu übernehmen, doch am Ende der Woche bat Paul um einen neuen Auftrag.

„Ich möchte nicht einrosten", sagte er. „Hier im Büro herumzuhängen, ist nichts für mich. Geben Sie mir einen neuen Auftrag."

Paul verschwieg, wie zornig er darüber war, dass Andy Pass – und sein Vater – sich von dem Versprechen der „Quelle lebendigen Wassers" und der Drohung, Jesus werde bald wiederkommen, hatten einlullen lassen. Er konnte einfach nicht mehr das Bild des jungen, übereifrigen Coker aus seinem Gedächtnis bannen, der ihm grinsend den erhobenen Daumen gezeigt hatte, bevor er in eine Falle gelaufen war. Auch sah er ständig vor sich, wie sich die Erde gehoben und gesenkt hatte, während er den Hügel hinuntergetaumelt war. Er durchlebte erneut, wie er die brennende Frau, die in der weißen Uniform und den humpelnden Mann erschossen hatte; und immer wieder dachte er zurück an den Augenblick, als der Wärmestrahl den Mann durchdrang, der von der Veranda getorkelt war. Pauls Verletzungen verheilten, aber sein Zorn blieb. Wie sehr wünschte er, er hätte mehr von ihnen getötet, er hätte sie alle umgebracht.

Ein paar Tage lang war er abgelenkt gewesen. Da war zuerst das Mittagessen mit Trina Thomas, zu dem er sie eingeladen hatte, weil sie diese Papieranalyse für ihn durchgeführt hatte. Sie hatten sich viel Zeit genommen, viel Wein getrunken und sich schließlich geküsst. Paul war erleichtert, dass er vernünftig genug gewesen war, sich nicht noch weiter in ihre Schuld zu begeben.

Angela hatte sich gefreut, von ihm zu hören, und schrieb, sie würde dem alten Kameraden seines Vaters gerne helfen. Sofort hatte er ihr Bilder von ein paar Zeilen geschickt, die sein Vater an seine Mutter geschrieben hatte, dazu einen Satz aus dem Brief – *„Eines Tages wirst du* *selbst ein Kind in den Armen halten und die unendliche Tiefe und Breite der Liebe eines Vaters begreifen*" – zusammen mit einem Schnipsel mit dem Datum des Briefes für die Tintenanalyse.

Dann hatte er ein wenig Katz-und-Maus mit seinem Schwiegervater gespielt und herauszufinden versucht, ob der alte Mann über den Brief und seine Bitte an Angela Bescheid wusste.

Doch jetzt wurde Paul unruhig.

„Nun", meinte Koontz schließlich, „wir haben ein Problem in Gulfland. Es geht lediglich darum, Fakten zu finden, aber ich schicke Sie mit allen Vollmachten hin, die Sie brauchen, um jede Person jeden Ranges zu befragen."

„Das weiß ich zu schätzen, Bob, aber bitte verhätscheln Sie mich nicht."

„Das tue ich nicht. Doch mit Problemen ist eigentlich nicht zu rechnen." Koontz reichte ihm einen Aktenordner. „Ölland. Eine Ölquelle hat aufgehört zu sprudeln und ist in Brand geraten."

„Ich bin kein Ölexperte, Bob. Ist das ungewöhnlich?"

„Nicht unbedingt. Natürlich ist es unangenehm für die Investoren, aber was da im Augenblick vor sich geht, hat es noch nie gegeben. Es ist kein unterirdischer Brand, sondern eine einige hundert Meter hohe Feuersäule."

„Das klingt gefährlich. Warum kann man sie nicht löschen?"

Koontz hob beide Hände. „Schaum zeigt keine Wirkung, und sie wissen einfach nicht, wie sie den Brand unter Kontrolle bekommen sollen. Das ist wieder so ein ‚unerklärliches Phänomen', ein gefundenes Fressen für diese Verrückten. Leute, die so etwas sehen, reden darüber, und dann verbreiten sich die Gerüchte wie ein Lauffeuer. Ich persönlich denke, dass es sich hierbei um Industriesabotage handelt."

„Das muss ich mir ansehen."

„Wie wär's mit morgen früh?"

Insgeheim hatte Paul sich immer über den Leiter der NPO in Gulfland amüsiert. Die meisten Dienststellenleiter, die Paul kennen gelernt hatte, waren ziemlich zugeknöpft. Richtige Bürokraten. Lester „Tick" Harrelson war etwa 1,85 Meter groß und wog 140 Pfund. Ständig fuhr er sich mit der Hand durch seine dichten Haare. Seine Krawatte saß lose und ständig rutschte ihm das Hemd aus der Hose. Aber er war ein sehr angenehmer Zeitgenosse und seine Leute mochten ihn sehr.

Tick und Donny Johnson, der Präsident von *Sardis Oil* und das genaue Gegenteil von Tick, warteten am internationalen Flughafen von Houston auf Paul. Das Einzige, das Tick und Donny gemeinsam hatten, waren die Cowboystiefel, die Cowboyhüte und der Wunsch, das anstehende Problem möglichst rasch zu lösen. Johnson war sehr groß und machte lange Schritte, und auch wenn es so aussah, als würde er sich in einem Blaumann wohler fühlen, war sein Anzug doch offensichtlich maßgeschneidert.

„Schön, Sie zu sehen, Doktor", begrüßte Tick ihn. „Willkommen in Gulfland. Ich bin froh, dass Sie wieder fit sind." Dann stellte er ihn dem Ölmagnaten vor. „Dieser Junge ist ein Held, Donny."

Donny Johnson betrachtete die Verletzungen in Pauls Gesicht. Sein Händedruck war fest. „Einen Helden können wir im Augenblick wirklich gut gebrauchen."

„Nun, ich –"

„Diese Quelle habe ich immer meine ‚Spindletop' genannt. Jetzt verbrennt dort Tag für Tag mein Geld."

Tick erklärte. „‚Spindletop' war die erste richtige Ölquelle in Texas. Sie hat uns damals auf die Landkarte gebracht. Man sagt, dass früher 100 000 Barrel pro Tag gefördert wurden."

John schüttelte den Kopf. „Durch die heutige Technologie konnte die Fördermenge verdoppelt werden, aber zu der damaligen Zeit war das schon was. Die größte Quelle, die die Welt je gesehen hat. Ein Wunder, sagt man – und so wird dieses Feuer nun auch genannt."

„Wer nennt es ein Wunder?"

„Das sollen Sie für uns herausfinden, Mister. Nach nicht einmal 48 Stunden wird das Unglück bereits im Internet breitgetreten. Und wenn Sie die finden –" Er ballte die Hände zu Fäusten. „Ich prügle denen das Gehirn aus dem Schädel."

„Sinnbildlich natürlich", meinte Tick. „Religiöse Aktivität ist per Gesetz schon strafbar. Sabotage –"

„Das Gesetz?", fragte Johnson. „Wir hier in Texas haben unsere eigenen Gesetze."

Tick schien solche Äußerungen bereits zu kennen. „Lass uns Paul mal zeigen, was los ist."

Die drei stiegen in eine am Straßenrand geparkte Stretchlimousine. Obwohl es erst März war, schwitzte Paul bereits in seinem Wollanzug, selbst in dem klimatisierten Wagen. Er zog seine Jacke aus.

„Lockern Sie ruhig Ihre Krawatte", bot Tick ihm an, aber Paul lehnte ab.

Houston gehörte schon lange Zeit zu den Städten mit den höchsten Einwohnerzahlen im Land. Erst kürzlich war die Stadt an Chicago vorbei auf den dritten Platz hinter Los Angeles und New York aufgestiegen. In der Ferne konnte Paul einige der höchsten Gebäude der Welt erkennen. Sie verliehen der Hafenstadt eine faszinierende Skyline. Die Fenster der meisten Wolkenkratzer waren verspiegelt und warfen die Sonnenstrahlen zurück. Ihr Schein legte einen überirdischen goldenen Schimmer auf die Stadt.

Das Sardis-Ölfeld lag zwei Stunden vom Flughafen entfernt.

„Im Ölgeschäft kenne ich mich nicht so gut aus, Mr. Johnson", erklärte Paul, als sie die Vororte hinter sich ließen und ins offene Land hineinfuhren. „Meine Fragen mögen Ihnen dumm erscheinen."

„Nichts hier draußen erscheint mir dumm, Mister. Ich bin mein Leben lang im Ölgeschäft tätig und kann dieses Phänomen einfach nicht erklären."

„Erzählen Sie mir von dieser Quelle."

„Es ist eine Produktionsquelle, im Gegensatz zu einer Wildkatzenquelle. Wildkatzen sind die Dinger, die wir auf der Suche nach in Reservoirs eingeschlossenem Öl in den Boden schicken. Haben wir erst einmal ein Reservoir gefunden, bohren wir Produktionsquellen. Dank der Geoinformatik brauchen wir keine große Mannschaft mehr, aber bis eine Quelle anfängt zu sprudeln, haben wir bereits Millionen investiert."

„Wie oft gerät Öl in Brand?"

„Das kommt vor, ist aber selten. Heutzutage hat das fast immer natürliche Ursachen. Manchmal schlägt der Blitz in eine Quelle ein. Oder das Feuer wird gelegt. Wie in diesem Fall."

„Sie scheinen da sehr sicher zu sein."

„Meiner Ansicht nach stecken die Mexikaner dahinter."

„Angenommen, es war tatsächlich eine ausländische Partei", spekulierte Paul. „Wie hätte sie es angestellt?"

„Nicht nur ausländisch – mexikanisch", widersprach Johnson. „Diese Ratten arbeiten hier, machen sich so weit mit unserer Technologie vertraut, dass sie sie sabotieren können, und denken, das bisschen würde ihr armseliges Ölgeschäft ankurbeln. Vielleicht haben die Araber sie auch dazu angestiftet. Diese Jungs würden es zu gerne sehen, wenn wir, was das Öl angeht, wieder vom Mittleren Osten abhängig wären."

„Paul ist unser Religionsexperte", erklärte Tick. „Die Gerüchte über Wunder lassen darauf schließen, dass diese Sache von den Christen ausgeheckt wurde. Es könnte sich um einen terroristischen Akt von Seiten der Christen handeln."

„Christen, Mexikaner, Araber – das ist mir egal. Irgendjemand wird dafür bezahlen."

■ ■ ■

Das Ölfeld lag etwa zehn Meilen abseits der Schnellstraße. Als der Fahrer das Fenster herunterließ, um sich am Tor zum Gelände von Sardis auszuweisen, drang ein übler Geruch ins Auto.

„Puh!" Paul hustete. „Wenn man dieses Zeug nur einatmet, wird man schon high."

„Das stimmt tatsächlich", erwiderte Donny. „Zu viel davon macht krank."

„Die Abwinde bringen erst die richtige Umweltverschmutzung mit sich", erklärte Tick. „Die Rauchfahne von einem so großen Feuer steigt Tausende von Metern hoch in die Atmosphäre. Die Winde dort oben verteilen den Rauch Hunderte von Kilometern weit – wenn wir Glück haben, treiben sie sie hinaus auf den Golf."

Die Limousine näherte sich der brennenden Quelle. Diese war eingezäunt und wurde von zwei Männern in Schutzanzügen und mit Laserwaffen bewacht.

„Wir werden keine Schutzanzüge brauchen, weil wir nicht so lange hier bleiben werden", erläuterte Donny. „In diesen Schutzanzügen schwitzt man so entsetzlich. Aber wir werden Schutzbrillen, Masken und Mäntel tragen."

Er klopfte an die Trennscheibe. Der Fahrer ließ sie herunter und reichte eine Tasche und einen Cowboyhut für Paul hinüber.

Donny verteilte die Masken, Schutzbrillen und die Mäntel, dann reichte er Paul den Hut. „Der schützt Sie vor der Sonne und ein wenig vor dem Ruß."

Auch die durch Pauls Schutzmaske gefilterte Luft war noch beißend und fühlte sich ölig an. Innerhalb von wenigen Minuten war sein Hemd unter dem schweren Schutzmantel vollkommen durchnässt. Das Feuer verursachte ein unheimliches Geräusch – es war nicht das vertraute Knacken wie bei einem Holzfeuer, sondern es klang eher wie das Brüllen eines Sturmes, ähnlich dem eines Tornados, dachte Paul.

Das Feuer selbst beeindruckte ihn. Es bestand aus einer rein weißen Säule, etwa 18 Zentimeter im Durchmesser, deren hüpfende und tanzende Flammen sich hoch in den Himmel erstreckten. Durch das Flimmern der Hitzewellen wirkte das weiße Feuer perlmuttartig, hypnotisch, einfach wunderschön.

„Ist dies ein für eine Ölquelle typisches Feuer?", rief Paul.

„Keinesfalls", erwiderte Donny Johnson. „Normalerweise sieht man nur dichten Rauch."

„Was sagen Ihre Techniker dazu?"

„Sie nehmen Proben, können aber nichts herausfinden. Niemand hier hat jemals so etwas gesehen. Zuerst gab's jede Menge Rauch. Dann schoss es wie eine weiße Quelle aus dem Boden heraus. Wir haben Augenzeugen, die Ihnen mehr darüber berichten können."

Paul konnte sich gut vorstellen, dass dieses geheimnisvolle und faszinierende Phänomen in den Augen von leicht zu beeindruckenden Menschen wie ein Wunder aussah.

Es muss sich um Sabotage handeln.

Johnson deutete zum Wagen. „Sehen wir zu, dass wir diese blöden Masken vom Gesicht bekommen."

Im Wagen wischten sich die Männer die Gesichter trocken.

„In welchem Umkreis von der Quelle muss man eine Schutzmaske tragen?", fragte Paul.

„Etwa einen halben Kilometer, und selbst wenn man weiter weg ist, kann man es riechen. Aber im Basislager brauchen wir bestimmt keine Maske."

Johnson wies den Fahrer an, sie zu einem nahe gelegenen Feld zu fahren, wo weitere Quellen sprudelten.

„Die Sicherheitsmaßnahmen zum Schutz dieser Quellen sind verstärkt worden?", fragte Paul.

„Wir haben die Wachen an jedem Eingang verstärkt, zusätzlich zu unserem regulären Wachpersonal. Auch haben wir die Zäune mit elektrisch geladenem Stacheldraht versehen. Und natürlich gibt es Alarmanlagen."

■ ■ ■

Mit dem klimatisierten Wagen fuhren sie fast eine Stunde lang die einzelnen Quellen ab. Donny hatte zum Mittagessen Gazpacho mit würzigen Kräutern und dicke Scheiben Roastbeef auf Sauerteigbrot mitgebracht.

„Das Fleisch stammt von meiner Ranch", erklärte Donny. „Besseres Essen, als wir im Lager bekommen."

Schließlich fuhr die Limousine vor dem Tor zu einem eingezäunten Gelände vor, auf dem es weder einen Baum noch ein kleines Fleckchen Rasen gab. Dort standen drei niedrige, rechteckige Gebäude neben einem größeren viereckigen. Ein viertes rechteckiges Gebäude war offensichtlich erst kürzlich fertig gestellt worden. An den Fenstern klebten noch die Firmenaufkleber und daneben türmte sich das Baumaterial.

„Das ist das Lager für die Arbeiter", erklärte Johnson. „Die Leute arbeiten sieben Tage am Stück und haben dann drei Tage frei, die sie in Beaumont oder Houston bei ihren Familien verbringen. Während der Arbeitstage leben sie hier draußen in den Baracken." Er deutete auf die rechteckigen Gebäude. „Es gibt zwei Arbeits-Mannschaften, die jeweils eine 12-Stunden-Schicht übernehmen. Wenn sie nicht schlafen, vertreiben sie sich irgendwie die Zeit. Jeder Arbeiter hat ein eigenes Zimmer mit einem Bett, einem Waschbecken und einigen Unterhaltungsmedien. In jeder Baracke gibt es einen Aufenthaltsraum, sodass sie miteinander Karten spielen können und solche Sachen. Und dort, hinter unserem Büro –", er deutete auf das viereckige Gebäude, „– liegen die Kantine und die Sporthalle."

„Hübsche Anlage."

„Teuer, aber das ist nötig. Das hält die Männer produktiv. Eine Meute Männer zusammengepfercht mitten im Nichts – nun, man nennt sie nicht umsonst Raufbolde."

„Wir haben alle in dem neuen Gebäude isoliert, die an der Quelle gearbeitet haben, als sie Feuer fing", erläuterte Tick. „Die Quelle ist am dritten Tag ihres Arbeitszyklus in Flammen aufgegangen, darum werden die Männer noch nicht zu Hause erwartet. Wir dachten, es sei besser, sie zum Verhör hier zu behalten, bevor sie nach Hause zurückkehren und wir –", er blinzelte Paul zu, „– sie in der Stadt verhören müssen."

„Ich verstehe", erwiderte Paul. „Auf diese Weise sind die Gerüchte leichter unter Kontrolle zu behalten. Sie werden sie jedoch bald freilassen müssen, vor allem, wenn Anwälte eingeschaltet werden. Und wenn sie erst mal zu Hause sind, wer weiß, was für Geschichten sie dann erzählen."

Tick lächelte. „Ihre Zimmer wurden durchsucht – Firmeneigentum, Sie wissen schon –, ihre Telefone wurden konfisziert und ihre Implantate funktionsuntüchtig gemacht. Keiner wird Kontakt aufnehmen können, bis wir der Sache auf den Grund gegangen sind. Meine Agenten sprechen gerade mit ihnen."

■ ■ ■

Nachdem Johnson am Bürogebäude ausgestiegen war, wurden Tick und Paul zu der neuen Baracke gebracht. Tick blieb an der Tür stehen.

„Was ist Ihre Rolle bei dieser ganzen Angelegenheit, Paul? Ich meine, als Angehöriger des neuen Sonderkommandos Zelotischer Untergrund?"

„Ich werde an den Verhören teilnehmen und nach Anhaltspunkten suchen, die auf religiöse Hintergründe schließen lassen."

„Wissen Sie was?", fragte Tick. „Ich glaube nicht, dass es einen gibt."

„Nicht? Sie wären erstaunt, wie gerissen und gefährlich diese Leute sind."

„Sie sind eine neue Bedrohung, die wir schleunigst ausschalten müssen. Möchten Sie selbst mit diesen Leuten sprechen?"

„Ich werde nur eingreifen, wenn ich auf etwas Interessantes stoße."

„Sie haben freie Hand."

„Übrigens", sagte Paul, „was genau haben Sie bei der Durchsuchung der Zimmer der Augenzeugen gesucht?"

Tick zuckte die Achseln. „Nach außergewöhnlichen Dingen, schätze ich. Ich kann Ihnen nicht sagen, was der Auslöser für eine solche Katastrophe sein könnte."

Die Tür führte zu einem Aufenthaltsraum, in dem etwa 20 Männer auf Klappstühlen saßen und von Wachposten bewacht wurden. Die Mexikaner saßen zusammen. Zwei lange Tische, ein großer Fernsehbildschirm und ein voller Abfalleimer waren die einzigen Einrichtungsgegenstände. Das Gebäude war noch nicht bewohnbar.

Zwei Türen an jeder Seite führten von einem Korridor in den Aufenthaltsraum hinein. NPO-Agent Dirk Jefferson betrat den Raum von links. Sehr herzlich begrüßte er Tick und Paul und zog beide in den Flur, von dem zu beiden Seiten offene Türen abgingen. Jedes Zimmer war mit einem schmalen Bett ausgestattet, dessen Kopfteil zum Fenster zeigte, einem Waschbecken und einer eingebauten Kommode mit vier Schubladen. Es roch nach frischer Farbe. Die Unterhaltungsmedien in diesen Zimmern fehlten noch.

Außer Hörweite der Männer brachte Tick Paul auf den neuesten Stand.

„Johnson war klug genug, alle Männer unmittelbar nach der Explosion der Quelle hier abzusondern. Keiner von ihnen hat das Gebäude seither verlassen." Er deutete auf die Korridore. „Wir benutzen die Räume am hinteren Ende jeden Korridors für die Verhöre. Es gab Gerüchte im Internet, aber wir haben schleunigst eine Nachrichtensperre verhängt, um die Presse rauszuhalten."

Sie vernahmen ein Brüllen aus dem Aufenthaltsraum. „Hör auf, Mann!" Tick, Paul und Jefferson rannten den Flur entlang. Einer der Mexikaner lag stöhnend am Boden. Mit blutender Nase umklammerte er seinen Fuß und Tränen strömten ihm übers Gesicht. Einer der Wachposten hielt seinen verletzten Arm fest, während ein anderer seine Laserwaffe auf einen stämmigen Mann gerichtet hielt.

„Was ist los?", bellte Tick.

Niemand antwortete ihm, bis Tick sich vor den verletzten Wachposten stellte.

„Äh, Lloyd hier hat die Mexikaner geärgert", erwiderte der Wachposten. „Ich glaube, er hat mir mein Handgelenk verdreht."

Als Tick sich zu dem stämmigen Mann umwandte, sagte der auf dem Boden liegende Mexikaner: „Lloyd hat niemanden geärgert, Mann."

„Wie lautet Ihre Version der Geschichte, Lloyd?" Der Mann stierte an die Decke und schwieg. „Wir wollen sie hören, Lloyd", insistierte Tick. „Sofort."

„Jemand hat diesem Kerl auf den Fuß getreten und angefangen, ihn herumzustoßen. Ich habe nur versucht, das zu beenden."

Tick sah sich um und sagte: „Wir werden einen Sanitäter rufen, der nach euch beiden sieht. Aber passt genau auf: Der Nächste, der aus der Reihe tanzt – ob Arbeiter oder Wachmann –, wird nicht so glimpflich davonkommen. Und Sie, Mr. –"

„Lloyd. Stephen Lloyd."

„Sind Sie schon verhört worden?"

„Nein, Sir."

„Nun, ich denke, es ist an der Zeit. Jefferson?"

Kapitel 9

Paul begleitete die Männer, um das Verhör zu beobachten. Stephen Lloyd interessierte ihn. Vielleicht war er ein Held, vielleicht aber auch ein Unruhestifter. Auch wenn Lloyd sich für eine gute Sache eingesetzt hatte, als er einen bewaffneten Wachposten angriff, war dies angesichts der Helfer, die unmittelbar im Flur bereitstanden, unklug gewesen. Sich furchtlos für ein Prinzip einzusetzen konnte edel sein oder hitzköpfig, aber es war auch ein für einen Extremisten typisches Verhalten.

Jefferson saß an einem Tisch gegenüber der Tür. Er verschwand beinahe hinter Stephen Lloyds breitem Rücken. Paul schätzte Lloyd auf mindestens 1,90 Meter und 250 Pfund. Er trug ein weißes T-Shirt, helle Jeans und Schnürstiefel. Sein gelber Helm lag auf seinem Schoß. Er hatte etwas längere blonde Haare und war natürlich ziemlich braun gebrannt.

Paul nickte Jefferson über Lloyds Schulter hinweg zu und lehnte sich gegen den Türrahmen.

Jefferson überflog ein Blatt Papier. „Mr. Lloyd, Sie kommen aus Childress?"

„Das habe ich Ihnen doch gestern schon gesagt."

„Da sind Sie aber hier weit von zu Hause entfernt."

„Mehr als 40 Meilen. Man geht da hin, wo es Arbeit gibt."

„Und Sie sind wie alt?"

„25."

„Sportler?"

„Football in der Highschool."

„Und im College haben Sie damit nicht weitergemacht?"

Lloyd schüttelte den Kopf. „Nein, meine Noten waren zu schlecht."

„Stephen, warum haben Sie den Wachposten angegriffen?"

„Er hat die Mexikaner schikaniert."

„Und warum hat er das Ihrer Meinung nach getan?"
„Vermutlich denkt er, sie hätten etwas mit dem Feuer zu tun."
„Warum denken die Leute das?"
„Keine Ahnung. Vermutlich braucht jeder jemanden, auf dem er herumhacken kann. Niemand will einem Amerikaner so etwas zutrauen. Aber meiner Meinung nach haben die Mexikaner nichts damit zu tun."
„Wer denn?"
„Niemand, den ich kenne."
„Sie kennen sich im Ölgeschäft aus. Was halten Sie von diesem Feuer? Wie ist es entstanden?"
„Ich kenne mich *nicht* im Ölgeschäft aus. Ich bin ein einfacher Arbeiter und tue, was mir gesagt wird. Was unter der Erde vorgeht, davon habe ich keine Ahnung."
„Sie müssen doch eine Meinung dazu haben."
Stephen seufzte. „Das wird Ihnen nicht viel weiterhelfen. Ich denke, es ist irgendetwas ganz Natürliches. Irgendetwas in der Natur."
Jefferson legte den Kopf zur Seite. „Etwas, das es aber bislang noch nie gegeben hat?"
„Sie haben gefragt."
Jefferson legte den Inhalt einer Brieftasche auf den Tisch. „Ist das Ihre Brieftasche?"
„Ja, Sir."
„Ihre Schlüssel?"
„Ja, Sir."
„Und was ist mit dem hier? Was ist das?" Jefferson hielt eine graue, an einem Lederband befestigte Münze hoch.
Stephen zuckte die Achseln, aber Paul bemerkte, wie sich die Muskeln in seinem Rücken verspannten. „Ich würde es einen Glücksbringer nennen."
„Sie tragen es als Glücksbringer bei sich?"
„So könnte man sagen."
Die Prägung zeigte ein altmodisches Buch und Jefferson betrachtete es genau.
„Seit meiner Kindheit habe ich so etwas nicht mehr gesehen. Was bedeutet das?"
„Das ist nur ein Buch."
„Sie sind nicht alt genug, dass Sie sich noch an Bücher erinnern könnten. Lesen Sie gerne?"

„Nicht viel."

Jefferson sah den Inhalt der Brieftasche durch und steckte die drei Gegenstände wieder in den Umschlag zurück. Stephen entspannte sich wieder.

„Lassen Sie mal sehen", sagte Paul.

Stephen schien sich zu versteifen, als Paul den Umschlag in die Hand nahm. Paul zog das Medaillon heraus und drehte es um. Das Buch war aufgeschlagen. Was lag nur dahinter? Eine Feder? *Nein, die würde vor dem Buch liegen, nicht dahinter.* Und dann erkannte Paul es – ein Palmwedel. Und nun wusste er auch, was das bedeutete.

„Wir sollten mal einen Spaziergang machen, Mr. Lloyd."

■ ■ ■

Die Nachmittagsschatten wurden länger. Paul führte Stephen von dem Gebäude fort zu dem noch übrig gebliebenen Baumaterial.

„Ich erkenne dieses Medaillon", erklärte Paul.

Stephen steckte die Hände entschlossen in die Taschen und zuckte die Achseln.

„Ich glaube, das verrät Sie."

Stephen rieb sich das Gesicht mit beiden Händen. Trotzdem schien alle Farbe aus seinen Wangen zu schwinden.

„Wissen Sie, es ist nicht ungewöhnlich", drang Paul in ihn, „dass Leute wie Sie solche Gegenstände mit sich herumtragen, damit andere Gleichgesinnte Sie erkennen."

Stephen stemmte die Hände in die Hüften, schloss die Augen und wandte sein Gesicht der Sonne zu.

„Und als Sie Jefferson sagten, dieses Medaillon sei ein Glücksbringer für Sie, haben Sie etwas ganz anderes damit gemeint als er, nicht wahr?"

Stephen öffnete die Augen und starrte Paul an.

„Und als Sie sagten, das Ölphänomen seit etwas Natürliches, meinten Sie übernatürlich, nicht?"

Der Mann verzog das Gesicht, als wüsste er nicht, was er antworten solle.

„Man sagt, es sei ein Zeichen", sagte Paul. „Ein Wunder."

Paul fühlte sich wie ein Jäger, der seine Beute umkreiste. Zornig dachte er an den christlichen Gottesdienst in San Francisco zurück, an die Witwe, die von dem Zeichen sprach, „dass das Kommen des Herrn nahe ist“ und die „Aufgaben, die wir tun müssen – trotz des Gesetzes, trotz der Gefahr“. Und der Gedanke an die Begrüßung – das Passwort – der Gläubigen.

„Hören Sie zu, Stephen. Er ist auferstanden.“

Dem Mann brach der Schweiß aus. „Wer ist auferstanden?“, flüsterte Lloyd.

Paul hatte das Gefühl, als ständen sie beide jetzt am Rande eines Abgrundes. *Wird er es leugnen?* „Christus ist auferstanden.“

Lloyd legte die Hand auf den Mund, dann nahm er sie so weit weg, dass er heiser flüstern konnte: „Wer, sagten Sie?“

Paul erinnerte sich an das, was er in dem Gottesdienst gehört hatte. „Der Eine, der sagt: ‚Ich bin die Wurzel und der Stamm Davids, der strahlende Morgenstern.‘ Der Eine, der sagt: ‚Wer durstig ist, der komme.‘“

Stephen schien kaum stillstehen zu können. Paul zitierte nun Worte aus dem Brief seines Vaters: „‚Er wird sie zur Quelle des lebensspendenden Wassers führen. Und Gott wird alle ihre Tränen abwischen.‘“

Lloyd schnappte nach Luft. Paul spielte nun seinen Trumpf aus. „Der Eine, der uns in der Offenbarung zuruft: ‚Siehe, ich komme bald.‘“

„Er ist wahrhaftig auferstanden“, krächzte Lloyd.

Bingo!

Lloyd klammerte sich an Paul und schluchzte beinahe. „Mann o Mann, Bruder, noch nie bin ich auf diese Weise auf die Probe gestellt worden. Man weiß nie, ob man den Mut hat . . . ich hätte es beinahe nicht geschafft . . .“ Er fuhr sich mit der Hand über die Augen.

„Es ist schwer, so alleine zu sein“, meinte Paul mitfühlend. „Hier draußen festzusitzen und ein so Ehrfurcht gebietendes Zeichen zu sehen . . . Ich hoffe, Sie sind nicht ganz allein.“

„Gott sei Dank nicht“, flüsterte Lloyd.

„Es gibt andere?“

„Einige. Vorwiegend Mexikaner. Sie halten sich gerne an die alten Traditionen. Aber die anderen? Ist das zu glauben? Versuchen doch tatsächlich, den Mexikanern und Arabern die Schuld dafür in die Schuhe zu schieben. Sabotage! Ich meine, wollen Sie mich veräppeln? Eine Feuersäule, Mann! Wenn das nicht Gott ist, wer dann?“

Sie wurden durch die Ankunft einer Limousine unterbrochen.

„Hallo, ihr da!“, rief Donny Johnson, als er aus dem Fond ausstieg. Mit seinem Cowboyhut überragte er sogar Stephen Lloyd. „Wie läuft es?“

„Prima", erklärte Paul. „Ich werde eine Verhaftung vornehmen."

Stephen Lloyd zuckte zurück.

„Wer? Du?", fragte Johnson. Er packte Stephen am Arm. „Du bist der Brandstifter?"

„Nein, nein, ich –"

„Er ist ein Christ", erklärte Paul verächtlich. „Ich möchte ihn in Haft nehmen –"

„Du – du Mistkerl –" Johnson trat einen Schritt zurück und versetzte Lloyd einen Fausthieb in den Magen. Dieser sackte in sich zusammen. Johnson riss ihn an den Haaren wieder hoch und bearbeitete ihn fluchend mit seiner freien Hand. Tick und Jefferson kamen aus den Baracken gestürmt.

„Johnson, hören Sie auf!", rief Tick. Er hielt seinen Arm fest. Johnson riss sich los. Erneut fiel er über Lloyd her. Er stieß ihn gegen aufgestapelte Ziegel. Bevor Tick ihn aufhalten konnte, hatte Johnson bereits einen Stein in der Hand und schlug auf ihn ein.

„Sie werden ihn noch umbringen!" Jefferson warf sich auf Johnson und versuchte, ihn von dem armen Lloyd loszureißen. „Helfen Sie mir doch!", rief er Paul zu, der Johnson bei seinem Tun zugesehen hatte. Johnson tat nur, was Paul gerne am liebsten selbst erledigt hätte. Doch das hätte ihn seinen Job gekostet. In aller Ruhe trat Paul schließlich hinzu – aber erst in dem Augenblick, als Johnson, dem endlich die Puste ausgegangen war, den Ziegel sinken ließ.

„Was ist mit Ihnen los, Mann?", keuchte Jefferson. Die Frage war sowohl an Paul als auch an Johnson gerichtet.

Tick kniete nieder, um die reglose Gestalt auf dem Boden zu untersuchen. Lloyds T-Shirt und Jeans waren dunkel von Blut und Schmutz. Tick sah auf.

„Ich kann keinen Puls fühlen, Donny. Ich werde Sie in Haft nehmen müssen."

Johnson schnaubte und sein Körper fiel regelrecht in sich zusammen. Die Ärmel seines teuren Hemdes waren zerrissen.

„Ich habe den Kopf verloren. Ein christlicher, aufrührerischer und Sabotage betreibender –"

„Wer hat das gesagt?", fragte Tick.

„Lloyd hat mir gegenüber gestanden", erklärte Paul. „Somit fällt dieser Fall in die Zuständigkeitsbereich des Sonderkommandos Zelotischer Untergrund. Überlassen Sie Johnson mir. Ich brauche seine Hilfe. Bringen Sie jeden Mexikaner auf diesem Ölfeld zur Vernehmung zu mir. Und ich will diese Gruppe in der Baracke sofort hier draußen sehen."

■ ■ ■

Sieben Mexikaner standen Schulter an Schulter in zwei Reihen vor Paul, bewacht von vier bewaffneten Männern.

„Wo ist der mit dem verletzten Fuß?", fragte Paul.

Eine Wache schob ihn aus der hinteren Reihe vor. Er stolperte auf Grund seines neu geformten Plastikschaumgipses.

Paul packte ihn am Arm und zerrte ihn zu Stephens blutüberströmten Leichnam.

„Siehst du deinen Freund hier?"

Der Mann nickte.

„Weißt du, was ihn umgebracht hat? Seine Connections. Und er hat mir erzählt, dass er viele Freunde bei den Mexikanern hat. Bist du ein Christ?"

Keine Antwort.

„Du leugnest es nicht? Du hältst dich wohl für tapfer, ja? Das ist eine einfache Frage. Bist du ein Christ?"

Stille.

„Zäher Bursche, ja? Stephen war auch zäh, aber sieh ihn dir jetzt an. Ich weiß – und du weißt es auch –, wer hinter dem Feuer steckt."

Paul zwang den Mann in die Knie. „Ich will Namen hören." Er drückte dem Mann seine Pistole an den Kopf. „Du hast fünf Sekunden."

Einer der Mexikaner hinter ihnen schluchzte.

„Höre ich einen Namen?", rief Paul. „Euer Mann wird sterben."

Eine Sirene schrillte. Alle fuhren herum und Paul sah in der Ferne eine Explosion.

Johnson fluchte. „Nicht schon wieder eine!"

Er wirbelte herum und rannte zum Wagen. Paul lief ihm nach und riss die hintere Tür in dem Augenblick auf, als Johnson sich auf den Beifahrersitz warf. Paul sprang hinein und landete auf dem Boden. Der Wagen preschte los, und erst nachdem er das unebene Gelände hinter sich gelassen hatte, gelang es Paul, auf den Rücksitz zu klettern.

Auf dem hinteren Wagenboden lagen die verschmierten Staubmäntel, die sie am Vormittag getragen hatten. Auch der Hut, den Johnson Paul geliehen hatte. Trotz des beißenden Rußes auf den

Mänteln zog Paul einen an. Schutzbrille und Schutzmaske steckten noch in der Tasche. Rauch hing in der Luft, als sie sich dem Ölfeld näherten.

Der Wagen hielt an einem Tor, das sofort von einem Wachposten aufgerissen wurde.

„Stellen Sie die Sirene ab", brüllte Johnson aus dem Fenster. „Niemand lässt die Feuerwehrmannschaft herein, bis Sie mein Einverständnis haben! Sagen Sie allen Bescheid, sie sollen sich bereit halten!"

Am Schutzzaun wurden die Arbeiter bereits von den Wachen zusammengetrieben. Einige trugen eine Maske, andere hatten ihr Hemd ausgezogen und es sich vor das Gesicht gebunden. Augenscheinlich war der Sicherheitsbeamte der Meinung, dass die Mannschaft sich zu langsam bewegte, darum zog er seinen Laser-Taser heraus und feuerte in einem Bogen von etwa drei Metern dünne Laserstrahlen in die Männer. Wenn die Strahlen Kleidung oder Haut berührten, gaben sie einen elektrischen Stromstoß ab, der die Männer veranlasste, sich schneller zu bewegen.

Der Fahrer gab wieder Gas, musste jedoch bald abbremsen, nachdem sich die Fenster getrübt hatten. Die Wischerblätter konnten gegen den öligen Schmier nichts ausrichten. Johnson ließ sich davon nicht aufhalten. Er zog die Schutzbrille und eine Schutzmaske auf und lieh sich vom Chauffeur die Kappe.

Der Fahrer ließ die Trennscheibe herunter.

„Geben Sie mir einen von den Mänteln, Stepola", forderte Johnson. „Den größten."

„Was haben Sie vor, Johnson?", fragte Paul. „Rufen Sie doch die Feuerwehr und warten Sie im Wagen. Sie stehen unter Arrest."

„Hier draußen bin ich das Gesetz, Mister, nicht die NPO." Er zog eine *Walther Stealth*. „Wenn Sie versuchen, mich aufzuhalten, werde ich Sie töten."

Paul hob ergeben die Hände. „Sie sind verrückt, zum Feuer zu gehen."

Johnson öffnete das Fenster einen Spalt. „Da ist ein Aufwind. Warten Sie fünf Minuten", trug er dem Chauffeur auf. „Ich werde mir einen der Terroristen schnappen."

Als Johnson die Tür öffnete, drang Rauch in den Wagen. Der Chauffeur legte den Arm über den Kopf und hustete. Pauls Schutzbrille hing ihm um den Hals. Er setzte seine Maske auf.

„Wir müssen ihn aufhalten“, sagte er zu dem Fahrer. Wiederholt drückte er den Daumen gegen sein Backenzahnimplantat, um es zu aktivieren. Die Frequenz war gestört. „Können Sie Hilfe rufen?“

Der Chauffeur setzte seine Schutzmaske auf. Er versuchte es mit dem Autotelefon. Nichts.

„Ich werde ihm nachgehen“, erklärte Paul.

„Mister, ich gebe ihm die fünf Minuten. Er kennt dieses Feld wie seine Westentasche. Sie werden sich verirren, und wir werden bei dem Versuch, Sie zu retten, umkommen.“

Paul zögerte und blieb schließlich im Wagen. *Tick und die anderen haben die Explosion gesehen. Sie haben sicher die Feuerwehr gerufen.*

Nur langsam schlichen die Minuten dahin. Paul und der Chauffeur blieben schweigend im Wagen sitzen.

Nach zehn Minuten konnte Paul es nicht mehr länger aushalten. „Johnson ist ein Rancher. Hat er ein Seil im Wagen?“

„Im Kofferraum.“

Geschützt durch Schutzbrille, den Mantel und die Atemmaske, ging Paul zum Kofferraum. Er fand eine große Rolle orangefarbenes Seil, band sich ein Ende um die Taille und reichte dem Fahrer den Rest. „Lassen Sie das Fenster eine Zeit lang offen, damit das Seil abrollen kann. Ich werde ungefähr jede Minute daran ziehen. Wenn Sie nach mehreren Minuten keinen Ruck spüren, ziehen Sie mich zurück.“

In der Nähe des Wagens war der Rauch nicht so dicht; es gab nur öligen Dunst.

„Johnson!“, rief Paul, während er den Boden absuchte. Weiter vorn schien der Rauch dichter zu werden. Die Ölquelle musste in dieser Richtung liegen. Paul fragte sich, wie wirksam seine Maske bei so dichtem Rauch sein würde.

Paul tauchte immer weiter in die dichte Wolke ein und schon bald war der Wagen nicht mehr zu sehen. Mit dem Ärmel wischte er sich über die Schutzbrille. Er ging im Zickzack auf dem Weg, dann schlug er einen Bogen nach links, kehrte wieder auf den Weg zurück und schlug dann einen Bogen nach rechts – während er gleichzeitig den Boden nach einem gestürzten Mann absuchte.

„Johnson!“, rief er. Seine Stimme klang gedämpft.

Immer wieder blieb Paul stehen, um sich zu orientieren. Angestrengt versuchte er, den Rauch mit den Augen zu durchdringen. Selbst sein Zeitgefühl war beeinträchtigt. *Zähle laut.* Er murmelte Zahlen vor sich hin und zog an dem Seil, wann immer er die Hundert erreichte.

„John-son!"

Bei einem seiner Abstecher vom Weg entdeckte er einen breiteren Betonboden. Offensichtlich näherte er sich jetzt der Quelle.

Der Wind frischte auf und der Rauch wurde herumgewirbelt. In der Ferne hörte er ein stetig lauter werdendes Surren. Er drückte sich den Hut fester auf den Kopf und überprüfte seine Maske. Dann zog er an dem Seil, um sich zu vergewissern, dass seine Rettungsleine noch da war. Die Sicht verschlechterte sich zusehends, da der auffrischende Wind die Gläser seiner Schutzbrille zunehmend mit öligem Ruß bedeckte. Er versuchte, ihn abzureiben, doch dadurch verschmierte er die Gläser so sehr, dass er kaum noch etwas erkennen konnte.

Das Surren wurde lauter, schneller. *Wieder dieses Tornado-Brausen.*

Ein Lichtschein, ein Aufflackern, ein Sprudeln. *Was ist da los?*

Schließlich war es nicht mehr zu übersehen. Er schirmte die Augen mit den Armen ab und riss sich die Schutzbrille herunter.

Ein heller Lichtstrahl vertrieb den Rauch. Eine weiße Flamme schoss in den Himmel empor. Sengende Hitze. Eine Feuersäule. Schmerz. *Eine weiße Quelle.*

■ ■ ■

Weiße Jeans, ein weißes Hemd, ein weißer Cowboyhut. Aber da auch alle anderen auffallend gekleidet waren, fiel die Gestalt beim *Houston Cheetah Racetrack* nicht einmal auf. Die atemberaubende Konstruktion aus Glas und Stahl südlich der Stadt war eine riesige, modernistische Kugel, die drei Rennbahnen, Hunderte von Wettschaltern und Platz für die Zehntausenden barg, die kamen, um die exotisch schönen und schnellsten Geschöpfe der Welt zu sehen.

Die Tribünen und Rennbahnen waren von einer Vielfalt von Restaurants umsäumt, von den besten Restaurants Houstons bis hin zu einfachen Lokalitäten für Touristen. Um genau acht Uhr suchte sich die weiß gekleidete Gestalt einen Tisch für zwei Personen in einem der weniger eleganten Lokale, *Horatio's House of Ribs*, und bestellte ein großes Steak mit Kraut- und Kartoffelsalat. Während er auf sein Essen wartete, blätterte die Gestalt die Zeitung *Texas History Quiz* durch und begann, die Ereignisse des Tages auf ihrem Platzdeckchen zu notieren: die brutale Ermordung von Stephen Lloyd, die Verhaftung der Arbeiter auf dem Sardis-Ölfeld, das Verschwinden des Besitzers dieses Feldes, des bekannten Donny Johnson, und die zweite geheimnisvolle Feuersbrunst.

Als das Essen kam, war das Platzdeckchen zur Seite geschoben und die Gestalt beantwortete die Quiz-Fragen.

Nach dem Essen verließ die weiß gekleidete Gestalt das Restaurant, das Platzdeckchen jedoch blieb halb zusammengefaltet auf dem Platz liegen. Die Quiz-Fragen waren alle korrekt beantwortet und das leere Colaglas stand direkt auf einem Foto von *Spindletop*. Das Geld für die Rechnung lag daneben.

Noch vor Tagesanbruch kreisten die Hubschrauber aller Nachrichtenagenturen der Stadt über dem Sardis-Ölfeld und fingen das unglaubliche Bild der zwei weißen Feuersäulen vor dem dunklen Himmel ein. Auf der ganzen Welt wurde wenig später die Story gebracht: „Mysteriöse Vorkommnisse in Texas: zwei Feuersäulen."

Paul wurde von widersprüchlichen Gefühlen und seltsamen Träumen gequält. Manchmal glühte er. Augenblicke später zitterte er unkontrollierbar vor Kälte. Vage bekam er mit, dass er geschubst, bewegt, hochgehoben, hingelegt und angeschnallt wurde. Er hörte Stimmen, konnte sie aber nicht zuordnen. Er war sich bewusst, dass er vor Schmerzen aufschrie; dann wieder ließ eine Injektion ihn schweben, machte ihn so schläfrig, dass er glaubte, ewig schlafen zu können.

Das Bild einer Explosion weißen Lichtes brannte sich in sein Gedächtnis ein. Wann immer er wach wurde, bedrängte es ihn. *Ruß. Kriege keine Luft. Rauch. Die explodierende Quelle. Die weiße Springquelle.* Entsetzen.

Er wurde aus einem Fahrzeug gehoben und war jetzt draußen. Seine Haut war so empfindlich, dass er am liebsten aufgeschrien hätte, aber er brachte keinen Ton über die Lippen. Er war zugedeckt, doch der kalte Wind fuhr ihm trotzdem durch die Knochen. Er lag jetzt auf einer Bahre und wurde über unebenen Boden geschoben, dann eine Rampe hinauf. Jemand stieß gegen die Bahre und kippte sie beinahe um. Heulende Motorengeräusche. Ein Flughafen? Ein Flugzeug? Wurde er nach Hause gebracht?

Weitere Stimmen. Jemand wurde „Doktor" und „Doc" genannt. Meinten sie Paul? Er konnte nicht antworten. Noch eine Injektion und süße Erleichterung. Er schlief ein . . . und träumte von seiner Familie. Jae, Brie und Connor umarmten ihn, begrüßten ihn zu Hause. Er fuhr zur Arbeit, aber Felicia war jetzt seine Vorgesetzte. Dann stand sie in Flammen und das Bürogebäude in Chicago stürzte in den Fluss.

■ ■ ■

Als Paul erwachte, waren sein Kopf klarer und seine Sinne geschärft. Seine Augen waren verbunden, und er spürte, dass der Verband seinen Kopf ganz umschloss. Seine Kopfhaut war kalt, und er war sicher, dass sein Haar fort war. Unverkennbarer Krankenhausgeruch. Die schweren Schritte von Gummisohlen.

Paul spürte den scharfen Schmerz einer Infusionskanüle an seiner rechten Hand. Seine Lippen waren aufgesprungen und trocken, doch als er sie mit der Zunge befeuchtete, schmeckte er Petroleum. Eine Sauerstoffkanüle steckte in seinen Nasenlöchern. Er schluckte und versuchte, sich zu räuspern. Pauls ganzer Körper tat weh, und obwohl er spürte, dass er sich seit Stunden nicht mehr bewegt hatte, war er müde.

„Wasser."

Aber niemand war da. Er tastete nach einem Knopf, fand aber nichts.

„Wo bin ich?", fragte er etwas lauter.

Jemand eilte herein. Die Stimme einer jungen Frau. „Sind Sie wach, Dr. Stepola?"

„Bin ich in Houston?"

„Oh nein, Sir. Sie sind im PSL-Krankenhaus in Chicago."

„PSL?"

Sie schlug einen verschwörerischen Tonfall an. „Nun, vor Jahren hieß es Presbyterian-St. Luke, aber natürlich wurde es mittlerweile umbenannt."

Sie drückte einen kleinen Schwamm an seine Lippen und er biss begierig darauf. Das kühle Wasser rann ihm über die Zunge und die Kehle hinunter. Er hustete.

„Mehr."

„Langsam."

„Ist mein Haar weg?"

„Ich werde Ihren Arzt rufen."

„Sagen Sie es mir. Ich kann es verkraften."

„Vorübergehend ja. Und es steht Ihnen unglaublich gut, falls ich das sagen darf."

„Habe ich Verbrennungen?"

„Ja." Er hörte, wie Seiten umgeblättert wurden. „Aber Sie hatten Glück."

„Glück?"

„Sie trugen einen Hut und eine Maske. Ihre Hände steckten in Ihren

Ärmeln. Vermutlich haben Sie mit den Armen Ihr Gesicht geschützt, mit Ausnahme der Linie von Ihren Augen bis zu Ihren Ohren."

„Was ist mit meinen Augen?"

Ihr Zögern versetzte ihm einen Stich. „Ich werde Ihren Arzt holen. Er wollte informiert werden, sobald Sie aufwachen."

Sie gab ihm noch etwas Wasser und eilte hinaus. Kurz darauf hörte er wieder Schritte.

„Hey, Paul!" Es war Koontz. „Sie sind wirklich ein zäher Brocken. Ich fange an zu glauben, dass Sie neun Leben haben."

„Das ist nicht witzig, Bob."

„War auch nicht so gemeint, Kumpel. Hören Sie, Ihre Frau und Ihr Schwiegervater werden gleich kommen. Und wenn Ihnen danach ist, natürlich auch die Kinder."

„Bob –"

„Dies ist Dr. Raman Bihari – ein hervorragender Augenspezialist, der Ihre Behandlung übernommen hat."

Paul spürte, wie eine Hand auf seinen linken Oberarm gelegt wurde. „Dr. Stepola?" Eine männliche Stimme mit indischem Akzent.

„Ja. Was ist mit meinen Augen? Ich will die Wahrheit wissen."

„Ich werde offen zu Ihnen sein. Nach der Versorgung Ihrer Verbrennungen habe ich mir Ihre Augen genauer angesehen. Ihre Augenlider wurden schlimm beschädigt, aber glücklicherweise ist die Technologie so weit fortgeschritten, dass wir glauben, sie wiederherstellen zu können. Sie werden wieder normal aussehen und funktionieren."

„Ehrlich gesagt machen meine Augenlider mir weniger Sorgen als mein Augenlicht."

„Natürlich, das geht mir ebenso. Die Wahrheit ist, dass Sie offensichtlich eine Stichflamme direkt in die Augen bekommen haben, in beide Pupillen. Sie hat beträchtlichen Schaden angerichtet, der vielleicht nur durch eine Transplantation behoben werden kann. Aber der Körper verfügt über einen erstaunlichen Selbstheilungsmechanismus. Ich werde Sie sorgfältig beobachten. Wir werden Ihre Augen medikamentös behandeln und etwa zwei Monate verbunden lassen, um zu sehen, inwieweit die Natur in der Lage ist, sich selbst zu heilen. Dann erst werden wir uns für oder gegen eine Operation entscheiden."

„Aber im Augenblick bin ich blind?"

„Mit oder ohne Verbände, ja, Sir."

„Wie stehen Ihrer Meinung nach die Chancen, dass mein Sehvermögen zurückkehrt?"

Der Arzt atmete tief durch. „Ich möchte keine Spekulationen anstellen . . ."

„Sagen Sie es mir."

„Ich schätze, Ihr Augenlicht wird mit mehr als neunzigprozentiger Sicherheit nur durch eine Transplantation wiederhergestellt werden können."

„Und warum nehmen Sie dann nicht sofort eine Transplantation vor?"

„Wenn wir nicht abwarten, ob Ihr Körper den Irisbereich selbst heilt, könnte die Operation fehlschlagen."

„Und wenn er das nicht tut?"

„Dann wäre auch eine Transplantation überflüssig."

„Sagen Sie mir, wie oft geschieht es, dass der Körper sich selbst so weit heilt, dass in einem Fall wie meinem eine Transplantation möglich ist?"

„Leider kommt das nur sehr selten vor. Ich gebe die Hoffnung nie auf, weil man nie weiß, und wie ich schon sagte, der Körper ist unberechenbar. Aber es ist durchaus möglich, dass nichts mehr getan werden kann."

„Was werde ich sehen können? Verschwommene Bilder? Schatten? Irgendetwas?"

„Ohne größere Heilungsfortschritte werden Sie nicht einmal Lichtschatten wahrnehmen."

Dr. Bihari rief eine Schwester, die Paul beim Aufstehen helfen sollte. Paul hatte gehört, dass die anderen Sinnesorgane besonders empfänglich werden, wenn ein Mensch blind oder taub wird, und die anderen Sinne die Funktion des beschädigten Organs ausgleichen, aber er war erstaunt, wie schnell sich dies bei ihm bemerkbar machte. Sein Gehörsinn war geschärft. Er nahm auch die leisesten Geräusche wahr. Auch war er besonders empfindlich in Bezug auf Berührungen und er spürte den Luftzug unter seinem Nachthemd.

Sofort stellte er Forderungen. „Ich brauche einen richtigen Schlafanzug. In dieser Aufmachung gehe ich keinen Schritt weiter."

Ein paar Minuten später war er umgezogen und lag wieder im Bett.

„Bob, schicken Sie alle anderen aus dem Zimmer und schließen Sie die Tür."

„Wollen Sie nicht warten, bis Jae und Ihr Schwiegervater da sind –?"

„Klingt das so, als wollte ich warten?"

Paul forderte ihn auf, sich einen Stuhl heranzuziehen. „Bob, ich möchte wissen, was in Gulfland passiert ist."

„Sie haben ein Recht, das zu erfahren. Eine zweite Ölquelle ist in Brand geraten. Johnsons Chauffeur sagte, Johnson sei losgegangen, um nachzusehen, sei aber nicht mehr zurückgekommen. Sie haben sich ein Seil um die Taille gebunden, bevor Sie sich hinaus in den Rauch gewagt haben, um ihn zu retten. Das war sehr umsichtig. Aber dann ist die Quelle explodiert. Der Chauffeur versuchte gerade, Sie zurückzuziehen, als die Feuerwehrleute auftauchten. Diese sind dem Seil gefolgt und haben Sie gefunden. Nachdem die Ärzte Sie stabilisiert hatten, haben wir Sie hierher geflogen. Seit einer Woche sind Sie mehr oder weniger bewusstlos."

„Was ist mit Johnson?"

„Er hat es nicht geschafft. Rauchvergiftung."

„Und ich habe ihn gehen lassen, Bob. Ich hätte ihn aufhalten sollen."

„Von Tick wissen wir, dass er eine Pistole hatte, und außerdem hatte er gerade einen Mann totgeschlagen. Dass Sie verpflichtet sind, Selbstmord zu begehen, steht nicht in Ihrer Stellenbeschreibung. Sie haben das Richtige getan."

„Tick hat Ihnen erzählt, was vorher geschehen war?"

„Er sagte, Sie hätten gerade einen Verdächtigen verhört, als die Sirene losging." Koontz zögerte. „Um ehrlich zu sein, Tick ist wegen dieser Sache ziemlich in Bedrängnis. Die Geschichte mit der zweiten Ölquelle ist durchgesickert. Es wurde bereits in den Nachrichten gebracht, bevor man Johnsons Leiche gefunden hat. Und natürlich kann man einen Todesfall nicht verheimlichen. Die eine Hälfte unseres Landes scheint dies für eine Art Wunder zu halten und die andere Hälfte möchte die gesamte NPO abschaffen, weil sie diesen terroristischen Anschlag nicht vorhersehen und verhindern konnte. Seine Vorgesetzten glauben, Tick hätte diese Sache in den Sand gesetzt. Man hat ihm nahe gelegt, sich beurlauben zu lassen."

„Was für ein Mist."

„Er besucht gerade seine Tochter in Australien. Aber Johnsons Tod und Ihr Unfall setzen ihm ziemlich zu. Ihre Verletzungen, meine ich."

„Ich will sein Mitleid nicht. Und auch Ihres nicht."

„Kein Problem. Ich sage nur, dass die Menschen mitfühlen."

„Mitgefühl gibt mir mein Augenlicht nicht wieder zurück."

„Paul, Sie werden bestimmt müde sein." Er hörte, wie Koontz sich erhob und den Stuhl zurückschob. Seine Stimme klang nun weiter entfernt. „Ruhen Sie sich ein wenig aus, bevor Jae kommt."

„Es macht Ihnen zu schaffen, dass ich zornig bin? Denken Sie etwa, die Tatsache, dass ich mein ganzes Leben verloren habe – meinen Beruf und alles andere – sollte mich kalt lassen?"

„Paul, Sie werden Zeit brauchen, um sich daran zu gewöhnen. Ich werfe Ihnen Ihre Gefühle nicht vor. Ich möchte helfen. Ich werde jede freie Stunde hier verbringen, falls das nötig sein sollte. Und machen Sie sich keine Gedanken über Ihren Job. Egal, was passiert, in meinem Laden ist immer ein Platz für Sie."

„Ja, klar . . ."

■ ■ ■

Paul wollte lieber nachdenken als schlafen, aber er konnte die Schmerzen nicht ertragen. Nachdem er seine Medikamente genommen hatte, schlief er tief und fest. Am frühen Nachmittag erwachte er, noch immer in der Dunkelheit gefangen, aber er spürte die Wärme der Sonne, die durch das Fenster fiel, durch seine Verbände hindurch.

„Hallo, Chief." Es war Ranold. Warum hatten nur alle das Gefühl, sie müssten Fröhlichkeit versprühen? „Hier ist eine junge Dame, die dich gerne sehen würde."

„Jae?"

„Hallo, Schatz." Sie trat näher. „Ich hatte solche Angst! Ich bin so froh, dass du wieder in Ordnung kommst."

„Ich werde nicht in Ordnung kommen. Die Chancen, dass ich jemals wieder sehen können werde, sind minimal."

„Hat der Doktor das gesagt?"

„Glaubst du mir nicht? Frag ihn doch selbst. Es bleiben noch einige Möglichkeiten, aber das wird dauern."

„Wie lange?"

„Wenigstens zwei Monate. Ich werde eine Weile hier bleiben müssen."

„Nun", sagte Ranold, „ich denke, wir sollten das vom Arzt selbst hören. Wir werden ihn holen. Wie heißt er?"

„Bihari."

„Was ist denn das für ein Name?", fragte Ranold.

„Ein indischer."

„Na, toll. Können sie denn einem Regierungsagenten keinen amerikanischen Arzt beschaffen?"

„Er scheint aber kompetent zu sein."

„Ach ja? Nun, reden können sie alle gut."

Ein paar Minuten später erklärte Dr. Bihari Jae und Ranold ganz offen, wie Pauls Chancen standen. Paul konnte hören, dass Jae weinte.

„Stell die Wasserleitung ab", forderte Paul, „und hör auf, dich selbst zu bemitleiden."

„Oh Paul, das macht mich so traurig. Ich weiß, du bist stark genug, dich damit abzufinden, aber es wird schwer sein –"

„Schwer für wen? Ich bin doch derjenige, der blind ist. Und du sorgst nur dafür, dass es mir noch schlechter geht."

„Paul, mir ist jetzt nicht nach streiten. Ich bin einfach so überwältigt und es tut mir so Leid –"

„*Du* bist überwältigt?"

Paul hörte, wie sie schluchzend den Raum verließ.

„Dr. Stepola", sagte Dr. Bihari leise, „Situationen wie diese wirken sich auf die ganze Familie aus. Alle brauchen ein Ventil für ihre Gefühle, aber das bedeutet nicht, dass sie nicht bereit oder in der Lage sind, Sie zu unterstützen. Und Sie werden diese Unterstützung brauchen."

„Verschonen Sie mich", erwiderte Paul kalt.

„Ich sage nur, dass auch ein starker Mann jede Hilfe in Anspruch nehmen muss, einschließlich die seiner Familie."

Paul schüttelte seufzend den Kopf. „Ranold, würdest du Jae sagen, dass es mir Leid tut?"

„Nein, das werde ich nicht", erwiderte Ranold. „Glaube mir, ich habe auf die harte Tour gelernt, dass Frauen in Situationen wie dieser in Ruhe gelassen werden wollen. Sie wird sich schon zusammenreißen. Also, Doktor, danke schön. Wenn Sie uns jetzt entschuldigen würden . . ."

Als sie allein waren, schloss Ranold die Tür und zog sich einen Stuhl an Pauls Bett. „Ich werde sehen, was ich tun kann, um dir einen richtigen Arzt zu beschaffen, einen Spezialisten."

„Bihari ist ein Spezialist und ich möchte keinen anderen. Er hat mir gesagt, sie würden Gefriertechniken anwenden, synthetische Haut, eine Laserbehandlung der verbrannten Bereiche, die ganze Palette. Und jetzt hol bitte Jae wieder herein."

„Vertrau mir in dieser Sache, Paul. Ich weiß über diese Dinge Bescheid."

Ja, das merke ich an deiner eigenen „hervorragenden" Ehe.

„Frauen reagieren sehr emotional", fuhr Ranold fort. „Es kann eine Weile dauern, bis sie verstanden haben, worum es wirklich geht."

„Welches wäre?"

„Dass wir alle dich bewundern sollten, Junge, weil du dein Leben in der Ausübung deiner Pflichten aufs Spiel gesetzt hast. Du bist in San Francisco verwundet worden, aber natürlich wusstest du nicht, dass sich eine Bombe im Haus befindet. Dieses Mal hast du bewusst und trotz der Gefahr deinen Kopf riskiert, um einen Menschen zu retten – das macht einen echten Soldaten aus. Du hast einen hohen Preis bezahlt, Paul. Das macht mich stolz."

Stolz? Musste ich erst blind werden, um dich zu beeindrucken?

„Nun, ich habe ihn nicht retten können."

„Du hast es versucht und das allein zählt. Keine Sorge. Jae wird schon klarkommen."

Wo steckt sie überhaupt?

„Und wir werden diese Terroristen kriegen, die dir dies angetan haben. Wenn es dir besser geht, kannst du dich wieder in den Kampf stürzen. Die Organisation wird immer einen Mann wie dich brauchen."

„Behandle mich nicht so gönnerhaft, Ranold. Koontz hat dieselben Töne angestimmt."

„Sieh die Sache doch nicht so schwarz, Paul. Du bist ein Experte im Bereich religiöser Fanatismus."

Nein, ich verstehe sie überhaupt nicht.

„Dies sollte doch zumindest deine Entschlossenheit stärken, die Christen zu vernichten. Das allein macht dich für die Organisation so wertvoll. Und ich bin mir deiner jetzt sicherer als je zuvor."

„Was meinst du damit?"

„Ach, komm schon, Paul, es ist doch kein Geheimnis, dass wir beide nie so besonders gut miteinander ausgekommen sind. Und dann ist Pass gestorben, die Beerdigung …"

„Was ist damit?"

Du hast mir diesen Brief also doch untergeschoben.

„Ich war nicht sicher, wie ernst du diese Bedrohung genommen hast. Aber deine Arbeit bei dem Sonderkommando hat mir gezeigt, aus welchem Holz du geschnitzt bist. Also, brauchst du noch irgendetwas oder soll ich dich einfach schlafen lassen?"

„Weißt du, es gibt tatsächlich etwas. Kannst du mir das Neue Testament auf CD besorgen? Ich möchte mehr über diese Terroristen herausfinden – was sie glauben, wie sie denken."

„So ist es richtig. Verlier dein Ziel nie aus den Augen. Ich habe das schon erlebt. Rache kann die rechte Motivation sein. Ich werde sehen, was ich tun kann."

Ranold kehrte kurz darauf zurück und las ihm eine Nachricht von Jae vor. „Paul, es tut mir Leid, dass dies so schwierig für mich ist. Es tut mir weh, dich so zornig und unter so starken Schmerzen zu erleben. Ich brauche ein wenig Zeit, aber ich verspreche, für dich stärker zu sein. Ich werde dich zusammen mit den Kindern bald wieder besuchen. In der Zwischenzeit sollst du wissen, dass ich in Gedanken bei dir bin."

Kapitel 11

Während der folgenden drei Tage erlebte Jae mit, wie Paul, trotz Dr. Biharis Begeisterung über dessen Genesungsfortschritte – abgesehen von seinen Augen – immer mehr in Depressionen versank. Jae wusste, er war zornig darüber, dass er sein Augenlicht verloren hatte, verwirrt über seine Gefangenschaft und frustriert darüber, wie wenig er für sich selbst tun konnte. Und all dies ließ er an ihr aus. Die Ärzte nannten seine Haltung „Übertragung" – der Patient übertrug seinen Zorn und seine Hoffnungslosigkeit auf ein unschuldiges Opfer – und versicherten ihr, das sei normal und werde nachlassen, im Idealfall, wenn es Paul gelingen würde, seine Blindheit zu akzeptieren. Aber das machte es für sie nicht leichter, wenn jeder Besuch ihr neue Vorwürfe und Beschimpfungen eintrug.

Paul fuhr Jae an, wann immer sie versuchte, ihm zu helfen. Auch förderte er jedes ihrer Versagen während ihrer zehnjährigen Ehe zu Tage. Er weigerte sich, ihre Entschuldigung für ihr Verhalten bei ihrer ersten Begegnung mit Dr. Bihari zu akzeptieren, was er ihre Schwäche nannte, und ihre „Selbstsucht", weil sie ihn dann allein gelassen hatte. Jae bedauerte, an jenem ersten Tag die Beherrschung verloren zu haben, aber die Wahrheit war: Sie war erschrocken. Sie und Paul waren schon lange nicht mehr auf dem gleichen Weg unterwegs.

Ihre ersten Ehejahre waren idyllisch gewesen. Sogar Ranold hatte Paul akzeptiert, nachdem dieser zur NPO gewechselt war; allerdings hatte ihn sein Studium der Religionswissenschaften misstrauisch gemacht. Als dann die Kinder geboren wurden, schien Paul begeistert zu sein, aber in dieser Zeit hatte Jae ihn das erste Mal bei einer Affäre ertappt. Paul gab ihr eine schale Entschuldigung – der Druck der Vaterrolle. Doch Reue zeigte er keine. Anfangs hatte Jae Pauls Selbstvertrauen gegenüber Ranold gefallen – „Ich bin, der ich bin; akzeptiere es oder lasse es." Doch dieses Gefühl verschwand, als er diese Haltung auch seiner Familie gegenüber an den Tag legte.

Nach der Affäre war ihr Vertrauen zerstört. Das Misstrauen blieb. Hinzu kam, dass sich die Frauen zu Paul hingezogen fühlten – Kellnerinnen, Flugbegleiterinnen, sogar einige ihrer Freundinnen. Und Paul war ständig unterwegs, traf mit unzähligen Frauen zusammen und war vielen Versuchungen ausgesetzt, denen er gar nicht widerstehen wollte, dessen war sich Jae sicher. Und so waren sie in einer Sackgasse gelandet. Jae wurde von ihrer Eifersucht regelrecht zerfressen, und Paul tat nichts, um die Situation zu entspannen. Sein fehlendes Verständnis schien ihn in eine eigensinnige Zurückgezogenheit zu drängen.

Und jetzt war Paul blind. Konnte ein Paar, dessen Beziehung bereits zerrüttet war, einen so niederschmetternden Schlag aushalten? Jae wusste nicht mehr, wie sie zu ihm durchdringen konnte, falls sie das überhaupt wollte, und ob er sie an sich heranlassen würde.

Eines war klar: Jae musste ihre Gefühle unter Kontrolle behalten. Sie zwang sich, nicht auf Pauls Ausbrüche zu reagieren. Sie wertete es als gutes Zeichen, als er anfing, nach den Kindern zu fragen. Und sie hoffte, ihr Besuch würde seine Laune bessern.

Doch Brie und Connor blieben an seiner Zimmertür stehen. Jae hatte versucht, sie auf seinen Zustand vorzubereiten, aber der Schock schien zu groß zu sein.

„Geht nur und begrüßt euren Daddy. Ihr könnt ihn ruhig berühren, aber seid vorsichtig mit seinem Gesicht."

Brie und Connor traten zögernd ein.

„Hallo, Dad."

„Hallo, Daddy."

■ ■ ■

Paul lächelte die Kinder schief an. Er spürte ihr Unbehagen.

„Wie geht es meinen beiden Lieblingskindern?"

Keiner von ihnen antwortete. Jae trat näher und berührte seinen Arm.

„Hallo, Paul", sagte sie.

„Danke, dass du gekommen bist." Paul konnte seine Bitterkeit nicht verbergen.

„Hab Geduld", flüsterte sie. „Sie haben Angst."

„Wovor? Ich werde sie schon nicht beißen. Das ist nicht ansteckend, weißt du."

„Wann wirst du wieder sehen können, Daddy?", fragte Brie mit zitternder Stimme von der Tür her.

„Ich weiß es nicht", erwiderte Paul. „Das wird hoffentlich nicht so lange dauern."

Er hörte Connor wimmern.

„Wir warten hier draußen, Mom", sagte Brie. „Komm, Connor."

„Jae, sie sollen hier bleiben."

„Das ist in Ordnung, Paul. Sie müssen sich doch daran gewöhnen."

„Sie werden sich erst daran gewöhnen, wenn du es tust. Was hast du ihnen erzählt?"

Jae seufzte. „Nur, dass du schlimm verletzt wurdest und dass du jetzt Verbände trägst. Damit müssen sie sich erst mal abfinden. Hör zu, ich habe dir mitgebracht, was du haben wolltest."

„Das Neue Testament?"

„Dad sagte, es sei streng verboten. Was willst du damit?"

„Nun, was denkst du? Es mir anhören, natürlich. Ich muss mich über diese Leute informieren."

„Ich wünschte, du würdest dich darauf konzentrieren, gesund zu werden. Soll ich dir ein paar Musik-CDs mitbringen?"

„Schreibe mir nicht vor, was ich zu tun habe, Jae. Du hast keine Ahnung, wie ich mich fühle."

„Ich wollte dir nichts vorschreiben. Übrigens kommt Bob Koontz heute Nachmittag noch. Er hat Neuigkeiten."

„Er sagte, er werde jede freie Minute herkommen. Was für ein Witz."

„Ach, Paul, das ist ein bisschen viel verlangt."

„Ich habe gar nichts verlangt."

■ ■ ■

Jae biss sich auf die Zunge und nahm den CD-Player aus der Schachtel. Konzentriert las sie sich die Beschreibung durch.

„Was machst du?"

„Ich versuche, dieses Ding für dich in Gang zu bringen, Paul."

„Das kann doch nicht so schwierig sein. Du brauchst nur die Frequenz auf meinen Receiver einzustellen."

Sie hantierte an dem Gerät herum.

„Lies doch die Beschreibung."

„Aber genau das mache ich gerade!"

„Warum kannst du nicht einmal ein einfaches elektronisches Gerät bedienen? Was denkst du, wer dir das jetzt abnehmen wird?"

Sie schwieg.

„Du bist eine erwachsene Frau und kannst nicht einmal – ach, vergiss es. Ich werde mir jemand anderen suchen, der es macht."

„Es tut mir Leid, Paul."

„Heulst du schon wieder?"

Jae stellte die Schachtel auf den Nachttisch.

„Und was jetzt? Gehst du? Wohin gehst du?"

Jae holte die Kinder aus dem Flur und führte sie erneut zu Pauls Zimmer. „Verabschiedet euch von Dad."

„Tschüss, Dad."

„Tschüss, Daddy."

■ ■ ■

Als Koontz ihn besuchte, war Paul noch immer zornig auf Jae.

„So viel zu jeder freien Minute, nicht wahr?", begrüßte Paul ihn.

„Hey! Sie haben das Neue Testament. Soll ich das Abspielgerät für Sie anschließen?"

„Jae wollte es tun, aber sie hat mal wieder die Masche mit der hilflosen Frau draufgehabt."

Bob brachte den CD-Player in Gang und rollte den Nachttisch ans Bett heran. „Vorsichtig jetzt. Hier, fühlen Sie. Es ist ein ganz normaler Player. Ich habe die Frequenz eingestellt und die CDs liegen links. Geht es?"

„Ich denke schon. Wir sollten die Lautstärke überprüfen."

Bob schaltete den CD-Player ein. Es war zu laut.

„Ein wenig leiser", bat Paul. „So, perfekt. Wo ist die Taste zum Ein- und Ausschalten?"

Bob legte Pauls Hand an den Schalter und Paul stellte das Gerät ab. Koontz nahm Platz.

„Ich muss Ihnen sagen, Paul, ich freue mich über Ihr Interesse an dieser Untersuchung. Sehr sogar. Das zeigt mir, dass Sie es kaum erwarten können, wieder in den Sattel zu steigen. Wir brauchen Sie, Mann. Jeden Tag bekommen wir mehr Informationen über mögliche christliche Gruppierungen."

„Ich bin eifrig, das stimmt. Wenn nur meine Augen mitspielen würden!"

„Sie müssen Geduld haben, Paul. Konzentrieren Sie sich auf Ihre Nachforschungen und lassen Sie der Heilung freien Lauf."

„Kommen Sie, Bob. Wir beide wissen, welche Chancen ich habe. Ich werde den Job, den Sie mir gegeben haben, nicht mehr ausüben können."

„Sagen Sie das nicht."

„Ich will mir nichts vormachen, Bob. Die Chance, dass ich meinen Beruf wieder ausüben kann, ist genauso gering wie die Chance, dass ich mein Augenlicht wiederbekomme."

„Sie können mich für verrückt erklären, aber ich bin optimistisch, weil ich Sie kenne."

Paul winkte ab. „Jae sagte, Sie hätten Neuigkeiten."

„Hören Sie sich das an. Sobald Sie in der Lage sind zu reisen, werden Sie nach D. C. fahren. Ins Weiße Haus. Der Regionalgouverneur wird Sie im Rosengarten für Tapferkeit in Ausübung Ihrer Pflicht auszeichnen."

„Tatsächlich?"

„Große Sache, Kumpel."

„Ich weiß nicht, ob ich eine Auszeichnung haben möchte, die ich nicht sehen kann."

„Wovon reden Sie?"

„Das Ganze riecht nach einer werbewirksamen Aktion – die zeigen soll, dass die NPO in Texas am Ball war, auch wenn Tick Mist gebaut hat."

„Seien Sie doch nicht so zynisch. Sie haben diese Auszeichnung verdient. Seien Sie stolz darauf."

„Worauf? Ein Mann ist gestorben und ich bin blind geworden. Ich würde das Versagen auf der ganzen Linie nennen."

„Und was werden Sie tun? Das dem Gouverneur mitteilen?"

„Nein. Ich schätze, ich werde mitspielen."

„Natürlich werden Sie das! Und ich werde in der ersten Reihe sitzen."

■ ■ ■

Nachdem Koontz gegangen war, suchte Paul tastend nach dem CD-Player. Das Neue Testament hatte bei entscheidenden Wendepunkten in Pauls Leben eine wichtige Rolle gespielt – in jenem Gottesdienst in San Francisco vor der Razzia, als er zum ersten Mal getötet hatte. Und dann hatte er damit Stephen Lloyd ein Geständnis entlockt. Und natürlich wurde in dem Brief seines Vaters daraus zitiert, der Paul zusammen mit dem Tod von Andy Pass dazu motiviert hatte, sich der Einsatztruppe anzuschließen. Er hatte noch immer das Gefühl, dass Ranold so gut wie zugegeben hatte, Paul den Brief untergeschoben zu haben, als er erklärte, er sei sich Pauls endlich sicher.

Aber wusste Ranold, dass Paul Angela Pass gebeten hatte, den Brief zu analysieren? Angela hatte nur Pauls sichere E-Mail-Adresse. Vermutlich hatte sie ihm die Ergebnisse der Tintenanalyse und der Handschriftenprobe geschickt. Paul würde überlegen müssen, wie er sich diesen Bericht besorgen konnte.

Die Gedanken in dem Brief, die „Quelle lebensspendenden Wassers", die „Strafe und das Leiden" der Ungläubigen und vor allem das Versprechen „Siehe, ich komme bald" – all dies war bei dem Treffen der Fanatiker in San Francisco angeklungen. Ranolds Handlanger hatten ganz eindeutig ihre Hausaufgaben gemacht. Paul war davon überzeugt, dass er mit Hilfe des Neuen Testaments würde herausfinden können, was die Rebellen planten. Vielleicht sollte er mit dem Buch der Offenbarung beginnen.

Er suchte auf der CD die richtige Stelle, doch wann immer er sie laufen ließ, um zu hören, wo er war, wurde er von einer faszinierenden Geschichte in den Bann gezogen. Wie die meisten religiösen Texte war das Neue Testament ein Lehrmittel. Man brauchte gute Geschichten, um das Interesse der Menschen zu fesseln. Paul vertiefte sich in die Briefe des Apostels Paulus, des ersten Missionars, an die Gemeinden des ersten Jahrhunderts. Darin wurde von ständiger Verfolgung gesprochen. Paul hatte vollkommen vergessen, dass auch die frühen Christen damals bei ihrer Regierung unerwünscht gewesen waren. Sie hatten sich im Verborgenen versammeln und ihre Gottesdienste buchstäblich im Untergrund feiern müssen. Er beschloss, zu den Anfängen zurückzugehen.

Trotz seines Interesses schlief Paul mitten in den Evangelien ein, die den Briefen vorausgingen. Die Laserbehandlung des verbrannten Fleisches an seinen Ohren und seiner Nase, wo die synthetische Haut eingepflanzt werden würde, war trotz der Schmerzmittel sehr schmerzhaft und laugte ihn aus. Die CD spielte weiter, und es war Spätnachmittag, als er wieder erwachte.

■ ■ ■

Da sein Gehör nun geschärft war, empfand Paul die klingelnden Telefone, das Klappern der Essenstabletts im Flur und das Schnattern der

Besucher als äußerst störend. Sein Zimmer lag in der Nähe des Schwesternzimmers und seine Ohren dröhnten von dem Gerede, den Streitereien und den Fragen. Am liebsten hätte er sich das Kissen auf den Kopf gedrückt, aber seine Ohren waren noch so empfindlich. Er konnte nur daliegen und sich ärgern.

Eine Stimme hob sich von den anderen ab: Ein tiefer, voller Bariton, der singend und summend den Gang entlangkam und die Leute, denen er begegnete, begrüßte. Paul war nicht nach einem energiegeladenen Besucher zu Mute, und er verspannte sich, als die Stimme vor seiner Tür stehen zu bleiben schien. Dann hörte Paul, wie ein Wagen herangerollt wurde und schließlich zum Stehen kam. Er widerstand dem Drang, sich dem Geräusch zuzuwenden, in der Hoffnung, wer immer da gekommen war, würde annehmen, er schliefe.

„Sind Sie wach, Sir?", fragte die Baritonstimme. „Darf ich Sie einen Augenblick stören?"

„Nun, ich habe wohl keine andere Wahl, oder?"

Der Mann kam näher.

„Wo darf ich Sie berühren, um Sie zu begrüßen, falls ich Ihre Erlaubnis habe?"

„Die haben sie nicht. Was wollen Sie?"

Paul spürte an der Schulter einen leichten Druck von einer extrem großen Hand und entwand sich der Berührung, aber dies schien den Mann nicht zu stören.

„Ich heiße Stuart Rathe. Stuart mit ‚ua' und der Nachname buchstabiert sich R-A-T-H-E. Mein Spitzname ist ‚Straight' und Sie können mich gerne so nennen. Ich habe Ihren Namen und Ihren Titel auf dem Schild draußen gelesen. Wie darf ich Sie ansprechen?"

„Rip van Winkle."

„Paul, nicht? Darf ich mich setzen?"

„Hören Sie auf, Fragen zu stellen, wenn Sie die Antwort doch ignorieren."

Straight zog sich einen Stuhl ans Bett.

„Sie sind also der blinde Mann."

„Sie sind aber ein Schnellmerker!"

„Nun, ich hoffe, Ihre Blindheit ist nur von vorübergehender Dauer. In der Zwischenzeit möchte ich Ihnen gerne meine Dienste anbieten. Wenn Sie genug von mir haben, sagen Sie es einfach, und ich verlasse Sie, ohne auch nur eine Spur beleidigt zu sein."

„Ich sage es jetzt."

„Die Schwestern haben mich geschickt. Ich möchte zu Ihrer Genesung beitragen, nicht Sie ermüden. Darf ich fortfahren?"

„Nein."

„Ich bin 59 Jahre alt und Afro-Amerikaner. Ich bin knapp zwei Meter groß und wiege 225 Pfund. Bei einem Autounfall mit einem betrunkenen Fahrer vor acht Jahren habe ich einen Fuß verloren, aber was noch wichtiger ist, dabei habe ich auch meine Familie verloren. Glücklicherweise waren keine anderen Fahrzeuge beteiligt, doch leider war *ich* der betrunkene Fahrer. Sie können sich vorstellen, dass eine solche Erfahrung einen Menschen ernüchtert. Mein Leben war danach nicht mehr dasselbe. Ich habe an der Universität von Chicago Geschichte gelehrt, bin danach jedoch in den Ruhestand gegangen. Seither komme ich freiwillig jeden Tag her."

„Und was tun Sie?"

„Was immer die Patienten wünschen. Ich unterhalte mich mit ihnen. Ich lese ihnen vor. Manchmal spiele ich Saxofon für sie. Und ich spiele mit ihnen. Auf meinem Wagen habe ich verschiedene Spiele dabei. Dame. Scrabble. Parcheesi."

„Auch Schach?"

„Das ist eines meiner Lieblingsspiele. Ich spiele in Clubs und bei Turnieren. Ist das auch Ihr Spiel, Paul?"

„Das war es mal vor langer Zeit."

„Mein Spiel werden Sie auch spielen können. Schöne große Figuren, die Sie leicht durch Tasten erkennen können. Wenn Sie Interesse haben – ich bin jeden Tag hier."

„Ich auch."

Straight lachte. „Meine Zeit ist beinahe um, aber wir könnten uns für morgen verabreden."

„Ich kann nicht garantieren, dass mir danach zu Mute ist."

„Sagen Sie es mir einfach. Was hören Sie sich da an?"

Paul fuhr zusammen. Er hoffte, dass der Aufdruck nicht zu sehen war. Nur seine Familie und seine Mitarbeiter würden es verstehen.

„Alte Texte", erklärte er. „Ich versuche, die Motivation von Menschen zu verstehen, die ihr Leben aufs Spiel setzen, um Lügenmärchen zu verbreiten."

„Eine wichtige Aufgabe, mein Freund. Ich würde gerne hören, was Sie herausfinden."

Kapitel 12

Heftige Stimmungsschwankungen wurden für Paul zur Normalität. Wenn er morgens aufwachte, wurde er sich erneut seiner Blindheit bewusst. Er ließ sein Bett dicht ans Fenster rücken, damit er den Vorhang erreichen konnte, und seine Fensterläden sollten immer geöffnet bleiben. Er mochte es, wenn die warmen Sonnenstrahlen durch das Fenster fielen, doch sie erinnerten ihn natürlich daran, dass er nicht einmal den kleinsten Lichtschimmer wahrnehmen konnte.

Auf seinen Augen lagen nun nur noch dünne Gazetupfer, die durch einen dünnen Verband gehalten wurden. Sein Haar wuchs langsam wieder nach. Die Tupfer lagen locker auf den Augen, sodass er die Augenlider öffnen und schließen konnte. Der Arzt hatte ihm gesagt, er solle dies so oft wie möglich tun.

Obwohl Paul seine schlimmsten Verbrennungen vor direkter Sonneneinstrahlung schützen musste, wandte er sein Gesicht jeden Tag voll der Sonne zu. Doch so sehr er es auch versuchte, er konnte keinen Unterschied erkennen, ob er sich nun der Tür oder dem Fenster zuwandte. Jeden Tag hoffte er, ein winziger Lichtschimmer würde durch die Verbände dringen und die Rückkehr seines Augenlichts ankündigen.

Aber vergeblich.

Kurz nach dem Frühstück wartete die „Folterkammer" auf ihn, wie er sie insgeheim nannte. Dort wurden die verbrannten Stellen an seinem Gesicht und an den Ohren mit Kälte behandelt und mit einem Laser abgelöst, um sie für die Transplantation des synthetischen Gewebes vorzubereiten. Gleichgültig, wie sehr Paul sich psychisch auf diese Prozedur vorbereitete, und gleichgültig, wie viele Medikamente er bekam, dies war bei weitem der schlimmste Teil seines Tages. Es half ihm nicht, wenn die Leute, die diese Behandlung vornahmen, ihm sagten, dass bei den meisten anderen Patienten mit starken Verbrennungen viel größere Bereiche behandelt werden müssten und dass solche

Behandlungen früher von Hand vorgenommen worden waren und oft noch viel schmerzhafter gewesen seien.

Doch der körperliche Schmerz, der schlimmer war als alles, was er je erlebt hatte, war dabei noch nicht das Schrecklichste. Er kochte vor Zorn, denn er war davon überzeugt, der einzige Patient im Krankenhaus zu sein, der diese Qualen ohne die Unterstützung seiner Familie ertragen musste.

Es ärgerte ihn, dass Jae, die ihn zwar jeden Tag besuchte, mit den Kindern immer erst abends kam, nach dem Abendessen. Sie blieben dann etwa eine Stunde, bis es für die Kinder Zeit war, ins Bett zu gehen. Dann brachte sie sie nach Hause. Und den ganzen Tag über fühlte er sich elend und gelangweilt. Einsam. Warum war sie nicht da? Sie musste die Kinder zur Schule bringen und abholen, aber was hatte sie denn sonst den ganzen Tag über zu tun? Was war an ihren alltäglichen Aufgaben denn so wichtig? Paul hatte nicht vor, sie zu bitten, ihn doch auch tagsüber zu besuchen, aber er ärgerte sich darüber, dass sie nicht da war.

Es stimmte, er war keine leichte Gesellschaft. Oft fuhr er Jae und die Kinder an. Er war sehr ärgerlich geworden, als Brie und Connor bei ihrem vierten Besuch noch immer Angst vor ihm hatten, und er hatte sie angeschrien. Connor war in Tränen ausgebrochen. Deswegen hatte er mit Jae gestritten – er war noch immer davon überzeugt, dass die Kinder *ihre* Ängste spürten –, und das schien etwas bewirkt zu haben. Jetzt kamen sie, ohne zu zögern, ins Zimmer und sogar an sein Bett, damit er sie berühren konnte, bevor sie hinausrannten, um im Flur zu spielen. Aber seine ganze Familie schien auf Zehenspitzen um ihn herumzuschleichen. Er hatte es satt, Schuldgefühle dafür zu empfinden, weil er zornig war. Was erwarteten sie denn von ihm? Sollte er gute Miene zum bösen Spiel machen, den vorbildlichen Patienten spielen? *Natürlich bin ich zornig. Wer wäre das nicht?*

Tag und Nacht wurde Paul von demselben Traum verfolgt. Jae und die Kinder rannten den Flur entlang auf ihn zu. Er hockte im Flur und wartete auf sie. Doch gerade als einer von ihnen in seine Arme springen wollte, wachte er auf und stellte fest, dass er nach wie vor blind war.

Bob Koontz besuchte ihn etwa einmal die Woche. Ständig beteuerte er, Pauls Platz in seinem Team sei ihm sicher, doch Paul konnte dies nicht glauben, und Bob konnte auch nicht näher erläutern, welche Aufgaben er übernehmen sollte.

Die nachmittäglichen Besuche von Stuart Rathe wurden für ihn immer wichtiger. Straights volle Stimme und sein fröhliches Lachen heiterten ihn auf. Pauls Stimmung besserte sich, da er nun etwas hatte, auf das er sich freuen konnte. Straight redete und hörte zu, führte ihn auf den Stationen herum und stellte das Schachbrett in verschiedenen Aufenthaltsräumen auf, wenn sie mehrere Spiele pro Tag spielen wollten. Obwohl Paul früher im Club und sogar bei Turnieren gespielt hatte, hatte er dem Spiel seit Jahren nicht mehr so viel Zeit gewidmet. Das Spiel mit Straight forderte Pauls Verstand heraus und erinnerte ihn daran, wie viel Spaß das Schachspielen machen konnte. Paul war erstaunt, dass er sich das gesamte Schachbrett und die Positionen der einzelnen Figuren merken konnte, indem er sie zwischen den Zügen leicht mit den Fingern berührte. Seine Blindheit half ihm, sich auf die Strategie zu konzentrieren. Aber Straight war gut. Paul konnte ihn bei fünf Spielen nur etwa einmal besiegen.

Eines Tages bemerkte Straight zwei Schalen, die auf Pauls Nachttisch standen. In der einen lagen eine ganze Menge Büroklammern, in der anderen nur ein paar.

„Was bedeutet das?"

„Ich versuche, etwas zu zählen", erklärte Paul. „In diesem alten Text, den ich mir anhöre, wird die Blindheit so oft erwähnt, dass ich gerne wissen wollte, wie oft. Die Schwester hat mich auf die Idee mit den Schalen gebracht. Wann immer ich einen Bezug zur Blindheit höre, lege ich eine Büroklammer in die Schale."

„Und wie oft war es bisher?"

„Bisher 49 Mal in den ersten vier Teilen."

„Und was wird über die Blindheit gesagt?"

„Nun", meinte Paul, „oft wird davon berichtet, dass Blinde geheilt werden. Aber es wird auch mehrmals von bildlicher Blindheit gesprochen, zum Beispiel von den ‚Blinden, die die Blinden führen'. Und es gibt eine Stelle, in der ein Mann sich mit selbstgerechten religiösen Führern streitet, und er nennt sie blinde Führer, die eine Mücke aussieben, aber ein Kamel verschlucken."

„Ich frage mich, was das bedeutet."

„Ich denke, er sagt, dass sie sich Gedanken um die Details machen, aber das Gesamtbild nicht im Blick haben."

„Und was ist mit diesem Gesamtbild gemeint?", fragte Straight.

„Ich bin noch dabei, das herauszufinden."

„Dann hören Sie mal weiter zu. Das klingt, als könnte es Ihnen helfen, sich mit Ihrer Situation abzufinden."

■ ■ ■

Im Laufe der Zeit fasste Paul so viel Vertrauen zu Straight, dass er ihn um einen Gefallen bitten konnte.

„Würden Sie eine Nachricht für mich schreiben?", fragte er eines Nachmittags. „Es geht um eine dienstliche Angelegenheit, die ich vor meinem Unfall nicht mehr habe abschließen können. Allerdings müssten Sie die Adresse nachsehen, denn ich habe die Visitenkarte in meinem Büro gelassen."

„Kein Problem. Schießen Sie los."

Paul diktierte:

„Liebe Angela,
es muss Ihnen seltsam vorkommen, dass ich Sie um die Untersuchung dieses Briefes gebeten habe und dann in der Versenkung verschwunden bin. Nur wenige Tage nach meiner Mail hatte ich einen Unfall in Gulfland und kam ins Krankenhaus. Ich habe Verbrennungen davongetragen und bin jetzt – vorübergehend, wie ich hoffe – blind.
Vielen Dank für Ihre Bereitschaft, mir bei der Analyse zu helfen.
Ich würde mich gerne mit einem Mittagessen bei Ihnen bedanken.
Im Mai werde ich in Washington sein. Würden Sie mir mitteilen, ob Sie dann Zeit haben?
Bis dahin mit den besten Wünschen,
Paul Stepola"

„In Gulfland, ja?", fragte Straight. „Ich habe durch die Nachrichten von den seltsamen Vorgängen erfahren."

„Tatsächlich?"

„Ja, ein Großflächenbrand oder so etwas."

Straight hielt inne, fragte aber nicht nach Einzelheiten. Darüber war Paul froh.

„In Washington habe ich Bekannte", fuhr Straight fort. „Das ist eine schöne Stadt."

■ ■ ■

Angela antwortete umgehend. Als Straight durch die Tür trat, reichte Paul ihm sofort den Brief und bat ihn, ihn ihm vorzulesen.

„Lieber Paul,
ich war schockiert, als ich von Ihrem Unfall erfuhr. Wenn Sie darüber reden möchten, würde ich gerne erfahren, wie es passiert ist. Ich lege Ihnen die brandneue Hörspielausgabe von Die Geschichte der ‚Delta Force' bei, die wir in der Kongressbibliothek gerade erhalten haben. Sie soll hervorragend sein, wie ich gehört habe, und ich hoffe, sie gefällt Ihnen.
Ja, natürlich würde ich Sie gerne treffen, wenn Sie in Washington sind. Teilen Sie mir Ort und Zeit mit, dann werde ich mir den Termin freihalten. Passen Sie in der Zwischenzeit gut auf sich auf. Ich wünsche Ihnen gute Besserung. Nach dem Tod meines Mannes Brian, der vor zwei Jahren an Darmkrebs gestorben ist, weiß ich, wie schwer es ist, bei Laune zu bleiben, wenn man im Krankenhaus liegt. Halten Sie durch! Ihre neue Freundin in Washington denkt an Sie und wünscht Ihnen alles Gute.
In Liebe,
Angela Pass Barger"

„Wow! *In Liebe?"*, fragte Paul „Sie hat ‚in Liebe' geschrieben?"

Straight hielt inne. „Das ist nicht unüblich bei einem solchen Brief, Paul. Ich schreibe das auch oft. Wie alt ist diese Frau?"

„30 oder so, schätze ich. Und unglaublich hübsch." Paul konnte seine Begeisterung kaum verhehlen. „Und sie ist allein stehend. Ich kann es kaum glauben."

„Ich dachte, dies sei eine dienstliche Angelegenheit?"

„Offen gesagt, ich hoffe, dass mehr daraus wird."

Straight schwieg.

„Sie billigen es nicht?"

„Halten Sie mich da raus."

„Kommen Sie schon, Straight. Sagen Sie Ihre Meinung."

„Ich soll Sie daran erinnern, dass Sie verheiratet sind?"

„Aber was ist das für eine Ehe? Wie oft haben Sie meine Frau gesehen?"

„Ein paar Mal."

„Sie haben mehr Zeit hier verbracht als sie."

„Paul, sie hat zwei Kinder zu versorgen."

„Die jeden Tag in der Schule sind."

„Und wie verbringt sie Ihrer Meinung nach ihre Zeit, Paul?"

„Was glauben Sie?"

„Nun, es würde mich nicht wundern, wenn sie sich eine Arbeitsstelle suchen würde."

Dieser Gedanke war Paul noch gar nicht gekommen. Zweifellos ahnte Jae schon, was geschehen würde: Sie glaubte nicht, dass Koontz Paul einen Job geben würde, genauso wenig wie Paul es glaubte, gleichgültig, was Bob ihm auch versprach. Sie rechnete sicher damit, in Zukunft allein erziehende Mutter von drei Kindern zu sein. Denn sie würde ja auch ihn versorgen müssen.

„Ich verstehe. Sie geht davon aus, dass ich für immer von ihr abhängig sein werde. Sie hat nicht den Mut, mir das zu sagen, darum lässt sie mich einfach hier schmoren."

„Ich sage nur, dass Sie mit Ihrer Familie Geduld haben sollten. Wie sehr wünschte ich mir, meine wäre noch da. Sie wollen doch nicht mit Schuldgefühlen leben, Paul."

„Straight, ich habe Angst vor dem Tag, an dem ich entlassen werde. Natürlich vermisse ich meine Kinder, aber sie lösen sich bereits von mir. Sie werden mich niemals als Vater akzeptieren, wenn ich behindert bin, schon gar nicht, wenn auch Jae Probleme damit hat."

„Darum haben Sie an diese Angela geschrieben?"

„Nein, nicht nur. Straight, in diesem Bereich habe ich nie große Probleme gehabt – Frauen, meine ich. Aber jetzt, da ich Jae verliere, frage ich mich, ob andere Frauen mich auch so sehen wie sie. Behindert. Abhängig. Nutzlos. Darum hat mir Angelas Antwort so gefallen. Sie scheint eine Frau zu sein, die sich mit meiner Blindheit abfinden könnte, selbst wenn sie von Dauer sein sollte."

„Paul, ich möchte Ihnen jetzt etwas sagen. Bitte hören Sie mir zu. Sie sind noch immer derselbe Mann, der Sie vor Ihrem Unfall waren. Das Leben hat Ihnen einen Schlag versetzt, aber Sie sind ein Mann mit vielen Begabungen. Sie sind ein Mensch, der das überstehen kann. Haben Sie Geduld mit Jae. Versetzen Sie sich in ihre Lage. Steht denn in diesem Buch, das Sie sich gerade anhören, nichts über solche Situationen?"

Paul dachte einen Augenblick nach. „Wenn ich es recht bedenke, so wird tatsächlich etwas dazu gesagt. Dieser Wundertuer heilt einen Mann von seiner Blindheit und sagt zu ihm: ‚Gehe hin. Dein Glaube hat dich geheilt.'"

„Paul Stepola! Daran haben Sie sich erinnert? Sie sind ein guter Schüler!"

„Um ehrlich zu sein, Straight, ich bin selbst davon überrascht."

„Oh Paul – da steht noch etwas in dem Brief von Miss Barger."

„PS: Einzelheiten erzähle ich Ihnen bei unserem Treffen, aber unser Experte sagt, seiner Meinung nach sei die Tinte mindestens 30 Jahre alt. Und die Schriftproben stimmen eindeutig überein. Ich hoffe, das hilft Ihnen."

„Straight, würde es Ihnen etwas ausmachen, wenn wir heute nicht Schach spielen?", fragte Paul. „Ich glaube, ich ruhe mich lieber ein wenig aus."

■ ■ ■

War es wirklich möglich? Paul war fest davon überzeugt gewesen, dass Ranolds neu gefundener Glaube an ihn mit diesem Brief zusammenhing. Er hatte keinen Gedanken mehr daran verschwendet, dass er echt sein könnte. Altes Papier konnte man sich beschaffen. Alte Tinte konnte zweifellos von der Organisation gestellt werden, und bestimmt gab es auch einen Weg, sie verbleichen zu lassen. Aber die Handschrift stimmte überein – „eindeutig", hatte Angela geschrieben.

Trotzdem fiel es Paul schwer zu glauben, dass der Brief tatsächlich von seinem Vater verfasst worden war. Dass er nicht der Held war, für den Paul ihn gehalten hatte, sondern ein abscheulicher, einer fixen Idee anhängender Christ. Dass er dieselbe aufwieglerische Sprache sprach wie die Bombenleger in Pacifica und die Brandstifter in Gulfland, die sich Idealen verschrieben hatten, die zur Ermordung von Coker, seinem Team und Donny Johnson geführt hatten – und beinahe seines eigenen Sohnes. *Wegen der Überzeugungen, die du mir aufdrängen wolltest, bin ich jetzt blind.*

Paul hatte sich die CDs des Neuen Testaments mehrmals angehört. Er vermutete, dass der Schlüssel zum Aufstand der Christen im Buch der Offenbarung zu finden war, aber bisher hatte er ihn noch nicht finden können. Tatsächlich hatte er wegen der bildhaften Sprache und weil dieses Buch so viele Einzelheiten enthielt, Schwierigkeiten, sich auf die Offenbarung zu konzentrieren. In den wenigen Wochen, die er bereits ohne Augenlicht auskommen musste, hatte er noch nicht gelernt, durchs Zuhören so viel in sich aufzunehmen, wie er es konnte, wenn er eine Seite gedruckt vor sich sah.

Jetzt ging er wieder zum Buch der Offenbarung und hörte sich die bekannte Einleitung an, in der Johannes von einer Vision berichtete, von einem Mann mit einer „Stimme, laut wie eine Posaune" und „seine Beine glänzten wie Golderz". Er hielt in seiner Rechten „sieben Sterne und aus seinem Mund kam ein scharfes, zweischneidiges Schwert".

Was war der Code – die verborgene Botschaft?

Kapitel 13

Anfang Mai war Paul zu Hause und in eine Routine verfallen, die ihn bei Jae nicht gerade beliebt machte. Straight kam ihn jeden Tag besuchen und sie spielten stundenlang Schach und unterhielten sich. Gelegentlich brachte Straight sein Saxofon mit. Wenn die Kinder aus der Schule nach Hause kamen, lauschten sie fasziniert seiner Musik. An ein paar Abenden in der Woche nahm Straight Paul auch in Schachclubs mit.

Jae war oft erleichtert, wenn Paul beschäftigt war, denn dann war er relativ zufrieden. Sie war dankbar für die kleinen Reparaturen, die Straight im Haus vornahm. Aber die meiste Zeit fühlte sie sich schrecklich allein. Es war, als würde Paul Straight als Vorwand nehmen, um sich seiner Blindheit nicht stellen zu müssen, und als Puffer, um zu ihr und den Kindern Distanz halten zu können. *Er verhält sich mehr wie ein Gast und nicht wie ein Vater und Ehemann.*

Zweimal in der Woche fuhr Jae Paul zum Arzt. Sie hatte diese Fahrten fürchten gelernt, weil es dann immer Streit gab. Paul wollte nicht, dass sie ihn ins Untersuchungszimmer begleitete oder auch nur mit Dr. Bihari sprach.

„So schwach bin ich noch nicht, Jae. Du brauchst mir nicht alles abzunehmen."

„Habe ich bei deiner Behandlung denn gar nichts zu sagen?"

„Behandlung? Bihari glaubt nicht, dass eine Transplantation etwas bringen würde. Und eine andere Möglichkeit gibt es nicht."

„Warum holst du nicht eine zweite Meinung ein?"

„Um mich falschen Hoffnungen hinzugeben? Oder um die Bestätigung zu bekommen, dass ich ein aussichtsloser Fall bin?"

„Man sollte meinen, du würdest wenigstens jede noch so kleine Chance in Betracht ziehen!"

„Vergiss nicht, dass mir die Sache wichtiger ist als dir – schließlich ist es mein Leben."

„Ist es nicht *unser* Leben?"

Paul zuckte die Achseln. „Nicht notwendigerweise."

„Was meinst du damit?"

Er zögerte. Dann fuhr er fort: „Niemand zwingt dich dazu, bei einem blinden Ehemann zu bleiben."

„Habe ich ein Wort davon gesagt, dass ich dich verlassen will?"

„Das brauchst du nicht. Ich kann das Mitleid in deiner Stimme hören."

Jae wechselte das Thema. „Wir haben den Keller im Haus deiner Mutter noch nicht ausgeräumt und das Haus zum Verkauf fertig gemacht. Soll ich hinfahren und sehen, was noch da ist?"

„Nein. Tu das nicht."

„Es ist doch gar nicht mehr viel übrig. Und wir haben bereits Mai. Der Sommer ist vermutlich die beste Jahreszeit zum Verkauf eines Hauses."

„Jae, ich sagte, lass es. Ich möchte nicht, dass jemand in den Sachen meiner Mutter herumschnüffelt. Wenn ich kann, werde ich den Rest aussortieren."

„Ich könnte die Kisten doch herholen. In unserem Keller ist bestimmt noch Platz dafür."

„Welches Problem hast du mit dem Haus, Jae? Geht es ums Geld? Du willst es verkaufen, weil du an einen Mann gekettet bist, der nie wieder arbeiten wird?"

„Natürlich nicht."

„Dann überlasse es mir, mich um das Haus und die Angelegenheiten meiner Familie zu kümmern."

■ ■ ■

In Wahrheit konnte Paul den Gedanken nicht ertragen, Jae könnte den Brief seines Vaters entdecken. Für Paul war der Verlust dieser Illusion genauso schlimm wie der Verlust seines Augenlichts. Natürlich war die Blindheit schlimmer – sie hatte tief greifende Auswirkungen auf jeden Bereich des Lebens –, aber seltsamerweise war es eine Herausforderung für ihn, neue Fertigkeiten zu erlernen und zu sehen, wie die anderen Sinnesorgane sein fehlendes Sehvermögen ausglichen. Er konnte seine Fortschritte messen und seine Kontrolle zumindest teilweise zurückerlangen. Aber der Verlust des Vaters, der er für ihn immer gewesen war, hatte eine Leere hinterlassen, die er mit nichts anderem füllen konnte als Zorn.

Eines Nachmittags machte Paul beim Hören des Neuen Testaments eine interessante Entdeckung. Zu Beginn des Buches der Offenbarung wurde eine Einschätzung der verschiedenen christlichen Zellen oder Gemeinden in der alten Welt gegeben. Jede bekam eine eigene Belohnung versprochen, wenn sie treu blieb. Den Gläubigen in Sardes wurde gesagt: „Wer siegt, wird ebenso mit weißen Gewändern bekleidet werden. Nie werde ich seinen Namen aus dem Buch des Lebens streichen."

Pauls Herzschlag beschleunigte sich, als er sich an Stephen Lloyds Medaillon erinnerte, auf dem ein Palmwedel und ein Buch zu sehen waren. Und Lloyd hatte ein weißes T-Shirt und eine helle Jeans getragen, was Paul sofort aufgefallen war. Er hatte es in Anbetracht der schmutzigen Arbeit als unpassend empfunden. Offensichtlich waren dies Symbole. Die christliche Untergrundbewegung kommunizierte durch die Bildersprache der Offenbarung miteinander!

Sardes oder Sardis hieß auch Johnsons Ölfirma. Dies zu deuten fiel Paul schwerer. Sicher war es kein Zufall. Vielleicht inspirierte der Name Terroristen dazu, diese Firma als Zielscheibe zu nehmen. *Armer Donny. Vielleicht ist ihm sein eigener Firmenname zum Verhängnis geworden.*

Aber selbst wenn Paul nun den Schlüssel zum Code der Christen gefunden hatte, ihre möglichen Anschläge – ihre so genannten Aufträge – gaben ihm weiterhin Rätsel auf. Im Buch der Offenbarung wurden seitenweise Gerichte aufgeführt, die vom Himmel über die Erde kamen – 21 insgesamt, von Hungersnot über Krankheit bis hin zu Stichen durch Heuschrecken mit Schwänzen und Stacheln wie Skorpione. Die Bombe in San Francisco stellte vielleicht einen Versuch dar, ein Erdbeben auszulösen, aber bei so vielen Plagen war es schwer, vorauszuahnen, wo oder wie diese Fanatiker als Nächstes zuschlagen würden. In dem verhassten Brief sprach Pauls Vater von „Strafe und Leiden, das weit über das hinausgeht, was wir uns vorstellen oder einander zufügen können".

Bisher.

Trotzdem hatte Paul noch nicht den roten Faden gefunden, nichts, womit er zu Koontz gehen könnte. Stephen Lloyds Medaillon war ganz eindeutig ein Symbol, aber er hatte erraten, worum es sich bei dem Buch handelte, bevor er auch nur ein Wort aus der Offenbarung gelesen hatte. Es war also nicht notwendigerweise Teil eines geheimnisvollen Codes. Er rief die Auskunft an. Unter dem Suchwort Sardes gab es unzählig viele Einträge, darunter auch ein ein Jahrhundert altes Restaurant in New York. Und die hellen Kleider – nun, immerhin lebten sie in Gulfland. Er war im März dort gewesen und im Sommer kletterten die Temperaturen oft auf über 40 Grad.

Je mehr er über seine Theorie nachdachte, desto abwegiger erschien sie ihm.

■ ■ ■

Paul war bereits einige Wochen zu Hause und der Termin der Verleihung seiner Auszeichnung in Washington rückte immer näher. Die NPO hatte zwei Flugtickets Erster Klasse für Paul und seine Frau gebucht. Jae würde ihn begleiten. Allerdings würde es dann schwierig werden, sich mit Angela Barger in Verbindung zu setzen. Diese Frau beschäftigte ihn, seit sie ihm ins Krankenhaus geschrieben hatte.

Und dann erkrankten Brie und Connor beide an einer Grippe, die gerade in ihrer Schule grassierte.

„Es tut mir Leid, Paul", sagte Jae zu ihm. „Ich würde gerne mitkommen, aber ich kann die Kinder nicht bei einem Fremden lassen, wenn sie so krank sind."

Paul heuchelte Enttäuschung. „Was soll ich mit dem zweiten Ticket machen?"

„Flieg doch mit Koontz hin."

„Er ist bereits dort. Er muss an einer Konferenz teilnehmen."

„Wir können es doch auch verfallen lassen. Ich kann dich zum Flughafen bringen, und die Flugbegleiter werden dafür sorgen, dass du zum Flugzeug kommst. Daddy wird dich in Washington abholen."

Über die Einzelheiten der Reise hatte Paul sich noch keine Gedanken gemacht. Konnte er es wirklich ganz allein schaffen? Er erinnerte sich an die ersten Tage im Krankenhaus, an die Angst, die er gehabt hatte, wenn er nie wusste, wer ins Zimmer kam. Allein zu fliegen, sich zur Toilette vortasten zu müssen und dabei die Blicke aller Passagiere auf sich gerichtet zu spüren – allein die Vorstellung war für ihn kaum zu ertragen.

„Vielleicht sollte ich einfach hier bleiben", meinte er.

„Natürlich wirst du fliegen."

„Hey, weißt du was, Straight sagte, er hätte Verwandte in D. C."

„Dann nimm ihn mit, Paul. Er begleitet dich bestimmt gerne."

■ ■ ■

Straight fand die Idee genauso gut wie Paul. Paul würde bei seinen Schwiegereltern übernachten, Straight bei seinen Verwandten.

Während des Fluges war Paul seltsam aufgeregt, obwohl der Flug ruhig verlief. Er hörte jedes noch so kleine Geräusch – auch wie das Fahrgestell ein- und ausgefahren wurde. Als die Maschine landete, fühlte er sich erschöpft, und seine Furcht und seine Hilflosigkeit widerten ihn an. Die Hoffnung, ein einigermaßen normales und unabhängiges Leben führen zu können, kam ihm lächerlich vor.

Auf der Fahrt vom Flughafen zum Haus der Decentis wurde Paul sich erneut über seinen feinen Geruchssinn bewusst.

„Kirschblüten, Straight. Beschreiben Sie mir, wie sie aussehen."

„Genau so, wie Sie sie in Erinnerung haben", erwiderte der ältere Mann. „Überall Kirschbäume, übersät mit rosa-weißen Blüten. Dieses Jahr ist das Kirschblütenfest bestimmt spektakulär gewesen."

Paul ließ sein Fenster herunter und sog den süßen Duft tief ein.

„Dieser Duft entschädigt mich beinahe dafür, dass ich die Blüten nicht sehen kann", sagte er. „Eigentlich stimmt das nicht. Ich habe Schwierigkeiten, mich daran zu gewöhnen."

„An was?"

„An das Leben mit nur vier Sinnesorganen. Ich würde diese vier beinahe für das eine eintauschen, das ich verloren habe, aber –"

„Geben Sie die Hoffnung nicht auf, Paul. Der Arzt sagte nur, dass der richtige Zeitpunkt noch nicht da war – nicht, dass er nie kommen würde."

„Es macht mich fertig, Straight. Ich dachte, es würde mir gut tun, einmal wegzukommen, aber das stimmt nicht. Ich habe jetzt umso mehr das Gefühl, dass die Welt an mir vorübergleitet. Meine Kinder respektieren mich nicht mehr. Ich bin irgendein Invalide, zu dem sie freundlich sein müssen. Jae kann meine Blindheit nicht akzeptieren. Sie drängt immerzu darauf, mit dem Arzt zu sprechen, als könnte sie ihm irgendeinen Zauber abschwatzen. Das Leben geht um mich herum weiter, ohne mich, trotz meiner Person. Ich komme mir in meinem eigenen Haus wie ein Störenfried vor. Das macht mich wütend, und wenn ich explodiere, dann treibe ich Jae und die Kinder nur noch weiter von mir weg. Ich fühle mich wertlos und hoffnungslos, und ich bin so hilflos, dass ich nicht einmal mehr allein reisen kann. Heute hatte ich tatsächlich richtig Angst, Straight.

Selbst diese Auszeichnung ist deprimierend. Sie ist wie ein letzter Händedruck, bevor die Regierung mich hinauswirft. Vielleicht lassen sie mich noch eine Weile dabeibleiben, aber nur aus Mitleid, und sobald der nächste Engpass im Budget auftaucht, bin ich Geschichte. ‚Sie haben genug geleistet' – das und nichts anderes bedeutet diese Medaille."

Straight seufzte tief. „Oh Junge, Sie haben aber wirklich einen Durchhänger! Verlieren Sie doch nicht Ihren Glauben, Mann. Was ist denn mit dem, was Sie in Bezug auf die Blindheit aus diesem alten Buch zitiert haben? Hat dieser Heiler nicht die Augen von zwei Blinden berührt und gesagt: ‚Dir geschehe nach deinem Glauben' und ihre Augen wurden aufgetan?"

„Ja, das stimmt, aber wo ist mein Heiler, Straight?"

„In der Geschichte geht es doch um den Glauben. Ohne Glauben wären die beiden Männer nicht geheilt worden."

Paul erinnerte sich nicht daran, Straight gegenüber von dieser bestimmten Stelle gesprochen zu haben, aber der Gedanke daran durchbrach seine Melancholie. Einen Augenblick lang fragte er sich tatsächlich, wie es wohl wäre, Christ zu sein. Er war von diesen religiösen Fanatikern besessen, hatte sich immer wieder dieses Neue Testament angehört und versucht, ihre Denkweise zu begreifen. Was brachte einen Menschen nur dazu, sich nach Gott auszustrecken? Eine verzweifelte Notlage – das traf auf ihn nun wirklich zu, doch für Menschen wie Andy Pass und Pauls Vater gab es keine Entschuldigung. Er versuchte, sich in ihre Lage hineinzuversetzen.

Wenn ich mein Vater wäre und mich an Gott wenden würde, was würde ich erwarten? Was wäre für mich drin? Paul rief sich den Inhalt des Briefes wieder in Erinnerung. *Wenn ich die Wahrheit suche, was werde ich finden? Wird Gott sich mir zeigen? Werde ich eine Liebe erfahren, die alle irdischen Gaben übersteigt? Wird die Annahme dessen die erfüllendste Entscheidung meines Lebens sein?*

Er zwang sich zu glauben, sich auszuliefern – nur für einen Augenblick. Und dann riss er sich wieder aus seinen Gedanken und fühlte sich unglaublich dumm. Zweifellos war sein Kopf hochrot, so heiß war ihm. Wenn er nur sehen könnte!

Er räusperte sich und schüttelte seine Verlegenheit ab. „Äh, Straight, Sie wissen, dass ich Ihnen noch immer eine Karte für die Zeremonie morgen besorgen könnte. Sie würden doch sicher gerne das Weiße Haus sehen, oder?"

„Oh nein, nein. Genießen Sie die Feier mit Ihrem Schwiegervater. Ich habe viel zu erledigen."

Bei der monatlichen Feier, während der der Regionalgouverneur verschiedene Auszeichnungen verlieh, saß Paul zusammen mit seinem Schwiegervater auf dem Podium, Bob Koontz saß zu seiner Rechten.

Nachdem er fast ein Dutzend Auszeichnungen an Sportler, junge Leute und Bürgergruppen verliehen hatte, sagte der Gouverneur: „Unsere höchste Auszeichnung an diesem Tag haben wir uns bis zum Schluss aufgehoben. Im März wurde Dr. Paul Stepola, ein Mitarbeiter der ‚National Peace Organization', bei der Ausübung seiner Pflichten schwer verletzt. Hauttransplantationen wurden notwendig und dieser Unfall hat ihn sein Augenlicht gekostet. Er ging gegen ein von Terroristen gelegtes Feuer vor, um den prominentesten Bürger Gulflands zu retten und ohne an seine eigene Sicherheit zu denken. Eine Explosion kostete ihn beinahe das Leben."

Ranolds Brust schien anzuschwellen. Und als sein Schwiegervater gebeten wurde, Paul zum Pult zu führen, spürte dieser, wie der alte Mann zitterte.

„Es ist mir eine große Ehre, Dr. Paul Stepola für seine Tapferkeit in einer Gefahrensituation auszuzeichnen. Ich verleihe Ihnen hiermit die Pergamon-Medaille."

Paul hörte, wie Kameras klickten, und genoss den Applaus. Ranold führte ihn zu seinem Stuhl zurück. Der Gouverneur beendete die Feier mit einer zehnminütigen Rede zur Vorrangstellung des Staates. Er schloss mit den Worten: „Seit Generationen zeichnet die Welt Menschen, Persönlichkeiten, Individuen aus. Einige wurden vergöttlicht. Wir sollten uns freuen, dass wir in einer Welt leben, die sich intellektuell weiterentwickelt hat und nun anerkennt, dass der Staat regiert. Lang leben die Vereinigten Sieben Staaten von Amerika! Lang lebe die Region Columbia! Lang lebe der Freistaat!"

Nach der Feier nahm Ranold Pauls Arm und führte ihn in den Rosengarten. Es schien, als wollte Ranold mit ihm gesehen werden, als wollte er ihn vorführen. *Es war also gar nicht der Brief. Er denkt wirklich, ich hätte nun bewiesen, dass ich ein richtiger Mann bin.* Paul fühlte sich noch immer nutzlos, und er staunte erneut über den neuen Respekt, den seine Verletzung ihm bei seinem Schwiegervater eingebracht hatte.

„Ich glaube nicht, dass mich der Duft hier an diesem Ort jemals beeindruckt hat", sagte Paul. „Heute kann ich dir tatsächlich allein auf Grund des Duftes jede Blume zeigen. Beschreibe mir, wie sie aussehen."

Ranold ging nicht auf seine Bitte ein. Ihm entschlüpfte stattdessen ein: „Oh, gut." Dann zog er Paul näher zu sich heran und flüsterte: „Ich möchte dich mit jemandem bekannt machen."

Er beschleunigte seine Schritte und Paul stolperte beinahe. Er hatte gerade erst sein Gleichgewicht wiedergefunden, als Ranold ihn auch schon vorstellte. „Paul, dies ist ein aufgehender Stern im Washingtoner NPO-Büro. Agentin Balaam ist seit kurzem Teil des Sonderkommandos Zelotischer Untergrund."

Eine große, knochige Hand umklammerte die seine. Paul war erstaunt, die Stimme einer Frau zu hören. Ihr warmer Atem traf ihn voll im Gesicht, sie musste also mindestens so groß sein wie er.

„Meinen Glückwunsch zu Ihrer Auszeichnung, Agent Stepola."

„Ich schätze Agentin Balaam wegen ihrer kreativen Einfälle bei der Bekämpfung der Führungsspitze unserer christlichen Terroristen hier in der Region."

„Bekämpfung?"

„Sie glauben gar nicht, wie viel Boden diese Bewegung gewonnen hat", erklärte die Frau. „Ihr Feuer in Gulfland, es tut mir Leid, das zu sagen, hat noch mehr Leute in ihre Fänge getrieben."

Mein Feuer in Gulfland?

„Und so haben wir angefangen, uns auf die Leiter der Ortszellen zu konzentrieren. In einigen Fällen haben wir sehr deutlich zu verstehen gegeben, dass es schädlich für die Gesundheit ist, Christ zu sein."

Paul hasste ihre Stimme. *Fühle ich mich durch die Tatsache bedroht, dass sie eine Frau ist? Bin ich eifersüchtig, dass sie arbeitet, während ich es nicht mehr kann? Neidisch, dass sie Ranolds Protegé ist?* Nein, es war ihre geschniegelte Selbstzufriedenheit, die Paul unter die Haut ging.

„Das gibt dir doch sicher ein gutes Gefühl", flüsterte Ranold. „In der vergangenen Woche gab es einen Unfall im Asclepian-Zoo. Ein Besucher, der sich auf einem Drogentrip befand, kletterte abends nach der Schließung des Zoos zufällig über den falschen Zaun und wurde von einer Riesenpython getötet."

„Das ist ja entsetzlich", erwiderte Paul.

„Normalerweise schon, aber in diesem Fall bedeutete es einen Terroristen weniger. Ein gut geplanter Unfall von Zeit zu Zeit kann sehr effektiv sein. Dieser hat viele der Gläubigen in Angst und Schrecken versetzt, wie unsere Spitzel uns berichten."

„Wir haben sowohl in das Smithsonian als auch in die Kongressbibliothek Agenten eingeschleust", erklärte Miss Balaam. „Es wird nicht lange dauern, bis wir die dortigen terroristischen Zellen aufgespürt haben. Sie werden dort nicht Fuß fassen können."

„Siehst du, Paul, es wird in der Organisation definitiv Arbeit für dich geben", sagte Ranold, „ob du nun dein Augenlicht wiederbekommst oder nicht. Die Schlacht wird mit immer härteren Bandagen geschlagen. Diese Leute haben sich unter unseren Augen vermehrt."

Trotz des Gesetzes, trotz der Gefahren ...

■ ■ ■

Auf dem Weg zum Flughafen brachte Straight Paul wie geplant zum *Dover Inn,* eines von Pauls Lieblingslokalen. Paul wartete auf einer Holzbank, während Straight den Wagen parkte. Er roch Angela bereits, bevor er sie hörte – Regenwasser und Lavendel.

Sie nahm seine Hand. „Ich hätte Sie überall erkannt", sagte sie.

Ihre melodische Stimme verblüffte ihn. „Was hätten Sie getan, wenn ich nicht der einzige blinde Mann hier gewesen wäre?"

„Nun, ich sehe Sie zwar zum ersten Mal mit Augenverband, aber auch der Rest von Ihnen ist unvergesslich."

Die drei aßen zwanglos zu Mittag, lachten viel und sprachen über Angelas Vater. Diskret erwähnte sie den Brief erst, als Straight losging, um den Wagen zu holen. Sie mussten pünktlich zum Flughafen kommen.

„Hier ist diese Tintenprobe", sagte sie. „Obwohl ich nicht annehme, dass Sie seit Ihrer Verletzung viel an diesem Gedenkprojekt haben arbeiten können."

„Nein, aber ich habe häufig darüber nachgedacht. Der Bericht Ihres Labortechnikers hat mir sehr geholfen. Er hat mir sozusagen die Ohren geöffnet – verzeihen Sie diesen Ausdruck." Angela lachte und strich ihm über die Hand. Paul drehte die Hand um und nahm ihre. „Das ist vermutlich mein erster Scherz über die Blindheit. Aber im Ernst, es hat mich sehr gefreut, Sie heute zu treffen."

„Das Vergnügen ist ganz auf meiner Seite. Ich bin schon lange nicht mehr mit einem attraktiven Mann essen gegangen."

„Ich möchte Ihnen etwas sagen." *Was tue ich da?* „Ist jemand in Hörweite oder rede ich zu laut?"

„Es ist niemand in der Nähe. Nur ich kann Sie hören."

„So etwas mache ich normalerweise nicht", begann Paul, „aber ich möchte Ihnen sagen, dass die Regierungsorgane häufig ihre eigenen Gärten genauso durchwühlen wie die öffentlichen."

„Tatsächlich?“

„Einige schleusen sogar Spitzel zum Beispiel in eine Kongressbibliothek ein. Eine staatsfeindliche Zelle kann in der Nähe von Big Brother nur schlecht gedeihen.“

Angela klang amüsiert. „Dann soll ich also vorsichtig sein, wenn ich meine Mittagspause dazu nutze, den Sturz der Regierung zu planen – wollen Sie mir das sagen?“

„Nun –“

„Keine Sorge.“ Sie lachte fröhlich. „Da kommt Ihr Freund. Hallo, Mr. Rathe!“

Während seines ersten Aufenthalts fern von zu Hause hatte ihn vermutlich das Adrenalin in Schwung gehalten, dachte Paul. Als er nun in der Ersten Klasse auf seinem Platz am Gang saß und auf den Start wartete, übermannte ihn die Erschöpfung. Straight erzählte ihm, das Flugzeug sei voll besetzt, und das steigerte Pauls Klaustrophobie noch zusätzlich. Er lehnte den Drink ab, der ihm angeboten wurde, und versuchte, ein wenig zu schlafen. Die Ankündigung, das Wetter in Chicago würde ihren Abflug verzögern, riss ihn aus seinen Träumen.

„In Chicago wüten schlimme Gewitter", berichtete der Kapitän. „Also Leute, entspannt euch. Wir werden abwarten, in welche Richtung die Gewitterfront weiterzieht. Dann werden wir unseren Flugplan neu ausarbeiten und starten."

Entspannen? Paul spürte, wie sich sein Puls und seine Atmung beschleunigten. Er versuchte, sich zu beruhigen, indem er den vergangenen Tag noch einmal Revue passieren ließ – die Verleihung der Auszeichnung, Ranolds Stolz, die Begegnung mit dieser ehrgeizigen Agentin im Rosengarten –, doch all dies steigerte nur seine Unruhe. Seine Angst vor dem, was die Zukunft bringen würde, kehrte zurück. Er konzentrierte sich – auf Angelas Duft, ihre Stimme, ihre Berührung. *Bleib ruhig. Glaube.*

Aber was war Glaube? Paul konnte nicht leugnen, dass ihn vieles, was er beim Anhören des Neuen Testaments aufgenommen hatte, nicht losließ. Jesus forderte die Menschen auf zu glauben, an *ihn* zu glauben. Die meisten Atheisten hielten ihn für eine fiktive Gestalt, aber Pauls Professoren waren großzügiger gewesen. Sie räumten ein, er sei eine historische Person gewesen und vielleicht ein Gelehrter, aber natürlich wiesen sie seinen Anspruch auf göttlichen Ursprung weit von sich. Er konnte nicht der Sohn eines Gottes sein, der nicht existierte.

Und doch hatte Paul die Lehren Jesu revolutionär gefunden und seine Behauptungen paradox. *Wenn du erhöht werden willst, musst du dich erniedrigen. Wenn du reich sein willst, gib dein Geld weg. Wenn du führen willst, diene.* Irgendwie fiel es Paul immer schwerer, diesen Mann als einfachen Lehrer abzutun. Er behauptete von sich, der Sohn Gottes zu sein, behauptete, er sei von seinem Vater gesandt worden und würde zu seinem Vater zurückkehren. Und er sagte, er würde wiederkommen. Die Briefe des Apostels Paulus beschäftigten sich mit den eigentlichen Gründen hinter seinem Tod am Kreuz und nahmen die Auferstehung – von Skeptikern seither geleugnet – als historische Tatsache.

War das möglich? Paul erinnerte sich vage an eine Aussage von C. S. Lewis, einem atheistischen Gelehrten des 20. Jahrhunderts, der Christ geworden war. Dieser hatte gesagt, Jesus müsse entweder ein Lügner oder ein Verrückter sein oder er müsse der sein, der er zu sein vorgab. Beides ging nicht. Man konnte ihn nicht einen weisen Lehrer nennen, wenn man nicht seinem Anspruch Glauben schenkte, der Herr aller Menschen zu sein.

Und wieder konnte Paul sich den Gedanken an den Glauben nicht entziehen, spielte alle „Was wäre, wenn" durch. Sein eigener Vater hatte eindeutig zu den Gläubigen gehört. Paul glaubte, den Charakter seines Vaters durch die Erzählungen seiner Mutter einigermaßen gut zu kennen. Niemals hatte sie ihn als dumm bezeichnet. Paul zweifelte nicht daran, dass Andy Pass kein intellektuelles Leichtgewicht gewesen war. Doch als Paul sich gestattete, darüber nachzudenken, dass Jesus vielleicht für seine Sünden gestorben sein könnte, überwältigte ihn die Trauer.

War er ein, wie nannten sie es noch? Ein Sünder? Er war seiner Frau untreu gewesen. Er hatte gelogen. Er war selbstsüchtig gewesen, hatte sich mehr um sich gekümmert als um seine Familie. Er hatte Menschen getötet. Diese Last war zu schwer. Er konnte sich nicht erinnern, jemals unter Schuldgefühlen gelitten zu haben; er wusste kaum, was das überhaupt war.

Bis jetzt. Am liebsten hätte er sich selbst gekniffen, um wieder in die Realität zurückzufinden und diese schreckliche Scham zu überwinden. Er wollte sich in Erinnerung rufen, dass dies alles Mythen waren, Märchen. Vielleicht war dieses Projekt, diese Nachforschungen für seine Aufgabe bei der NPO, ein schrecklicher Fehler gewesen.

Das Flugzeug stand mehr als eine Stunde lang auf dem Rollfeld. Die Wartezeit steigerte Pauls Nervosität noch zusätzlich. Nichts davon durfte er Straight gegenüber verlauten lassen. Außerdem schien der

Mann seinem Atemgeräusch nach zu urteilen zu schlafen. *Das muss schön sein.* Verzögerungen waren im Zeitalter der Überschallreisen selten. Paul beschloss, sich abzulenken und einen kleinen Rundgang in der Ersten Klasse zu machen und die Plätze zu zählen, um die Beherrschung nicht zu verlieren.

■ ■ ■

Das alte *Smithsonian National Air and Space*-Museum war Angelas Lieblingsplatz. Viele regnerische Samstagnachmittage hatte sie damit verbracht, das Flugzeug der Gebrüder Wright zu bestaunen, das der Pilot nur auf dem Bauch liegend steuern konnte. Und natürlich die alte *Spirit of St. Louis* mit den Benzintanks im vorderen Bereich, sodass Lindbergh nur durch ein Periskop sehen konnte. Und schließlich das erste bemannte Raumschiff mit Fenstern, durch das die Astronauten sehen konnten, wohin sie flogen. Angelas Lieblingsflugmaschine war der scharlachrote Breitling-Orbiter-Ballon, mit dem sechs Jahre vor ihrer Geburt zum ersten Mal nonstop die Welt umfahren wurde.

Sie ging an der Sammlung mit dem malerischen Mondgestein vorbei nach oben ins Albert-Einstein-Planetarium, in dem noch immer die altmodische Himmelsschau gezeigt wurde. Ihre Söhne konnten mit diesen Vorführungen nichts anfangen. Sie kannten die Teleskopkuppeln im *Spacetime Astronomy Center*, in denen man mit Hilfe von unglaublich starken Vergrößerungsgläsern körperlich in den Kosmos geschleudert zu werden schien. Aber ihr gefiel die Digitalprojektion mit dem Dolby-Surround-Klang, die vor dem Krieg auf dem neuesten Stand der Technik gewesen war. Sie vermittelte einem Zuschauer den Eindruck, durch einen äußeren Weltraum zu fliegen, begleitet von dramatischer Musik und wirbelnden, übersättigten Farben.

Sie kaufte ein Ticket für die 15-Uhr-Vorstellung und suchte sich einen Platz in einer Stuhlreihe, in der kaum jemand saß. Zu dieser Zeit, an einem Werktag, war der Vorführraum nur halb besetzt – vorwiegend von Touristen, vermutete sie. Das magische Sternenfeld wurde an die Decke projiziert – höchst ungenau, wie sie heute wussten, aber trotzdem faszinierend. Kein Wunder, dass die Menschen von Anfang an im Himmel nach Gott gesucht hatten.

Ein Paar trat ein und setzte sich rechts und links von ihr. Die drei nahmen sich an den Händen, und als die Musik einsetzte, sprachen sie ein stummes Gebet.

Angela flüsterte: „Es könnte bald zu einer Krise kommen. Dieser Todesfall im Zoo ist vielleicht der Beginn einer Säuberungsaktion."

„Wer steckt dahinter?", fragte die Frau. „Balaam?"

„Ich weiß es nicht. Aber es wurde ein Spitzel eingeschleust." Angela gab Pauls Warnung weiter.

„Dieser Kerl taucht einfach so auf und warnt dich?"

„Er hat unter meinem Vater gedient. Er hielt sich in Washington auf, um eine Auszeichnung entgegenzunehmen, weil er in der Ausübung seiner Pflicht verwundet wurde."

„Er muss also bei der NPO arbeiten. Angela, du musst die Stadt verlassen. Vielleicht stehst du wegen deines Vaters unter Beobachtung. Sicher bist du schon auf ihrem Radar. Selbst dies könnte eine Falle sein, um zu sehen, wen du zu warnen versuchst."

„Das bezweifle ich, aber es ist trotzdem sinnvoll, die Stadt zu verlassen."

„Nimm deine Kinder und verschwinde noch heute", riet der Mann ihr. „Wir kümmern uns um die Vorbereitungen für Schule und Arbeitsstelle und stellen sicher, dass Detroit auf dich wartet."

„Und die Buchwurf-Aktion?"

„Vielleicht sollten wir erst mal abwarten – bis wir sehen, was los ist. Wenn wir beruhigt wieder aktiv werden können, wird sich schon jemand für deine Aufgabe finden. Das regeln wir schon."

■ ■ ■

„Wussten die denn nicht schon vorher, dass es in Chicago regnet?", fragte ein Mann, als Paul den Gang entlangging. „Warum haben sie uns überhaupt an Bord gelassen? Wenn dies ein normales Flugzeug wäre und keine von diesen winzigen Maschinen, dann würde ein Gewitter uns nicht aufhalten. Ich werde nie wieder mit einer ‚Never-come-back-Airline' fliegen."

Andere stimmten ihm zu. Das Klagelied der Passagiere trieb Paul an seinen Platz zurück. Straight war unterdessen erwacht.

„Wie viel Uhr ist es?", fragte Paul. „Die Leute tun so, als würden wir seit Stunden hier stehen."

„Kurz nach vier", erwiderte Straight. „Also noch nicht so spät. Seltsam, es wird bereits dunkel. Ich schätze, wir werden hier auch Regen abbekommen."

„Ich hoffe, nicht."

Der Flugkapitän meldete sich wieder. „Meine Damen und Herren, ich danke Ihnen für Ihre Geduld. Das Gewitter in Chicago zieht gerade weiter nach Detroit, aber ein weiteres Unwetter zieht von Süden herauf. Unsere Chancen stehen also am besten, wenn wir dem Unwetter davonfliegen. Wir haben Starterlaubnis."

Die Passagiere klatschten und jubelten. Auch Paul. Vielleicht würde es ihm unterwegs gelingen, seinen inneren Aufruhr zu vergessen.

■ ■ ■

Während Pauls Aufenthalt in Washington war Jae zu dem Schluss gekommen, dass Paul wieder in ihr gemeinsames Schlafzimmer einziehen sollte. Seit seiner Rückkehr aus dem Krankenhaus hatte er sich unten in der kleinen Kammer eingerichtet. Er hatte gelernt, sich im Erdgeschoss zurechtzufinden, und konnte sich sogar in den Garten hinaus vortasten. Aber er hatte keinen Versuch unternommen, wieder nach oben in ihr gemeinsames Schlafzimmer zu ziehen.

Als Jae das Thema angesprochen hatte, hatte er protestiert, er würde nachts noch immer nicht richtig schlafen und nach ein oder zwei Stunden aufwachen und dann seine CDs hören, bis er wieder einschlafen könnte. Er wolle sie nicht stören, behauptete er. Sie hatte ihn nicht noch einmal fragen wollen. Ein zweites Nein wäre demütigend gewesen.

Es war wohl besser, Paul vor vollendete Tatsachen zu stellen. Vermutlich würde er sich ärgern, wenn sie seine Sachen umräumte, aber daran würde sie dann auch erkennen, wie viel Paul ihre Ehe noch bedeutete. *Ich möchte wissen, was auf mich zukommt – falls es für uns einen nächsten Schritt gibt.*

Jae warf Pauls Bettzeug und seine Kleidung in die Waschmaschine. Sie räumte seine Toilettenartikel und Medikamente in einen Korb. Auf dem Tisch stand der CD-Player, der sie im Krankenhaus fast verrückt gemacht hatte, neben dem Stapel mit CDs. Wo war nur die Schachtel für das Neue Testament als Hörbuch-Ausgabe? Draußen regnete es sehr stark, und in der Kammer war es so dunkel, dass sie das Licht einschalten musste.

Schließlich fand sie die Hülle auf dem Boden unter Pauls Lieblingssessel. Dort stieß sie auch auf ein zerknittertes Stück Papier, eine E-Mail von einer Angela Pass Barger. Entsetzt flog ihr Blick über die Zeilen. Unmöglich! Wie konnte ihr blinder, vermeintlich hilfloser und definitiv depressiver Mann eine neue Frau kennen gelernt, mit ihr korrespondiert und im Geheimen einen Plan entworfen haben, sich mit ihr in Washington zu treffen? Und das direkt unter der Nase von Jaes Vater?

Kein Wunder, dass Paul Straight hatte mitnehmen wollen. Er war zweifellos Pauls Komplize. Wer sonst hätte ihm den Brief vorlesen können? Jae staunte über ihre Naivität – sie hatte Paul von vorn bis hinten bedient, seine Stimmungsschwankungen und Wutausbrüche ertragen und seine Launen vor den Kindern verteidigt. Und während sie die ganze Zeit gehofft hatte, er würde sich mit seiner Blindheit abfinden, hatte er eine ganz andere Zukunft ins Auge gefasst.

Es war immer dasselbe. Paul und seine Frauengeschichten. Und jedes Mal tat er so, als sei ihre Eifersucht abwegig. Sie knallte den Korb mit seinen Toilettenartikeln auf den Tisch, zu wütend, um auch nur zu weinen. Sie hatte bereits genug geweint.

■ ■ ■

„Das ist klasse", sagte Straight, als das Flugzeug startete. „Wir hätten unter Umständen auch noch ein paar Stunden festsitzen können."

Als sie jedoch ihre Reisehöhe hoch über den Wolken erreicht hatten, wurde der Flug sehr unruhig. Die Passagiere wurden gebeten, auf ihren Plätzen zu bleiben und sich wieder anzuschnallen, was Pauls Klaustrophobie noch verstärkte – nicht, dass er es gewagt hätte, den Gang entlangzugehen, wo das Flugzeug so stark hin und her geworfen wurde. Straight spürte offensichtlich sein Unbehagen und legte Paul die Hand auf den Arm.

„Meine Damen und Herren, das sind nur ein paar Turbulenzen", verkündete der Flugkapitän fröhlich. „Ich glaube nicht, dass es lange dauern wird. Wir halten uns südlich von Detroit und erwarten einen ruhigen Flug."

„Wie kann er bloß so fröhlich sein?", wunderte sich Paul. „Er macht mich verrückt." In Wahrheit machte er sich selbst verrückt bei dem Versuch, die falschen Lehren des Neuen Testaments aus seinen Gedanken zu verdrängen.

■ ■ ■

Die Kirschblüten sind noch immer ein echter Hingucker, dachte Bia Balaam. Selbst in diesem Zeitalter, wo man praktisch jede Lebenserfahrung virtuell darstellen konnte, strömten die Touristen nach Washington, um unter dem zarten Baldachin der duftenden Blüten spazieren zu gehen. Washington kannte die wirtschaftlichen Vorteile dieser Tradition, und mit Hilfe der neuesten wissenschaftlichen Erkenntnisse war es den Verantwortlichen gelungen, die ursprüngliche Blütezeit von ein paar Wochen von Ende März bis Anfang April sogar bis in den Juni hinein zu verlängern. Nun gehörte die Feier der Kirschblüten mehr denn je zu den Frühlingsriten der Nation.

Die Touristen, die sich gerade in der Nähe des *Washington Monuments* aufhielten, blickten besorgt zum Himmel und suchten Schutz. Der Wind brachte den Geruch von Ozon mit sich. Ein erwartungsvolles Schweigen, elektrische Spannung in der Luft – alle warteten ängstlich darauf, dass das Gewitter endlich losbrechen würde.

Bia holte die stiftgroße Titanpatrone aus der Tasche, schob mit dem Daumen den Deckel hoch und drückte auf einen Knopf. Ihr Regenschirm schoss heraus und entfaltete sich wie ein Fallschirm über ihrem Kopf. Aber der Regen blieb aus. Ein Block weiter, zwei Blöcke ... Bia kam sich mit dem geöffneten Regenschirm dumm vor, aber es war niemand in der Nähe, der es bemerkte.

Schließlich begannen ein paar sanfte Tropfen zu fallen. Der Regen wurde schnell heftiger und ihr Regenschirm wurde schwer. Aber Bia roch kein Wasser. Ihre Beine und Füße waren erstaunlicherweise trocken und auch auf dem Gehweg sammelte sich kein Regen. Stattdessen sah sie Verwehungen von rosa-weißen Blütenblättern.

Sie schüttelte sie von ihrem Regenschirm herunter. Die Luft war mit Kirschblütenblättern angefüllt, aber ihr zarter Duft wich Minuten später dem widerlichen Gestank der Fäulnis. Die Bäume waren kahl.

Sie wischte sich die verfaulenden Blütenblätter aus ihrem Gesicht und den Haaren und trat vom Gehweg herunter, um die Bäume zu betrachten. Die Äste hatten alle Blüten abgeworfen, und ihre Blätter waren braun, als hätte ein plötzlicher Wintereinbruch sie welken lassen. Aber es war nicht kalt. Die warme Luft knisterte vor aufgeladener Elektrizität und dem Geruch nach Zerfall.

Mit dem Griff ihres Regenschirms zog sie einen Ast zu sich herab. Das Ende war verschrumpelt. Die Rinde vermoderte langsam und verdorrte schließlich bis hin zum Baumstamm. Der Baum starb vor ihren Augen.

Seit fast 200 Jahren – seit die Japaner der Hauptstadt der Amerikaner die Kirschbäume geschenkt hatten – standen diese als beliebtes Symbol für Erneuerung. Während der Kirschblütenzeit waren sie die

Attraktion der Stadt. Und jetzt waren sie innerhalb der kurzen Zeit, die Bia benötigt hatte, um ein paar Straßenblocks weiterzugehen, zerstört, zerfielen zu Staub.

Welche Naturgewalt konnte ein solches Unheil anrichten, und das in so kurzer Zeit? Die Wissenschaftler würden sicher ratlos den Kopf schütteln, aber Agentin Balaam wusste bereits, was ihr Boss sagen würde. Er würde sagen, dass es keine Naturgewalten und keine Wunder waren, wie einige behaupten würden. Nein, es war ein schockierend dreister und verabscheuungswürdiger Terrorakt – der rücksichtslose und sofortige Vergeltung forderte.

■ ■ ■

Der Pilot irrte sich in allen Punkten. Die Turbulenzen hörten nicht auf, und das Gewitter blieb stundenlang direkt über Chicago hängen und zwang das Flugzeug, Warteschleifen zu fliegen. Die anfänglichen Scherze der Passagiere über unruhige Flüge waren inzwischen einem unbehaglichen Schweigen gewichen. Paul hoffte, dass man ihm seine Angst nicht anmerkte.

Sogar der Pilot klang allmählich gestresst. Er meldete sich in kurzen, angespannten Ausbrüchen. „Luftturbulenzen ... ääh ... wir warten auf Landeerlaubnis ... es ist sicherer zu landen, wenn es aufklart ...“

Endlich meldete er sich wieder mit einem vollständigen Satz. „Also gut, Leute, wir werden versuchen zu landen.“

„*Versuchen* zu landen?“ Um sich herum hörte Paul nur entsetzte Aufschreie. Konnte es sein, dass sie richtig in Schwierigkeiten steckten? Würde er sterben? Und wenn nun alles, was er gehört hatte, wahr wäre? Und wenn es einen Gott, einen Heilsplan und Konsequenzen für die gab, die nicht an ihn glaubten? Paul schüttelte den Kopf. Er würde sich nicht aus Angst an diesen Gott wenden. Das machte keinen Sinn. Und er fragte sich, ob das überhaupt zählen würde.

Beim Landeanflug schaukelte und hüpfte das Flugzeug, wurde von Fallwinden hin- und hergeworfen. Sein Unbehagen steigerte sich zu einer Panik, als eine Frau hinter ihm aufschrie. Die Annahme, er könnte problemlos eine Flugreise unternehmen, war eine Fehleinschätzung gewesen. *Gott, hilf mir.*

Es war ihm nicht wirklich ernst damit, das wusste er. Jeder hätte dies in einer solchen Situation sagen können. Es war nur so ein Ausdruck. *Reiß dich zusammen!*

Straights tiefe Stimme durchdrang seine Furcht. „Der Himmel sieht spektakulär aus. Die Farbskala reicht von pechschwarz bis zu einem Dunkelgrün, wo die Wolken sich am Horizont auftürmen."

Paul umklammerte die Armlehnen. „Hören Sie doch auf!"

„Sind Sie in Ordnung, Paul?"

„Ein bisschen schreckhaft." Pauls Herz klopfte so heftig, dass er sich fragte, ob es wohl platzen würde. *Ich will nicht sterben. Ich bin nicht bereit.*

„Turbulenzen", brüllte der Kapitän. „Nehmen Sie die Notlandehaltung ein. Kopf auf die Knie, Arme darüber."

Schreie, Gejammer, Rufen. Jemand übergab sich.

„Vorbeugen! Schützen Sie Ihren Kopf", rief eine Flugbegleiterin über den Lärm hinweg.

Das Flugzeug schlingerte und sackte durch. Schreie wurden zu Wimmern. Paul drückte seine Ellbogen fest über die Ohren, um das Schluchzen und Heulen seiner Mitreisenden zu dämpfen. Sein Atem kam nur noch keuchend.

Das Flugzeug bebte und stürzte nach unten. *Wichtig ist zu glauben. Was macht einen Menschen zu einem Gläubigen? Wenn ich mein Vater wäre und mich an Gott wenden würde, was würde ich erwarten? Wenn ich auf der Suche nach der Wahrheit wäre, was würde ich finden? Würde Gott sich mir zu erkennen geben? Würde ich eine Liebe erfahren, die alle irdischen Gaben übersteigen würde?*

Gott, rette mich, schrie Paul stumm, und er wusste, er flehte nicht nur um sein irdisches Leben.

Ein Donner krachte und Paul setzte sich kerzengerade auf. Er wandte sich Straight zu, griff zu seinem Freund hinüber, fasste aber ins Leere – wie die anderen Passagiere hatte sein Freund den Kopf auf die Knie gelegt. Ein heller Blitz zuckte vor dem Fenster und erfüllte die Kabine mit einem gleißenden Licht. Paul spürte den Schock in seinen Fingerspitzen, den Arm hinauf bis zu seinem Gesicht und seinen Haaren.

Und auf einmal war mit dem dröhnenden Donnerschlag, der dem Blitz folgte, seine Angst verschwunden. Sie war einem ehrfürchtigen Staunen gewichen.

Ich habe es gesehen!

Was war gerade passiert? Pauls Arme und sein Gesicht prickelten noch und seine Augen pulsierten hinter den Verbänden auf Grund der Nachwirkungen dieses Blitzes. Hatte die Tatsache, dass er plötzlich an Gott glaubte, ihm sein Augenlicht wiedergegeben? Konnte es sein, dass sein ängstliches Gebet Gültigkeit hatte? Er spürte nichts.

Er hatte kein Abkommen mit Gott getroffen, keine Versprechungen gemacht. Hatte er tatsächlich die Entscheidung getroffen, Christus in sein Leben aufzunehmen, Christ zu werden? Sein Namensvetter aus dem Neuen Testament hatte einem Gefängniswärter gesagt, er brauche nur den Namen des Herrn Jesus Christus anzurufen und er würde gerettet werden. Zweifellos hatte Paul gerade Gott angerufen. Oder hatte er in seiner Furcht nur irgendetwas dahingesagt? Sein Augenlicht war ihm zurückgegeben worden, aber es ergab keinen Sinn. Es erschien ihm viel zu einfach.

Konnte der Glaube aus dem Nichts heraus plötzlich einfach da sein? Konnte man ihn einfach bekennen und sofort reiche Früchte ernten?

Und war das für jemanden wie ihn tatsächlich möglich? Paul wurde klar, dass er sich seit Winternacht mit der Frage des Glaubens auseinander gesetzt hatte, als Andy Pass gestorben war und er den Brief seines Vaters entdeckt hatte. Seine Verachtung für die Schwäche dieser beiden in seinem Leben so wichtigen Männer; sein Zorn über ihren Betrug, der ihn veranlasst hatte, sich dem Sonderkommando anzuschließen; der Hass, der ihn erfüllte, als er den Gläubigen in San Francisco zuhörte; seine Abscheu, die er in dem Augenblick für Stephen Lloyd empfand, als dieser gestand – all dies waren Schlachten gegen den Glauben. Aber Paul hatte sich nicht nur der Feindschaft schuldig gemacht. Er hatte bei seinem Versuch, den Glauben wie eine ansteckende Krankheit auszurotten, sogar getötet – ohne Bedauern, wie er Koontz gesagt hatte. Und dass er diese Aufgabe erfolgreich erfüllt hatte, hatte ihn mit Zufriedenheit erfüllt.

Wie konnte der Glaube in ihm, dem Feind, Wurzeln geschlagen haben? Wer konnte unwürdiger sein? Der Paulus des Neuen Testaments sagte, er sei der „schlimmste Sünder". Nun, jetzt hatte er einen Konkurrenten.

Der Same war ausgestreut worden, als Paul sich das Neue Testament anhörte, auch wenn er glaubte, sein Verstand würde die Inhalte voller Überzeugung ablehnen. War sein Glaube gewachsen, als er Zeilen aus dem Trauergottesdienst und dem Brief seines Vaters immer wieder in seinen Gedanken durchging? Konnte er gewachsen sein, weil Paul so getan hatte, als würde er glauben, weil er sich vorgestellt hatte, wie sein Vater den Glauben erlebt haben mochte? Oder sogar durch den Wunsch seines Vaters, dass er sich später auf die Suche nach der Wahrheit begeben und ein Mann Gottes werden würde?

Paul wusste nur, dass sich irgendetwas verändert hatte – etwas, das noch wichtiger war als die Wiedererlangung seiner Sehkraft.

Das Flugzeug richtete sich auf, als ein weiterer Donnerschlag ertönte. Straight setzte sich auf und legte Paul die Hand auf die Schulter.

„Sind Sie okay?", fragte er.

„Wie bitte?"

„Paul, Sie wirken sehr erregt, so, als ginge es Ihnen nicht gut."

„Straight", erwiderte er, „ich habe diesen Blitz gesehen!"

„Sie haben ihn gesehen?"

„Ich habe mir das nicht eingebildet, Mann."

„Aber Ihre Augen sind verbunden. Sie tragen eine dunkle Augenklappe."

„Ich weiß, was ich gesehen habe!"

„Ich hoffe, Sie haben Recht, aber machen Sie sich nicht zu viele Hoffnungen!"

„Es stimmt. Am liebsten möchte ich mir diese Verbände von den Augen reißen und ausprobieren, was ich erkennen kann."

„Tun Sie es nicht", riet Straight ihm. „Was immer auch passiert ist, Ihre Augen werden sehr empfindlich sein, und Sie wollen doch nicht riskieren, sie noch weiter zu schädigen."

„Passiert ist genau das, was Sie mir im Wagen gesagt haben –" Paul senkte seine Stimme zu einem Flüstern. „‚Dir geschehe, wie du geglaubt hast . . . und ihre Augen wurden aufgetan.'"

„Hmm."

Und dann wurde es Paul klar. Der Grund, warum er das Zitat nicht erkannt hatte, war der, dass er es Straight gegenüber nie erwähnt hatte. Straight kannte die Bibel! Sein Freund musste zu den Gläubigen gehören! Wie er Paul immer wieder vorsichtig zu dem Buch zurückgeführt hatte, immer wieder vermeintlich harmlose Fragen gestellt hatte, was zu dem einen oder anderen Thema darin gesagt würde . . .

Wenn Straight ein Christ ist, bin ich es dann auch?

Das Flugzeug setzte auf der Landebahn auf. Einige Passagiere applaudierten schwach, aber die meisten waren zu erschöpft, um mehr zu tun, als aufzustehen und nach ihren Taschen zu suchen. Paul sprang energiegeladen auf. Er hatte ein Ziel – nach Hause zu fahren und sich wieder mit dem Neuen Testament zu beschäftigen. Die Stellen über Blindheit und Sehvermögen waren eine Sache. Aber es gab auch so vieles andere in diesem Buch, vieles mehr, das er hören musste, bis er es begriff.

■ ■ ■

Paul stürmte ins Haus. Er und Straight ließen sein Gepäck im Eingangsflur fallen. Paul eilte auf Jae zu und nahm sie in die Arme – zum ersten Mal seit seinem Unfall, wie ihm klar wurde. Die Neuigkeit von seinem wiedergewonnenen Sehvermögen sprudelte nur so aus ihm heraus. Sie versteifte sich und er wich verletzt zurück. *Sie will sich nicht vorschnell Hoffnungen machen.*

„Ich weiß, es hört sich unglaublich an, aber es stimmt, Jae. Ich sah zum Fenster hinüber und da war dieser unglaubliche Blitz und ich habe ihn gesehen!“

Er nahm die Sonnenbrille von seinen verbundenen Augen. „Ich kann das Licht in diesem Zimmer sehen. Hier brennt eine Lampe . . .“

„Paul, sei leise. Ich möchte nicht, dass die Kinder aufwachen und das mitbekommen. Du weißt, wo die Lampen stehen. Vielleicht sollte Straight dich ins Krankenhaus bringen –“

„Nein, nein. Ich kann das keinem Fremden erklären und die Nacht dort bleiben. Wir werden morgen früh zu Dr. Bihari fahren.“

„Paul, vielleicht handelt es sich um eine neurologische Veränderung –“

„Ich werde nicht fahren, Jae. Vergiss es. Es sind meine Augen, nicht mein Kopf . . .“ Auf einmal war er erschöpft, fiel emotional und körperlich in sich zusammen. „Und ich bin so schrecklich müde. Es war ein verrückter Tag. Dieser Flug war die reinste Achterbahn ..."

■ ■ ■

Sofort am folgenden Morgen brachte Jae Paul zu Dr. Bihari. Es dauerte eine Weile, bis sich seine Augen an das Licht gewöhnt hatten, und der Arzt hatte ganz offensichtlich große Bedenken. Auf einem kleinen Schemel rollte er vor Paul hin und her.

„Sagen Sie mir, was Sie zu sehen glauben."

„Alles ist verschwommen", erwiderte Paul, „aber ich kann sehen. Gestern Abend konnte ich erkennen, welche Lampen in unserem Wohnzimmer brannten, und heute Morgen konnte ich bereits die Umrisse der Möbel erkennen ..."

„Paul, Sie leben seit vielen Jahren in diesem Haus."

„Sie glauben mir nicht", klagte Paul. „Testen Sie mich."

„Natürlich. Entspannen Sie sich und, bitte, machen Sie sich keine allzu großen Hoffnungen."

Wie oft werde ich das noch zu hören bekommen? Natürlich mache ich mir Hoffnungen!

„Begrenztes, zeitweiliges Sehvermögen ist nichts Ungewöhnliches", erklärte Dr. Bihari. „Aber ziehen Sie bitte keine voreiligen Schlüsse."

Paul konnte nur die großen Buchstaben auf der Karte erkennen. „Aber Sie müssen doch zugeben, das ist schon was."

„Es ist mehr als etwas", erwiderte Bihari. „Ich muss noch einen Test machen, aber ich warne Sie, das wird ein wenig unangenehm sein."

„Ich bin dabei."

Der Arzt untersuchte Paul mit einem extrem hellen Licht. Paul blinzelte, zwang sich aber, die Augen so lange offen zu halten, bis der Arzt gesehen hatte, was er sehen wollte.

„Ich bin erstaunt", erklärte Dr. Bihari. „Hornhaut, Iris, Pupille und Choroidea zeigen eine dauerhafte Schädigung. Falls Sie etwas sehen können, dann sind das vermutlich nur verschwommene Schatten des Narbengewebes im Auge selbst."

Der Arzt bat Jae zu sich herüber. „Sehen Sie die Zerstörungen an den Linsen, unmittelbar hinter der Iris in beiden Augen?"

Sie nickte.

„Aber Sie sehen das nicht, Paul?", fragte der Arzt.

„Ich sehe nur, was ich Ihnen beschrieben habe. Das Bild ist verschwommen, aber es wird klarer. Also, was ist jetzt mit diesen Transplantaten?"

„Sie sind vielleicht nicht mehr nötig. Ich verstehe es nicht, aber ich würde jetzt nur ungern der Natur vorgreifen. Wir werden abwarten, wie viel es sich noch verbessert."

■ ■ ■

Jae war verwirrt. Sie wusste nicht, was sie denken sollte. Eigentlich sollte sie überglücklich sein, aber wegen des Briefes war sie noch zornig auf Paul. Jetzt wusste sie nicht, wie sie sich ihm gegenüber verhalten sollte. Als sie ihn darauf aufgesprochen hatte, war er wütend geworden und hatte behauptet, die Korrespondenz sei harmlos, obwohl der Brief mit „in Liebe" unterschrieben war. Und offensichtlich hatte er ohne ihr Wissen ein Treffen mit der Frau geplant. Wenn es sich um eine harmlose Beziehung handelte, warum hatte er es ihr dann verschwiegen? Wie konnte Jae ihm jemals wieder vertrauen? Sie hatte diese Täuschungen so satt – sie hatte es satt, sich Sorgen zu machen, nach Anzeichen von Untreue Ausschau zu halten, sich von Zweifel und Misstrauen zerfressen zu lassen.

Selbst wenn Paul gestanden hätte – und das war ein großes ‚Wenn' –, was konnte sie tun? War sie bereit, einen Mann hinauszuwerfen, der gerade sein Augenlicht zurückbekam? Konnte er allein in einer fremden neuen Wohnung zurechtkommen? Wenn sie ihn jetzt hinauswarf, dann gab es keinen Weg zurück. Es wäre der letzte Schlag für ihre Ehe. Und Jae war nicht bereit, diesen Schritt zu tun. Sie brauchte Zeit und einen Ort, um nachzudenken und – falls es nicht anders ging – um Paul zu zeigen, dass sie es ernst meinte.

Die einzige Lösung bestand darin, die Kinder zu nehmen und zu gehen. Aber damit würde sie warten müssen, bis in ein paar Wochen die Ferien begannen. Dann konnte sie den Kindern die Abreise als etwas Positives darstellen – als ein Abenteuer, einen Sommerurlaub. *Das bin ich ihnen, nach allem, was wir ihnen zugemutet haben, schuldig.*

Bis dahin würde sie ihre Gefühle vor Paul verbergen, was viel leichter war, als sie gedacht hatte. Sein Tagesablauf blieb derselbe: Er hörte sich bei geschlossener Tür den ganzen Vormittag über diese CDs an und wartete auf den Besuch von Straight. Dann schloss er sich mit ihm den ganzen Nachmittag ein und schließlich besuchte er an mehreren

Abenden in der Woche diese Schachclubs. Zum ersten Mal in ihrer Ehe war sie dankbar dafür, dass er sie vernachlässigte.

■ ■ ■

Für Paul war die allmähliche Wiederherstellung seines Sehvermögens ein Rätsel, das seine Welt auf den Kopf stellte. Wenn er jetzt an Gott glaubte, was bedeutete das? Was wurde von ihm erwartet – bestimmt würden sich sein Leben, seine Arbeit, sogar seine Ehe verändern müssen. Wenn er darüber nachdachte, wer sein Schwiegervater war, konnte Paul sich nicht vorstellen, wie er Jae seine Veränderung erklären sollte. Und wenn es sie nun beunruhigte? Wenn sie es ihrem Vater erzählte? Dann wäre es um Paul geschehen.

Zuerst musste er mit sich selbst ins Reine kommen. Er hatte das Neue Testament als Nichteingeweihter studiert. Wieder und wieder hatte er den Worten gelauscht, doch da gab es zu vieles, das er nicht verstand. Die Lehren Jesu widersprachen allem, was man Paul beigebracht hatte. Jesus sagte, man solle seine Feinde lieben und freundlich zu denen sein, die einen misshandelten. Wie sollte das in der NPO funktionieren?

Eine weitere Hürde, die Pauls Verstand nehmen musste, war die Behauptung, Jesus hätte ein vollkommenes Leben geführt, ohne Sünde, damit er Gottes Opferlamm für alle Sünden der Welt werden könnte. Das machte den christlichen Glauben im Vergleich mit den anderen Religionen so einzigartig – zumindest im Vergleich zu denen, mit denen sich Paul beschäftigt hatte. Welche andere Religion gründete auf dem Opfer eines Menschen, ein Geschenk, das man nur annehmen musste? Welche andere Religion hatte einen Helden, der nicht nur von den Toten auferstanden war, sondern auch immer noch lebte? Die meisten Religionen konzentrierten sich auf die Versuche des Menschen, Gott zu erreichen, aber Jesus war ganz eindeutig Gottes Versuch, den Menschen zu erreichen.

Pauls Namensvetter Paulus, ein hoch gebildeter Mann, schien ihn in einem Brief aus dem Neuen Testament direkt anzusprechen, als er schrieb: „Denn das Wort vom Kreuz ist denen, die verloren gehen, Torheit; uns aber, die wir gerettet werden, ist es Gottes Kraft."

War ich verloren? Das behauptet der Apostel Paulus. Wenn ich das nicht glaubte, würde ich ohne Gott sterben.

Paulus fuhr an dieser Stelle fort: „Es heißt nämlich in der Schrift: Ich lasse die Weisheit der Weisen vergehen und die Klugheit der Klugen verschwinden. Wo ist ein Weiser? Wo ist ein Schriftgelehrter? Wo ein Wortführer in dieser Welt? Hat Gott nicht die Weisheit der Welt als Torheit entlarvt? Denn da die Welt angesichts der Weisheit Gottes auf dem Weg ihrer Weisheit Gott nicht erkannte, beschloss Gott, alle, die glauben, durch die Torheit der Verkündigung zu retten."

Diese Stelle hörte sich Paul immer wieder an. Er war innerlich sehr aufgewühlt. Er hatte nach intelligenten Gründen gesucht, um sich selbst einreden zu können, dass dies nur nett klingende Worte für religiöse Menschen seien. Was seiner Meinung nach töricht klang, war auch tatsächlich töricht gemeint, um die Weisen zu verwirren. Nun, er war wirklich verwirrt.

Und dann war da das Versprechen, Jesus werde eines Tages auf die Erde zurückkommen. Er hatte seinen Jüngern gesagt, er würde in den Himmel gehen, um eine Wohnung für sie zu bereiten, und eines Tages würde er wiederkehren, um sie zu sich zu holen. Und er fügte hinzu: „Wenn es nicht so wäre, hätte ich es euch gesagt."

Paul hatte sich intensiv mit dem Buch der Offenbarung beschäftigt, in dem die Umstände der Wiederkunft Christi beschrieben wurden und in dem das Versprechen stand, er werde bald kommen. Sowohl Pauls Vater als auch die Gläubigen in San Francisco hatten daran geglaubt, dass dieses Ereignis kurz bevorstand. Wie passte dies zu Pauls neuem Glauben?

Paul brauchte einen geistlichen Vertrauten, einen Menschen, der mehr Erfahrung hatte und mit dem er über seine Zweifel und Fragen reden konnte.

■ ■ ■

Als Straight ihn das nächste Mal besuchte, sagte Paul, sobald die Tür hinter ihnen ins Schloss gefallen war: „Wir müssen miteinander reden. Ich muss dir eine Frage stellen."

„Schieß los."

„Erinnerst du dich an unser Gespräch im Wagen, als du diese Stelle von den beiden Blinden zitiert hast? ‚Wie ihr geglaubt habt, so soll es geschehen. Da wurden ihre Augen geöffnet.'"

Straight schien sich zu versteifen. „Ja?"

„Ich habe darüber nachgedacht, und ich weiß, dass ich dir diese Geschichte nie erzählt habe."

„Aha."

„Also, woher kanntest du sie?“

Straight lehnte sich auf seinem Stuhl zurück und verschränkte die Hände hinter dem Kopf. „Denkst du, du seist der einzige Mensch, der liest?“

„Die Bibel steht auf dem Index der verbotenen Literatur, Straight. Nur wegen meines Jobs habe ich Zugang zu ihr.“

„Wartest du auf ein Geständnis, Paul? Was willst du von mir?“

„Ich möchte es wissen.“

„Sind wir Freunde, Paul? Du scheinst außer mir keinen Freund zu haben.“

„Wir sind Freunde.“

„Du bittest einen Freund, dir, einem leitenden Angestellten der ‚National Peace Organization‘ gegenüber, ein Kapitalverbrechen zu gestehen?“

„Dann stimmt es also?“

„Mein Leben liegt in deinen Händen, Paul.“

„Stimmt es?“

„Es stimmt.“

Ein Schauer überlief Paul. *Ich wusste es!* Und er brauchte Straights Wissen und Erfahrung.

„Wirst du mich nun anzeigen, Paul? Wirst du deine Pflicht erfüllen oder wirst du dem Feind helfen?“

Paul legte den Kopf in den Nacken und schloss die Augen. „Ich könnte dich nie als Feind betrachten, Straight.“

„Das ist eine ziemlich wichtige Entscheidung.“

„Ich weiß. Sie verändert alles.“

„Ja, das tut sie. Bist du sicher?“

„Nicht wirklich.“

„Gott hat dich verschont und dir dein Augenlicht wiedergegeben. Du zweifelst nicht mehr daran, oder?“

„Nein, nicht mehr.“

„Saulus hat die Stimme gefragt, wer er sei. Erinnerst du dich noch an die Antwort?“

„Sie beschäftigt mich jeden Tag“, erwiderte Paul. „Er sagte: ‚Ich bin Jesus, den du verfolgst.‘ Lange Zeit habe ich mich dem verschlossen. Ich sagte, selbst wenn ich die Christen verfolgte, die im Untergrund leben, würde ich nicht unbedingt Jesus verfolgen.“

„Aber es gibt eine Verbindung zwischen ihm und uns, Paul. Wenn du uns verfolgst, verfolgst du ihn.“

„Genau das habe ich erkannt."

„Hast du ihm das schon gesagt?"

„Ihm was gesagt?"

„Dass du an ihn glaubst? Er hat dir dein Sehvermögen wiedergegeben, und er zeigt dir jeden Tag, wer er ist. Willst du behaupten, du könntest das ignorieren und das Neue Testament weiter nur als eine Sammlung von Geschichten lesen oder hören, genau wie bei all den anderen Religionen, die du studiert hast?"

Paul begann zu zittern. „Nein."

„Du weißt, was du zu tun hast."

„Ich denke, irgendwie habe ich das schon getan."

„Irgendwie?"

„Im Flugzeug hatte ich Todesangst, Straight. Ich habe Gott angefleht, mich zu retten. Und dann ist all dies passiert. Aber ich hatte es nicht verdient. Ich verdiene es nicht. Es erscheint mir nicht gerecht."

„Ich würde nicht wollen, dass es gerecht ist, Paul. Ich hätte es auch niemals verdient. Du erinnerst dich, was Paulus den Römern über das ‚Wort des Glaubens, das wir verkündigen' geschrieben hat?"

„Vage. Ich habe es nicht auswendig gelernt."

„Er sagte: ‚Denn wenn du mit deinem Mund bekennst: ›Jesus ist der Herr‹ und in deinem Herzen glaubst: ›Gott hat ihn von den Toten auferweckt‹, so wirst du gerettet werden.'"

Paul schwieg. Sein ganzes Leben lang war es ihm wichtig gewesen, die Logik der Dinge zu verstehen und zu begreifen, wie die Welt funktionierte. Er hatte gelernt, seinem Verstand zu vertrauen und den Gefühlen zu *miss*trauen, und so machte die Welt Sinn. Aber jetzt, in nur wenigen Tagen und Stunden, war alles auf den Kopf gestellt worden. Er hatte Dinge erlebt, die er sich nicht erklären konnte, Dinge, die unlogisch waren. Er war aufgewühlt und verwirrt. Dass er sein Sehvermögen zurückerhalten hatte, war nicht weniger ein Wunder wie die Tatsache, dass Gott ihn errettete, obwohl er es gar nicht verdient hatte. Und doch, tief in seinem Innern, irgendwo außerhalb seines Verstandes, war noch etwas anderes . . . ein Gefühl? Eine Stimme? Ein Flüstern? Was immer es auch war, es nickte und flüsterte: *Ja*, sagte: *Du hast das zwar nicht verdient, doch ich bin bei dir.*

Paul stiegen die Tränen in die Augen. Er musste den letzten Schritt tun.

„Ja", flüsterte er. „Ich glaube."

Kapitel 16

Die unterirdische Bibliothek war beeindruckend. An den dicken Mauern reihten sich von den blendend weißen Böden bis zu den hohen gewölbten Decken die altmodischen, auf Papier gedruckten Bücher. Lange Tische mit Intarsienarbeiten und passenden, mit Leder bezogenen Stühlen dominierten die linke Seite des Raumes. Rechts waren eine Reihe von Arbeitsplätzen eingerichtet worden, jeder mit eigenem Internetzugang.

„Ich bin erstaunt, wie warm und gemütlich es hier unten ist", sagte Straight.

„Das ist die ideale Umgebung für Bücher und Möbel", erwiderte sein Gastgeber. „Weißt du, nach dem Zweiten Weltkrieg wurden in den europäischen Salzbergwerken Kisten mit geraubten Kunstgegenständen gefunden. Das war der beste Aufbewahrungsort dafür: staubtrocken, sauber, mit gleich bleibender Temperatur zwischen 12 und 23 Grad. Keine Insekten oder Mäuse – da gab es nichts, von dem sie sich ernähren könnten – und uns hier haben sie auch noch nicht gefunden. Allerdings mache ich mir um die Kakerlaken Gedanken, vor allem in den Büchern."

„Es ist eine kostbare Sammlung", merkte Straight an.

„Wir übertragen alles auf elektronische Medien. Ich liebe die alten Bücher, aber sie sind sehr empfindlich, und wichtig ist, die Inhalte wieder in Umlauf zu bringen."

„Wie viele Menschen leben hier?"

„Etwa 150 ständig und 50 bis 100 übergangsweise."

„Erstaunlich, dass du so viele Menschen ernähren kannst."

Straights Gastgeber zuckte die Achseln. „Hier unten haben wir 567 Hektar, 80 Kilometer Tunnel. Die Wasser- und Ventilationssysteme sind sehr gut ausgebaut – das muss auch so sein, wegen der Bergwerksmaschinen. Selbst damals konnten sie etwa 30 000 Kubikmeter Luft hineinpumpen. Diese Bergwerke wurden fast 200 Jahre erfolgreich ausgebeutet."

„Was ist dann passiert? Ging das Salz aus?"

„Oh nein! Es war eine Frage des Geldes – es war billiger, das Salz aus Kanada zu importieren. Hier lagern noch immer 70 Billionen Tonnen Salz – genug, um die Welt für viele Jahrtausende zu versorgen."

Ein Ehepaar Ende 50 trat ein, begleitet von einem jüngeren, stämmigen blonden Mann.

„Ich habe den Professor mit Berichten über unsere Stadt gelangweilt", erklärte der Gastgeber. „Er ist schon eine Weile lang nicht mehr hier gewesen. Stuart, du kennst Abraham und Sarah –", sie umarmten ihn, – „und dies ist Isaak."

„Ich bin nicht ihr Sohn", erklärte der junge Mann und schüttelte Straight die Hand.

„Das habe ich auch nicht angenommen."

Simeon, Straights Gastgeber, der früher in seiner Kindheit Clarence Little geheißen hatte und sein Kollege an der Universität von Chicago geworden war, war der Mann, von dem Straight behauptete, er hätte ihn in jeder Beziehung gerettet.

„Ich möchte dir noch drei andere vorstellen, die erst kürzlich zu uns gestoßen sind", sagte Simeon. „Silas, Barnabas und Damaris, die vielleicht etwas zu deinem Vorschlag sagen kann. Leute, das ist der Professor."

Straight begrüßte die beiden Männer, zögerte aber, als er zu der Frau kam, die den Namen Damaris trug.

„Keine Namen", sagte er dann, „aber ich glaube, wir haben uns kürzlich in Washington zum Mittagessen getroffen."

„Das stimmt", erwiderte Angela.

■ ■ ■

Die sieben Personen nahmen an einem langen Tisch Platz. Alle sahen Straight an.

„Ich habe Kontakt zu einem höchst ungewöhnlichen Bekehrten", begann er, „der sich in einer einzigartigen Position befindet und uns helfen kann. Aber die Risiken sind immens. Sein Schwiegervater war früher ein hohes Tier bei der NPO. Der Bekehrte selbst ist ein Agent der Organisation."

Er erzählte, wie er Paul kennen gelernt hatte. „Die Schwestern hatten mich gebeten, nach ihm zu sehen. Seine Bitterkeit wirkte sich schlecht auf seine Genesung aus und er hatte sich von seiner Familie entfremdet. Aber er hörte sich das Neue Testament auf CD an."

Straight gab die Gespräche wieder, die sie miteinander geführt hatten und wie Pauls Augen im übertragenen Sinne geöffnet worden waren.

„Und dann habe ich ein Wunder erlebt. Auf dem Rückflug von Washington – es war derselbe Tag, an dem das Wunder mit den Kirschblüten geschah – bekam Paul sein Augenlicht zurück."

Die sieben Personen blickten sich an.

„An diesem Tag habe ich Washington verlassen", sagte Angela und berichtete, wie Paul sie gewarnt hatte und wie sie mit ihren Söhnen in den Westen gekommen war und in Ohio im Untergrund Unterschlupf gesucht hatte.

„Ich war Bia Balaam, der Verantwortlichen für die Morde nach dem Blütenwunder, einen Schritt voraus."

„‚Bia' bedeutet im Griechischen ‚Gewalt'", erklärte Straight. „In der griechischen Mythologie war Bia an der Folterung von Prometheus beteiligt."

„Das passt zu ihr", meinte Angela. „Ihre Spezialität ist die Einschüchterung. Von ihr stammte der Plan zur Ermordung meines Vaters, zu dem Schlangenangriff im Asclepian-Zoo und jetzt die letzten Gräueltaten – ein Führer der Christen geriet in die Maschinen einer Druckerei und zwei andere wurden in einem Gewächshaus des Botanischen Gartens mit Pestiziden vergiftet. So kamen allein in Washington fünf leitende Personen ums Leben. Andere, wie mein Onkel Jack, waren gezwungen, ganz in den Untergrund zu gehen."

„Offensichtlich sollten die letzten beiden Morde uns mit den Kirschblüten in Verbindung bringen und so den Zorn der Öffentlichkeit auf uns lenken", erklärte Silas. „Und das macht mir Sorge. Bia Balaam hat viel Talent. Sie ist eine kreative Sadistin, ein Ungeheuer, die so dramatische und Furcht erregende Morde inszeniert, um die Arbeit unserer Gruppen zu untergraben – und sie hat großen Erfolg damit. Sie hat nicht nur unsere Führungsspitze lahm gelegt, es gab auch Verräter, vielleicht sogar Spitzel, in unseren Reihen.

Aber richtig Sorgen müssen wir uns um den Marionettenspieler machen, der ihre Fäden zieht. Bisher ist es Washington meisterhaft gelungen, uns aus der Presse herauszuhalten und das Interesse der Öffentlichkeit von uns abzuwenden, auch wenn sie uns bloßstellen und töten. Sie haben versucht, ein eindeutiges Handeln Gottes zu vertuschen, indem sie die Schuld dafür Witzbolden zuschoben, wie in dem Fall des Reflektierenden Teichs, oder der Industriesabotage wie in Texas oder sogar vereinzelten terroristischen Zellen wie in San Francisco. Doch je mehr dieser Dinge sie uns zuschreiben – wie sie es mit den Kirschblüten zu tun scheinen –, desto mehr werden sie die öffentliche Meinung gegen uns aufbringen. Dann werden sie irgendwann zu einer systematischeren Verfolgung übergehen können. Und das wird, fürchte ich, als Nächstes passieren."

„Ein Kontaktmann in der NPO könnte seine Ohren offen halten", meinte Isaak. „Er könnte uns vor möglicher Gefahr warnen und uns helfen, Tragödien, wie wir sie dieses Jahr erlebt haben, abzuwenden. Diese Morde und das Fehlen des öffentlichen Aufschreis unterdrücken unsere Bewegung. Feiglinge, die uns meiden würden, wollen wir sowieso nicht. Aber dort draußen könnte es Hunderttausende geben, die sich unserer Mission anschließen würden."

„Eine Kontaktperson könnte uns auch helfen, unsere Mission effektiver zu erfüllen", gab Silas zu bedenken. „Jemand, der die Regierung umgehen kann, könnte den Kontakt zwischen den einzelnen Gruppen herstellen – könnte uns helfen, unsere Ressourcen zu teilen, wie zum Beispiel das elektronische Material, das ihr hier produziert, sowie Ideen weiterzugeben, wie man es verbreiten könnte. Die anderen Christen sollen doch erfahren, dass sie nicht allein sind."

Abraham erhob sich, stützte die Hände auf den Tisch und beugte sich vor. „Ich weiß nicht, Professor", gab er zu bedenken. „Die Idee, einen Mann als Spitzel in die höchste Sicherheitsbehörde der Welt einzuschleusen, behagt mir nicht so ganz. Er würde sein Leben jeden Tag aufs Spiel setzen. Er könnte sich gegen uns wenden, sich selbst einen Namen machen, uns verraten und eine Razzia durchführen, die unsere Sache beenden würde."

„Ich kenne ihn", erwiderte Straight. „Ich vertraue ihm. Ich bin kein Dummkopf. Wenn die geringste Chance bestünde, dass er nicht der ist, für den ich ihn halte, hätte ich das Thema niemals angeschnitten. Wir brauchen Hilfe von oben. An einen Mann in höherer Position als er kommt ihr nicht heran."

Sarah legte ihre Hand auf Abrahams Arm und er nahm wieder Platz.

„Mir gefällt die Alternative nicht", meinte sie. „Wenn diese Morde nicht geschehen wären, hätte ich vielleicht davon abgeraten, ein solches Risiko einzugehen. Aber die Regierung hat uns ganz eindeutig den Krieg erklärt."

Zum ersten Mal meldete sich Barnabas zu Wort. „Wir vergessen da etwas. Das Augenlicht dieses Mannes wurde ihm durch ein Wunder wieder zurückgegeben. Der Professor hier, den die meisten von euch gut zu kennen scheinen, hat ihn täglich beobachtet und seine Genesung miterlebt. Wie können wir ein so offensichtliches Geschenk von Gott anzweifeln?"

„Abraham", sagte Simeon, „ich kenne den Professor schon fast mein ganzes Leben lang, und ich würde nie sein Urteilsvermögen in Zweifel ziehen. Aber das Risiko ist groß. Wie wäre es, wenn sich einer von uns mit diesem Mann trifft? Ich könnte gehen oder –"

„Nein", sagte Abraham. „Ich werde es selbst übernehmen, wenn der Professor ein Treffen arrangieren kann."

■ ■ ■

Zusammen mit Simeon und Straight verließ Angela die Bibliothek.

„Was haben Sie jetzt vor?", fragte Straight. „Werden Sie hier bleiben?"

„Noch ein paar Tage", sagte sie. „Ich bin nicht so gut bekannt, dass ich untertauchen muss wie einige andere hier. Ich habe von der Kongressbibliothek aus die heimliche Buchverteilung in Washington überwacht, wo wir christliche Texte in den Leseräumen und Computerarchiven an der Ostküste hinterlegt haben. Jetzt werde ich für eine neue Mission ausgebildet und vermutlich werde ich nach Westen gehen. Es gibt jede Menge Orte, an denen ich mich nützlich machen kann."

Sie kamen zum Hauptschacht der Mine, der so breit war wie eine vierspurige Schnellstraße. Straight ließ seine Hand über die weiße Salzwand gleiten.

„Wie Marmor, aber durchsichtiger. Es funkelt richtig."

„Diese dunklen Streifen sind Schmutz, der eingeschlossen wurde, als sich das Salz vor unzähligen Jahren gebildet hat", erklärte Simeon.

„Wunderschön."

Angela blieb bei der Abzweigung stehen, die zu den Schlafräumen und Familienappartements führte.

„Professor, ich gehe davon aus, dass Paul von diesem Treffen nichts erfahren wird."

„Natürlich nicht. Ich weiß, dass alle hier anonym sind." Er nahm ihre Hand. „Ich habe mich gefreut, Sie wieder zu sehen. Möge Gott Sie bewahren und bei Ihrer neuen Mission segnen . . . Damaris."

Straight folgte Simeon in die rechte Abzweigung, wo die Mitglieder der Gemeinschaft lebten, die auf Dauer in den Untergrund gegangen waren. Simeon bewohnte zwei bescheidene Räume, die mit Überbleibseln von dem alten Minenbüro, mit alten Spinden und einem aufrecht stehenden Aktenschrank ausgestattet waren, in dem er seine Kleidung aufbewahrte. Außerdem befanden sich dort noch ein paar Relikte aus seinem alten Leben, die er mitgebracht hatte, wie zum Beispiel seine Musikanlage. Da er wusste, wie sehr sein Freund Musik liebte, brachte Straight ihm immer ein paar neue CDs mit.

Simeon goss Kaffee aus einem alten elektrischen Topf in zwei Becher und rührte in Straights Tasse zwei Stückchen Zucker.

„Leidest du manchmal unter Klaustrophobie?", fragte Straight.

„Nein, Mann." Simeon deutete zur Decke, die sich weit oberhalb der sechs Meter hohen Trennwände befand, die seine Mauern bildeten. „Die Decke ist so hoch, dass wir uns nie eingesperrt fühlen. Und sieh dir nur die Abmessungen an – diese Säulen, die die Decke tragen, sind 30 Meter breit. Menschen sind wirklich Zwerge. Man vermisst natürlich die frische Luft, aber ab und zu gehe ich raus. Wir haben alles, was wir brauchen – Gottesdienst, Gemeinschaft und Frieden. Für jemanden wie mich, der Bücher liebt und gerne studiert, ist dies ein großartiger Ort zum Leben."

„Es ist unglaublich, was ihr hier alles macht. Ihr habt eine richtige Bibliothek. Und ihr kopiert alte Bücher, druckt und verteilt Handzettel, bildet Lehrer aus, die christliche Zellen leiten oder ins Leben rufen, sendet Missionare aus, unterhaltet ein Netzwerk von christlichen Gruppen und verbreitet die Gute Nachricht. Und außerdem bietet ihr Opfern von Verfolgung Zuflucht. Das ist sehr viel."

„Wir halten nur am Glauben fest, Mann."

■ ■ ■

„Ich habe dich gestern vermisst", sagte Paul. „Hast du deine Angelegenheiten regeln können?"

„Ja, das habe ich", erwiderte Straight. „Ich habe an dich gedacht. Jetzt wirst du sicher bald wieder zur Arbeit gehen."

„Erinnerst du dich noch daran, dass ich dir sagte, ich hätte eine sehr wichtige Entscheidung getroffen?"

„Ja."

„Weißt du, woran ich gedacht habe?"

„Ich denke schon."

„Ich werde die NPO wohl verlassen müssen."

„Nicht so voreilig!"

„Komm schon, Straight. Wenn du in der Bibel liest, dann kennst du auch die Geschichte von Saulus, bevor er Paulus wurde. Er hat die Christen verfolgt. Genau das tue ich, wenn ich bei der Organisation bleibe. Das ist meine Aufgabe."

„Du hast mir gesagt, deine Aufgabe sei es, zu beraten, zu interpretieren und zu verhören. Hast du jemanden verfolgt?"

„Allerdings. Ich bin direkt oder indirekt für fünf Todesfälle verantwortlich. Ich kann das nicht mehr machen."

„Es könnte noch eine andere Sichtweise der Dinge geben."

Paul schüttelte langsam den Kopf. „Ich glaube nicht, dass ich wieder zur NPO zurückgehen könnte."

„Ich kenne jemanden, der dir bei dieser Entscheidung helfen könnte. Jemand, der um die Auswirkungen weiß. Mehr kann ich nicht sagen. Soll ich ein Treffen arrangieren?"

„Ja, ich denke schon."

■ ■ ■

Am folgenden Abend verkündete Paul während des Abendessens mit seiner Familie, er werde noch mit Straight ausgehen.

„Wie bitte?", fragte Jae beinahe aus Gewohnheit.

„Er möchte mich jemandem vorstellen. Es hat mit meiner Arbeit zu tun."

„Du bist noch krankgeschrieben, willst aber trotzdem arbeiten?"

„Es handelt sich um jemanden, der uns recht nützlich sein könnte."

„Hmm. Nun . . ." Jae zuckte die Achseln und bemerkte Pauls Erstaunen. Er hatte keine Ahnung, wie betrogen sie sich schon jetzt fühlte. Aber da machte ein abendliches Treffen mit Straight auch nicht mehr viel aus.

Sobald die Ferien beginnen, bin ich hier weg.

■ ■ ■

Straight holte Paul um Viertel nach neun ab und fuhr mit ihm in die Stadt. Den Wagen stellte er in der Nähe der *Michigan* und *Chicago Street* ab. Es war schon Monate her, dass Paul den *Water Tower* zum letzten Mal gesehen hatte. Vor mehr als 150 Jahren war dieser als Denkmal für das große Feuer in Chicago errichtet worden. Jetzt lag er auf dem Boden und wurde von farbigen Laserstrahlen zum Gedenken an das große Chicagoer Erdbeben von 2 p.3 angestrahlt.

Straight und Paul schlenderten nach Norden zum *Lincoln Park*, in dem sich zu dieser Stunde niemand aufhielt. Straight führte Paul zu einer Bank unter einer Statue von Richard J. und Richard M. Daley, die beide Bürgermeister der Stadt gewesen waren. Vom Michigansee war Nebel heraufgezogen.

„Gut, dass wir nicht so weit im Park sind", meinte Paul. „Bei dem Nebel würden wir uns abseits des Weges bestimmt leicht verirren."

Leise Schritte näherten sich.

„Genau pünktlich", sagte Straight.

Eine Gestalt mit einer Kapuzenjacke tauchte aus dem Nebel auf. Sie ging auf die Bank zu.

„Hallo, Freund", begrüßte er Straight.

„Hallo. Paul, das ist Abraham."

Ein abgehärteter Mann um die 60, mit weißem Oberlippen- und Kinnbart, setzte sich neben Paul auf die Bank. Dieser rutschte näher an Straight heran. Trotz der späten Stunde trug der Mann eine dunkle Sonnenbrille.

„Dr. Stepola, danke, dass Sie gekommen sind", begann Abraham. „Ich wollte Ihnen einen Vorschlag unterbreiten. Wir tragen die Verantwortung für viele Menschenleben, und wie Sie sehr wohl wissen, sind wir an Aktivitäten beteiligt, auf die die Todesstrafe steht."

„Einen Moment mal. Wer ist *wir*?"

„Wir nennen uns die Wächter. Im Buch Jesaja sagt Gott zu seinem auserwählten Volk: ‚Auf deine Mauern, Jerusalem, stelle ich Wächter. Weder bei Tag noch bei Nacht dürfen sie schweigen. Ihr, die ihr den Herrn (an Zion) erinnern sollt, gönnt euch keine Ruhe! Lasst auch ihm keine Ruhe, bis er Jerusalem wieder aufbaut, bis er es auf der ganzen Erde berühmt macht.' Wir glauben, dass der Countdown dazu bereits läuft."

Paul wandte sich zu Straight um. „Das habe ich schon gehört. Aber ich habe Schwierigkeiten damit, es wirklich zu verstehen."

„Bitte, glaube es doch, Paul", sagte Straight.

„Doktor, wir glauben, dass die Zeit der Wiederkunft Jesu nahe ist, weil es so viele Zeichen gibt."

„Was für Zeichen?"

„Sie haben sicher von dem Reflektierenden Teich in Washington gehört. Und dann war da das Erdbeben in San Francisco –"

„Ich wusste, das konnte keine Bombe gewesen sein! Es war, als wäre die Bergkuppe implodiert."

„Genau", sagte Abraham. „Doch es war ein Erdbeben, wie es noch nie eines gegeben hat. Und dann die Feuersäulen in Gulfland und erst kürzlich das Welken der Kirschblüten in Columbia. Für die meisten Wunder findet sich eine Entsprechung in der Bibel. Und es hat auch viele andere Wunder gegeben, was ein Zeichen dafür ist, dass das Ende nahe ist."

„Ein kluger Mann hat mir einmal gesagt, Jesus könnte noch zu meinen Lebzeiten wiederkommen", sagte Paul. „Und ich selbst habe ein Wunder in meinem eigenen Leben erlebt. Eigentlich sogar zwei – die Heilung meiner Blindheit und das Geschenk des Glaubens."

„Dies ist das Geschenk, das wir alle miteinander teilen, in der Anbetung, im Studieren von Gottes Wort und in der Gemeinschaft miteinander."

Paul sah Straight an. „Das brauche ich."

„Das brauchen wir alle", bekräftigte Straight.

„Wir bieten auch anderen dieses Geschenk an. Jesus hat uns dies aufgetragen, als er sagte: ‚Darum geht zu allen Völkern und macht alle Menschen zu meinen Jüngern'", fuhr Abraham fort. „Und, Paul, unsere Zahlen steigen exponentiell an. Wir sind nicht nur ein paar vereinzelte Fanatiker, wie die Regierung der Öffentlichkeit weismachen will. Ich kann Ihnen gar nicht sagen, wie wichtig es für uns wäre, wenn jemand in Ihrer Position auf unserer Seite stehen würde."

„Dann sind Sie also tatsächlich organisiert."

„Sie werden verstehen, dass ich Ihnen das im Augenblick noch nicht erklären werde. Aber ja, im ganzen Land gibt es Christen, mit einem Schaltzentrum hier in Heartland. Wir sind eine Bewegung, eine richtige Armee Gottes."

„Aber was genau könnte ich tun? Meine Aufgabe besteht doch darin, Christen aufzustöbern."

„Du könntest Leben retten, mein Freund", meinte Straight. „Ich würde dir diesen Vorschlag nie unterbreiten, wenn wir dich nicht brauchen würden."

„Sie wissen, dass die Regierung die Nachricht über die Wunder vertuscht hat", sagte Abraham. „Sie könnten solche Dinge an die Presse durchsickern lassen."

„Das ist riskant. Ich weiß nicht, wie ich das anstellen sollte."

„Sie werden Zugang zu Regierungsinformationen über die Wächter-Abteilungen in jeder Region haben und Sie könnten uns vor Razzien warnen oder den Kontakt zwischen einzelnen Gruppierungen herstellen."

„Das ist noch riskanter. Ich weiß nicht, was ich tun soll. Dies ist keine leichte Entscheidung."

„Das ist mir klar", meinte Straight.

„Es gibt auch falsche christliche Sekten", fuhr Abraham fort. „Sie könnten die richtigen Wächter auf sie aufmerksam machen. Auf Grund Ihrer Ausbildung würden Sie die Kennzeichen erkennen."

Paul hatte sich gefragt, ob er diese Herausforderung annehmen und trotzdem nach außen hin den Schein wahren könnte, dass er der NPO treu ergeben wäre. Seine Kollegen und Vorgesetzten würden sehr schnell erkennen, dass er beim Aufspüren der Christen nicht sehr erfolgreich war. Aber wenn er falsche Sekten entlarvte, würde die Behörde den Unterschied nicht erkennen.

„Gibt es denn genug von diesen Verrückten, dass meine Leute nicht misstrauisch würden?"

„Vermutlich."

Paul strich sich mit der Hand durch die Haare. „Es ist schon sehr riskant, in einer Geheimdienstorganisation als Spitzel zu arbeiten."

„Gott würde Ihnen helfen", erinnerte Abraham ihn. „Er würde Ihnen die Kraft geben, Ihnen zeigen, was Sie tun sollen. Lassen Sie sich von Gott dabei helfen, die richtige Entscheidung zu fällen."

„Ich habe mich nie nach dem Tod gesehnt, aber wenn die Führungsspitze der NPO herausfinden würde, dass ich . . ." Paul rieb sich über den Nacken.

„Ich möchte dich nicht zu irgendetwas überreden", warf Straight ein. „Aber denkst du nicht auch, dass Gott aus einem bestimmten Grund dafür gesorgt hast, dass du in dieser Position tätig bist?"

„Der Gedanke ist mir auch schon mal gekommen."

„Denken Sie eine Weile darüber nach. Beten Sie", schlug Abraham vor. „Gehen Sie wieder an die Arbeit, und warten Sie ab, was Sie dabei empfinden."

„Das wäre möglich."

Straight legte Paul die Hand auf die Schulter. „Wenn du dich entscheidest, es zu machen, dann wärst du ein Doppelagent. Hättest du das jemals gedacht?"

In der zweiten Juniwoche ging Paul wieder zur Arbeit. Über seinem Schreibtisch hing ein großes Plakat mit der Aufschrift „Herzlich willkommen“, und seine Mitarbeiter begrüßten ihn so herzlich, als wäre er ein Held. Paul freute sich über den Empfang, trotz des unangenehmen Gefühls in seiner Magengegend. Er war ein Betrüger, ob er sich nun entschloss, mit den Wächtern zusammenzuarbeiten oder nicht. Er hatte auch früher schon verdeckt gearbeitet, aber noch nie gegen seine „eigenen Leute“. Bei diesem Vorschlag ging es buchstäblich um Leben und Tod. Unwillkürlich fragte er sich, ob es ein Fehler war, zurückzukehren, als wenn nichts gewesen wäre.

Koontz hatte ein Frühstück bringen und im Konferenzraum für die Abteilung aufbauen lassen. Er hielt eine Lobrede auf Paul und schloss mit den Worten: „Er hat sein Augenlicht aus einem ganz bestimmten Grund wiederbekommen: damit er bei seinem Unterfangen, die Bedrohung durch den subversiven Untergrund abzuwenden, unbeirrt voranschreiten kann.“

Paul setzte ein Lächeln auf und hob beide Hände, um den Beifall seiner Mitarbeiter abzuwehren. Wie sehr hätte ihm dies noch vor wenigen Wochen gefallen.

Danach fragte Koontz Paul im Vertrauen: „Und wie geht es Ihnen? Wie sieht es mit Ihrer Energie aus, mit Ihrem Durchhaltevermögen?“

Paul zuckte die Achseln. „Kommt allmählich wieder.“

„Sind Sie wirklich bereit, wieder in den Sattel zu steigen?“

„Wenn es nicht so wäre, wäre ich nicht hier.“

„Seien Sie ehrlich zu mir, Paul, denn Ihr nächster Fall wird kein Zuckerschlecken sein. Wir können es aufschieben und einen anderen dransetzen.“

„Nein, Chef. Ich möchte tun, was immer Sie geplant haben.“

Ich halte alle zum Narren.

„Wir brauchen Sie in Höchstform. Sie werden am Mittwochmorgen nach New York City fliegen – wenn Ihnen das nicht zu früh ist."

„Ich liebe New York."

„Dort gehen seltsame Dinge vor sich, Paul. Ich beneide Sie beinahe." Er reichte Paul einen Aktenordner mit der Aufschrift „Demetrius & Demetrius".

„Haben Sie schon davon gehört?"

Paul schüttelte den Kopf.

„Eine Brokerfirma an der ‚Wall Street'. Edelmetalle. Offensichtlich kam der Tipp von den Cops. Die Firma hat versucht, auf den Silbermarkt zu drängen und ihn zu beherrschen. Was, wie Sie wissen –"

„– illegal ist."

„Natürlich. Außerdem berichtet dieser Informant von seltsamen Vorgängen –"

„Das kommt uns doch bekannt vor."

„Richtig. Seltsame Ereignisse halten ihren Vormarsch auf, nicht das Gesetz. Es ist eine komplizierte Angelegenheit, und wir haben von den örtlichen Behörden einen Durchsuchungsbefehl bekommen, sogar die Genehmigung, den Tresor zu öffnen und zu durchsuchen. Ein Bericht über den älteren der beiden Demetrius-Brüder, über Ephesus, liegt der Akte bei. Eine Frau aus seinem Mitarbeiterstab warf ihm vor, den Markt zu manipulieren. Er hat sie abgemahnt und sie soll ihm mit einem Bibelvers geantwortet haben. Er verstand dies als einen Fluch und hat sie rausgeschmissen. Es steht alles in der Akte."

„Ein Fluch?"

„Nirgendwo sonst auf der Welt gibt es so abergläubische Menschen wie in Manhattan. Und das betrifft alle diese hohen Tiere, die sich mit Spekulationen befassen – in Las Vegas wird diese Sache wenigstens beim Namen genannt. In New York versucht jeder, einen Fuß auf den Markt zu bekommen, darum werden Seher, Medien und Horoskope zur Hilfe genommen – alles, was ihnen einen Rat geben kann. Darum, ja, ein Fluch, so lächerlich das auch klingen mag, hat die Firma verhext.

Die Leute haben wie verrückt Silber eingekauft, aber kurz nach dem Fluch hörte das von heute auf morgen auf. Die eigenen Händler waren verwirrt, der Preis des vorhandenen Silbers sank, und der Markt geriet durcheinander. Ephesus Demetrius wird vermisst, und die letzten beiden Wachbeamten, die den Tresorraum aufgesucht haben, wurden mit unkontrollierbaren Zuckungen in einem Aufzug gefunden. Ihr Haar war von einer Minute auf die andere weiß geworden. Einige behaupten, etwas Übernatürliches hätte sich ereignet. Sie sind also dran."

„Ich bin dabei."

„Könnte unangenehm werden, Paul. Nur damit Sie Bescheid wissen. Ich persönlich bin der Meinung, der ältere Demetrius hat sich mit dem Geld aus dem Staub gemacht. Aber wie auch immer, Ihre Aufgabe ist es, einen möglichen religiösen Blickwinkel zu entkräften."

■ ■ ■

An diesem Abend rief Paul Straight an und fragte ihn, ob er Kontakte zur christlichen Untergrundbewegung in Atlantica habe.

„Nein, aber wir wissen von ihnen. Und es gibt etwas, das du brauchen wirst. Ich bringe es dir vorbei."

Straight klang begeistert, aber er fragte nicht, ob dies bedeute, dass Paul beschlossen habe, sich den Wächtern anzuschließen. Paul war dankbar dafür, dass Straight dieses Thema seit ihrem Treffen mit Abraham nicht mehr angeschnitten hatte. Offensichtlich war ihm klar, dass Paul diese Entscheidung allein treffen musste.

In der Zwischenzeit ging Paul seine Akte durch und suchte dann nach dem angegebenen Fluchvers. Er stammte aus dem Buch Hiob, Kapitel 27, Vers 19: „Reich legt er sich schlafen, nichts ist ihm genommen. Macht er die Augen auf, ist nichts mehr da."

Ephesus hatte die Frau verspottet, sie eine Hexe genannt und gefordert, sie solle seinen Reichtum doch verschwinden lassen. Sie hatte geleugnet, diese Fähigkeit zu besitzen, ihn jedoch gewarnt, Gier und Falschheit würden bestraft, wenn nicht von der Regierung, dann von einer höheren Macht. Sie hatte Offenbarung, Kapitel 21, Vers 8 zitiert: „Aber die Feiglinge und Treulosen, die Befleckten, die Mörder und Unzüchtigen, die Zauberer, Götzendiener und alle Lügner – ihr Los wird der See von brennendem Schwefel sein."

Darauf hatte Ephesus geantwortet: „Mein Los? Beweisen Sie es." Er hatte ihr fristlos gekündigt und war daraufhin spurlos verschwunden. Die örtlichen Behörden hatten die Frau gesucht, um sie zu verhören, aber sie war ebenfalls verschwunden. Der Tresor schien die Antwort zu enthalten, doch seit dem Zwischenfall mit den Wachleuten hatte niemand mehr gewagt, sich ihm zu nähern.

Gab es im Tresorraum wirklich eine Art Falle? Oder hatten sie es tatsächlich mit einem übernatürlichen Phänomen zu tun? Als NPO-Agent durfte Paul eine solche Frage jedoch nicht stellen.

■ ■ ■

Eine Stunde später kam Straight mit einer Hand voll grüner Blätter vorbei.

„Was ist das?", fragte Paul. „Sie sehen aus, als stammten sie von einem Unholz."

„Das stimmt auch. Blätter von einem Götterbaum."

„Nie davon gehört."

„Er stammt aus China, wächst aber überall, weil er so widerstandsfähig ist." Straight reichte Paul die zwei- und dreihalmigen Blätter.

Paul roch daran.

„Erdnussbutter!", sagte er dann.

„Versuche nicht, sie zu essen. Sie schmecken nicht so, wie sie riechen. Im Himmel werden sie jedoch gut schmecken."

„Sag das noch mal."

„Der Götterbaum ist auch als der Himmelsbaum bekannt. Die Christen in Atlantica benutzen die Blätter als Erkennungszeichen. In der Bibel gibt es viele Stellen, die von dem Himmelsbaum sprechen. ‚Selig, wer sein Gewand wäscht: Er hat Anteil am Baum des Lebens und er wird durch die Tore in die Stadt eintreten können.' Damit ist der Himmel gemeint. ‚Zwischen der Straße der Stadt und dem Strom, hüben und drüben, stehen Bäume des Lebens. Zwölfmal tragen sie Früchte, jeden Monat einmal; und die Blätter der Bäume dienen zur Heilung der Völker.'"

Paul erinnerte sich vage, diese Verse auf der CD gehört zu haben.

„Ein Baum im Himmel", sagte er.

„Und nur für uns. Jetzt hör zu: ‚Wer siegt, dem werde ich zu essen geben vom Baum des Lebens, der im Paradies Gottes steht.' Es gibt nichts Besseres, Paul."

■ ■ ■

Der Flug vom *Daley International*-Flughafen zum *Giuliani International* dauerte im Überschallflugzeug nur eine gute Stunde. Paul nutzte die Zeit, um die Atlantica-Akte zu studieren und zu beten. Seltsam, dachte er, mit Gott zu sprechen war für ihn zur natürlichsten Sache der Welt geworden. Nachdem er sein Leben lang geleugnet hatte, dass Gott existierte, sprach Paul jetzt mit ihm über alles, was ihn beschäftigte. Vor allem über Jae und die Kinder.

Er sprach auch mit Gott – unnötigerweise, wie Straight ihm gegenüber betonte – über seine Schuldgefühle, weil er Menschen getötet hatte, die jetzt seine Brüder und Schwestern waren.

„Ich will deine Sünde nicht herunterspielen", hatte sein Freund gesagt. „Ich sage dir nur, dass Gott, nachdem du deine Schuld bekannt und um Vergebung gebeten hast, deine Sünde weggeworfen hat, und zwar so weit, wie der Osten vom Westen entfernt ist. Ich weiß, so etwas kann man nicht so einfach verdrängen, aber wenn du deine Schuldgefühle nicht loslässt, bedeutet das, dass du Angst hast, Gott würde sein Versprechen nicht erfüllen. Das ist mangelnder Glaube, Paul. Wenn Gott dich retten und dich von deiner Blindheit heilen konnte, dann kann er dir auch vergeben, und das hat er bereits getan."

Paul wünschte, er könnte es spüren.

Heute jedoch waren seine Gebete von einer neuen Dringlichkeit geprägt. Dies war sein erster Vorstoß in eine neue Doppelrolle. Paul hoffte, dass Gott ihm Weisheit geben und ihm zeigen würde, was er tun sollte, wie Abraham versprochen hatte. Aber er würde sich alle Möglichkeiten offen halten. Vielleicht würde er es ja gar nicht schaffen. Noch hatte er sich der Sache nicht verpflichtet. Durch eine solche Entscheidung würde er nicht nur sich selbst in Gefahr bringen. Er musste auch an seine Frau und Kinder denken. Er betete dafür, dass sie doch eines Tages auch zum Glauben kommen würden. Aber in der Zwischenzeit durfte er sie nicht in Gefahr bringen. Seltsam, wie sich seit seiner Entscheidung für Christus auch sein Verhältnis zu seiner Familie verändert hatte ...

■ ■ ■

Paul fuhr in einem Taxi zum Hotel „Pierre". Voller Bewunderung sog er die dunkle Schönheit Manhattans in sich auf. Als Jugendlicher war er ein paar Mal in New York gewesen, aber seither hatte man offensichtlich alle neuen Gebäude mit einer schwarzen Fassade versehen. Das verlieh der Insel, vor allem der Stadtmitte, ein ultramodernes Aussehen. Einige der alten Sehenswürdigkeiten – das ehemalige *Empire State Building* (jetzt der *Atlantica Tower*) und das ehemalige *Chrysler Building* (jetzt das *Northeast Building*) – hatten ihren grauen Granitcharme behalten, doch die Skyline wurde jetzt von den schlanken, schwarzen Wolkenkratzern mit den geschwärzten Fenstern bestimmt.

Nach dem Mittagessen nahm Paul den Hochgeschwindigkeitszug zum Finanzbezirk in der Wall Street, in dem einige der spektakulärsten Beispiele der neuen Architektur und der unterschiedlichsten Farbzusammenstellungen zu finden waren. Anderthalb Straßenzüge von dem Gebäude der Firma „Demetrius & Demetrius" entfernt stieg er aus, um den großartigen Anblick des gefeierten Bauwerks zu genießen. Er wurde nicht enttäuscht. Der Hauptteil des Gebäudes erhob sich 30 Stockwerke in den Himmel und trug an seiner Spitze eine sechsstöckige Pyramide, die den gesamten Komplex wie eine prächtige, nicht abgeschrägte Version des *Washington Monuments* aussehen ließ, nur in Schwarz.

Während er nach oben starrte, wurde Paul angerempelt und sah sich plötzlich einem Obdachlosen gegenüber. Seit Jahren hatte er keinen mehr gesehen. Die modernen Anti-Halluzinogene, die strengen Gesetze gegen Herumlungern und Hilfsprogramme waren effektiver als das Betteln. Aber ein paar Abtrünnige schlüpften immer durch das soziale Sicherheitsnetz – Drogenabhängige oder Alkoholiker auf der Flucht vor einer Behandlung. Mit einem schäbigen Filzhut und trotz der Hitze mit einem weiten, verschmutzten Trenchcoat bekleidet, hob sich der ungepflegte Typ sehr stark von dem funkelnden schwarzen Glas ab. Ein zerknittertes Überbleibsel aus einem anderen Jahrhundert.

Überwältigt von einem Mitgefühl, das er vorher nie gekannt hatte, drückte Paul ihm einen Geldschein in die aufgehaltene Hand und betrat die kühle Glaslobby.

Die Vorstandsbüros der Demetrius-Brüder waren in der Pyramide an der Spitze des Gebäudes untergebracht. Der Sicherheitsbeamte in der Lobby erklärte Paul, er solle den superschnellen Glasaufzug zum 30. Stockwerk nehmen. Dort könne er in einen anderen Aufzug umsteigen oder, um einen Eindruck von der atemberaubenden Architektur des Gebäudes zu bekommen, den Rest der Strecke – fünf Stockwerke – über eine Glastreppe zum Büro des jüngeren der Demetrius-Brüder, Arthur, zurücklegen.

In den ersten beiden Etagen der Pyramide waren die Kontrollabteilungen der Firma unterbracht. Hunderte von Angestellten und Sachbearbeitern saßen über Computer und Schnellrechner gebeugt. Den spektakulären Ausblick außerhalb ihrer Arbeitskabinen nahmen sie schon gar nicht mehr wahr. Niemand schien Zeit zu haben, sich zu unterhalten. Alle waren damit beschäftigt, das Vermögen der Demetrius-Brüder zu vermehren.

Die folgenden beiden Stockwerke waren für Paul besonders faszinierend, aber aus einem anderen Grund. Hier saßen viel weniger Leute genauso besessen in riesigen Büros vor ihren Flachbildschirmen und trieben Handel mit Brokern in der ganzen Welt. Es hieß, die Arbeitsstationen seien Tag und Nacht in Betrieb. Drei Schichten arbeiteten rund um die Uhr, um sich über die Bewegungen auf allen internationalen Märkten auf dem Laufenden zu halten.

Der extravagante Empfangsbereich in der fünften Etage teilte das Stockwerk genau in der Mitte. Paul staunte über die kostbaren Materialien. Eine exklusiver ausgestattete Immobilie gab es zweifellos auf der ganzen Welt nicht. Diskrete Wegweiser deuteten nach rechts zu den Büros von Ephesus Demetrius, dem Vorstandsvorsitzenden und Generaldirektor, und nach links zu Arthur Demetrius, dem Präsidenten und leitenden Geschäftsführer.

Im sechsten und obersten Stockwerk waren die Versorgungsräume für das gesamte Gebäude untergebracht.

Der Tresorraum im wahren Herzen des Bauwerks, unterhalb der Straßenebene, gehörte zu den größten in den USSA. Darin lagen vermutlich mehr Edelmetalle als in jedem anderen Tresor außerhalb von Fort Knox.

Die Empfangsdame bestätigte, dass Paul einen Termin bei dem jüngeren der Demetrius-Brüder hatte. Er wurde gebeten, im Empfangsbereich zu warten. Dort wurde seine Aufmerksamkeit auf seltene Erstausgaben von Büchern gelenkt, die in elegant geschnitzten Bücherregalen aus Holz lagen. Koontz hatte Recht. Eine Reihe der Titel hatten mit Weissagung zu tun – es handelte sich um finanzorientierte Interpretationen des I Ging und des Tarot sowie westliche, asiatische und indische Astrologie und andere Glaubenssysteme. Bevor er sich die Bücher näher ansehen konnte, holte ein Assistent Paul ab und begleitete ihn zu Arthur Demetrius' Seite des Stockwerks.

„Beide Flügel dieser Etage sind genau identisch", erklärte der Assistent. „Die Brüder haben auf eine gerechte Platzverteilung geachtet."

Sie kamen an mehreren Büros, Konferenz- und Sitzungssälen vorbei, und schließlich fand sich Paul in einem weiteren Empfangsbereich wieder, offensichtlich der letzten Bastion zwischen Arthur Demetrius' Büro und der realen Welt. Der Assistent stellte Paul der persönlichen Sekretärin des Geschäftsführers vor, die ihn in Arthurs Büro schob.

Paul gab sich die größte Mühe, sich seine Verblüffung nicht anmerken zu lassen. Dieses Büro allein war so groß wie das Erdgeschoss seines Hauses in Chicago. Es war nicht nur professionell ausgestattet worden, sondern auch landschaftsgärtnerisch gestaltet. Bäume. Büsche. Blumen. Tische, Sessel, ein Sofa, zwei Kamine, Anrichten, Säulen. Der halbmondförmige Schreibtisch aus Granit und Rauchglas stand zwischen zwei Fensterfluchten, von denen man auf den *Battery Park* und den Hudson River hinabsehen konnte. Ein riesiges Teleskop bot einen noch besseren Blick. An sonnigen Tagen wie heute hätte Paul sich sicher nicht auf seine Arbeit konzentrieren können.

Der Boden zu beiden Seiten des Schreibtischs bestand nicht aus Marmor, sondern aus Plexiglas und bot die Möglichkeit, die Händler im Stockwerk darunter bei der Arbeit zu beobachten. Wie viel Zeit brachte Arthur Demetrius am Tag damit zu, seine Leute im Blick zu behalten?

Die Sekretärin deutete auf einen luxuriösen Ledersessel in einer Sitzgruppe etwa drei Meter vor dem Schreibtisch. Paul nahm Platz und legte die Aktentasche auf seinen Schoß. Doch dann stellte er sie auf dem Boden ab und schlug die Beine übereinander. Das schien ihm dann aber doch zu lässig, denn bei Demetrius' Eintreten würde er sich erheben müssen. Aber von wo würde er kommen? Von hinten? Durch die Tür an der Seite, die, wie Paul schätzte, zu seinen privaten Räumlichkeiten führte?

Paul rief sich in Erinnerung, dass *er* hier die Autoritätsperson war. Er bestimmte den Zeitplan, verfügte über den Durchsuchungsbefehl und würde die Fragen stellen. Dieses Büro mochte vielleicht die Konkurrenz einschüchtern, aber auf ihn sollte es eigentlich keinen Einfluss haben.

Glücklicherweise betrat Arthur Demetrius sein Büro von seinen privaten Räumen aus, wo Paul ihn kommen sehen konnte. Seine weichen Lederschuhe machten auf dem Marmorfußboden kaum ein Geräusch. Er war groß und schlank, braun gebrannt und trug einen eleganten schwarzen Nadelstreifen-Anzug, ein weißes Hemd und eine strahlend weiße Krawatte mit einer silbernen Krawattennadel. Seine Uhr und ein Ring an jeder Hand waren ebenfalls aus Silber. Sein Haar war schwarz, kurz geschnitten und lockig; die Augen dunkel und er hatte makellose Zähne.

„Dr. Stepola", sagte er, als Paul sich erhob, „werde ich einen Anwalt brauchen?"

„Oh, das glaube ich nicht. Wir sollten doch in der Lage sein, auch ohne großen Aufwand die nötigen Informationen auszutauschen."

„Was kann ich für Sie tun?"

„Ich habe nur ein paar Fragen an Sie, Sir. Nach unseren Berichten haben Sie und Ihr Bruder im vergangenen Monat über Ihre Firma große Mengen Silber gekauft. Das abrupte Ende dieser Käufe hat auf dem Markt zu vielen Spekulationen geführt. Es gab Gerüchte, Sie wollten den Markt beherrschen."

„Sie kommen wirklich gleich zur Sache", erwiderte Demetrius. Er räusperte sich. „Erstens, wir sind schon lange im Handel mit Edelmetallen tätig und haben keine Gesetze gebrochen. Ich würde nur ungern unsere Strategie mit Ihnen diskutieren, und ich glaube auch nicht, dass ich dazu verpflichtet bin."

„Ich versichere Ihnen", sagte Paul, „die Finanzen sind nicht mein Bereich. Ich arbeite nicht für die Börsenaufsicht. Meine Arbeit für die ‚National Peace Organization' hat mehr mit der Untersuchung von Fällen vermeintlich übernatürlicher Natur zu tun."

Demetrius verzog keine Miene. Sein Gesicht blieb ausdruckslos und starr.

„Ich bin ein Kapitalist, Sir, und habe für solche Dinge keine Erklärung. Mein Bruder und ich bräuchten eigentlich keinen einzigen Tag in unserem Leben mehr zu arbeiten, aber wir lieben die Jagd, die Herausforderung. Doch wir kennen auch das Gesetz, darum, nein, wir streben nicht die Kontrolle über den Silbermarkt an. Was das Übernatürliche betrifft, nun, Sie werden erklären müssen, was es damit auf sich hat und – wenn Sie schon mal dabei sind – wer daran glaubt."

Während Paul seine Akte durchging, dachte er an die Bücher über Weissagung. Seltsam, dass Zukunftsvorhersagen offensichtlich nach Arthur Demetrius' Auffassung nicht zum Glauben an das Übernatürliche gehörten. Vermutlich waren in allen Firmen an der *Wall Street* ähnliche Bücher zu finden.

„Sprechen wir über Ihren Tresor. Stimmt es, dass zwei Ihrer Wachmänner, die als Letzte Ihren Tresor betreten haben, in einem Schockzustand in einem Aufzug aufgefunden wurden?"

„Ich weiß nicht, wovon Sie sprechen."

„Mr. Demetrius, was haben diese Männer im Tresor gesehen?"

„Unser Tresor enthält Edelmetalle und natürlich Bargeld, Sicherheiten, Obligationen, solche Dinge."

„Stimmt es, dass diese Wachmänner noch immer in psychologischer Behandlung und nicht zur Arbeit zurückgekehrt sind?"

„Ich habe Ihnen doch gesagt, ich weiß nicht, wovon Sie reden."

Zum ersten Mal bemerkte Paul eine Gefühlsregung in den Augen des Mannes.

„Mit allem nötigen Respekt, Mr. Demetrius, aber die Geschichte von den beiden Wachmännern grassiert in Ihrer Firma und gibt Anlass zu Spekulationen, etwas Übernatürliches sei passiert."

„Unsinn."

„Sind Sie sich darüber im Klaren, dass die alternative Erklärung, die ein Großteil Ihrer Belegschaft für wahr hält, lautet, Ihr Bruder habe sich mit dem Inhalt des Tresors abgesetzt und deshalb habe man ihn seit Tagen nicht mehr gesehen?"

„Das ist lächerlich. Warum sollte er sich selbst bestehlen?"

„Und dass die Wachmänner einen leeren Tresor vorfanden und aus Angst, dafür zur Verantwortung gezogen zu werden, zusammengebrochen sind?"

„Sie irren sich."

„Wo ist Ihr Bruder?"

„Im Ausland. Wir reisen sehr viel und wechseln uns dabei ab."

„Wo genau hält er sich auf?"

„Wir besuchen viele verschiedene –"

„Wo ist er im Augenblick?"

„Diese Information kann Ihnen seine Sekretärin geben."

„Ist der Tresorraum seit dem Zwischenfall mit den Wachleuten noch einmal geöffnet worden?"

„Ich leugne jede Kenntnis von diesem Zwischenfall, aber nein, meines Wissens nach wurde der Tresor seit mehreren Tagen nicht mehr geöffnet."

„Warum nicht?"

„Das ist nicht ungewöhnlich, denn es ist nicht nötig, ihn so oft zu öffnen."

„Dann stimmt es nicht, dass sich seit den Ereignissen um die Wachmänner niemand mehr in die Nähe des Tresors gewagt hat, auch Sie nicht?"

„Das ist korrekt. Es stimmt nicht."

Paul blätterte in der Akte. In Arthurs Stimme war ein Anflug von Hysterie zu erkennen.

„Nun, hier steht, dass das Geheimnis um den Tresor und das Verschwinden Ihres Bruders angeblich die Folge eines Fluches sein soll. Aus diesem Grund hat das örtliche Büro der NPO mich von Chicago angefordert."

Arthur erhob sich. „Kommen Sie, Doktor, ich möchte Ihnen etwas zeigen."

„Aber ich habe noch mehr Fragen –"

„Ich werde alle Ihre Fragen beantworten, aber bitte, kommen Sie mit."

Paul folgte dem Mann zu dem Fenster links von seinem Schreibtisch.

„Die einzige Tür, die nach draußen führt", erklärte Arthur. Er drückte einen Knopf, und das Glas drehte sich und gewährte Zutritt zu einem kleinen, durch einen Zaun aus Gusseisen geschützten Balkon.

Hier oben war es windiger als auf der Straße und Demetrius' Haar flatterte im Wind. Die Sonne knallte auf die schwarzen Fenster. Paul musste sich dicht neben Arthur stellen, um ihn verstehen zu können. Demetrius schien ihm etwas anvertrauen zu wollen.

„Hören Sie", sagte er, „Sie müssen wissen, dass mir diese Fragen nicht zum ersten Mal gestellt werden. Die NPO ist das alles schon durchgegangen und es gibt tatsächlich eine Erklärung."

„Nun, Sir, jetzt bin ich für die Untersuchung zuständig, und wenn es eine Erklärung gibt, dann will ich sie hören."

„Das alles ist Folge eines Racheaktes einer verärgerten Angestellten. Vielleicht handelt es sich ja auch um mehr als eine. Wann immer man ein Geschäft so erfolgreich führt und die obere Führungsspitze die Früchte der harten Arbeit genießt, wird es Verärgerung und Eifersucht geben. Sie verstehen."

„Rache? Sie meinen den Fluch?"

„Es gibt hier eine religiöse Splitterpartei", seufzte Demetrius, „die ganz klar gegen das Gesetz verstößt. Vielleicht sind sie hier in New York mutiger als sonstwo, weil wir eine große Firma in einer großen Stadt sind. Eine Frau hat Ephesus gegenüber schlimme Drohungen ausgestoßen. Immer wieder hat sie versucht, die anderen zu überreden, ihren Glauben anzunehmen, bis Ephesus sie schließlich gefeuert hat."

„Mr. Demetrius, andere zum Glauben zu bewegen, ist ein Verbrechen. Warum wurde dies den Behörden nicht gemeldet?"

Demetrius zuckte die Achseln. „Unser Geschäft lebt vom schnellen Handeln. Es darf nicht sein, dass die Polizei oder eine Regierungsbehörde hier herumschnüffelt und unsere Aktivitäten behindert. Uns erschien es der einfachste Weg, uns ihrer einfach zu entledigen."

„Herumschnüffeln? Haben Sie denn etwas zu verbergen? Wo kann ich diese Frau finden?"

„Ich habe keine Ahnung. Immer wieder wurde ich nach dem Aufenthaltsort meines Bruders und dieser Frau gefragt. Meine Angestellten sind ausgiebig zu diesen beiden angeblich vollkommen verängstigten Wachmännern befragt worden. Die Untersuchung hat nichts ergeben und hatte nur eine Behinderung unseres Geschäfts zur Folge."

„Könnte Ihr Bruder der Frau etwas angetan haben, um zu verhindern, dass sie ihn verrät?"

„Nein! Dr. Stepola, die Berichte, die Sie hergeführt haben, basieren ausschließlich auf Gerüchten. Die ‚Wall Street' ist voll davon und auf dieser Grundlage werden ganze Vermögen gewonnen und verloren. Die Lügen der religiösen Interessengruppen sind auf die Entlassung einer der Ihren zurückzuführen. Sie versuchen, uns zu schaden."

Paul sah an der Glasfront der Pyramide zu dem darunter liegenden Dach des Wolkenkratzers hinunter.

„Ich möchte Sie nicht in Ihren Aktivitäten behindern, Mr. Demetrius. Firmen wie die Ihre halten dieses Land in Gang, wenn sie sich an das Gesetz halten."

Als sie wieder im Büro standen, nahm Paul einen Umschlag aus seiner Aktentasche und steckte ihn in seine Jackentasche.

„Stimmt es nicht, dass Sie vor den Zwischenfällen täglich den Tresorraum aufgesucht haben?"

Demetrius kräuselte die Lippen. „Ich führe darüber nicht Buch. Der Tresor ist durch eine Zeitschaltuhr gesichert und kann nur um 8 Uhr morgens oder um 8 Uhr abends geöffnet werden. In letzter Zeit brauchte ich ihn nicht aufzusuchen."

Paul sah auf seine Uhr. Es war nach fünf. Er zog den Umschlag aus seiner Tasche und reichte ihn Arthur.

„Hier ist ein Durchsuchungsbefehl für den Tresor. Ich werde um acht Uhr heute Abend zurückkommen und wünsche, dass Sie bei der Öffnung des Tresors zugegen sind."

Demetrius las das Dokument durch. Paul hatte den Eindruck, dass sich die Atmung des Mannes beschleunigte.

„Natürlich werde ich Ihrer Bitte Folge leisten", erwiderte Arthur. Er erhob sich erneut. Der Klang seiner Stimme hatte sich verändert. Blankes Entsetzen schien den Mann erfasst zu haben.

„Ich nehme an, Sie haben nichts dagegen, wenn ich mich auf dem Weg nach unten ein wenig umsehe? Ich möchte ein Gefühl für Ihre Arbeit bekommen."

„Wir haben nichts zu verbergen. In ein paar Minuten wird die Schicht wechseln, bevor dann die Börse in Tokio öffnet."

■ ■ ■

Paul sah sich kurz in den Büroetagen um, dann begab er sich ein Stockwerk tiefer, das fast identisch aussah. Die Händler waren mit ihren Telefonaten und Transaktionen beschäftigt. Er ging auf den Ausgang zu, als er einen ungewöhnlichen Geruch bemerkte.

Erdnussbutter.

Paul folgte dem Duft zu einem kleinen Baum in einer gläsernen Arbeitskabine, wo eine schmale, dunkelhaarige Frau, die etwa in seinem Alter zu sein schien, ihre Sachen aufräumte und ihre Tasche packte. Paul ging ihr und den anderen nach zum Aufzug.

Im Erdgeschoss folgte Paul der Frau durch den Ausgang auf die überfüllten Straßen. Doch dann war sie plötzlich verschwunden, aufgesogen von dem Trubel des Feierabendverkehrs. Aufmerksam suchte er die Menge ab und drängte sich tiefer in das Gewühl hinein in der Hoffnung, sie zu entdecken, aber umsonst. *So ein Mist – vermutlich arbeitet sie in der Tagesschicht und geht jetzt nach Hause. Mit der Schnellbahn könnte sie mittlerweile schon eine ganze Strecke von hier entfernt sein.*

Plötzlich zupfte ihn jemand am Ärmel. Er versuchte, sich loszureißen, aber es nützte nichts. Er drehte sich um und stand demselben Obdachlosen gegenüber, dem er vor dem Betreten des Gebäudes einen Geldschein in die Hand gedrückt hatte. Dieser deutete mit seiner schmutzigen Hand an ihm vorbei. *Da ist sie!*

„Danke", sagte Paul und eilte seiner Beute nach. *Woher wusste der Mann das?*

Er holte sie ein und passte sich ihrem Tempo an. Doch er sagte nichts, bis sie an der Börse vorbeigekommen waren. An dem alten georgianischen Gebäude mit den Marmorsäulen hing nun ein riesiges Mobile mit den sich drehenden Planeten. Dahinter ragte eine Karte mit den Tierkreiszeichen auf.

„Hey, entschuldigen Sie", sagte er. „Arbeiten Sie hier in dem Distrikt?"

Ohne langsamer zu werden, blickte sie ihn an. „Vielleicht. Warum?"

„Ich verstehe ja die Anschlagtafel mit den Börsenkursen und allem an der Börse dort. Aber was hat es mit dieser Karte mit den Tierkreiszeichen auf sich? Sieht so aus, als würde sie alle paar Sekunden die Position der Planeten anzeigen."

Sie verlangsamte ihre Schritte.

„Das ist für abergläubische Investoren. Auf diese Weise können sie sehen, ob sie Glück haben."

„Das ist doch ziemlich dumm, oder?"

„Ich denke schon."

Dies ist der Augenblick der Wahrheit. Wird sie mit mir reden?

„Ich heiße Paul", sagte er und ergriff ihre Hand mit der seinen, in der er ein Blatt des Götterbaumes hielt.

Vorsichtig nahm sie seine Hand und blickte ihn mit aufgerissenen Augen an. Sie starrte das Blatt an und erstarrte, dann ging sie langsam weiter.

Paul eilte ihr nach.

„Ich würde gerne kurz mit Ihnen reden", sagte er.

„Auf der anderen Straßenseite und dann links, dort befindet sich ein Delikatessenladen."

Kurz darauf saßen sie sich an einem Tisch gegenüber. Paul stellte sich noch einmal vor.

„Nennen Sie mich Phyllis", sagte die Frau.

„Ich bin gerade aus Ihrem Büro gekommen. Dort habe ich mit Arthur Demetrius gesprochen."

„Das dachte ich mir." Sie betrachtete ihn misstrauisch.

Was soll ich sagen? „Offiziell bin ich als NPO-Agent hier, beauftragt mit der Untersuchung eines übernatürlichen Ereignisses."

Sie lachte. „Und was würde die NPO tun, falls sich tatsächlich etwas Übernatürliches ereignet hätte?"

„Vermutlich dasselbe, was sie in Washington, Gulfland und San Francisco getan hat."

Sie zog die Augenbrauen in die Höhe. „Warum sollte ich mit Ihnen reden?"

Er holte eine Hand voll Blätter aus seiner Hosentasche. „Deswegen. Ich weiß, was sie bedeuten: ‚Selig, wer sein Gewand wäscht: Er hat Anteil an dem Baum des Lebens und er wird durch die Tore in die Stadt eintreten können.'"

Sie schwieg.

„‚Wer siegt, dem werde ich zu essen geben vom Baum des Lebens, der im Paradies Gottes steht.'"

Sie entspannte sich ein wenig.

„Sie scheinen zu wissen, wovon Sie reden. Was wollen Sie von mir?"

„Nun, zuerst einmal möchte ich wissen, warum Sie als Christ für Demetrius arbeiten."

„Ich habe diesen Job gelernt", erklärte sie. „Die Arbeit bei Demetrius ist nicht schlimmer als sonstwo. Alle Finanzleute beten das Geld an. Außerdem bin ich nicht allein. Dort arbeiten fast 30 von uns. Wir sind natürlich nur eine kleine Schar, aber wir sind gewachsen. Hier haben wir ein wenig mehr Freiheit als im übrigen Land und wir sind vorsichtig. Die Leute erfahren, dass wir Christen sind, und wollen wissen, was es mit den Ölbränden in Texas und den Kirschblüten in Washington auf sich hat. Sie wollen wissen, was das bedeutet. Wir glauben, dass diese Ereignisse den Anfang vom Ende einläuten, und das sagen wir ihnen auch."

„Das ist riskant."

„Es geht um unser Leben. Um Ihres auch, wenn Sie für Onkel Sam arbeiten."

Paul zuckte die Achseln. „Dem kann ich nicht widersprechen."

Sie schwiegen eine Weile.

„Sagen Sie mir, Phyllis", fragte Paul schließlich, „was ist in Ihrer Firma los?"

„Ich denke, es ist Gott."

„Was meinen Sie? Ich sollte Ihnen vielleicht sagen, dass ich noch neu dabei bin."

„Bei der NPO?"

„Nein, als Christ. Was hat Gott getan?"

„Nun, Ephesus war ein sehr gieriger Mensch. Arrogant. Er hat Dolores verspottet und Gott herausgefordert. Er hat sich über das Gesetz gestellt und glaubte, Gott könne ihm nichts anhaben."

„Dolores? Die Frau, die verschwunden ist? Kannten Sie sie?"

„Nicht gut. Sie gehörte zu den Neuen, die den Auftrag hatten, Silber aufzukaufen. Ihr gefiel nicht, was Ephesus von ihr verlangte."

„Hat er ihr etwas angetan?"

„Ich weiß es nicht. Ich schätze, sie hat die Flucht ergriffen, als das Gerücht über diesen ‚Fluch' durchsickerte, um nicht als Christ verhaftet zu werden. Wenn er ihr etwas angetan hat, dann werden wir das wohl nie erfahren. Er ist reich genug, um das auf ewig zu vertuschen."

„Was ist mit den Wachleuten? Ist diese Geschichte wahr?"

Sie nickte. „Ich kannte beide. Und ich habe sie seither nicht mehr gesehen."

„Was haben sie Ihrer Meinung nach im Tresor gesehen?"

Phyllis zuckte die Achseln. „Gott. Irgendeinen Hinweis auf Gott."

„Was ist mit Arthur?"

„Arthur betet seinen älteren Bruder an. Aber er war niemals so rücksichtslos wie er. Wir beten für ihn."

„Sie tun was? Für Demetrius beten?"

„Natürlich. Wir sollen unsere Feinde lieben."

„Das ist bestimmt nicht einfach, oder, Phyllis?"

Sie zögerte. „Nein, aber eigentlich ist es ein Vorrecht."

„Ich denke, ich wäre versucht zu beten, dass er ein schlimmes Ende nimmt", meinte Paul.

„Oh nein. Wir beten für seine Erlösung."

Kapitel 19

Paul und Phyllis kamen überein, getrennt voneinander in die Firma zurückzukehren. Es war kurz vor halb sieben. Die Sonne stand zwar noch hoch hinter den Wolkenkratzern, doch sie war jetzt orange und warf lange Schatten in die Straße.

Als Paul sich dem Gebäude von Westen her näherte, bewunderte er das Funkeln der Pyramide im Zwielicht. Er suchte den Balkon, den er beim ersten Hinsehen gar nicht bemerkt hatte. Es schien, als würde jetzt eine dunkle Gestalt dort oben stehen, die sich gegen die Brüstung lehnte. Das konnte nur Arthur sein.

Als Paul aus dem Schnellaufzug im ersten Stock des oberen Komplexes stieg, wurde er von der Menge aufgesogen, die zu den Etagen der Händler zurückkehrte. Er ließ die anderen an sich vorbeigehen und blieb stehen, um den wundervollen Anblick der Glastürme in der frühen Abendsonne zu genießen. Plötzlich ertönten von oben ein grässlicher Schlag und ein Schrei. Paul fuhr zusammen, und als er hinaufblickte, sah er an der Seite der Glaspyramide eine dunkle Gestalt herunterrutschen.

Alle Menschen in Pauls Umgebung erstarrten. Die Leute schnappten nach Luft. Der Körper rollte, überschlug sich und rutschte dann den ganzen Weg bis zum flachen Dach des Wolkenkratzers hinunter. Die Menschen drängten an die Glasfront. Einige klammerten sich vor Entsetzen aneinander. Paul kämpfte sich durch die Menge und sah sich hektisch nach einer Feuertür um. Endlich hatte er sie gefunden. Er riss sie auf und stürmte auf das Dach.

Der verkrümmt daliegende Körper war dunkelhaarig und trug einen schwarzen Nadelstreifen-Anzug.

Paul eilte zu ihm hin. Trauer überwältigte ihn. Warum berührte der Tod dieses Mannes ihn? Weil auch Arthur Demetrius, der verkrümmt dort auf dem Dach lag, ein Mensch gewesen war, den Gott geliebt hatte. Arthur mochte den Himmel zwar verachtet haben, aber er war trotzdem eine verlorene Seele, ein Mensch, der Vergebung und Erlösung genauso sehr brauchte wie alle anderen auch. Wie Phyllis gesagt hatte: Es sollte eigentlich ein Vorrecht sein, für ihn zu beten. Aber jetzt war es wohl zu spät.

Paul kniete neben ihm nieder und kämpfte gegen seine Emotionen an.

„Arthur! Oh, Arthur! Warum?"

Der Körper lag mit dem Gesicht nach unten reglos da. Paul wusste zwar, dass es zwecklos war, doch er drückte trotzdem zwei Finger an den Hals des Reglosen, um nach dem Puls zu fühlen.

Außer sich vor Verblüffung setzte er sich hin, als er nicht nur einen, sondern sogar einen kräftigen Pulsschlag wahrnahm.

Unmöglich. Niemand konnte einen solchen Sturz überleben.

Paul rappelte sich hoch und beugte sich über den Mann, um seine Atmung zu kontrollieren.

Nichts.

Er überprüfte erneut die Halsschlagader. Kein Irrtum. Das Herz des Mannes schlug kräftig und schnell. Paul war beigebracht worden, dass man ein ernsthaft verletztes Opfer nicht bewegte, aber er musste den Mann dazu bringen, wieder zu atmen. Er legte eine Hand unter Arthurs Schulter und stützte mit der anderen seinen Kopf und sein Rückgrat und rollte ihn vorsichtig auf den Rücken.

Arthurs Lungen entleerten sich mit einem lauten Zischen und seine Augen flatterten. Paul wollte die Sanitäter rufen, doch dann zögerte er.

„Arthur", sagte er mit belegter Stimme, „bleiben Sie still liegen. Atmen Sie tief ein und aus. Bewegen Sie sich nicht."

Arthur hatte seine Augen nun geöffnet, und er starrte Paul an, als wäre er gerade erst aus einem tiefen Schlaf aufgewacht. Seine Lippen bewegten sich, doch es kam kein Ton heraus.

Paul beruhigte ihn, dann blickte er zu den Fenstern, hinter denen die Angestellten noch immer mit aufgerissenem Mund die Szenerie beobachteten.

„Am Leben?", flüsterte Arthur.

„Sie sind am Leben", erwiderte Paul. „Halten Sie durch."

„Wie?"

„Es ist ein Wunder", erklärte Paul.

Arthurs Augen wurden groß und er griff nach Paul. Er legte die Arme um Pauls Hals und zog sich in eine sitzende Haltung hoch. Dann begann er hemmungslos zu weinen.

„Was ist passiert, Arthur?"

„Ich bin gesprungen", keuchte er.

„Warum?"

Arthurs Stimme klang müde und angestrengt. „Ich habe das alles so satt. Ephesus ... vielleicht hat er die Frau getötet, ich weiß es nicht. Er ist fort."

„Wen getötet?"

„Diese Frau ..."

„Arthur, hören Sie. Sie können doch nicht allen Ernstes glauben, dass Sie oder Ephesus verflucht wurden."

„Er hat sie verspottet, sie herausgefordert ... Und wenn er ihr nun etwas angetan hat? Und wenn sie im Tresor liegt? Die Wachleute sind wahnsinnig geworden ..."

„Wenn Ephesus ein Verbrechen begangen hat, dann wird er dafür bestraft werden. Aber Sie wissen doch nicht, was er getan hat. Warum haben Sie versucht, sich das Leben zu nehmen?"

„Ich hatte Angst ... die Wachleute ... ich war auch böse, rücksichtslos wegen des Silbers ... Wenn die Wahrheit erst einmal ans Licht kommt, bin ich ruiniert."

„Arthur, Sie sollten offensichtlich noch nicht sterben."

„Aber warum? Warum wurde ich verschon? Ich habe es nicht verdient."

Paul dachte an das, was Straight ihm gesagt hatte. „Ich würde nicht wollen, dass es gerecht ist, Paul. Ich hätte das niemals verdient." Er hielt die Luft an und sagte dann schließlich: „Menschen haben für Sie gebetet."

„Ich wusste es!", flüsterte Arthur. „Seit Tagen quält mich etwas." Er klammerte sich an Paul. „Und Sie ... Sie gehören zu ihnen?"

Paul nickte.

Arthur legte sich wieder hin und streckte die Beine aus. Die Arme legte er über den Kopf.

„Bleiben Sie noch eine Weile liegen. Geben Sie sich etwas Zeit."

Paul wandte sich um und blickte zu den sichtlich erschütterten Zuschauern an den Fenstern hinüber. Sie zuckten zurück, als Arthur darauf bestand, mit Pauls Hilfe aufzustehen. Da stand er, auf wackligen Beinen, und versuchte, die Fassung wiederzuerlangen. Die Zuschauer wichen entsetzt zurück, als Paul mit Arthur durch die Feuerschutztür trat.

Die Männer gingen zum Aufzug und fuhren in Arthurs Büro hinauf. Die Angestellten wandten die Augen ab und taten, als hätten sie seinen Sturz nicht bemerkt. Paul half Arthur in seine Privaträume, wo eine kleine Kammer sein Schlafzimmer und sein Bad abteilte.

Sie setzten sich einander gegenüber. Arthur wirkte erschöpft. Paul beugte sich nach vorne.

„Soll ich jemanden für Sie anrufen? Ihre Frau? Irgendjemanden sonst?"

„Ich habe keine Frau mehr", sagte er. „Ich habe niemanden."

„Sie haben Gott. Er hat nicht zugelassen, dass Sie sich umbringen. Was sagt Ihnen das?"

Arthur barg das Gesicht in den Händen.

„Vielleicht hat er ein Schicksal für mich vorbereitet, das schlimmer ist als der Tod. Ich habe die Christen als faule Kritiker abgetan, habe sie verachtet. Sie hatten genaue Vorstellungen davon, was Ephesus und ich mit unserem Geld tun sollten. Sie haben mich krank gemacht.

Ach, Dr. Stepola, ich habe Angst vor dem, was wir im Tresor vorfinden. Und wenn es nun tatsächlich diese Frau ist . . . oder wenn es sich wirklich um etwas Übernatürliches handelt?"

„Sie können dem nicht entkommen, Arthur. Aber was immer wir auch in diesem Tresor vorfinden, es ist nicht mit dem kommenden Gericht zu vergleichen. Jesus hat gesagt, wir sollen keine Angst vor denen haben, die uns töten wollen. Sie können nur unseren Körper töten; unsere Seele können sie nicht antasten. Fürchten Sie nur Gott, der sowohl die Seele als auch den Körper in der Hölle vernichten kann."

„Dann wird Gott mich bestimmt vernichten."

„Jesus hat gesagt: ‚Der Dieb kommt nur, um zu stehlen, zu schlachten und zu vernichten; ich bin gekommen, damit sie das Leben haben und es in Fülle haben.'" Paul erhob sich. „Und jetzt müssen Sie sich ausruhen und wieder zu sich kommen. Es ist bald acht Uhr. Ich komme wieder, denn Sie müssen ja den Tresor für mich öffnen."

„Kann ich Ihnen nicht einfach nur die Zugangscodes geben und Ihnen sagen, was Sie tun müssen?"

„Nein. Laut der gerichtlichen Anordnung ist Ihre Anwesenheit erforderlich."

Arthur sackte in sich zusammen.

■ ■ ■

Als Paul wenig später zurückkehrte, sah Arthur aus wie ein Mann auf dem Weg zu seiner eigenen Hinrichtung. Er trottete vor Paul her zum

Aufzug in den Tresor hinab. Bevor er mit diesem Aufzug in den Tresorraum fahren konnte, musste Arthur sich einer Irisprüfung beider Augen unterziehen. Die Abdrücke von beiden Händen wurden ebenfalls überprüft und außerdem mussten noch zwei Schlüssel gleichzeitig umgedreht werden. Nach der Stimm- und DNA-Erkennung öffnete sich die Tür zum Aufzug, und dann musste er diese ganze Prozedur noch einmal über sich ergehen lassen, um den Tresor selbst zu öffnen.

„Von Punkt acht Uhr an bleiben mir 60 Sekunden, um die Codes auf dem Tastenfeld einzugeben. Einen Fehler kann ich mir leisten, aber keine zwei. Ein dritter Versuch kann erst wieder nach zwölf Stunden erfolgen."

Arthur begann zu zittern, als die massiven Türen langsam aufschwangen. Er erklärte Paul, dass abgesehen von einem kleinen Tresorinnenraum im ersten Raum nur Geldscheine, Aktien, Anleihen und einige Aktenordner aufbewahrt würden.

„Vorwiegend Papier. In den weiteren Räumen stapeln sich die Silberbarren buchstäblich bis zur Decke. Die Barren bestehen aus 92,5 Prozent Silber und einem Restanteil Kupfer, was dem Metall die nötige Härte gibt."

„Darf ich?", fragte Paul.

Arthur nickte. Er schien noch immer einer Panik nahe zu sein.

„Es wird ein Licht angehen."

Das war eine Untertreibung. In Wahrheit wurde es im Tresor taghell. Paul blickte kurz zurück. Arthur wirkte nun etwas ruhiger. Da er auf den ersten Blick nichts Ungewöhnliches feststellen konnte, trat er neben Paul. Nach seinem ersten Schritt in den Tresor hinein blieb Paul jedoch stehen. Es befand sich offensichtlich irgendetwas in der Luft, das das Licht gleichzeitig beinahe aussperrte und doch sehr stark reflektierte. Zuerst sah es aus wie ein feiner Nebel, aber es schien schwer und funkelnd in der Luft zu hängen. Auf die Papiere, die in den vorderen Regalen lagen, schien sich ein feiner Staub gelegt zu haben. Paul nahm ein Taschentuch aus seiner Tasche und hielt es sich vor den Mund.

Arthur schnappte nach Luft. Paul drehte sich zu ihm um. Arthur fuhr langsam mit der Hand durch die Luft und fing den Puder ein. Dann rieb er es zwischen Daumen und Zeigefinger. Auch er legte schützend die Hand vor den Mund.

„Pulverisiertes Silber!", sagte Arthur hinter vorgehaltener Hand. „Es ist alles zu Pulver zerfallen."

„Wie ist das passiert?", fragte Paul.

„Das ist einfach unmöglich."

„Was befindet sich hinter dieser Tür am Ende des Tresorraums, Arthur?"

Arthur konnte nicht antworten. Er zitterte.

„Wohin führt sie?"

„Zu einem geheimen Lager, in dem wir reines Silber in Spezialbehältern aufbewahren", erklärte Arthur mit schwacher Stimme. „Wir bezeichnen es als ‚natürliches' oder ‚freies' Silber. Diesem Metall wurde noch nichts zugesetzt. Es ist fast weiß."

Paul zog die Tür auf. Eine neue Wolke Silberpulver quoll heraus und mischte sich mit dem anderen. Das Taschentuch fest auf Mund und Nase gepresst, trat Paul ein. Sein Körper versteifte sich. Er wusste, dass Arthur sich hinter ihm befand und es keine Möglichkeit gab, ihn vor diesem Anblick zu schützen.

Auf dem Boden der Spezialkammer saß ein Mann, der Arthur sehr ähnlich sah. Seine Augen waren weit geöffnet. Er rührte sich nicht. Und von Kopf bis Fuß war jeder Millimeter seines Körpers – Haare, Gesicht, Hemd, Krawatte, Anzug, Socken und Schuhe – mit Silberstaub bedeckt.

Paul zog sich langsam zurück.

„Arthur, ist das Ihr Bruder –?"

„Ephesus! Ephesus!", schrie Arthur und drängte sich an Paul vorbei. „Was du so sehr geliebt hast, ist dir zum Verhängnis geworden!"

Er umarmte den mit Silberstaub bedeckten Leichnam. Der leblose Körper rutschte ihm aus den Armen und fiel um.

■ ■ ■

In den folgenden Tagen führte Paul viele Gespräche mit Arthur Demetrius. Er beauftragte die Sicherheitsfirma, die Zeitschaltung des Tresorschlosses abzuschalten, ließ Ephesus Demetrius' Leichnam in die Leichenhalle schaffen und den Silberstaub von einem Metallurgen untersuchen, um zu sehen, ob noch etwas davon zu retten war. Das war aber nicht der Fall.

Arthur war ein gebrochener Mann. Er weinte viel und bat um Vergebung. Auch forderte er Paul auf, ihm mehr aus der Bibel zu erzählen. Den größten Trost fand er in Jesu Worten aus Johannes, Kapitel 5, Vers 24: „Amen, amen, ich sage euch: Wer mein Wort hört und dem glaubt, der mich gesandt hat, hat das ewige Leben; er kommt nicht ins Gericht, sondern ist aus dem Tod ins Leben hinübergegangen."

„Gott hat versucht, mich zu erreichen", sagte Arthur. „Und wen hat er geschickt, um sich noch deutlicher zu erklären? Einen NPO-Agenten, der mich ins Gefängnis bringen könnte."

„Ich habe gelernt", erklärte Paul ihm, „dass Gottes Liebe alles übersteigt, was diese Welt hier zu bieten hat. Gott hat uns so sehr geliebt, dass er sogar seinen einzigen Sohn geopfert hat, der am Kreuz gestorben ist, um uns zu retten. Diese Liebe anzunehmen ist die wichtigste und erfüllendste Entscheidung in meinem Leben gewesen."

Und schließlich bat Arthur Paul eines Abends in seinem luxuriösen Haus in der Stadt, mit ihm zu beten. Er nahm Christus in sein Leben auf. Paul tröstete ihn, indem er ihm von den Christen im Untergrund von Atlantica erzählte, und er gab ihm ein Blatt von einem Götterbaum.

„Ich möchte ganz konkret helfen. Ich nehme an, diese Untergrundbewegung braucht Geld."

„Mit Sicherheit. Ich kann Sie mit Menschen in Kontakt bringen, die gerne von Ihnen hören würden. Sie werden sich mit ihnen treffen wollen, damit Sie im Glauben weiterkommen."

■ ■ ■

In seinem Bericht an Robert Koontz gab Paul die Schuld an den Mauscheleien bei „Demetrius & Demetrius" dem älteren Bruder. Offensichtlich hatte dieser Silber und Finanzmittel unterschlagen und eine große Lieferung, die er gekauft hatte, war nie in der Firma eingetroffen. Durch ein mysteriöses Versehen wurde er im Tresor eingeschlossen und erstickte. Der jüngere Bruder wurde von allen Vorwürfen freigesprochen und würde die Firma weiterführen.

„Also keine religiösen Spinnereien", stellte Koontz fest.

„Keine Spinnereien", bestätigte Paul.

„Und was war mit den Wachleuten? Sie haben den Leichnam im Tresor gefunden?"

„Richtig."

„Und was ist mit diesem Fluch? Haben sich irgendwelche Fanatiker in der Firma ausgebreitet?"

„Es können nicht viele sein, Bob. Die Frau, die angeblich den Fluch ausgesprochen hat, war gerade erst in die Firma eingetreten und hatte kaum Kontakt zu ihren Kollegen. Sie ist verschwunden – vermutlich, um sich einer Verhaftung zu entziehen, obwohl die Polizei keinerlei Hinweise auf irgendwelche Ungereimtheiten gefunden hat. Was uns betrifft, ich denke, wir sollten die Firma im Auge behalten und sehen, ob Arthur Demetrius sich über weitere religiöse Tätigkeiten oder Untergrundaktivitäten beklagt."

■ ■ ■

Straight war begeistert. Er umarmte Paul und sagte: „Sieh nur, was du getan hast! Du hast deine Lektion aber schnell gelernt: Da bist du das erste Mal unterwegs und hast schon einen Menschen zu Gott geführt."

„Ich konnte es nicht glauben, als ich seinen Puls fühlte und merkte, dass er noch am Leben war, Straight. Die Macht Gottes in einem anderen Menschen zu erleben – nun, das war wirklich unglaublich. Und irgendwie hatte ich in diesem Augenblick genau die richtigen Worte."

„Du wurdest geführt."

„Definitiv."

„Und was ist mit dem anderen? Hast du entschieden, ob du mitmachst?"

„Die Antwort lautet ja, Straight. Wie es scheint, wurde mir die Entscheidung abgenommen."

Kapitel 20

„An diesem Wochenende werde ich mit Straight zu einem regionalen Schachturnier fahren."

„Das ist doch wohl nicht dein Ernst", erwiderte Jae. „Du warst bis Sonntag in New York, und jetzt willst du zu einem Turnier fahren, anstatt ein Wochenende mit deinen Kindern zu verbringen?"

„Es ist keine Frage des Wollens. Turniere, bei denen man mit richtigen Menschen spielt, nicht nur im Netz, finden nicht so oft statt. Straight ist der Meinung, dass ich so weit bin."

„Nun, was immer der gute alte Straight findet."

„Sieh mal, ich bin stolz, dass ich in so kurzer Zeit so gut geworden bin, dass ich bei einem Turnier mitspielen kann."

„Ja, wirklich eine beeindruckende Leistung, Paul. Aber du hast ja monatelang auch nichts anderes zu tun gehabt. Wenn du reinen Gewissens hier verschwinden kannst, dann fahr ruhig mit Straight und amüsiert euch."

„Ich merke, du willst nicht, dass ich fahre."

Sie schüttelte den Kopf und stemmte die Hände in die Hüften.

„Danke, dass du das Offensichtliche ausgesprochen hast. Wo findet dieses Turnier überhaupt statt?"

„In Toledo."

„Toledo! Mehr als 200 Meilen entfernt!"

„Welchen Unterschied macht es, wie weit es entfernt ist?"

Würde es dir etwas ausmachen, Paul, wenn du wüsstest, dass deine Familie dich nächste Woche verlässt?

■ ■ ■

„Vielleicht hätten wir doch lieber hier bleiben sollen", sagte Straight, als Paul ihm von dem Streit erzählte.

„Vielleicht. Aber in letzter Zeit scheint sie mich nicht mehr um sich haben zu wollen. Es ist, als hätte sie mich aufgegeben. Aber vermutlich kann ich ihr das nicht einmal übel nehmen. Ich bin ja auch wirklich kein guter Fang gewesen." Er wurde schweigsam.

„Paul?"

„Ich mache mir Sorgen um meine Familie, Straight. Vor allem um die Kinder. Was bedeutet mein Glaube für sie? Sein eigenes Leben in Gefahr zu bringen, ist eine Sache, aber habe ich das Recht, sie mit hineinzuziehen? Ich kann Jae und sie nicht in Gefahr bringen, indem ich ihnen die ganze Wahrheit sage, auch wenn ich mich danach besser fühlen würde.

Es wäre so viel einfacher, wenn ich Jae erzählen könnte, was ich erlebt habe – wie ich mein Augenlicht wiederbekommen habe, was ich gelesen und wie ich die Entscheidung getroffen habe, Christ und Doppelagent zu werden. Aber ihr Vater ist strikt antireligiös. Einmal sagte er, als er von Christen sprach: ‚Ich hasse Schlangen.' Und bei der NPO hat er eine Art Geheimdienst geleitet."

„Das ist, als würde man den Kopf in das Maul eines Löwen stecken. Aber Paul, du musst dir über eines klar werden: Willst du Jae und die Kinder vor körperlicher Gefahr schützen, sie dabei aber für die Ewigkeit verlieren?"

Diese Bemerkung ließ Paul nach Luft schnappen. „Selbst vor meiner Verwundung hatten Jae und ich uns schon auseinander gelebt. Das war in erster Linie mein Fehler, aber ich hatte die Hoffnung nicht ganz aufgegeben, dass wir einander wieder näher kommen könnten. Aber jetzt scheint es unmöglich zu sein. Ich kann mir nicht vorstellen, Jae je wieder so nahe zu sein, dass ich ihr das anvertrauen kann.

Du kennst doch diesen Vers aus dem Neuen Testament, in dem es heißt: ‚Wer Gott liebt, soll auch seinen Bruder lieben.' Nun, mir fällt es schwer, meine eigene *Frau* zu lieben."

„Dies sind die schwierigsten Dinge, Paul. Was Jae betrifft, es mag dir vielleicht schwer fallen, aber deine Aufgabe ist dieselbe: Sie zu ehren und ihr zu dienen. Halte daran fest, und du wirst über die Veränderungen, die du bei ihr erleben wirst, erstaunt sein. Es ist eine lohnende Investition. Du tust dies, weil es richtig ist, nicht wegen dem, was du zurückbekommst. Aber du wirst bekommen, was du gibst. Wenn du Freundlichkeit, Dienst, Liebe und Verständnis investierst, wirst du alles zurückbekommen."

„Ich frage mich, wann – falls überhaupt – das geschehen wird."

„Glaube bedeutet, Gott zu vertrauen, dass er es tut."

„Nun, aber in der Zwischenzeit bin ich gar nicht mehr gerne zu Hause. Ich fühle mich so allein – wie ein Dreifachagent: in meinem Glauben, bei der Arbeit und in meinem eigenen Heim."

■ ■ ■

Als sie sich Toledo näherten, ging Pauls Blick immer wieder zum Außenspiegel.

„Hmm ..."

„Was ist los?"

„Schau nicht zu auffällig hin, aber siehst du den grauen Sedan hinter uns?"

„Ja."

„Wie lange ist der schon hinter uns?"

„Möglicherweise seit Chicago", erwiderte Straight.

„Nimm die nächste Ausfahrt."

„Die Raststätte für Lastwagen?"

„Ja, perfekt. Aber erst in der letzten Minute."

Als Straight im letzten Augenblick in die Ausfahrt einbog, bemerkte Paul, dass der Sedan zu spät die Fahrspur wechselte. „Wir gehen hinein, essen etwas und sehen, ob dieser Wagen weiter hinten auf der Autobahn auf uns wartet."

Und tatsächlich fuhr der Sedan bei der nächsten Ausfahrt von der Autobahn ab und wartete an der Auffahrt auf Straight und Paul, bevor er sich wieder in den Verkehr einfädelte.

„Das gefällt mir nicht", sagte Straight.

Paul schüttelte den Kopf. „Mir auch nicht."

Als sie wieder auf der Autobahn waren, bat Paul Straight, bei der nächsten Ausfahrt abzufahren und nach der großen Überführung in der anderen Richtung wieder auf die Autobahn aufzufahren. Als der Sedan wieder aufschloss, ließ er Straight dasselbe Manöver noch einmal durchführen und schon bald waren sie wieder auf dem Weg nach Toledo, ihrem Verfolger mehrere Meilen voraus.

„Ich schätze, wir haben sie abgeschüttelt."

„Wir sollten uns da nicht zu sicher sein", meinte Paul.

„Denkst du, sie werden uns wieder einholen?"

„Vielleicht. Wir fahren hier ab und über Nebenstraßen zum Hotel."

Obwohl er um Straights willen versuchte, seine Besorgnis zu verbergen, war Paul tief betroffen. Ihre Verfolger waren offensichtlich nicht von der NPO gewesen; ausgebildete Agenten hätte sich niemals so offensichtlich an sie angehängt. Es sei denn, sie hätten gesehen werden *wollen*. Aber warum? Und wenn ihre Verfolger nicht von der NPO waren, wer waren sie dann? Paul hatte keine Ahnung.

Als sie ihr Hotel erreichten, war keine Spur von dem grauen Sedan zu sehen. Straight checkte durch Iriserkennung ein, doch wegen seiner Verletzung klappte dies bei Paul nicht. Ein Handabdruck genügte und sie bekamen ihre Infrarotschlüssel.

Straight schien noch immer nervös zu sein. Unruhig sah er sich um.

„Paul", sagte er, „wir wollen uns ein wenig frisch machen und treffen uns dann in meinem Zimmer zu einem Übungsspiel. Dann sollten wir früh zu Abend essen, damit wir für das Turnier am Vormittag fit sind."

■ ■ ■

Nach einer Dusche fühlte sich Paul beinahe wieder frisch. Er war bereit für ein Spiel, doch als er zu Straights Zimmer kam, verlangsamte er seine Schritte. Die Tür war nur angelehnt. Das musste nichts zu bedeuten haben, aber das Licht war ausgeschaltet. Es sah Straight gar nicht ähnlich, sein Zimmer unverschlossen zu lassen, schon gar nicht nach diesem Schrecken auf der Autobahn.

Langsam schob er die Tür weiter auf. Sein sensibilisierter Geruchssinn nahm Schweißgeruch wahr. Vorsichtig trat er ein. Der Teppich verschluckte das Geräusch seiner Schritte. Konnte es sein, dass Straight schlief? Sicher nicht bei offener Tür. Paul sah zur geschlossenen Badezimmertür hinüber. Auch kein Licht.

Plötzlich flog die Badezimmertür auf und zwei große Gestalten stürmten heraus. Sie gingen auf Paul los, stießen ihn gegen die Wand und zwangen ihn zu Boden. Paul umklammerte ein Handgelenk, doch bevor er etwas ausrichten konnte, kam noch ein weiterer Mann hinzu.

Mit drei Personen konnte er es nicht aufnehmen. Paul lockerte seinen Griff, und große, raue Finger drückten ihm die Arme an die Seite, während ihm ein Kissenbezug über den Kopf gestülpt wurde. Daraufhin wurde er gefesselt, offensichtlich mit einem Lederband.

Paul hörte das Quietschen von Rädern und spürte, wie etwas über seine Oberschenkel strich. Die Männer hoben ihn hoch und legten ihn in einen Wäschewagen, wie es schien.

„Fötuslage", sagte einer.

Paul überlegte, ob er sich befreien sollte, aber er war zu sehr im Nachteil. Sie deckten ihn mit Laken und Decken zu und dann hörte er Straights Stimme.

„Wir sehen uns unten." Zögern. „Vertrau mir, Paul."

Er spürte, dass sich der Wagen in Bewegung setzte – in Richtung Tür, wie er annahm. War Straight vielleicht ein Doppelagent? In diesem Fall wäre Paul ein toter Mann.

„Sind wir allein?", fragte er.

„Still."

„Wohin gehen wir?"

„Mach es nicht unnötig schwierig, Paul."

Paul hörte, dass die Tür geöffnet wurde, und spürte, wie der Wagen an der Seite anschlug, als Straight ihn in den Korridor schob. Der Aufzug, aus dem Paul ausgestiegen war, lag in der anderen Richtung. Schließlich blieben sie stehen, und er hörte, dass ein Knopf gedrückt wurde. Er nahm an, dass sie auf den Lastenaufzug warteten.

Türen wurden geöffnet, der Wagen wurde hineingeschoben, die Türen glitten zu, und Paul hörte und spürte, wie sich der Aufzug nach unten in Bewegung setzte. Als die Türen wieder aufglitten, nahm er den Geruch der Tiefgarage wahr und hörte, wie Elektroautos und sauerstoffbetriebene Wagen hinein- und hinausfuhren. Eine Metalltür wurde aufgeschoben und der Wagen rollte über unebenen Boden. Dann wurde die Tür geschlossen.

Alles war still, nur das Geräusch eines Lastwagenmotors war zu hören. Der Wagen setzte sich in Bewegung. Endlich befreite Straight Paul von den Laken und Decken.

„Kannst du dich aufsetzen, Paul?"

Paul stützte sich mit dem Fuß ab und zog sich in eine sitzende Position hoch, dann entfernte Straight das Lederband.

„Bist du okay?"

„Ich hätte einen von euch töten können."

„Das glaube ich gern", erwiderte Straight, legte das Lederband zur Seite und zog ihm den Kissenbezug vom Kopf. In dem Lieferwagen war es stockdunkel.

„Dann sind wir beide jetzt allein?", fragte Paul. „Wo ist der Muskelprotz?"

„Vorne beim Fahrer. Jetzt nimm meinen Arm und komm aus dem Wäschewagen heraus. Da drüben ist eine Bank. Es ist eine lange Fahrt."

„Wohin fahren wir, Straight?"

„Das wirst du sehen, wenn wir dort ankommen, Paul – aber ich will nur eines sagen: Es wird alle deine Erwartungen übersteigen."

„Ich muss wissen –"

„Du musst mir vertrauen, Paul. Entspann dich."

Nach etwa zwei Stunden, so schätzte Paul, blieb der Lieferwagen endlich stehen, doch der Motor lief weiter. Straight zog Paul wieder den Kissenbezug über den Kopf.

„Dieses Ding akzeptiere ich", sagte Paul. „Aber fessele mich nicht wieder. Wenn du mir nicht vertrauen kannst –"

„Du hast hier nichts zu sagen, Paul. Hier geht es nicht um mich und mein Vertrauen in dich. Dies ist zur Beruhigung derer, die du besuchst. Und jetzt bring mich nicht dazu, Hilfe zu holen."

Draußen schien ein großes Metalltor geöffnet zu werden. Straight klopfte zweimal an die Tür des Lieferwagens und die Tür wurde aufgeschoben. Durch den dünnen Kissenbezug spürte Paul die kühle Abendbrise und bemerkte Lichter über ihnen. Man half ihm aus dem Lieferwagen, führte ihn über einen Kiespfad und in irgendein Gebäude hinein. Nach dem Klappern der Tür und dem Widerhall ihres leisen Gesprächs zu urteilen, handelte es sich um ein Metallhäuschen.

Sie führten ihn über einen knarrenden Holzboden. Rumpelnd öffnete sich eine Aufzugtür.

„Vorsichtig", warnte Straight, als er ihn auf eine, wie es sich anfühlte, schwebende Plattform führte. „Es ist genügend Platz für uns fünf. Du wirst nicht fallen."

Paul spürte einen kühlen Luftzug von unten. Ruckelnd setzte sich der Aufzug in Bewegung. Die Wand schien aus Maschendraht zu bestehen. Sie waren, wie es schien, Ewigkeiten unterwegs.

„Wie weit fahren wir hinunter?", fragte Paul.

„Eine ganze Strecke. Knapp 400 Meter."

Als der Aufzug endlich rumpelnd zum Stehen kam, schnüffelte Paul. Die Luft war kühl, trocken und salzig.

Straight sagte: „Ihr zwei fahrt schon mal vor und sagt, dass wir kommen."

Fahren? 400 Meter unter der Erde?

Straight führte Paul ein Stück weiter zu einem anderen Lieferwagen. Sie waren eine ganze Weile unterwegs, bis Straight ihn endlich von der Fessel und dem Kissenbezug befreite. Sie befanden sich in einem breiten Tunnel mit großen, milchig durchscheinenden Säulen, die sich zu einer Kuppel erhoben. Ein Salzbergwerk.

„‚Southwestern Detroit‘ oder ‚Northeastern Ohio‘, richtig?“, fragte Paul.

„Wenn du wissen solltest, wo du bist, dann hätte ich dich nicht in einen dunklen Lieferwagen verfrachtet, richtig? Dieses Salzbett erstreckt sich über Zehntausende von Kilometern. Wir könnten uns in den unterschiedlichsten Vorkriegsstaaten befinden.“

Sie fuhren an großen, verfallenen Maschinen vorbei. Paul überlegte, wie die wohl in diese Tiefe gekommen waren. Allein die Reifen waren sicher zweieinhalb Meter hoch.

„In Einzelteilen“, beantwortete Straight die unausgesprochene Frage. „Sie wurden hier unten zusammengebaut. Als das Bergwerk noch betrieben wurde, kurz vor dem Ende des Krieges, gab es hier unten alle möglichen Maschinen.“

Je weiter sie fuhren, desto besser war die Mine erleuchtet. Alle paar Meter fanden sich Warnschilder an den Wänden, die vor Radioaktivität warnten.

„Die sind falsch“, erklärte Straight.

Sie kamen an riesigen Bankettsälen oder Ballsälen vorbei.

„Hier unten leben Menschen?“

„Mehr als du denkst. Drei von ihnen wirst du kennen lernen.“

„Und niemand weiß, dass sie hier unten leben?“

„Niemand, der es nicht zu wissen braucht. Sie sind gar nicht begeistert davon, dass du jetzt darüber Bescheid weißt.“

Paul hörte kein Geräusch und sah nur weiße Wände.

„Wie weit im Inneren leben sie?“

„Etwa einen halben Kilometer. Und dieses Labyrinth erstreckt sich über viele Kilometer.“

„Was ist das da?“, fragte Paul und deutete an die Decke, wo ein Netzwerk von Rohren und Kabeln entlanglief

„Früher wurde der Strom für die Bergwerksfahrzeuge dort hindurchgeleitet. Sie sind mit den Kabeln verbunden wie früher die elektrischen Förderwagen mit der Erdoberfläche. Wir haben dieses System erweitert, um uns Elektrizität zu beschaffen. Das hier ist eine Stadt unter einer Stadt, Paul. Ein Fremder kommt bis hierhin und nicht weiter. Sensoren melden sofort seine Ankunft. Alle Aktivitäten in unserer kleinen Gemeinschaft kommen dann zum Erliegen. Die Lichter gehen aus, Kühlschränke und Gefriertruhen – was auch immer – schalten sich sofort ab. Die Schnüffler haben es bald über, im Dunkeln herumzutappen, und kehren um, nicht klüger als vorher.“

„Ist schon mal jemand so weit gekommen und auf einen eurer Posten gestoßen?"

„Noch nie."

„Und wenn das mal passieren sollte?"

„Wir denken nicht gerne darüber nach, aber es gibt einen Plan."

„Und . . .?"

„Wie ich schon sagte, wir denken nicht gerne darüber nach."

„Ihr würdet sie töten müssen. Und was dann?"

„Der Leichnam würde nach oben gebracht, in das Fahrzeug gesetzt, in dem die betreffende Person gekommen ist, und dann in diesem Fahrzeug irgendwohin gebracht, wo sie nicht mehr mit dem Bergwerk in Verbindung gebracht werden kann."

„Wie rechtfertigt ihr das?"

„Das tun wir nicht, Paul. Wir beten, dass es nie passieren wird."

„Wie verhindert ihr, dass die Leute herumschnüffeln?"

„Dieses Bergwerk liegt weit ab vom Schuss und man muss schon bewusst hierher kommen wollen. Hier gibt es absolut nichts von Wert. Die Tore funktionieren nur mit einem kompliziert verschlüsselten Zugangscode, und sobald wir den Zaun passiert haben, können unsere Fahrzeuge versteckt werden. Es gibt Schilder, die vor Hochspannung warnen, vor Hunden und natürlich vor radioaktiver Strahlung. Als das Bergwerk damals geschlossen wurde, sollte hier radioaktiver Müll entsorgt werden, was auch gut funktioniert hätte. Dieser Plan wurde dann aber doch nicht ausgeführt, doch unsere Schilder wecken bei den Leuten schlechte Erinnerungen und schrecken sie ab. Ich wage zu behaupten, die meisten Leute am Ort glauben tatsächlich, dass hier radioaktiver Müll gelagert wird."

„Das würde mich jedenfalls fern halten."

Schließlich bogen sie um eine Ecke, die zu einem langen, geraden Korridor führte. „Nach etwa weiteren 300 Metern biegt man links ab und kommt zu der Gemeinschaft. Hier rechts sollten unsere Gastgeber jetzt warten."

Der Raum sah aus wie eine Kantine für eine kleine Firma. Unauffällige Stühle, ein Tisch, ein Kühlschrank, eine Mikrowelle und sogar eine Garderobe. Als sie eintraten, erhoben sich drei Leute. In der Mitte stand Abraham, der Mann, den Paul im Park kennen gelernt hatte. Jetzt ohne Kapuze, jedoch mit einer Sonnenbrille.

„Doktor", begrüßte er ihn herzlich, „willkommen in unserer Gemeinschaft. Dies ist meine Frau Sarah –", die Frau schien Ende 50 zu sein und lächelte, „– und dies ist Isaak."

„Nicht ihr Sohn", beeilte sich Isaak zu sagen. Paul hatte den Eindruck, dass er diesen Umstand schon oft erklärt hatte. Er und Sarah trugen wie Abraham eine dunkle Sonnenbrille. Sein Haar war rötlichblond und von grauen Strähnen durchzogen. Paul schätzte ihn auf Mitte 40.

„Wir verwenden hier Codenamen", erklärte Abraham. „Viele unserer Bewohner sind Flüchtlinge. Fast keiner von uns kennt die wahre Identität der Menschen, mit denen wir zusammenleben und -arbeiten. Es ist eine Frage der Sicherheit."

„Darum wurde ich auf so mysteriöse Weise hierher verschleppt?"

„Ich kann verstehen, dass Sie das für ein wenig übertrieben hielten. Aber mit wenigen Ausnahmen werden wir alle auf diese Weise her- und wieder weggebracht. Stellen Sie sich vor, was passieren würde, wenn die Behörden von diesem Ort Wind bekämen."

Abraham deutete auf Stühle für Paul und Straight. Er, Isaak und Sarah trugen kleine, wie einen Kranz geformte Anstecknadeln, die mit der identisch waren, die Paul an Straights Jackenaufschlag gesehen hatte. Irgendein christliches Abzeichen? Paul war es nie in den Sinn gekommen, Straight danach zu fragen – tatsächlich war es ihm kaum aufgefallen. Aber er würde sich jetzt danach erkundigen. Als Isaak sich setzte, bemerkte Paul, dass ein Arm steif herunterhing.

Isaak fing seinen Blick auf.

„Angeschossen", erklärte er. „Bei einer Razzia in Pacifica habe ich eine Kugel abbekommen. Ich habe als einziges Mitglied meiner Gruppe überlebt."

Paul unterdrückte einen Aufschrei. Pacifica – etwa San Francisco? *Sollte ich es wohl wagen, danach zu fragen?*

„Wir waren ziemlich begeistert von Ihrem Erfolg in New York", begann Abraham.

„Was ich dort erlebt habe, war wirklich unglaublich", erwiderte Paul. „Und wie Sie vorausgesagt haben, hat Gott mir gezeigt, was ich tun soll."

„Der Professor berichtete uns, dass dieses Erlebnis Ihnen geholfen hat, zu einer Entscheidung bezüglich unseres Vorschlags zu kommen."

„Allerdings. Und meine Antwort lautet ja. Ich bin dabei."

Abraham strahlte. Sarah lehnte sich gegen ihren Mann und wischte Tränen fort. Isaak reichte Paul seine gesunde Hand.

„Danke“, sagte er. „Wir wissen, dass diese Sache für Sie viel gefährlicher ist als für jeden anderen von uns. Sie leben mitten im Lager des Feindes. Sie sind eine Gebetserhörung für uns und wir werden Sie weiter im Gebet begleiten.“

„Paul, einer unserer Leute hat angefangen, täglich mit Arthur Demetrius in der Bibel zu lesen und zu beten“, berichtete Abraham. „Und wir sind Ihnen zu besonderem Dank verpflichtet. Er hat uns bereits eine größere Schenkung gemacht, die es uns ermöglicht, einige Unternehmungen durchzuführen, die wir bereits geplant hatten. Bei unserem Treffen im Park haben wir kaum von unserer Mission gesprochen.“

„Ja, Sie bieten den Gläubigen Gemeinschaft und Führung und verbreiten das Wort Gottes.“

„Das und außerdem helfen wir auch bei der Koordination der christlichen Ortsgruppen. Aber eigentlich tun wir noch mehr. Was wissen Sie über die Entrückung?“

Paul blickte Straight verwirrt an.

„Man könnte sie die Eröffnungsphase der im Buch der Offenbarung beschriebenen Ereignisse nennen“, erklärte Straight. „In einem einzigen Augenblick wird Jesus in den Wolken erscheinen, und mit einem Ruf und dem Klang einer Posaune wird er alle, die bereit sind – die wahren Gläubigen –, zu sich rufen und im Himmel willkommen heißen.“

„Er wird sie buchstäblich von der Erde nehmen?“

Straight nickte lächelnd. „Und in der Bibel wird uns gesagt, dass dies zu einem Zeitpunkt geschehen wird, an dem wir nicht damit rechnen.“

„Was passiert mit den anderen?“, fragte Paul.

„Diejenigen, die zurückbleiben und das Chaos überleben – stell dir nur vor, was zum Beispiel während der Rushhour passiert, wenn die Menschen hinterm Steuer einfach verschwinden –, werden eine Zeit der Trübsal erleben, in der Gott 21 Gerichte vom Himmel schickt. Dies ist ein letzter Versuch Gottes, die Aufmerksamkeit der Menschen auf sich zu lenken. Viele werden zum Glauben kommen, aber noch viel mehr werden Jesus ablehnen, trotz allem, was sie erlebt haben. Da die Gläubigen im Himmel sein werden, wird keiner mehr da sein, der sie lehrt, außer den Menschen, die es eigentlich hätten besser wissen müssen.“

„Und da die religiösen Texte seit Jahrzehnten verboten sind“, erklärte Isaak weiter, „wird ohne unsere Hilfe vielleicht nichts mehr da sein, aus dem sie lernen könnten.“

„Und was tun wir?“

„Wir haben angefangen, in der ganzen Welt Bibeln und christliche Auslegungen zu verteilen, an unzähligen Orten und in jedem vorstellbaren Medium, um sicherzustellen, dass Gottes Wort niemals von der Erde verschwinden wird. Wir haben angefangen, gedruckte, digitale, Video- und Audioausgaben – sogar ein Video in der internationalen Zeichensprache – zu verteilen, damit sie trotz technologischer Veränderungen, Analphabetentum oder ökologischer Unglücksfälle wie zum Beispiel Stromausfall durch natürliche oder von Menschen verursachte Gründe oder auch die Entbehrungen der Endzeit für alle zugänglich sein werden. Diese Texte schmuggeln wir in erster Linie dort ein, wo die Menschen als Erstes danach suchen werden, auch wenn sie von Seiten der Regierung überwacht werden. Die amerikanische Kongressbibliothek zum Beispiel, die in der ganzen Welt einen hervorragenden Ruf genießt, führt unser Buchprogramm. Bibeln oder Traktate werden häufig in andere Bücher oder Monographien gebunden und in jede Bibliothek in der Welt eingeschmuggelt.“

„Die Kongressbibliothek“, wiederholte Paul und dachte an Angela Barger.

„Ich habe früher bei der CD-Produktion mitgearbeitet“, erklärte Abraham. „Wir wollen jetzt anfangen, Tausende von CDs zu verteilen, auf denen ein Buch des Neuen Testaments oder sogar das gesamte Testament als Hörbuch enthalten ist. Der Kunde bekommt nicht, was er bestellt hat, sondern die Bibel. Dasselbe gilt für Downloads aus dem Internet; wenn man zum Beispiel Thelonius Monk haben will, bekommt man Thessalonicher.“

Paul lachte. „Korinther anstelle von *Carmen*. Galater anstelle von Garth Brooks. Sehr findig.“

„Wir müssen uns immer neue Tarnungen ausdenken, um der Regierung einen Schritt voraus zu sein“, fuhr Abraham fort. „Zu Sarahs Lieblingsprojekten gehören Textilien mit eingewebten Texten.“

„Das wäre ganz einfach“, meinte Sarah, „und denken Sie nur, wie wertvoll dies in weniger entwickelten Teilen der Welt sein könnte.“

„Und Ihr Freund, der Professor, klinkt sich mit der Hilfe von einigen Medizinern in das landesweite Krankenhauskommunikationsnetz ein.“

„Straight! Ich hatte schon immer den Eindruck, dass du zu gebildet bist, um den Patienten nur die Hand zu halten.“

„Oh nein, Paul. Meine ehrenamtliche Arbeit ist auch wichtig. Nur deswegen bist du hier, vergiss das nicht.“

Wir haben unsere zugewiesenen Aufgaben – die sehr wichtig sind und die wir gewissenhaft erfüllen müssen . . .

Abraham fuhr fort: „Sie sehen also, Paul, unsere Arbeit ist sehr wichtig. Wir kämpfen darum, in einer Zeit, in der ganz besondere Unterdrückung herrscht, Menschen für Christus zu gewinnen. Die Weltregierungen haben nicht nur die Religion verbannt, sondern sind technologisch auch in der Lage, diesen Bann durchzusetzen, indem jeder Bürger ausspioniert wird. Wir unterhalten eine Bibliothek, bilden Lehrer aus und bieten den Gläubigen heute Hilfsdienste an, aber wir müssen durch unser Massenkommunikationsprogramm auch das Fundament für eine Zukunft legen, die wir nicht erleben werden und die jeden Augenblick anbrechen könnte. Unseren Bemühungen haben wir den Codenamen ‚Countdown' gegeben. Lasst uns beten." Alle fassten sich an den Händen. Paul ergriff Isaaks verkrüppelte Hand. „Gott, unser Vater, wir bringen dir deinen Sohn Paul, der sich auf eine Reise begibt, die so gefährlich ist, dass sein Leben allein in deinen Händen liegt. Wir beten dafür, dass du ihn bei seinem Dienst für dich führst und bewahrst. Schenke ihm deine Weisheit und Kraft. Im Namen Christi, amen."

Abraham hob den Kopf. „Wir wollten Sie hier haben, damit Sie das Gefühl bekommen, wirklich zu uns zu gehören, ein Soldat in der wachsenden Armee Gottes zu sein. Da er mit uns ist, muss keiner von uns das Gefühl haben, dass er alleine ist."

Kapitel 21

Paul wurde erneut gefesselt und bekam den Kissenbezug über den Kopf, bevor sie zurückfuhren. Seine Gedanken überschlugen sich. Er dachte über die Stadt im Salzbergwerk nach, über die modernen Katakomben, den Zufluchtsort vor Verfolgung und das Mutterschiff für christliche Gruppen. An die Entrückung, wenn Gott alle Gläubigen in den Himmel rufen würde. An die Operation „Countdown", eine wagemutige Initiative, um das Wort Gottes während der Endzeit lebendig zu halten. An Isaak, der vielleicht der Mann war, den Paul in San Francisco zu ermorden versucht hatte. Und an diese Anstecknadeln . . .

Im Truck befreite Straight ihn von seinen Fesseln.

„Als du mir diese Blätter von dem Götterbaum gegeben hast, passte dies ganz in meine Theorie, dass die christlichen Gruppierungen unterschiedliche Identifikationssymbole verwenden."

„Und?"

„Warum hast du mir nicht von dem da erzählt?"

Straight zögerte und sprach langsam. Er schien seine Worte sorgfältig zu wählen.

„Nun, äh, bevor du dich uns nicht verbindlich angeschlossen hättest, wollte ich dir nichts über die christlichen Identifikationssymbole erzählen."

„Das verstehe ich. Aber jetzt kannst du mich aufklären. Diese Kränze, die du und die Leute im Bergwerk als Anstecknadel tragen, sind eure Identifikationssymbole, richtig? Und sie haben mit dem 3. Kapitel der Offenbarung zu tun, wo Gott der Gemeinde in Philadelphia sagt: ‚Halte fest, was du hast, damit kein anderer deinen Kranz bekommt.'"

Straight zog die Augenbrauen in die Höhe. „Nun, ja . . ."

„Dann stimmt meine Theorie also. Ich habe mir überlegt, dass der Widerstand Bilder aus der Offenbarung verwendet, vor allem vom Anfang, dem Teil mit den Gemeinden. Sie griffen zum Beispiel ‚Sardis Oil' in Gulfland an, weil eine der Gemeinden in der Offenbarung die von Sardes war. Die Gläubigen, die mit dieser Operation in Verbindung standen, wählten ein Medaillon, in das ein Buch eingeprägt war, und helle Kleidung als ihre Symbole. Ich kam nicht dazu, diese Idee weiter auszuarbeiten und meinem Chef davon zu berichten. Aber es stimmt doch, nicht wahr?"

Straight schüttelte den Kopf. „Es ist beängstigend, wie nahe du der Wahrheit gekommen bist, Paul. Aber du musst bedenken, dass die Ereignisse in Gulfland und den anderen Orten Wunder waren. Wir Christen haben niemals irgendetwas angegriffen oder sabotiert. Darum, nein, deine Theorie entsprach nicht ganz der Wahrheit."

„Und was habe ich übersehen?"

„Denk doch einmal nach. Wie viele Gemeinden – oder Leuchter oder Sterne – kommen in diesem Abschnitt vor?"

„Sieben?"

„Und unter welche sieben Unterteilungen könnten die Christen gruppiert werden?"

„Nun . . . wir sind die ‚United Seven States of America'."

„Genau. Und die Mitgliedschaft ist nicht zufällig. Du weißt ja, dass Geschichte mein Hobby ist. Beschäftige dich mit der Geschichte dieser sieben Gemeinden, und du wirst feststellen, dass es bei jeder Einzelnen eine deutliche Übereinstimmung mit einem unserer sieben Staaten gibt."

Paul war verblüfft. Was Straight ihm da erzählte, war wirklich erstaunlich.

„Nimm zum Beispiel Ephesus", fuhr Straight fort. „Diese Hafenstadt wurde ‚Markt Asiens' genannt, weil sie das wichtigste Finanzzentrum am Mittelmeer war. Neben dem Bankgeschäft war jedoch auch die Herstellung von Silberschreinen für die Göttin Artemis ein bedeutender Industriezweig dieser Stadt. In der Bibel wird uns berichtet, dass viele Epheser nicht nur an falsche Götter glaubten, sie glaubten auch an einen Zauber. Sie verbrannten daraufhin ihre Weissagungsbücher, und diese waren 50 000 Silberstücke wert.

Erinnert dich Ephesus an etwas?"

Paul starrte ihn fassungslos an.

„Das dachte ich mir", meinte Straight. „Und – nur als Randbemerkung – erinnerst du dich noch? In der Apostelgeschichte wird Paulus zu einem Mann gerufen, der in Troas aus einem Fenster im dritten Stock gefallen war." Paul lehnte sich sprachlos zurück. „Siehst du, Paul, wenn du erst einmal anfängst, nach Zeichen zu suchen, die darauf hindeuten, dass das Ende nahe bevorsteht, dann findest du sie überall."

■ ■ ■

Paul schlief erschöpft ein. Geweckt wurde er, als die Tür des Lieferwagens aufgeschoben wurde. Sie waren in der Tiefgarage angekommen.

„Draußen steht ein Taxi", erklärte Straight. „Es wird dich zum Hotel zurückbringen. Ich werde später nachkommen. Wir sehen uns dann später beim Turnier."

„Ich hatte beinahe vergessen, dass wir wegen des Schachturniers hierher gekommen sind."

Paul trat auf die Straße, die zu so früher Stunde verlassen dalag. Nur das Taxi wartete auf ihn. Der Fahrer wusste, wo er ihn hinbringen sollte, und war bereits bezahlt worden. Zwei Männer saßen in der Hotellobby und lasen Zeitung, ansonsten war niemand zu sehen. Zwei Männer, die mitten in der Nacht einfach nur dasaßen? Das war höchst ungewöhnlich. Paul sah sich die Broschüren von den Sehenswürdigkeiten am Ort an. Keiner der Männer blätterte eine Seite um. War Paul entlarvt worden? Er ging zum Tresen und fragte, ob eine Nachricht für ihn da sei. Es war keine da.

Paul fuhr mit dem Aufzug zu seinem Stockwerk, ging jedoch nicht in sein Zimmer, sondern stellte sich an eine Stelle, von wo aus er seine Zimmertür im Blick hatte. Die Männer kamen nicht. Er verriegelte seine Zimmertür und legte die Sicherheitskette vor, dann stellte er noch einen Stuhl davor, und erst danach konnte er entspannen. Diese Männer konnten nicht der NPO angehören. Sie verhielten sich zu auffällig.

Paul schlief ein paar Stunden, duschte und ging dann hinunter in die Halle, um sich mit Straight zu treffen. Die beiden Männer waren verschwunden. *Amateure.*

■ ■ ■

Paul war innerlich ziemlich aufgewühlt. Er zweifelte daran, dass er sich auf die Spiele würde konzentrieren können. Mit einem Erfolg bei dem Turnier rechnete er nicht. Im Ballsaal des Hotels fand er seinen Namen auf der Liste. Zusammen mit 13 anderen spielte er in der Gruppe der Neulinge. Straight spielte einige Klassen höher. Die Spieler der verschiedenen Klassen bekamen von den Organisatoren ihre Anweisungen. Paul betrachtete seine Konkurrenten. Viele Spieler wirkten ungepflegt, sogar ungewaschen. Einige hatten zerlesene Taschenbücher über Schachstrategien dabei.

Paul war unsicher und machte seine Züge zu unbedacht. Zwei seiner ersten vier Spiele verlor er und geriet so ins Mittelfeld. Das war besser, als er erwartet hatte, aber er war davon überzeugt, dass er die beiden verlorenen Spiele durchaus hätte gewinnen können, wenn er überlegter und ruhiger gespielt hätte. Er suchte Straights Tisch und stellte fest, dass es diesem in seiner Gruppe ähnlich erging. Paul war dankbar dafür, dass Straight ihm in den vergangenen Monaten ein so guter Gegner gewesen war. Keiner seiner Gegenspieler hätte es mit Straight aufnehmen können.

Nach einem Imbiss wurde Paul ruhiger und gewann neun von den zehn folgenden Spielen. Sieben nacheinander. Er ging aus seiner Gruppe als Sieger hervor. Der Geldpreis war kaum der Rede wert; damit würde er nicht einmal das Abendessen bezahlen können, und die Trophäe war nur ein Spielzeug, aber Paul freute sich über dieses Erlebnis. Er war erstaunt über seinen Elan – und darüber, dass sein Geist klar geblieben und dass er sich tatsächlich hatte entspannen und konzentrieren können.

Straight, der in seiner höheren Stufe vierter wurde, freute sich noch mehr über den Sieg als Paul.

„Ich bin richtig stolz auf dich, Mann."

■ ■ ■

Brie und Connor waren begeistert von Pauls kleinem, billigem Pokal. Jae war aufgebracht und schickte sie bereits nach kurzer Zeit aus dem Zimmer.

„Ihr könnt später mit Dad reden", sagte sie. „Geht nach oben und spielt, ja?"

„Was ist los, Jae?", fragte Paul, als sie fort waren.

„Oh Paul! Wo hast du gestern Abend gesteckt?"

„Was meinst du?"

„Wo warst du, bevor du spät in der Nacht wieder allein ins Hotel zurückgekommen bist?"

„Du hast mich beobachten lassen?"

„Und ich habe in deinem Zimmer angerufen. Bis weit nach Mitternacht. Und jede Stunde haben Leute an deine Tür geklopft."

„Das glaube ich nicht."

„Warst du mit einer anderen Frau zusammen?"

„Was?"

„Gib es doch zu, Paul. Denkst du, ich wüsste nicht längst darüber Bescheid? Ich habe ihren Brief gelesen."

„Ihren Brief?"

„Paul, du hast sie in Washington getroffen. Und jetzt auch in Toledo – wie kannst du mir so dreist ins Gesicht lügen?"

„Angela Barger? Du hast in meinen Sachen herumgeschnüffelt? Das verletzt mich aber sehr, Jae!"

„*Du* bist verletzt? Na, was denkst du, wie verletzt *ich* erst bin!? In der kommenden Woche beginnen die Ferien. Ich werde mit den Kindern nach Washington fahren und den Sommer dort verbringen. Dann haben wir beide etwas Zeit zum Nachdenken."

„Wenn du aufhören würdest, herumzuschreien und mir eine Minute zuhören würdest –"

„Was soll ich mir anhören?"

„Jae, du bist wirklich sehr ungerecht –"

„Die Wahrheit tut weh, Paul?"

„Wir können das doch klären."

„Die Kinder und ich werden gehen, Paul. Das steht fest. Die Kinder freuen sich schon."

Jae bat Paul, nur samstags anzurufen und nur mit den Kindern zu sprechen.

„Wenn ich mit dir reden möchte", sagte sie, „dann werde ich mich melden."

Und mit diesen Worten ließ sie ihn stehen.

■ ■ ■

Paul machte sich Vorwürfe, weil er die Eskalation des Streites nicht verhindert hatte. Er schämte sich für ihre schlechte Beziehung. Sein neues Leben hatte also längst nicht alles in Ordnung gebracht.

Mitte der Woche fand Paul endlich ein bisschen Ablenkung, als er im Büro ein Memo über einen Fall in Las Vegas erhielt. 16 Menschen waren vor einem Altar mit einem Kreuz tot aufgefunden worden. Angeblich waren sie an einer Überdosis Drogen gestorben. Die Schuld an den Todesfällen wurde einem selbst ernannten Propheten zugeschrieben, der sich als Reinkarnation von Jona bezeichnete. Freunde der

Opfer behaupteten, „Jona“ habe erzählt, er sei ein paar Jahre zuvor von einem Wal vor der Küste von San Diego verschluckt und drei Tage später an der Küste wieder ausgespien worden. Die Magensäure des Tieres habe ihm nur oberflächliche Verbrennungen zugefügt.

Im Bauch des Fisches hätte Gott ihm aufgetragen, so behauptete Jona, eine Gemeinde zu gründen, die durch den Konsum von halluzinogenen Drogen direkten Zugang zum Himmel hätte. Der Prophet predigte auch die freie Liebe, so die Freunde der Opfer, und behauptete, Gott habe ihm mitgeteilt, dies sei von Beginn an sein Plan für die Menschheit gewesen.

Mehrere 100 Menschen in Las Vegas und in der näheren Umgebung hätten sich Berichten zufolge der Sekte angeschlossen.

„Ein ziemlicher Spinner“, erzählte Paul Straight beim Abendessen. „Stell dir vor, ich könnte ihn überführen und die anderen überzeugen. Auf diese Weise könnte ich Leben retten und gleichzeitig eine Sekte ausmerzen.“

„Du willst ins Sündenbabel fahren?“, fragte Straight.

„Anfang nächster Woche. Der Boss hält das für eine gute Idee.“

Straight lehnte sich zurück und betrachtete Paul. „Du beschaffst dir besser ein paar Scheuklappen, Junge. Du bist noch ziemlich jung im Glauben, um dorthin zu fahren, vor allem, wo deine Familie weg ist. Dort gibt es nur Glücksspiel und Sex.“

„Ich kann schon damit umgehen.“

„Ja, ja, das haben schon viele Menschen gesagt, bevor sie auf die Nase gefallen sind. Das klingt so, als sei die Entscheidung bereits gefallen.“

„So ist es.“

■ ■ ■

An diesem Wochenende nahm sich Paul vor, die Aufgabe in Angriff zu nehmen, die er schon so lange vor sich hergeschoben hatte: die Räumung des Hauses seiner Mutter. Bevor er hinüberfuhr, rief er einen Makler an und vereinbarte einen Termin für den darauf folgenden Montag. Dieser sollte sich noch vor Pauls Abreise nach Las Vegas das Haus ansehen.

Paul stellte den Wagen in der Einfahrt ab. Er starrte das Haus an, in dem er aufgewachsen war. Dank des beauftragten Gärtners war der Rasen gemäht, aber die Büsche und Blumenbeete sahen verwildert aus. Seit dem Winternachtsabend vor mehr als sechs Monaten war er nicht mehr hier gewesen. So lange war er dem Haus noch nie fern geblieben, nicht einmal während seines Collegestudiums und seiner Militärzeit. *Wie viel hat sich seither geändert – alles, an was ich geglaubt habe oder zu glauben dachte.*

Paul stieg aus dem Wagen und öffnete die Eingangstür. Im Inneren war es heiß und stickig. Er schritt durch die leeren Räume und blieb an der Tür zum Keller stehen. Es war sechs Monate her, aber er erinnerte sich ganz klar daran, diese Tür verschlossen zu haben – er hatte den Knopf eingedrückt, an dem Knauf gedreht und den Brief eingeschlossen, der ihm entweder von der NPO untergeschoben worden war, wie er glaubte, oder, schlimmer noch, ein niederschmetternder Betrug seines seit langem verstorbenen Vaters war. Jetzt war die Tür angelehnt.

Paul lauschte auf Geräusche, dann schloss er leise die Tür und verriegelte sie. Rasch suchte er alle Räume des kleinen Hauses ab, ging nach oben und wieder hinunter. Nichts. Er kehrte zur Kellertür zurück und schloss sie lautlos wieder auf. Aufmerksam auf Geräusche lauschend, stieg er langsam die Treppe hinunter.

Der Keller wirkte leer, aber er bemerkte etwas, das für ein Haus, das so lange Zeit leer gestanden hatte, eher untypisch war: frische Luft. Er überprüfte die Fenster an den Betonwänden. Das Fenster in der Nähe des Lagerraumes war einen Spalt breit offen.

Die Kisten standen nach wie vor im Lagerraum, wo er sie zurückgelassen hatte, aber sie waren durchsucht worden, ihr Inhalt lag auf dem Boden verstreut. Er kniete sich hin und fand die alten Glückwunschkarten, auf denen seinen Eltern zu seiner Geburt gratuliert wurde.

Wer war das? Ein Obdachloser auf der Suche nach Wertgegenständen? Einer seiner Kollegen von der NPO, der eine Durchsuchung wie einen Einbruch hatte aussehen lassen? Oder – wahrscheinlicher noch – Jae, die das Fenster aufgemacht hatte, um frische Luft hereinzulassen, und dann vergessen hatte, es wieder zu schließen, nachdem sie die Sachen durchsucht hatte? Was hatte sie zu finden gehofft?

Zwei Stunden lang ging Paul die Unordnung durch. Seine größte Befürchtung bestätigte sich: Der Brief seines Vaters war weg.

Kapitel 22

Paul brachte das restliche Wochenende damit zu, die Sachen seiner Mutter zusammenzupacken, und machte schließlich einen letzten Rundgang durch das Haus. Oben schien alles in Ordnung zu sein, was nicht dazu beitrug, sein Misstrauen wegen der Unordnung im Keller zu zerstreuen. Am Montag führte er den Makler herum und übergab ihm die Schlüssel.

Gegen zwei Uhr am Dienstagnachmittag stand er, nachdem er in seinem Hotel auf der *Freemont Street* eingecheckt hatte, mitten auf dem *Vegas Strip.*

Der *Strip* dominierte den größten Teil des *Las Vegas Boulevard* und lag unmittelbar hinter der Stadtgrenze. Hier standen die größten Hotels der Welt, die sieben Tage die Woche 24 Stunden lang Unterhaltung, Spielautomaten, Kartenspiele, Roulette und jede andere Form des Glücksspiels anboten, die man sich nur vorstellen konnte. Ein großer Teil der eine halbe Million umfassenden Einwohner arbeitete in der für die Stadt so lebenswichtigen Tourismusbranche. Paul war erstaunt, dass so viele Menschen so weit in die heiße Wüste hineinfuhren, um ihr Geld zu verspielen.

Die weithin erkennbare Skyline zeigte zwei riesige Neonbilder: Apollo, den Gott der Sonne und Musik, und Dionysos, den Gott des Weines und fleischlichen Vergnügens. Neu für Paul waren die einladenden Hologramme vor jedem Etablissement, die Menschen in verschiedenen eindeutigen Posen zeigten.

Paul hatte das Neue Testament aufmerksam studiert, vor allem die Offenbarung. Jeden Abend vor dem Einschlafen las er 60 bis 90 Minuten darin. Er dachte über die Parallelen nach, die Straight zwischen den in der Offenbarung genannten Gemeinden und den größeren Bevölkerungszentren der USSA aufgezeigt hatte. Falls es fraglich gewesen war, welcher alten Gemeinde Las Vegas entsprach, so wurde dieser Zweifel durch den Namen von Pauls Ziel verdrängt: Thyatira.

Paul nahm sich Zeit für einen ausgedehnten Spaziergang durch die Stadt. Am Nachmittag waren genauso viele Menschen unterwegs wie am Abend. Er war erstaunt, bereits am helllichten Tag Strichmädchen zu entdecken. Nach Sonnenuntergang würden sie sicher noch viel aufdringlicher sein.

Wie überall prangte auch an dem Kasino, in dem Paul einen Termin hatte und das den Namen „Thyatira" trug, ein Hologramm von einer Frau, die ihre Kleider zu verlieren schien. Aber immer wurde ihr Körper kurz vor dem letzten Kleidungsstück von hauchdünnen Schleiern verhüllt.

Seinen Berichten zufolge sollte die Besitzerin des „Thyatira", eine Frau, die sich selbst Isebel nannte, diesen Jona persönlich kennen. In Isebels Kasino gab es keine Unregelmäßigkeiten. Aber Paul würde trotzdem nach illegalen Vorgängen Ausschau halten für den Fall, dass er ein Druckmittel brauchte.

Das „Thyatira" war mit mehr als 6 000 Gästezimmern und einem Hauptgeschoss mit einer unglaublichen Vielfalt an Glücksspielmöglichkeiten das größte Kasinohotel der Welt. Auf den Spielautomaten und Glücksspieltischen waren verführerische Frauen abgebildet und die Ausstattung in geschmacklosem Rot und Pink glich der eines Bordells. Hunderte von spärlich bekleideten Kellnerinnen bedienten die Gäste. Die Kartengeber an den Tischen waren knapp bekleidete Frauen.

Paul erstarrte, als er seinen Blick durch den Saal schweifen ließ. Eines der Mädchen kam ihm bekannt vor. Er trat ein paar Schritte näher. Sie drehte sich um. Dieses Profil. Konnte es sein? Unmöglich.

Paul drängte sich durch die Menge, doch immer wieder verlor er Angela aus den Augen. Es bestand kein Zweifel daran, dass sie es war, und doch, wie konnte das sein? Was tat sie so weit von zu Hause entfernt? Paul hatte nie herausgefunden, ob sie die Wahrheit über ihren Vater wusste oder ob sie selbst zu den Gläubigen gehörte. Auf jeden Fall hatte er sie nicht für die Art von Frau gehalten, die er im „Thyatira" anzutreffen erwartete.

Als Paul den Haupteingang erreichte, strömten die Menschen herein, als hätte das Kasino gerade erst aufgemacht. Angela schien verschwunden zu sein. Das passte einfach nicht. Sie konnte es nicht gewesen sein.

Eine etwas konservativ gekleidete Frau von etwa 55 Jahren rauschte mit ihrem Gefolge herein. Sie hatte eine Aktentasche bei sich und trug ein lavendelfarbenes Kostüm – eng, kurz und sehr fraulich –, ganz anders als die provokative Kleidung ihrer Angestellten.

Paul eilte ihr nach, doch als er sie ansprechen wollte, hielt ihr Bodyguard ihn auf.

„Sie hat keine Zeit", erklärte er ihm.

„Für mich hat sie Zeit", sagte Paul und zeigte seinen Ausweis.

Der Mann deutete mit dem Kopf. „Im Büro. Folgen Sie mir."

Auf dem Weg zu ihrem Büro flüsterte der Bodyguard der Frau etwas ins Ohr und reichte ihr Pauls Visitenkarte. Sie wirbelte herum und blickte ihn fest an.

„Eigentlich bin ich heute gar nicht da", sagte sie.

„Ich fürchte, diese Angelegenheit duldet keinen Aufschub, Madam. Ich brauche nur ein paar Minuten. Wenn Sie eigentlich nicht da sind, dann dürfte es ja auch keine Störungen geben."

Isebel funkelte Paul an und wandte sich dann an ihre Sekretärin.

„Keine Störungen", befahl sie und Paul folgte ihr ins Büro. Er nahm auf einem Ledersessel Platz. Sie setzte sich ihm gegenüber.

„Also, was will die NPO von mir? Hier hat alles seine Ordnung."

„Ich möchte etwas über Ihre Verbindung zu Jona wissen."

Sie verdrehte die Augen. „Wenn Sie hinter ihm her sind, dann stehen wir auf derselben Seite."

„Es ist bekannt, dass er so genannte legale Prostituierte für seine Rituale nimmt, und niemand beschäftigt mehr davon als Sie."

„Sagen Sie nicht ‚so genannte', Agent Stepola. Alles hier im Kasino ist legal und über jeglichen Zweifel erhaben."

„Also gut. Beschäftigt er Ihre Mädchen?"

„Er hat einige weggelockt, ja."

„Haben Sie bei der Tragödie von neulich welche verloren?"

Paul war endlich zu ihr durchgedrungen. Isebel setzte zum Sprechen an, doch dann besann sie sich.

„Er meint es todernst mit diesen Dingen, wissen Sie", sagte sie.

„Mit ‚diesen Dingen'?"

„Mit diesem religiösen Hokuspokus. Natürlich bringt es ihm auch finanziell etwas, wenn die Leute es ihm ‚abkaufen'. Aber bei ihm ist es mehr als nur eine Show."

„Madam, haben Sie jemanden verloren?"

Isebel traten tatsächlich Tränen in die Augen. Sie versuchte zu sprechen, brachte aber kein Wort heraus. Stattdessen hob sie zwei Finger.

„Sie haben zwei Mädchen verloren?"

Sie nickte und griff nach einem Taschentuch, das auf ihrem Schreibtisch lag.

„Immer wieder habe ich den Mädchen gesagt, sie sollen sich nicht davon einfangen lassen. Die meisten meiner Mädchen nehmen, soweit ich weiß, nicht einmal Drogen. Oder wenn sie es tun, dann nur zur Entspannung. Sobald ich merke, dass sie abhängig sind, werfe ich sie raus."

Isebel knüllte ihr Taschentuch zusammen und warf es in einen Papierkorb in der Ecke.

„Sehen Sie, ich kannte Jona, als er noch ein zweitklassiger Drogenhändler mit Namen Morty war."

„Morty und wie weiter?"

„Morty Bagadonuts, so hat er sich damals genannt. Ich glaube, sein richtiger Name ist Bagdona. Mortimer war schon immer ein Taugenichts, aber er hatte immer ein Ziel vor Augen. Er hatte einige Mädchen in den Hotels auf der Freemont Street, die für ihn arbeiteten, bis er erkannte, welche Möglichkeiten der ‚Strip' ihm eröffnen würde.

Ich habe ihn nicht zu meinen Mädchen gelassen, aber was sie in ihrer Freizeit tun, ist ihre Angelegenheit. Legale Prostitution ist ein sehr schwieriges Geschäft. Viele wollen die Mädchen dazu bringen, Rauschgift zu nehmen. Und wenn sie sie erst einmal eingefangen haben, dann müssen sie mitmachen. Darauf hat Morty seine Religion aufgebaut. Einerseits auf dem Rauschgift – aber es hat seinen Preis – und andererseits auf der freien Liebe – aber auch die ist nicht wirklich umsonst. Jona behauptet, Gott habe ihm im Bauch des Fisches gesagt, dies seien die beiden Wege zu Jesus. Also bezahle, drücke, spiele und bete."

„Und er glaubt es wirklich? Es ist also keine Masche?"

„Ich würde mir weniger Sorgen machen, wenn es das wäre. Kommen Sie, Träume und Illusionen sind mein Geschäft. Glauben Sie, dass ich wirklich Isebel heiße? Mary Anderson, Cleveland. Sie können es nachsehen. Die Leute kommen in dem Glauben hierher, sie würden die Bank knacken, auch wenn sie wissen – sie wissen es *wirklich* –, dass wir die großen Gewinne machen. Ja, wir brauchen nur ein paar Prozentpunkte von den vielen Millionen Dollar zu verschenken und wiegen sie schon in dem Glauben, sie würden gewinnen. Aber wir beide wissen, dass es nur eine Täuschung ist.

Und unsere Mädchen sind darauf trainiert, diesen Kerlen einzureden, sie seien die beeindruckendsten Männer, denen sie je begegnet sind. In einer anderen Umgebung, unter anderen Umständen könnte es wahre Liebe sein. Je mehr sie daran glauben, desto mehr bezahlen sie ihnen dafür. Und so hat Morty eine Geschichte erfunden, die die Menschen ihm wortwörtlich abnehmen. Mehr Macht für ihn. Aber dass er sie dazu bringt, das wirklich zu glauben? Meine Mädchen dazu bringt, so viel Rauschgift zu nehmen, dass sie sich umbringen? Nein, oh nein, das geht zu weit. Dafür muss er bezahlen."

„Wo steckt Jona Ihrer Meinung nach?"

„Ich denke, der Jona, wie wir ihn kennen, mit Gewand und allem, ist Geschichte. Aber Morty ist nicht weit. Er wird dieses ertragreiche Terrain sicher nicht aufgeben. Er bewohnt eine Penthousesuite im ‚Babylon', die er unter seinem richtigen Namen angemietet hat. Niemand dort weiß, dass Morty Jona ist. Wenn er diese Jona-Masche abzieht, trägt er ein braunes Gewand, eine lange Perücke und einen falschen Bart. Auf seine Geschichte sind schon so viele Menschen hereingefallen, dass er sie in so genannte Gemeinden aufgeteilt hat. Es sind einfach zu viele. Sie können sich nicht an einem Ort treffen, ohne dass es auffällt. Darum treffen sie sich hier und dort in kleinen Gruppen und für die Rituale an den verschiedenen Orten nimmt er unterschiedliche Mädchen.

Aber wenn er durch die Kasinos zieht und neue Mädchen rekrutiert, dann ist er nichts weiter als ein kahl werdender Rotschopf mittleren Alters mit einem Stoppelbart und blutunterlaufenen Augen. Wenn Sie ihn finden wollen, dann ist das ‚Babylon' der richtige Ort dafür."

„Soweit uns bekannt ist, ist er für 16 Todesfälle verantwortlich. Die Polizei hat das doch sicher schon untersucht."

Sie schnaubte. „Sie waren ständig in den Nachrichten, haben die Leichname hinausgetragen und Erklärungen abgegeben. Bisher haben sie Morty noch nicht mit Jona in Verbindung gebracht. Falls jemand in dieser Stadt schon darauf gekommen ist, nun, Schweigegeld ist hier nicht unüblich. Ich würde gar nicht mit Ihnen reden, wenn es nicht um die Mädchen ginge. Anscheinend kann ich nur auf seine Weise mit ihm fertig werden. Jemand muss ihn ausschalten."

„Wenn ich Sie davon überzeugen kann, dass er mit der ganzen Härte des Gesetzes bestraft werden wird, würden Sie mir dann helfen?"

Isebel betrachtete ihn. „Sie scheinen vertrauenswürdig zu sein."

„Wie Sie schon sagten, in dieser Sache stehen wir auf derselben Seite."

Isebel gab Paul eine Liste von sechs Angestellten, die zeitweise für Jona gearbeitet hatten. Seit Tagen waren sie nicht mehr gesehen worden.

„Sie sind erwachsen, aber ich mache mir Sorgen. Wenn Sie sie finden, sorgen Sie dafür, dass ihnen nichts geschieht."

„Abgemacht."

■ ■ ■

Es gab verschiedene Verkehrsmittel, um sich in Las Vegas zu bewegen, Limousinen für die Gutbetuchten, Mietwagen, Taxen, eine Magnetbahn, und dann konnte man natürlich auch zu Fuß gehen. Paul beschloss, sich unters Volk zu mischen, und fuhr mit der Magnetbahn. Er stieg ein paar Stationen vor seinem Ziel aus und verhielt sich wie ein Tourist, indem er die riesigen Hotels und Kasinos anstaunte.

Beim „Babylon", dem zweitgrößten Hotel nach dem „Thyatira", kaufte er in einigen Läden billigen Kram und lief mit seinen Einkaufstüten durch die Glücksspielhallen und in die Theater, um sich einen Eindruck von der Anlage zu verschaffen.

Paul sah sich jedes Gesicht auf der Straße in der Nähe des „Babylon" genau an. Der rothaarige Morty mit den blutunterlaufenen Augen war natürlich sein Hauptziel, aber er hielt auch ständig nach Angela Barger Ausschau.

Von einem schrecklich überfüllten Waggon der Magnetbahn aus glaubte er, sie wieder gesehen zu haben. Er war nicht sicher, weil sie ihm den Rücken zugewandt hatte, aber es sah so aus, als würde sie mit ein paar „Damen" des horizontalen Gewerbes reden – die natürlich auch am Tag unterwegs waren.

Paul kämpfte sich nach vorne durch und stieg an der nächsten Station aus. So schnell er konnte rannte er zurück zu der Stelle, an der er Angela gesehen zu haben glaubte. Die Prostituierten waren noch da, aber sie war fort.

Mit den Einkaufstüten in der Hand trat er an die jungen Frauen heran.

„Na, suchst du ein bisschen Unterhaltung?", fragte eine von ihnen.

„Nein, tut mir Leid“, erwiderte er. „Ich möchte Sie nicht belästigen, aber –“

„Bist du ein Cop?“, fragte eine andere. „Denn wir arbeiten und wir haben die Erlaubnis dazu.“

„Nein, ich suche die Frau, die gerade mit Ihnen gesprochen hat.“

„Sie ist wohl mehr Ihr Typ?“

„Nun, nein, ich –“

Die Mädchen kicherten und sahen sich bedeutungsvoll an.

„Sie gehört nicht zu uns, Süßer. Die wirst du nicht wollen.“

„Doch, ich suche sie. Hat sie Ihnen ihren Namen genannt? Wissen Sie, wo sie ist?“

Sie zuckten die Achseln. „Sie halten den Verkehr auf, Mann. Wenn Sie nicht kaufen wollen, ziehen Sie weiter.“

„Sagen Sie mir doch, wo ich sie finden kann“, bat Paul.

Eines der Mädchen lachte laut.

„Versuchen Sie es mit einer Kirche. Ach ja, die gibt es ja nicht mehr.“

Als Paul nach Mitternacht endlich in sein Bett sank, beschäftigten ihn drei Dinge: wie gefährlich Morty/Jona war, wie sehr er sich wünschte, Angela wieder zu sehen, und was das Strichmädchen über die Kirche gesagt hatte.

Paul hörte sich noch eine Stunde lang seine Hörbuch-CDs vom Neuen Testament an, dann schlief er ein und stand morgens früh wieder auf. Vegas behauptete von sich selbst, eine Stadt zu sein, die niemals schlief. Und tatsächlich schien um sechs Uhr morgens die durch die Straßen ziehende Menge kaum abgenommen zu haben. Paul freute sich überhaupt nicht auf den Tag. Er musste sich unter den Straßenmädchen umhören, um Isebels Angestellte aufzuspüren, und natürlich auch Angela Barger.

Paul hatte selbst an attraktiven, verführerischen Frauen kein Interesse, die Sex verkauften, um sich ihren Lebensunterhalt zu verdienen. Unterwegs überfiel ihn ein seltsames Gefühl. Während er mit verschiedenen Frauen sprach, empfand er tatsächlich Mitleid mit ihnen. Paul dachte über diese Empfindung nach. Wenn Gott alle Menschen liebte und sich um jede Seele kümmerte und wenn er, wie Straight ihm immer wieder gesagt hatte, nicht wollte, dass einer verloren geht, dann liebte er auch diese Frauen. Sie lebten in Sünde und verkauften ihre Körper, und doch verdienten sie Liebe, Mitgefühl und Vergebung. Und dann ging es ihm auf: Wenn Angela zu den Gläubigen gehörte und eine Prostituierte an die alten Kirchen erinnerte, dann empfand sie vielleicht dasselbe für diese Frauen – und sie sprach mit ihnen darüber.

Viele der Frauen zeigten ihm die kalte Schulter, sobald ihnen klar wurde, dass er kein Kunde war. Andere waren freundlich und versuchten, ihm zu helfen. Keine gab zu, Isebels Mädchen zu kennen, und nur wenige erinnerten sich daran, eine Frau gesehen zu haben, auf die Angelas Beschreibung zutraf.

Gott, betete Paul im Stillen, *ich weiß, dass sie hier ist. Hilf mir, sie zu finden.*

An diesem Nachmittag sah Paul ein Strichmädchen, das so zugedröhnt, so abwesend und verloren wirkte, dass er einem Gespräch mit ihr beinahe aus dem Weg gegangen wäre.

„Ich suche jemanden und frage mich, ob Sie mir vielleicht helfen können."

„Wen denn?", fragte sie teilnahmslos.

„Ich suche eine blonde Frau um die 30, die mit den Prostituierten redet."

„Über Gott?"

„Möglicherweise. Ja."

„Sie hat mit mir gesprochen. Mir gesagt, ich könnte von der Straße wegkommen, sie würde Leute kennen, die sich um mich kümmern, mich vor meinem Zuhälter schützen und mir helfen würden, Jesus zu finden."

„Wann haben Sie sie gesehen?"

„Gestern am späten Nachmittag."

„Wo?"

„Etwa sechs Blocks nördlich."

„Wenn ich Ihnen meine Nummer geben würde, würden Sie mich anrufen, wenn Sie sie wieder sehen?"

„Sie werden ihr doch keinen Ärger machen? Was sie tut, ist gefährlich – und illegal."

Paul dachte über die Ironie dieser Situation nach.

„Nein, sie ist eine Freundin. Ich möchte sie nur finden. Werden Sie mich anrufen?"

„Ich werde darüber nachdenken."

„Ich würde mich wirklich sehr darüber freuen. Und sehen Sie, auch wenn Sie mich nicht anrufen, vielleicht sollten Sie trotzdem auf das hören, was sie Ihnen zu sagen hat."

„Ja?"

„Ganz bestimmt."

„Wenn Sie das sagen . . ."

Paul wandte sich zum Gehen.

„Hey Mister."

Das Mädchen kramte in ihrer Handtasche und holte eine Karte hervor. „Sie hat mir ihren Namen zwar nicht genannt, und das nehme ich ihr auch gar nicht übel. Aber sie hat mich zu einer Versammlung eingeladen, die heute Abend an einem Ort namens ‚Meadows' steigt. Hier ist die Adresse. Sie findet im Keller eines Bungalows statt."

Paul schrieb sich eilig die Adresse auf.

„Gehen Sie hin?", fragte er.

„Nein. Ich muss bis Mitternacht arbeiten. Sie sagte, ich solle um zehn Uhr kommen. Sie hat mir auch das hier gegeben. Ich glaube, es ist so etwas wie eine Eintrittskarte. Sie können es haben. Ich werde es nicht benutzen."

Es war ein flacher, glatter weißer Stein. Das war bestimmt ein Symbol, wie das Blatt vom Götterbaum, mit dem sich die Untergrundchristen einander zu erkennen gaben. Erst am Abend zuvor hatte er einen Vers aus der Offenbarung gehört, der die Verwendung dieses Symbols vermutlich inspiriert hatte: „Ich werde ihm einen weißen Stein geben und auf dem Stein steht ein neuer Name, den nur der kennt, der ihn empfängt."

Damit wäre dies das Symbol für Pergamon, nach Pauls Ansicht die Entsprechung für Washington D.C. Er war Angela eindeutig auf den Fersen.

„Sind Sie sicher, dass Sie das nicht wollen?", fragte er. „Und wenn Sie Ihre Meinung ändern?"

„Das werde ich nicht. Sie kennen meinen Zuhälter nicht."

■ ■ ■

Den restlichen Tag verbrachte Paul mit der Suche nach Jona, doch er hatte keinen Erfolg. Allerdings beschäftigte ihn die Möglichkeit, Angela am Abend zu sehen. Er mietete einen Wagen und rief schließlich Bob Koontz von seinem Hotelzimmer aus an.

„Werden Sie Verstärkung brauchen?", fragte Koontz. „Haben Sie eine Spur von diesem Kerl?"

„Ich habe sogar eine ziemlich gute Spur und weiß, wo er wohnt, aber im Augenblick hat sich noch nichts ergeben. Vertrauen Sie mir, ich kriege ihn."

„Sagen Sie Bescheid, wenn Sie Unterstützung brauchen. Sie werden sie sofort bekommen."

„Danke. In der Zwischenzeit könnten Sie mal den Namen Mortimer Bagdona alias Morty Bagadonuts checken und mir schicken, was immer Sie über ihn herausfinden."

„Natürlich. Ich werde es durch einen Mitarbeiter aus dem Büro am Ort für Sie überprüfen lassen."

„In Ordnung, aber sie sollen sich nicht in meinen Fall einmischen."

■ ■ ■

Paul überlegte, wie er in Bezug auf Angelas Versammlung vorgehen sollte. Er fragte sich, ob irgendwelche Männer eingeladen worden waren und, falls ja, ob es sich um Zuhälter handelte. Seit der Legalisierung der Prostitution war das alte Zuhälterkonzept zwar verschwunden, aber die Männer spielten noch immer eine wichtige Rolle im Leben dieser Frauen. So wie das Mädchen aussah, das ihn auf Angelas Spur gebracht hatte, war sie zweifellos drogenabhängig und ihr Zuhälter war sicherlich ein Drogendealer.

Darum waren Männer bei dieser Versammlung vermutlich nicht willkommen. Wie würde es aussehen, wenn er dort auf einmal mit einem weißen Stein in der Hand auftauchte? Vielleicht würde seine Anwesenheit einschüchternd wirken. Und wenn er an der Tür abgewiesen wurde, ohne überhaupt die Gelegenheit zu bekommen, mit Angela zu sprechen? Er beschloss, das Haus im Auge zu behalten und auf eine Gelegenheit zu warten.

Um halb zehn parkte er ein paar Häuser von dem Bungalow entfernt und duckte sich hinter das Lenkrad. Er sah, wie eine junge Frau – eine Prostituierte? – aus einem Taxi stieg und wartete, bis der Wagen weggefahren war, bevor sie zum Haus ging.

Oben war alles dunkel und die Kellerfenster waren mit Brettern vernagelt. Die Frau sah sich vorsichtig um und ging die Auffahrt hinauf. Paul gab ihr einen Augenblick Zeit, dann folgte er ihr. Ein großer dunkler Schatten am Ende der Auffahrt stand halb in den Garten hinein – ein Lieferwagen. Er duckte sich in den Schatten des Hauses, solange es ging, und schlich sich dann hinter den Lieferwagen.

Durch das Fahrerfenster konnte er sehen, dass die Frau nun vor der Kellertür hinter dem Bungalow stand. Sie brauchte nicht zu klopfen. Jemand im Innern hatte ihr Kommen offensichtlich beobachtet – jemand, der ihn nicht sehen konnte –, denn die Tür wurde geöffnet.

„Herzlich willkommen", sagte eine junge Frau. „Ist Ihnen jemand gefolgt?"

„Nein, ich war supervorsichtig."

Nicht vorsichtig genug.

Von seinem Versteck hinter dem Lieferwagen aus beobachtete Paul die Ankunft von acht Frauen. Sieben wirkten wie Prostituierte, und eine sah aus, als wäre sie von zu Hause weggelaufen.

■ ■ ■

Angela war begeistert. Sie lächelte jede Frau an. Die meisten kannte sie mit Namen und das schien die Anwesenden ein wenig zu beruhigen.

„Zuerst einmal", begann sie, „beglückwünsche ich Sie zu Ihrem Mut, dass Sie heute Abend gekommen sind. Ich habe nicht vor, Sie lange aufzuhalten, denn wir wissen, dass Ihr Besuch hier gefährlich für Sie ist. Also werde ich gleich zur Sache kommen. Dieser Abend kann Ihr Leben verändern.

Wie ich Ihnen bereits in der Stadt gesagt habe, glaube ich an Gott. Ich glaube an Jesus. Wir kommen von weit her, weil Gott es uns aufs Herz gelegt hat, uns um Prostituierte wie Sie zu kümmern. Wenn Sie mit Ihrem Leben und Ihrem Lebensstil und von wem auch immer Sie abhängig sind, zufrieden sind, dann wären Sie nicht hier. Wir bieten Ihnen eine Möglichkeit, aus diesem Leben auszusteigen und sich Gott zuzuwenden. Wir haben einen Zufluchtsort, an dem wir Sie verstecken, versorgen und Sie mit dem Glauben an Jesus Christus bekannt machen können. Ich möchte Ihnen ein wenig Literatur mit auf den Weg geben.

Und jetzt kommt das Aufregende. Ich weiß, dies alles ist neu für Sie, und Sie haben vielleicht das Gefühl, dass Sie noch viel mehr erfahren müssen, bevor Sie einen solchen Schritt auch nur in Betracht ziehen können, aber hören Sie mich an. Sie gehören vielleicht zu den vielen Frauen in Ihrer Situation, die uns gesagt haben, sie seien bereit, den Bruch sofort herbeizuführen. Vielleicht haben Sie gerade Ärger mit Ihrem Zuhälter. Er weiß nicht, wo Sie sind, und wenn Sie nicht eine überzeugende Lüge vorbringen können, wird es Ihnen schlecht ergehen, weil Sie an diesem Abend hierher gekommen sind.

Und das bieten wir Ihnen an: Lassen Sie alles zurück. Verschwinden Sie einfach. Wir können Sie noch heute Abend in unser Zentrum bringen, und wir haben Kleidung und Nahrung und alles, was Sie für einen Neuanfang brauchen. Wir wollen keinen Druck auf Sie ausüben, wir wollen Ihnen keine Entscheidung aufzwingen und würden nie von Ihnen verlangen, etwas gegen Ihren Willen zu tun. Wir werden Ihnen erzählen, was Christus mit Ihrem Leben zu tun hat, und wir hoffen, Sie werden einsehen, dass Gott Sie liebt und dass Jesus für Sie gestorben ist. Wenn Sie an irgendeinem Punkt entscheiden, dass dies nichts für Sie ist, dann können Sie selbstverständlich gehen. Und wir werden keinen Cent von Ihnen verlangen.

Und während Sie jetzt darüber nachdenken, möchte ich meine Begleiterin, die Sie an der Tür in Empfang genommen hat – wir wollen sie Freda nennen –, bitten, Ihnen ihre Geschichte zu erzählen."

Freda berichtete, sie sei Prostituierte in Washington gewesen, als jemand sie zu einer Versammlung genau wie dieser hier eingeladen hatte.

„Ich sage euch, ich konnte es nicht erwarten, dort hinzugehen. Irgendwie war ich bereit für eine Veränderung. Ich brachte mein Leben in Gefahr, weil ich mich für diesen Abend meinem Zuhälter entzog. Doch ich kam trotzdem und hörte zu. Und wisst ihr was? Ich stellte fest, dass ich bereits an Gott glaubte. Das hatte ich mein ganzes Leben lang getan, egal, was die Regierung oder meine Eltern, die Lehrer und die Gesellschaft sagten. Ich wusste einfach, dass es einen Gott gibt. Ich meine, seht euch doch nur um.

Aber ich fühlte mich unwürdig. Ich war ein Junkie. Hatte drei Abtreibungen hinter mir. War zweimal verheiratet. Hatte ein ellenlanges Vorstrafenregister. Ich verdiente eine Menge Geld und habe alles verpulvert. Ich war so abhängig von meinem Zuhälter, dass ich dachte, ich könnte ohne ihn nicht leben. Ich kam trotzdem – mit all meinem ‚Gepäck'. Ich war bereit, und als ich herausfand, dass ich mich gar nicht zu verändern brauchte, dass ich zu Jesus kommen konnte so, wie ich war, Mann, das war es. Er hat die Veränderungen in mir bewirkt.

Wenn das alles zu schön klingt, um wahr zu sein, glaubt mir, es stimmt. Euer Leben wird vielleicht nicht leichter. Denkt darüber nach. Als Prostituierte könnt ihr weiter in der Öffentlichkeit leben, doch wir Christen müssen im Dunkeln herumschleichen. Aber die Entscheidung liegt bei euch. Welches ist das bessere Leben? Das Leben mit Jesus und einem Neuanfang? Oder zurück auf die Straße, wo ihr euch verkauft, und ein anderer steckt den Gewinn ein? Ich hoffe, ihr alle entscheidet euch heute Abend für das Angebot. Wenn nicht, können wir euch nur bitten, dass ihr unseren Motiven glaubt und niemandem von uns erzählt. Wir wollen nur das Beste für euch und wir wissen euer Vertrauen zu schätzen. In den kommenden vier Wochen könnt ihr uns jeden Abend hier finden."

Die Frauen hingen an Fredas Lippen. Ihre Worte gingen zu Herzen. Sie sprach die Frauen in ihrer Situation an. Das war ein großer Vorteil für die Arbeit. Angela freute sich darüber.

„Noch irgendwelche Fragen?“, sagte Angela.

„Wann fährt der Bus los?“, fragte ein Mädchen und die anderen lachten.

„Sobald wir hier fertig sind. Wir haben einen Fahrer und Freda wird euch begleiten. Wie viele möchten mit?“

Fünf hoben sofort ihre Hand. Die Ausreißerin wartete, bis sie gezählt waren, und fragte dann: „Gilt das nur für Prostituierte? Ich bin noch keine, aber wenn ich auf der Straße bleibe, dann wird es nicht mehr lange dauern.“

„Das Angebot gilt natürlich auch für Sie“, erklärte Angela.

„Dann bin ich dabei.“

„Willie?“

Angelas Partner erschien und sagte den Frauen, er werde sie zum Lieferwagen bringen. Sie gingen in Zweiergruppen, während Angela mit den drei Mädchen sprach, die beschlossen hatten, nicht mitzufahren.

„Die Mädels sitzen im Bus, Angela“, sagte Willie, nachdem die letzte Gruppe den Raum verlassen hatte. „Willst du mitkommen oder wartest du auf mich?“

„Oh nein, wir reden noch. Ich warte, bis du wiederkommst.“

Zwei der Frauen gingen, nachdem der Van losgefahren war. Eine blieb noch weitere zehn Minuten. Ganz offensichtlich bedauerte sie, dass sie nicht den Mut gehabt hatte, den Schritt zu tun. Angela versuchte nicht, sie zu überreden, und schließlich ging sie mit dem Versprechen, am folgenden Abend wiederzukommen.

„Ich denke, dann bin ich bereit“, sagte sie. „Beten Sie für mich?“

Angela brachte sie hinaus und sah ihr nach, bis sie mit einem Winken auf die Straße einbog. Es war stockdunkel, der Mond schien nicht und die undurchdringlichen Schatten machten Angela Angst. Sie meinte, ein Geräusch gehört zu haben. *Ist jemand im Garten?*

Erschauernd wich sie zurück ins Haus. Als sie gerade die Tür verschloss, hörte sie ein leises Klopfen. Sie fuhr zurück. Erneut wurde geklopft.

„Hallo?“, fragte sie leise. „Haben Sie etwas vergessen?“

„Nein.“ Die Stimme eines Mannes. „Ich bin hier, um Sie zu sehen.“

„Ich, äh, ich empfange jetzt niemanden mehr“, erwiderte Angela. „Es ist spät und –“

„Angela, ich bin es, Paul Stepola.“

„Paul!“ Sie riss die Tür auf. „Sind Sie hier als Vertreter der NPO?“

„Nein“, erwiderte er. „Ich bin hier als einer der Ihren.“

Nachdem die Tür hinter ihnen verschlossen war, erzählte er ihr seine Geschichte, von seiner Heilung, dem Neuen Testament, von Straight, seiner Bekehrung und wie er sie im „Thyatira“ und auf der Straße gesehen hatte.

Fassungslos eilte sie auf ihn zu und umarmte ihn.

„Sie Schuft! Sie haben mich zu Tode erschreckt.“

„Ihre Sicherheitsvorkehrungen sind nicht besonders gut“, meinte Paul. „Ich habe die ganze Zeit draußen gestanden. Sie müssen vorsichtiger sein.“

„Offensichtlich.“

„Sagen Sie mir, was Sie hier machen, Angela.“

„Nun, ich musste Washington für eine Weile verlassen und dies schien mir ein Ort zu sein, wo ich etwas Gutes bewirken könnte.“

„Ein Missionsdienst also.“

„Genau.“

„Wo sind Ihre Jungen?“

„Ob Sie es glauben oder nicht, sie sind auch hier. Wir haben einige junge Leute mitgebracht, die auf sie aufpassen.“

„Aber zweifellos sind sie doch nicht hier, wo sie festgenommen werden könnten.“

„Nein, nein. Sie sind in der Stadt. Wir wohnen in den ‚Fremont Towers‘.“

„Angela! Ich wohne nur ein Stück weiter in derselben Straße. Wie kommen Sie zurück?“

„Willie und Freda holen mich ab, nachdem sie die Mädchen abgesetzt haben.“

„Rufen Sie sie an, und sagen Sie ihnen, dass Sie mit mir zurückfahren. Wir könnten noch einen Happen essen gehen.“

„Sehr gerne, Paul. Und Sie müssen mir erzählen, was Sie hier machen.“

Kapitel 24

Im Restaurant starrte Paul Angela unentwegt an. Er liebte ihr Aussehen, ihre Herzlichkeit, alles an ihr. Vom ersten Augenblick ihrer Begegnung an hatte er sich zu ihr hingezogen gefühlt, und jetzt, nach dem Zerwürfnis mit Jae ... Er war hin- und hergerissen.

Angela strahlte. Sie freute sich darüber, dass alle diese Mädchen die richtige Entscheidung getroffen hatten und dass sie Paul wieder sah. Von Straight hatte sie bereits erfahren, dass er Christ geworden war und sein Augenlicht wieder zurückbekommen hatte.

Natürlich wusste sie auch von dem entsetzlichen Vorfall mit Jona.

„Das macht unsere Arbeit umso wichtiger", sagte sie. „Ich suche nach Mädchen, die sich mit ihm eingelassen haben, aber bisher habe ich keines auftreiben können – oder sie geben nicht zu, dass sie für ihn gearbeitet haben. Alle haben schreckliche Angst vor ihm."

Paul berichtete von der jungen Frau, die ihm von der Versammlung erzählt und ihm den weißen Stein gegeben hatte.

Sie nickte. „Ich kenne dieses Mädchen. Sie heißt Lucy. Zumindest nennt sie sich so. Ich habe mehrmals mit ihr gesprochen. Ihr Zuhälter ist besonders schlimm. Sie hat schreckliche Angst vor ihm. Er behält das ganze Geld für sich und gibt den Mädchen nichts. Er macht sie drogenabhängig und zwingt sie, alle ihre Drogen bei ihm zu kaufen. Sie müssen auch Stoff verkaufen, und dann nimmt er auch dieses Geld und gibt ihnen nur eine kleine Summe, von der sie dann leben müssen."

„Wie nett."

„Ja. Lucy wirkt so freundlich und doch so verloren. Ich würde mich freuen, wenn sie den Absprung schaffen und zu uns kommen würde. Aber selbst während unseres Gesprächs hat sie sich immer ängstlich umgesehen, aus Angst, Mort würde sie beobachten. Wir mussten sogar um eine Ecke verschwinden, bevor sie meine Karte genommen hat."

„Augenblick mal – was? Vor wem hat sie Angst?"

„Sie ist eines von Morty Bagadonuts Mädchen. Ich glaube nicht, dass dies sein richtiger Name ist, aber er ist berüchtigt. Wohnt in einem Pent-"

„In einem Penthouse im ‚Babylon', ja." Paul erzählte ihr, was er wusste.

Sie wurde totenblass. „Lucys Mort ist Jona?"

Paul nickte. „Sie könnten mir helfen, diesen Kerl festzunageln."

„Das würde ich nur zu gerne tun."

Bis in die frühen Morgenstunden hinein entwarfen sie einen Plan und irgendwann griff Angela über den Tisch nach seinen Händen. Sie sah ihm tief in die Augen und sagte: „Das ist aufregend. Sie sind brillant."

Sie hatte keine Ahnung, dass er verheiratet war, das wurde Paul klar. Seine Familie hatte er ihr gegenüber nie erwähnt.

Er brachte Angela zu ihrem Hotel und begleitete sie zu ihrem Zimmer. Erwartungsvoll sah sie zu ihm auf.

„Bis morgen dann", sagte er.

An den Schultern zog sie ihn an sich heran, doch er bot ihr nur seine Wange. Angela gab ihm einen flüchtigen Kuss und flüsterte: „Es gibt doch offensichtlich noch Gentlemen."

■ ■ ■

In seinem Hotel angekommen, nahm Paul an der Rezeption Koontz' Päckchen mit den Hintergrundinformationen über Bagdona in Empfang. Auf dem Weg zu seinem Zimmer waren seine Gefühle in Aufruhr. Aufregung, Schuldgefühle und Erstaunen. Während seiner Ehe war er immer wieder der Versuchung durch Frauen erlegen, die ihm wenig bedeuteten – oder hatte sie aktiv gesucht –, obwohl Jae zu Hause auf ihn wartete. Doch an diesem Abend, wo Jae und er sich doch entfremdet hatten, war er mit einer Frau zusammen gewesen, von der er seit Monaten träumte und die seine Gedanken sehr stark beschäftigte. Außerdem war sie Witwe. Und doch hatte er sich an sein Ehegelübde gehalten.

Wie seltsam, dass er nach einem harmlosen Kuss auf die Wange Schuldgefühle empfand, weil er Jae betrogen und Angela auch ein wenig getäuscht hatte. Er hatte sie belogen, sie mit seinen Blicken und seiner Körpersprache geliebt, sogar mit seinem Tonfall. Sie war eine

Witwe mit kleinen Kindern und hatte jeden Grund anzunehmen, dass er frei war. Mit ihrem Verhalten gab sie ihm zu verstehen, dass sie mehr als nur Zuneigung für ihn empfand. Er hätte die Sache klarstellen müssen.

Auf jeden Fall zeigte die Tatsache, dass er nicht weitergegangen war, dass Gott in seinem Leben am Werk war.

■ ■ ■

Mortimer Eugene Bagdona hatte ein langes Vorstrafenregister, was keine Überraschung war. Er hatte lange Zeit in Kalifornien sein Unwesen getrieben, bevor er wenige Jahre zuvor nach Las Vegas gekommen war. Seine Gaunereien lagen mehr als sechs Jahre zurück, aber sie gaben Paul etwas an die Hand, mit dem er weitermachen konnte.

Bagdona bezeichnete sich als Schmuckhändler, doch offensichtlich hatte er sein Geschäft nie aktiv betrieben. Sein letzter bekannter Wohnsitz vor seinem Umzug nach Las Vegas war Chula Vista in Kalifornien gewesen. Paul fragte sich, ob den örtlichen Polizeibehörden die Nähe dieser Stadt zu San Diego aufgefallen war und ob sie wohl eine Verbindung zwischen ihm und Jona vermuteten. Aber das war nicht wahrscheinlich. Irgendwie war Morty Bagadonuts niemals wegen irgendwelcher Drogengeschäfte in Erscheinung getreten.

Am folgenden Tag fand Paul mit Angelas Hilfe zwei der Mädchen aus dem „Thyatira", die zeitweise für Jona arbeiteten. Beide hatten nach den Zwischenfällen in der Woche zuvor Angst bekommen und waren aus ihrem „Zusatzverdienst" ausgestiegen. Beide kannten die Frauen, die gestorben waren.

„Zuerst schien das eine ganz normale Arbeit zu sein", berichtete eine. „Wir haben bei diesen Ritualen getanzt, nach ganz genauen Anweisungen von Jona, haben die Leute umgarnt und Dope ausgeteilt. Wir durften auch ein wenig nehmen, wenn wir wollten, aber es diente nur dazu, um die Versammlung zu ermutigen – so nannte er die Typen (es waren alles Männer) –, immer mehr zu kaufen. Er hat uns gedrängt, ganz zu ihm zu kommen, aber das wollten wir nicht."

Am späten Nachmittag wollte Angela versuchen, an Lucy heranzukommen. Paul hatte ihr geraten, nach ihrem Gefühl zu entscheiden, wie viel sie ihr erzählte. Angela wollte Lucy nur noch einmal auf die Möglichkeit, von Mort wegzukommen, hinweisen.

Paul traf sich kurz nach Mittag in einem kleinen Restaurant abseits des *Strip* mit Angela, um ihren Plan in die Tat umzusetzen. Angela war ganz aufgeregt.

„Das mag vielleicht wie ein Spaß aussehen“, warnte er, „aber es ist gefährlich.“

„Ich weiß, doch alles, was ich in Vegas tue, ist höchst gefährlich, Paul. Und Sie werden nicht zulassen, dass mir etwas geschieht, oder?“

„Das will ich auf keinen Fall, Angela. Ich wünschte nur, ich könnte es Ihnen garantieren.“

Sie nahm erneut seine Hände und sein Herzschlag beschleunigte sich. *Wir sollten besser miteinander reden – und zwar bald.*

Paul reichte Angela eine Knopfabdeckung, mit denen sie die Knöpfe ihrer Bluse beziehen konnte.

„Achten Sie darauf, dass dieser über den zweiten Knopf gezogen wird“, erklärte er ihr. „Er sieht wie alle anderen aus –“

„Hübsch.“

„Ja, aber – können Sie sich das vorstellen? – ein solches Set kostet ein Vermögen. Dieser hier ist ein Sender, der auf die Frequenz in meinem Backenzahnempfänger eingestellt ist. Solange ich mich im Umkreis von zehn Meilen von Ihnen befinde, kann ich hören, was passiert.“

„Das gibt mir ein Gefühl der Sicherheit.“

„Es ist bestimmt hilfreich, aber Angela, Sie müssen entscheiden, ob Sie das wirklich durchziehen wollen.“

„Ich?“, fragte sie. „Machen Sie Witze? Die Chance, einen solchen Kerl zu fassen? Das könnten Sie mir niemals ausreden!“

„Zuerst müssen wir erfahren, ob sich Mort noch immer in der Stadt aufhält. Im ‚Babylon‘ ist keine Spur von ihm zu finden, aber wenn er abgehauen ist, warum hat Lucy dann eine solche Angst? Bringen Sie sie dazu, Ihnen zu sagen, wann sie das letzte Mal mit ihm gesprochen hat und, besser noch, wann sie ihn das letzte Mal gesehen hat.“

„Das werde ich.“

„Und behalten Sie für sich, dass ich weiß, wer er ist. Lucy kennt bestimmt die Wahrheit. Vermutlich hat er sie bei den Ritualen eingesetzt. Sagen Sie nur, ich sei ein Freund von Ihnen. Ich würde ihn so lange aufhalten, dass sie abhauen kann.“

„Sie schien noch nicht bereit dazu zu sein, Paul.“

„Nur weil sie eine solche Angst vor ihm hat. Warum hat sie Ihre Karte und den weißen Stein behalten? Das allein war schon ziemlich riskant. Sie hätte beides doch einfach wegwerfen können, wenn sie nicht die Absicht gehabt hätte, sich alle Möglichkeiten offen zu halten."

„Sehen Sie? Sie sind wirklich brillant."

Paul wollte ihr sagen, auch sie sei sehr klug und dazu noch sehr schön. Aber er konnte es einfach nicht.

■ ■ ■

Paul parkte drei Straßenzüge von der Stelle entfernt, an der Angela Lucy zu finden hoffte. Die Tonwiedergabe der Geräte war so gut, dass er sogar Angelas Atmung hören konnte.

„Hier ist sie nicht", flüsterte sie. „Ich sehe mich weiter um. Ich hoffe, Sie können mich hören."

Nach ein paar Minuten vernahm Paul eine Männerstimme. „Na, hallo, Süße."

Jemand, der mit Lucy sprach? Paul war versucht, den Wagen so abzustellen, dass er die Vorgänge beobachten konnte.

„Ich sagte: ‚Hallo, Süße.'"

„Ja, auch hallo", erwiderte Angela.

„Was ist los, bist du dir für mich zu schade?", fragte der Mann und andere in der Nähe Stehende lachten. Paul bekam Angst. Würde er sie retten müssen, bevor sie Lucy fand?

„Was ist dein Problem?", fragte Angela mit einem Mut, der Paul beeindruckte.

„Ich suche nur ein wenig Abwechslung, das ist alles."

„Sehe ich vielleicht aus wie eine Prostituierte?"

„Nein, eigentlich nicht, ich –"

„Dann lassen Sie mich in Ruhe."

„Ja, Madam. Tut mir Leid, Madam." Noch mehr Gelächter.

„Haben Sie das gehört, Paul?", sagte sie einen Augenblick später. „Ich schätze, im Auge des Betrachters sehe ich wohl aus wie eine Prostituierte. So was."

Paul wünschte, sie hätte den Mistkerl ignoriert. Wenn dieser sich vor seinen Freunden gedemütigt fühlte, dann war er unter Umständen unberechenbar.

Paul wurde zunehmend unruhig. *Komm schon, komm schon!*

Schließlich hörte er: „Ich sehe sie. Etwa eineinhalb Blocks vor mir. Ich halte Sie auf dem Laufenden."

Kurz darauf flüsterte Angela: „Ich gehe gerade an ihr vorbei. Sie hat vielleicht gerade einen Kunden. Ja, sie verhandeln. Ich bin jetzt an ihr vorbei, aber Paul, sie hat mich bemerkt. Ich sah es in ihren Augen. Sie schien reden zu wollen. Vielleicht wimmelt sie den Typen ab."

Die Stille dauerte für Pauls Nerven ein wenig zu lange, aber schon bald meldete sich Angela wieder. „Er ist weg. Ich gehe jetzt zurück."

Paul hatte schon viele Abhöraktionen mitgemacht, aber keine hatte ihn so nervös gemacht wie diese. Niemals hätte er die offizielle Genehmigung bekommen, einen Zivilisten für eine solche Operation anzuwerben. Aber er sagte sich, Angela arbeitete nicht für die NPO. Sie arbeitete für ihn. Doch irgendwie half ihm das nicht. Wie man es auch drehte und wendete, er hatte sie in Gefahr gebracht.

„Hey, wie geht es dir?", fragte Angela.

„Hallo", erwiderte Lucy. „Das Geschäft läuft flau, so wie ich es mag. Ich habe das alles so satt."

„Dieser Typ ist verschwunden?"

„Ich habe ihm den doppelten Preis genannt, als ich Sie gesehen habe. Ich hatte gehofft, Sie würden zurückkommen."

„Was ist los?"

„Hat Ihr Freund Sie gefunden?"

„Freund?"

„Gestern hat mir jemand erzählt, er sei ein Freund von Ihnen und suche Sie. Ich hoffe, ich habe nichts falsch gemacht, denn ich habe ihm den Stein und die Adresse gegeben."

„Ja, er hat mich gefunden."

„Wow! Ich hoffe, ich habe Sie nicht in Schwierigkeiten gebracht."

„Sie sind heute so lebhaft."

„Er kann uns nicht sehen."

„Wer?"

„Morty. Oft kann er mich von seinem Penthouse aus beobachten, aber wir sind jetzt in der Seitenstraße. Wenn ich nicht gleich wieder zurückgehe, wird er kommen und mich suchen. Man sollte meinen, ich sei sein einziges Mädchen."

„Er hat viele, oder?"

„Sehr viele."

„Denken Sie, dass er Sie jetzt beobachtet?"

„Wenn ich in Sichtweite bin, ja."

„Sind Sie sicher?"

„Er ist wieder im ‚Babylon'. Er war ein paar Tage unterwegs."

„Sind Sie schon bereit, ihm davonzulaufen?"

Lucy hielt inne. „Das ist lebensgefährlich."

„Tag für Tag riskieren Sie hier draußen Ihr Leben, Lucy. Kommen Sie. Und wenn ich Ihnen garantieren würde, dass er Sie nie finden wird?"

Paul hörte aufmerksam zu, aber Lucy antwortete nicht. Es klang, als würden sie weitergehen.

„Wohin gehen Sie?", fragte Angela.

„Ich weiß es nicht."

„Sie hassen dieses Leben. Es ist an der Zeit, etwas Neues zu beginnen. Wovor haben Sie Angst?"

„Vor ihm natürlich."

„Lucy, hören Sie auf mich."

„Ich weiß es nicht. Können wir uns nicht später noch mal unterhalten?"

„Lucy, ich möchte Sie nicht zu etwas drängen, das Sie nicht möchten. Es liegt ganz an Ihnen. Wir sprechen hier über *Ihre* Freiheit."

Paul und Angela trafen sich in seinem Wagen. Angela sollte Lucy am folgenden Tag an derselben Stelle wieder treffen – geschützt vor Morts Blicken. Paul freute sich über Lucys Information, Mort würde sich wieder im „Babylon" aufhalten, aber sie schien noch ziemlich unsicher zu sein, ob sie ihn verlassen sollte.

„Meine Erfahrung sagt mir, dass sie bleiben wird", meinte Paul.

„Oh, ich glaube, sie ist bereit, Paul. Eine solche Entscheidung ist für diese Mädchen eine sehr große Sache. Sie steht kurz davor. Es wird nicht mehr so viel brauchen, um sie dazu zu bringen."

Bevor Paul Angela absetzte, hatte er das bohrende Gefühl, beobachtet zu werden. In den Spiegeln hatte er nichts bemerken können. Konnte es ein Fußgänger sein? Er hatte gelernt, sich erst dann Sorgen zu machen, wenn er sicher war, aber er sorgte sich um Lucy und ob sie wirklich eine so zuverlässige Quelle war.

■ ■ ■

Als Paul sich am folgenden Tag ihr Gespräch anhörte, wurde sehr schnell deutlich, was los war.

„Warum die Sonnenbrille, Lucy?"

„Die Sonne scheint."

„Ja, das ist hier aber nichts Ungewöhnliches, oder? Gestern war es auch sonnig und Ihre traurigen, wunderschönen Augen waren zu sehen. Zeigen Sie mal."

„Nein."

„Komm schon . . . oh! Lucy! Was hat er getan?"

Lucy sprach mit zitternder Stimme. „Es war nur ein Schlag mit dem Handrücken. Sein Ring hat den Knochen getroffen."

„Worum ging es?"

„Ich war gestern zu lange nicht zu sehen."

„Und Sie sind noch immer nicht bereit zu gehen? Lucy, Sie müssen fort von ihm. Wir können Sie sofort in Sicherheit bringen."

„Ich kann nicht . . ."

Paul schüttelte den Kopf. Vermutlich tat Angela gerade dasselbe.

„Sie halten mich sicher für blöd."

„Nein, das tue ich nicht, Lucy. Es tut mir Leid. Aber ich kann Sie nicht zu ihm zurückkehren lassen. Sie müssen mich Sie einfach sofort von der Straße schaffen lassen. Sie müssen nur ein Wort sagen, und schon sind Sie hier weg."

Lucy zögerte. Dann: „Ich bin nicht bereit. Vielleicht bald, aber Morty zu verlassen ist eine Sache. Nicht zu wissen, woher ich meine Drogen bekomme . . ."

„Sie müssen runter von diesem Zeug."

Pause. „Ja, aber . . ."

„Es hat keinen Zweck, das aufzuschieben, Liebes. Sie müssen einen klaren Schnitt machen, neu anfangen."

„Das sagen Sie, die Sie nie drogenabhängig gewesen sind."

„Ich weiß. Aber wir können Ihnen helfen. Viele Mädchen bei uns sind in derselben Situation wie Sie gewesen. Sie werden Ihre Familie sein. Sie werden Ihnen helfen."

„Ich sage nicht, dass mich das nicht reizt. Aber seit mehr als fünf Jahren kenne ich kein anderes Leben mehr."

„Fünf Jahre? Dann waren Sie ja ein Teenager, als Sie damit angefangen haben."

„Ja."

Paul hörte ein Motorengeräusch und eine Männerstimme. „Hallo, meine Damen!"

Lucy klang verschreckt. „Oh nein. Oh nein. Es ist –"

„Wären Sie vielleicht so freundlich, mir weiterzuhelfen?"

Paul legte den Gang ein.

„Ich bin neu hier", begann Angela, „aber meine Freundin könnte Ihnen vielleicht helfen –"

Lucy flüsterte: „Nicht, das ist Morty."

Paul fädelte sich in den Verkehr ein und fragte sich, ob er besser aus dem Wagen springen und mit gezogener Waffe durch die Straßen laufen sollte.

Warum bin ich gestern Abend nicht einfach im „Babylon" geblieben und habe ihn festgenommen, sobald er auftauchte?

Der Verkehr war sehr dicht. *Ich hätte Chicago anrufen, mich an die Vorschriften halten und Hilfe anfordern sollen.*

„Können Sie mich sehen?", fragte der Mann freundlich.

„Ja, Sir." Angelas Stimme klang nun ziemlich verängstigt.

„Dann tun Sie besser, was ich sage, sonst muss ich das hier gebrauchen."

„Was wollen Sie?"

„Steigen Sie in den Wagen, als würden Sie mich kennen, und alles ist in Ordnung."

„Wo fahren wir hin?"

Die Stimme klang jetzt ärgerlich. „Wenn Sie nicht tun, was ich sage, werde ich Sie auf der Stelle erschießen. Lucy, du bleibst da."

Paul hörte, wie Angela einstieg und die Tür schloss. Hupend brauste er über den Bürgersteig. Die Fußgänger riefen ihm Beschimpfungen nach und drohten ihm mit der Faust. Als er sich Lucy näherte, sah er, wie gerade ein schwarzer Sedan davonfuhr. Es war unmöglich, ihm durch den dichten Verkehr zu folgen, und selbst wenn es möglich gewesen wäre, bestand wenig Zweifel daran, dass Mort eine Pistole auf Angela gerichtet hielt.

„Wo ist Ihr Freund?" Mortys Stimme weckte Pauls Aufmerksamkeit.

„Ich habe keinen. Ich habe eine Familie." Angela schien ihre Angst überdecken zu wollen.

„Was Sie nicht sagen. Nun, für eine Frau mit Familie spielen Sie ein gefährliches Spiel. Mit meinen Mädchen zu sprechen. Aber ich brauche Frauen wie Sie . . ."

„Wozu?"

„Ich muss die Menschen in Verbindung mit Gott bringen."

„Und wie sollte ich das tun?"

„Das bringe ich Ihnen bei. Hey, Sie sind wirklich eine Schönheit. Haben Sie schon mal daran gedacht, richtig viel Geld zu verdienen? Lucy verdient mehr, als Sie sich überhaupt vorstellen können."

„Ich dachte, Sie wollten Menschen zu Gott bringen. Ach, das ‚Babylon'. Wohnen Sie hier?"

Gut, Angela. Du wärst eine großartige Agentin.

Paul hörte, wie der Wagen anhielt, wie Türen geöffnet und geschlossen wurden. „Wir werden zu den Aufzügen gehen und Sie werden mit in meine Wohnung kommen. Eine Andeutung, dass Ihnen das nicht gefällt, und Sie werden es bedauern. Können Sie mir folgen?"

„Ich kann Ihnen gleich sagen, dass ich an Ihrem Angebot nicht interessiert bin."

„Sie ändern Ihre Meinung vielleicht noch. Ich weiß, wer Sie sind."

Paul rief Koontz an. „Ich werde mir diesen Kerl jetzt schnappen, hoffentlich innerhalb der nächsten Stunde. Die örtliche NPO soll Agenten zum ‚Babylon' schicken, aber sagen Sie ihnen, sie sollen still halten, bis ich Bescheid gebe. Mort Bagdona ist Jona. Er hat eine Geisel. Es ist alles ziemlich schnell gegangen."

Paul überprüfte seine Pistole im Beinhalfter, dann rief er die Nummer auf der Karte an, die Angela Lucy gegeben hatte. Willie meldete sich.

„Paul Stepola. Sind Sie noch immer bereit, Lucy zu retten?"

„Morgen, sicher."

„Sie müssen sofort aktiv werden."

„Aber wir haben heute Abend eine Versammlung und –"

„Lucy kann sofort abgeholt werden. Ich werde Angela später zu Ihnen bringen. Verstanden?"

„Ich denke, aber –"

„Willie, bitte vertrauen Sie mir. Ich werde es später erklären. Tun Sie es jetzt."

■ ■ ■

„Du bist ein böses Mädchen gewesen", sagte Morty gerade, „einfach so in mein Territorium einzudringen."

„Ich weiß nicht, was Sie meinen."

„Natürlich weißt du das. Du versuchst, meine Leute wegzulocken. Du hast deine eigene Vorstellung davon, was Gott will."

„Wer hat Ihnen das gesagt?"

„Nun, jedenfalls nicht Lucy, falls du das denkst. Aber sie hätte es tun sollen. Das war eine ernste Verletzung ihrer Loyalität mir gegenüber. Darum wird sie bekommen, was sie verdient."

„Sie wollen mir doch nichts tun, oder?"

„Nicht, wenn du mich nicht dazu zwingst. Im Fahrstuhl hältst du den Mund."

Paul parkte den Wagen vor dem „Babylon" und stieg aus. Mit dem Aufzug fuhr er zu den Etagen mit den exklusiven Apartments hinauf. Dort traf er auf einen Sicherheitsbeamten. Er winkte diesen zu sich heran und zeigte ihm seinen Ausweis.

„Ich bin hinter einem Mann her. Verstärkung ist unterwegs. Ich brauche Ihre Handschellen und einen Schlüssel, der mir Zugang zu den Suiten im Penthouse verschafft. Kommen Sie schon, ich weiß, dass Sie einen haben . . . Danke. Die NPO-Agenten werden bald unten eintreffen. Ich werde Bescheid sagen, wenn ich sie brauche."

■ ■ ■

„Sie wohnen in 2200? Ich wette, das ist eine große Suite."

Angela, du bist ein Profi. Rede weiter.

„Warte nur, bis du es siehst." Die Tür glitt auf.

„Zwei Etagen? Spielen Sie Klavier?"

„Das gehört zur Ausstattung. Mach es dir bequem."

„Das ist ein wenig viel verlangt. Wie bequem kann ich es mir machen?"

Paul stellte sich ans Ende des Flurs, von wo aus er die Tür zur Suite im Auge hatte und auch sehen konnte, ob jemand aus dem Aufzug ausstieg.

„Ich habe dir doch gesagt, ich werde dir nichts tun, wenn du mich nicht dazu zwingst."

„Das werde ich nicht."

„Dann wirst du dich mir anschließen?"

„Inwiefern?"

„Du betrachtest dich als Frau Gottes. Ich bin ein Mann Gottes. Ich möchte dich in meinem Team haben."

„Und was soll ich tun?"

„Menschen anwerben. Die Menschen brauchen Gott. Wirklich. Und er hat mir die wahren Wege zu sich gezeigt. Ich lehre dich diese Wege, du lehrst die Suchenden."

„Ich glaube nicht."

„Ich aber schon. Gott hat mir gesagt, ich solle dich suchen, dich anwerben. Er sagte, er würde dich vorbereiten. Wenn du dich weigerst, wird er verärgert sein, und er wird mir sagen, was ich dann mit dir machen soll."

Kapitel 26

Paul ging in Gedanken die verschiedenen Möglichkeiten durch. Wenn Isebel Recht hatte, dann glaubte Morty Bagadonuts tatsächlich, er habe einen Draht zu Gott, sodass nicht vorauszusehen war, was er tun würde. Sein Instinkt sagte Paul, dass er den Mann genau da hatte, wo er in haben wollte – in einem abgeschlossenen, begrenzten Bereich. Auf keinen Fall wollte Paul eine Verfolgungsjagd riskieren.

„Ich fürchte, ich muss dich an einen Stuhl fesseln", sagte Mort. Seine Stimme klang erstaunlicherweise sehr freundlich. Kein Wunder, dass er die Menschen überzeugte – er hatte nur ihr Bestes im Sinn.

„Das ist nicht nötig, ich werde mit Ihnen zusammenarbeiten."

„Wie wünschte ich, ich könnte dir das abnehmen", erwiderte Mort. „Aber wir werden eine Weile hier bleiben. Ich hoffe, dich überreden zu können, mich heute Abend freiwillig zu einem Peyote- und Gebetstreffen zu begleiten."

„Wo findet das statt?"

„Westlich von hier."

„Und was soll ich dort?"

„Ich werde meiner Versammlung zwei von Gott vorgeschriebene Wege zu Gott vorstellen. Ein natürliches, von Gott geschaffenes Präparat, das den Geist auf eine höhere geistliche Ebene führt, und die körperliche Liebe, die Gott ebenfalls geschaffen hat."

„Drogen und Sex."

„Tststs, wenn du wirklich Königin des Himmels werden willst, darfst du nicht so grob sein."

„Sie brauchen mich wirklich nicht festzubinden."

Paul hörte, dass Mort sie offensichtlich mit Klebeband fesselte.

„Irgendwann müssen wir unsere Vereinigung feiern und eins unter dem Himmel werden."

Angela antwortete nicht.

„Du warst bisher fehlgeleitet, Engelchen", sagte Mort, und Paul war erstaunt, dass er ihrem Namen so nahe gekommen war. „Dein Herz sitzt am richtigen Fleck, aber es ist nicht richtig zu versuchen, die Leute zu bekehren, die bereits eine Religion haben. Meine Mädchen glauben schon."

Paul rief die Zentrale des „Babylon" an und ließ sich mit dem Sicherheitschef verbinden.

Angela sagte gerade: „Ich glaube auch, warum also versuchen Sie, mich zu bekehren?"

Paul fragte den Sicherheitschef, ob die Suite 2202, rechts von Suite 2200, belegt sei.

„Zwei Herren haben dieses Zimmer angemietet, Agent Stepola. Unsere Bewegungs- und Wärmesensoren zeigen aber, dass sie im Augenblick nicht dort sind."

Paul eilte über den Gang und öffnete mit dem Generalschlüssel Suite 2202. Die Männer waren ausgesprochen ordentlich und die Hausmädchen hatten die Suite bereits gereinigt. Der riesige Flachbildschirm des Fernsehgeräts war in die eine Wand eingelassen und an der anderen erhob sich eine breite Chromsäule bis zur Decke mit einer Schiebetür in der Mitte.

„Wenn wir zu der Zeremonie aufbrechen, wirst du nicht mehr das Gefühl haben, gezwungen zu werden", sagte Mort gerade, „sondern du wirst bekehrt sein. Gott hat das Mittel geschaffen, das deinen Geist befreien wird."

„Peyote?"

„Genau."

„Das ist nichts anderes als eine Droge und natürlich oder nicht – es ist trotzdem illegal."

„Nach den Gesetzen der Menschen. Aber ist es nicht eine riesengroße Anmaßung des Menschen, etwas, das Gott erschaffen hat, für illegal zu erklären?"

In Suite 2202 kam ein Anruf für Paul herein. Er eilte in das hintere Schlafzimmer und stieg in den Schrank, damit er durch die Wand nicht gehört wurde.

„Stepola", meldete er sich.

„Sir, die Bewohner von Suite 2202 sind auf dem Weg nach oben."

„Halten Sie sie auf. Lassen Sie sie nicht in dieses Zimmer."

„Tut mir Leid, aber wir haben sie zu spät bemerkt. Die NPO ist übrigens auch eingetroffen."

„Sie sollen für den Augenblick noch unten bleiben. Ich muss hier verschwinden."

Paul eilte zur Tür und spähte durch das Guckloch nach draußen. Zwei Männer in Anzügen stiegen aus dem Aufzug; der Größere von ihnen war farbig. Paul eilte ins Schlafzimmer zurück und versteckte sich hinter der Tür. Er hörte das Geräusch eines Schlüssels und beobachtete, wie die Tür sich öffnete und die beiden Männer eintraten. Der Schwarze stellte das Fernsehgerät an und setzte sich in einen Sessel, während der andere die Schuhe auszog und sich auf die Couch sinken ließ.

Paul wollte sie nicht erschrecken und überlegte, ob er sie vom Schrank aus anrufen und ihnen sagen sollte, dass er im Zimmer war und aus welchem Grund. Da bemerkte er, dass beide bewaffnet waren. Bevor er irgendetwas unternahm, wollte er wissen, auf welcher Seite sie standen. Er beschloss, abzuwarten und erst einmal ihr Gespräch zu belauschen.

„Ich würde sie zumindest gerne zuerst sehen", sagte der Schwarze.

„Ich auch, aber Morty sagte, wir sollten abwarten."

„Wir warten immer nur ab, Jimmy."

„Was sollen wir denn tun, wenn sie nicht mitmacht?"

„Ich glaube nicht, dass ihn das interessiert. Er will es nicht wissen."

„Sind sie da drin?", fragte Jimmy. „Ich höre nichts."

Jimmy ging an dem anderen Mann vorbei, der das stumme TV-Bild beobachtete, und stellte sich an die Durchgangstür.

„Sie reden, Danny", flüsterte er, „aber ich kann nichts verstehen." Er kehrte zur Couch zurück. „Ich habe einen Bärenhunger. Willst du auch was?"

„Sicher. Ich nehme das Gleiche wie du."

Jimmy gab telefonisch ihre Bestellung durch.

Paul befand sich in der Bredouille. Es stand drei gegen zwei, und Angela war weder bewaffnet noch entsprechend ausgebildet, außerdem war sie gefesselt. Das Problem war, um sie zu befreien, würde er alle drei umbringen müssen. So etwas sah man vielleicht im Film, aber es geschah nur selten im realen Leben.

„Er hätte es uns überlassen sollen, das Mädchen zu schnappen", beschwerte sich Danny. „Aber nein, wir hätten zu viel Aufregung verursacht. Er musste es selbst tun."

„Nun, er hat es getan, nicht wahr?"

„Ja, und wir sind Schnee von gestern und warten hier –"

Jimmy lachte. „Was sind wir? Schnee von gestern?"

„Oder wie immer das heißt."

Paul hörte über den Empfänger, dass Mort noch immer versuchte, Angela zu überzeugen.

„Siehst du, durch Peyote öffnet sich dein Geist einer anderen Dimension, und Gott spricht zu dir."

„Freiwillig werde ich es nicht schlucken."

„Ich würde dich nur ungern zwingen. Du solltest einsehen, dass dies ein sehr wichtiger Augenblick in deinem Leben ist. Du hast vielleicht gedacht, du würdest Gott dienen, aber heute wirst du ihn wirklich reden hören."

„Gefesselt und gegen meinen Willen?"

„Das ist nur eine Vorsichtsmaßnahme. Wir haben eine Stunde und ich kann nicht die ganze Zeit eine Pistole auf dich gerichtet halten."

Jimmy stand von der Couch auf und ging ins Bad. Paul zog seine Pistole aus seinem Beinholster, schlich hinter ihn und wartete. Sobald Jimmy die Spülung betätigte, drückte Paul ihm den Lauf seiner Pistole an den Hals.

„Keinen Laut", flüsterte er und griff nach Jimmys Pistole. Er tastete den Mann ab und fand keine weiteren Waffen.

„Wie viele Waffen hat Ihr Freund?", fragte Paul, und er spürte, wie Jimmy zu zittern begann. Jimmy hielt einen Finger hoch. „Wenn Sie lügen, werden Sie das bereuen. Und jetzt gehen wir hinüber. Sie sagen Danny sehr leise, er soll seine Pistole auf die Erde legen und zu mir hinschieben."

Als sie sich leise an Danny heranschlichen, krächzte Jimmy: „Danny, zeig mir deine Pistole."

Der Mann drehte sich nicht um. „Hmm?"

„Danny?"

Danny drehte sich um und sprang instinktiv auf, wobei er gleichzeitig nach seiner Pistole griff.

„Nicht", flüsterte Paul. „Ich kann euch beide ohne Probleme in einer halben Sekunde umlegen."

„Leg deine Pistole auf den Boden und schiebe sie zu mir herüber", bat Jimmy. „Bitte, Danny, tue es."

Missmutig kam Danny der Anweisung nach, behielt Paul jedoch die ganze Zeit im Auge. Jimmys Pistole steckte er in seine Tasche und Dannys nahm er in die linke Hand. Dann befahl er Danny, sich mit dem Gesicht nach unten auf die Couch zu legen.

„Einen Ton und ihr seid erledigt!"

Er befahl Jimmy, das Bettlaken zu holen und in Streifen zu reißen.

„Binden Sie Dannys Handgelenke und Knöchel auf dem Rücken zusammen. Ich werde Ihre Arbeit überprüfen, und wenn sie nicht in Ordnung ist, werden Sie heute Abend nicht nach Hause kommen."

Jimmy war so eifrig bei der Sache, dass Danny noch wütender wurde. Zuerst fesselte er seine Handgelenke, dann seine Knöchel und schließlich verband er sie miteinander, sodass Danny wie ein Paket verschnürt in einer höchst unbequemen Position auf dem Sofa lag. So gefesselt konnte er sich nicht rühren.

Paul befahl Danny, den Mund zu öffnen, und trug Jimmy auf, mehrere Streifen des Bettlakens um Dannys Kopf und wie einen Knebel zwischen seine Zähne zu klemmen. So konnte er keinen Ton von sich geben. Paul überprüfte die Fesseln.

„Gut gemacht, Jimmy", flüsterte Paul. „Und jetzt steck deine linke Hand von hinten zwischen die Beine und die rechte von vorn."

Jimmy blinzelte, als hätte er nicht begriffen, was Paul von ihm wollte, doch dann ging er leicht in die Hocke und schaffte es. Paul legte ihm Handschellen an und stieß ihn zu Boden. Er fiel auf den Rücken. Paul fesselte seine Füße und steckte ihm einen Knebel in den Mund. Dann tastete er Danny noch einmal ab, um sicherzugehen, dass er wirklich nur eine Waffe hatte.

Nun waren die Chancen endlich gerecht verteilt. Morts Stimme klang so, als würde er allmählich die Geduld verlieren.

„Hör zu, Engel, du kannst ein Leben führen, wie du es dir nie erträumt hast."

„So wie Lucy? Nein, danke."

„Komm schon, Süße. Sie ist auf harten Drogen. Wenn sie bei dem Natürlichen geblieben wäre, könnte sie jetzt sitzen, wo du sitzt."

„Ich fühle mich ja so geehrt", erwiderte Angela. „Und woher bekommt sie die harten Drogen, Mort?"

„Jona. Sie bekommt das Zeug nur von mir, weil ich es nicht übers Herz bringe, es ihr wegzunehmen. Sie könnte davon loskommen, wenn sie zu Peyote wechseln und tun würde, was ich ihr sage, geistlich gesehen."

In den nächsten 20 Minuten bemühte sich Angela, Mort in ein oberflächliches Gespräch zu verwickeln, um ihn daran zu hindern, ihr die Drogen einzuflößen.

Paul fuhr zusammen, als er hinter sich ein Geräusch vernahm. Es kam von der Chromsäule an der hinteren Wand. Die Frontplatte glitt zurück und zum Vorschein kam Dannys und Jimmys Bestellung beim Zimmerservice im Speiseaufzug. Paul nahm das Tablett heraus und stellte es auf den Boden, dann drückte er den Knopf und die Frontplatte glitt zurück.

Paul betrachtete den Mechanismus. Vermutlich gab es in jeder Suite im Penthouse einen Speiseaufzug. Er untersuchte die Wand zu 2200 und wurde erst im Bad fündig. Dort entdeckte er eine Art Sicherungskasten, der die Rückseite des Speiseaufzuges für das angrenzende Zimmer sein musste. Er war übermalt, doch als Paul vorsichtig mit dem Fingernagel daran kratzte, stellte er fest, dass die Platte aus Metall war.

Er ging zurück in den Wohnbereich und versuchte, sich vorzustellen, in welcher Entfernung zur Chromsäule Mort und Angela saßen. Er kam zu dem Schluss, dass es für das, was er vorhatte, weit genug war. Immerhin hing Angelas Leben davon ab.

Die Rückseite der Säule war im Badezimmer mit Schrauben an der dünnen Abdeckung eines Rohres befestigt. Mit seinem Autoschlüssel gelang es Paul, in mühsamer Arbeit geräuschlos die Schrauben zu lösen und die Platte abzunehmen. Der Speiseaufzug lag nun vor ihm, und etwa alle 150 Zentimeter gab es einen kleinen Metallring. Sobald die Lieferung mit dem Aufzug hinaufgefahren kam, löste sie einen Hebel aus, öffnete so eine Klappe, und die Lieferung konnte herausgenommen werden.

Paul zwängte sich durch die Klappe und testete die Tragfähigkeit des Aufzugs. Der Boden bog sich ein wenig durch, schien sein Gewicht jedoch auszuhalten. Vorsichtig kletterte er hinein, bis er vor der Schiebetür zu Suite 2200 hockte.

Küchendüfte wehten von unten, 22 Stockwerke tiefer, zu ihm herauf. Und Dampf hing in dem Aufzug. Paul wusste, es war nur eine Frage der Zeit, bis jemand aus einem der unteren Stockwerke eine Bestellung aufgab und der ganze Mechanismus in Gang gesetzt würde. Er musste also sofort handeln.

„Wir brechen in etwa einer halben Stunde auf, und ich möchte, dass du jetzt bereitwillig die Verordnung Gottes einnimmst", sagte Mort. „Es wird das schönste Gefühl sein, das du je empfunden hast. Und Gott wird bestätigen, was er mir gesagt hat: dass du mir gehörst. Und du wirst mir bei einer Mission für ihn helfen, die viele Seelen in den Himmel bringen wird."

Paul nahm die Waffe aus seinem Holster am Bein und griff nach dem Hebel. Sein Gesicht war schweißnass.

„Empfange dies in deinem Mund."

„Das werde ich nicht."

Mort wurde allmählich wütend. „Du wirst, sonst wirst du es bereuen. Mach den Mund auf."

„Ich hab gesagt, ich werde es nicht tun."

„Vielleicht möchtest du lieber einen Pistolenlauf an deinem Hals spüren. Mach den Mund auf."

Offensichtlich gehorchte Angela.

„Und jetzt kau sie."

Angela jammerte. „Nein!"

„Also gut", sagte Mort. „Ich werde deinen Mund mit Wasser füllen, dann musst du sie schlucken, wenn du Luft holen willst."

Paul wartete kurz, als er hörte, dass Mort den Raum verließ. Er betätigte den Hebel und die Tür glitt auf. Angela war an einen Stuhl gefesselt. Paul legte den Finger an die Lippen. Ihre Augen quollen hervor und sie spuckte die Droge aus. Paul stellte sich hinter die Tür zum Bad, wo er das Geräusch von fließendem Wasser vernahm.

Der Wasserhahn wurde zugedreht. Mort kam zurück, ein Glas in der einen, die Pistole in der anderen Hand. Jetzt war Paul hinter ihm.

Mort kniete vor Angela nieder. Er steckte ihr seinen dicken Finger in den Mund, während sie verzweifelt versuchte, das Gesicht abzuwenden.

„Du hast sie ausgespuckt?", sagte er ungläubig. „Ich hatte gehofft, ich müsste es nicht auf die harte Tour machen."

Paul schlich sich heran und schlug mit der Pistole so fest auf Morts Unterarm, dass er beide Knochen knacken hörte. Die Pistole flog dem Zuhälter aus der Hand. Mort schrie auf und warf sich zur Seite. Mit vor Schreck geweiteten Augen starrte er in die Mündung von Pauls Pistole.

Mit seiner freien Hand löste Paul Angelas Fesseln.

„Ruf den Sicherheitsdienst", forderte er sie auf. „Sag ihnen, dass wir Jona und zwei seiner Helfershelfer in Gewahrsam genommen haben. Sie sollen auch die NPO hochschicken."

Bevor Paul Angela aus dem Weg schaffen konnte, tauchte auch schon die Presse auf. Paul rief Bob Koontz an, der seine hervorragende Arbeit lobte.

„Gute Arbeit, Kumpel. Ich kann es kaum erwarten, die Einzelheiten zu erfahren."

Paul brachte Angela in ihr Hotel und begleitete sie zum Aufzug. Sie war noch tief erschüttert. Sie klammerte sich an ihn und legte die Arme um seinen Hals. Da er befürchtete, sie könnte zusammenbrechen, hielt er sie fest. Sie zog sein Gesicht zu sich heran und küsste ihn. Er erstarrte, erwiderte den Kuss aber nicht, so sehr er es sich auch wünschte.

Angela zog sich lächelnd zurück.

„In der Öffentlichkeit bist du offenbar schüchtern", sagte sie. „Ich muss jetzt duschen und mich für die Versammlung heute Abend umziehen. Würdest du mich hinbringen?"

„Zu der Versammlung? Bist du sicher, dass du dazu in der Lage bist?"

„Es war ein schlimmer Tag, das stimmt. Aber das Ergebnis hat meine Mission hier mehr als bestätigt. Und Paul, danke, dass du Lucy geholt hast. Du hast ihr das Leben gerettet."

■ ■ ■

Am Abend fuhr Paul sie zu dem Bungalow. Angela rutschte dicht an ihn heran und legte die Hand auf sein Bein.

„Wir haben viel durchgemacht", sagte sie und blickte ihn an. „Ein gemeinsam erlebtes Trauma lässt einen den anderen erst richtig kennen lernen."

Wenn das nur stimmte . . .

„Angela, wir müssen miteinander reden."

„Ich könnte ewig mit dir reden."

„Du bist ein wundervoller Mensch. Mutig, hübsch. Ich –“

„Das Gefühl beruht auf Gegenseitigkeit, Paul. Das weißt du sicher.“

„Danke, aber ich bin dir gegenüber nicht ganz ehrlich gewesen.“

„Oh-oh“, sagte sie. „Das klingt, als wolltest du mich abblitzen lassen, und dabei haben wir doch noch gar nicht richtig angefangen.“

„Ich will dich nicht abblitzen lassen. Es ist nur so, ich bin nicht zu haben.“

„Was? Du willst mir erzählen, dass du verheiratet bist?“

„Das bin ich.“

Angela zog sich von ihm zurück.

„Es tut mir Leid“, entschuldigte sich Paul. „Ich hätte es dir sagen sollen.“

„Du hast nicht daran *gedacht*? Du hast nicht *gemerkt*, was passiert, oder dachtest du nicht, dass ich dich mögen würde?“

„Tatsache ist, Angela, ich habe mich auch in dich verliebt.“

„Soll ich mich jetzt besser fühlen? Wenn ich weiß, dass diese Geschichte nicht einseitig war?“

„Es tut mir Leid. Ich weiß nicht, was ich sonst sagen soll.“

Sie schüttelte den Kopf. „Und ihr Leute von der NPO tragt euren Ehering bei der Arbeit nicht?“

„Das ist Vorschrift.“

„Wie praktisch. Und woher sollte ich das wissen?“

„Ich hätte es dir sagen sollen.“

„Das hättest du allerdings.“

„Verzeih mir, Angela.“

„Das ist das Mindeste, Paul. Ich werde eine Weile brauchen, um mich daran zu gewöhnen.“

Den Rest des Weges schwiegen sie.

„Setz mich ein paar Blocks vorher ab“, sagte sie schließlich.

Er hielt den Wagen an, doch sie stieg nicht sofort aus.

„Hast du auch Kinder?“, fragte sie.

„Ein Mädchen und einen Jungen. Sieben und fünf. Jae und ich sind seit zehn Jahren verheiratet.“

„Dann bist du also *sehr* verheiratet.“

„Ja.“

„Du hättest dich gar nicht erst verlieben dürfen.“

„Als ob ich das nicht wüsste“, sagte Paul.

„Das ist gut. Fühl dich schlecht. Bedauere es eine Weile. Vermiss mich. Und geh zurück zu deiner Familie. Ich werde es überleben.“

Langsam fuhr Paul in die Stadt zu seinem Hotel zurück. Nachdenklich blieb er auf dem Parkplatz stehen. Angela war alles, was Jae nicht war oder zumindest schon lange nicht mehr war. Und er hatte sie in den Armen gehalten. Warum hielt er an seiner Ehe fest?

Jae war ungerecht gewesen, aber vielleicht hatte sie das Recht dazu gehabt. Paul dachte an die Zeit zurück, als sie frisch verliebt gewesen waren, als sie sich gegenseitig mit Blicken verschlungen und nur füreinander gelebt hatten. Das hatte ein paar Jahre angehalten, doch dann war er der Faszination des Abenteuers erlegen. Manchmal hatte es Spaß gemacht, doch er musste zugeben, dass es letztendlich ein seichter, oberflächlicher Spaß gewesen war – ein Zuckerrausch statt einer anständigen Mahlzeit.

Straight hatte Recht. Pauls neuer Glaube und sein neues Leben brachten auch neue Verantwortung mit sich. Paul hatte eine Vorstellung davon, wie sich ein Ehemann verhalten sollte. Was würde er in Bezug auf seine Ehe tun? Es gab keine Alternativen. Er musste daran festhalten – „in guten wie in schlechten Tagen", hatte er doch versprochen. Doch es erschien ihm wie eine lästige Pflicht, seine Beziehung zu Jae in Ordnung zu bringen, wo sein Herz doch wünschte, er könnte mit Angela neu anfangen. Dies würde eine schwere Prüfung werden.

In den Nachrichten wurde die große Neuigkeit gebracht: Jona, der Sektenführer, der Hunderte von Menschen getäuscht hatte und für den Drogentod von 16 Menschen verantwortlich war, war verhaftet worden. Paul wollte unbedingt die Berichterstattung im Fernsehen sehen. Er hatte nicht nur ein Ungeheuer zur Strecke gebracht, er war auch dankbar für das, was dies für ihn als Maulwurf in der NPO bedeuten würde. Seine Vorgesetzten würden kaum den Unterschied zwischen Jona und seinen irregeleiteten Anhängern und den wahren Gläubigen erkennen.

Der Weg vom Aufzug zu seinem Zimmer schien nicht enden zu wollen, und ihm wurde klar, wie schrecklich müde er von der Anspannung des Tages war. Aber auch das Gespräch mit Angela hatte ihn mitgenommen. Er hatte das Gefühl, zwölf Stunden an einem Stück schlafen zu können. Vielleicht würde er das auch tun.

Er öffnete seine Tür, doch bevor er nach dem Lichtschalter greifen konnte, bemerkte er die Silhouette eines Mannes auf seinem Bett. Paul ging in die Hocke und zog seine Waffe.

„Steck sie weg", brummte eine bekannte Stimme. „Du würdest doch nicht deinen eigenen Schwiegervater erschießen, oder?"

Paul hielt die Luft an. „Sag mir, dass es Jae und den Kindern gut geht."

„Setz dich. Ihnen geht es prima."

Paul sank in einen Sessel. *Und was ist dann los? Hatte Jae ihm etwa den Brief gezeigt? Bin ich entlarvt worden? Verhaftet?*

„Du wirst mir sagen, wer sie ist. Und dann wirst du dich ihrer entledigen."

„Wie bitte?"

„Du denkst wohl, ich hätte keine Ahnung, Paul? Du hast diese Frau bei dem heutigen Unternehmen eingesetzt."

„Sie hat hier gearbeitet. Hatte Kontakt zu meinem Verdächtigen."

„Ach ja? Nun, weißt du was? Sie war bei einigen Berichten im Fernsehen im Hintergrund zu sehen. Sie kam mir ziemlich bekannt vor. Weißt du, warum?"

„Keine Ahnung."

„Ich habe schon Bilder von ihr gesehen."

Paul rang um Fassung. „Tatsächlich?"

„Ja. Wie heißt sie, Paul?"

„Ich gebe die Namen meiner Informanten niemals preis."

„Dann ist sie jetzt also eine Informantin?"

„Sie war an dem Fall beteiligt."

„Was war sie in Washington? Und Toledo?"

„Wie bitte?"

„Du weißt ganz genau, wovon ich rede."

„Nein! Ich weiß nicht, was du –"

„Natürlich, Paul."

„Du bist ja offensichtlich so klug, sag du es mir."

„Sprich nicht in diesem Ton mit mir, Junge. Das ist die Tochter von Andy Pass. Wir hatten eine Akte über sie."

Was?

„Woher weißt du, dass sie nicht zu diesen Fanatikern gehört wie ihr alter Herr? Du bringst deine Sachen besser in Ordnung. Immerhin ist es meine Tochter, die du da betrügst."

„Ich betrüge sie überhaupt nicht – niemanden."

„Regle diese Geschichte, Paul!"

Ausgerechnet jetzt . . .

„Aber das ist nicht der Grund für meine Anwesenheit hier", fuhr Ranold fort. „In Sunterra braut sich was zusammen. Eine schlimme Krise."

„Was ist los?"

Der alte Mann setzte sich auf und lehnte sich gegen das Kopfteil des Bettes.

„Christen. Der Regionalgouverneur hat sich an unsere Organisation gewandt. Das Sonderkommando Zelotischer Untergrund wird daran beteiligt sein, aber du hast weder das Wissen noch die nötigen Männer – oder auch den Schneid – für eine so große Operation. Das ist ein Auftrag für die Abteilung Spezialprojekte."

Ranold grinste. „Seit wir diese ersten kleinen Schlangen im Holzhaufen entdeckt haben, Paul, wusste ich, dass der Tag kommen würde. Der Kongress und die Organisation wollten damals nicht gegen sie vorgehen. Diese neue Generation besteht aus liberalen Schwächlingen – Karrieristen und Politiker ohne unmittelbare Kriegserfahrung – und sie hatten Angst vor dem Protest der Öffentlichkeit. Zumindest wussten sie aber, dass sie hinter den Kulissen einen zähen alten Hexenmeister brauchten. Und so habe ich die Abteilung Spezialprojekte gegründet.

Ich habe einen guten Plan entworfen: die Führer einkassieren und einschüchtern, eine Einsatztruppe aufstellen, selektive Informationen an die Presse durchsickern lassen, um zu verhindern, dass Märtyrer geschaffen werden. Ich habe immer davor gewarnt, mit einer Spielzeugpistole auf Bären loszugehen, und jetzt sehen sie, dass ich Recht hatte. In nur sechs Monaten haben die Schlangen unser Land überrannt. Terroristen schleichen sich nicht einfach mit eingezogenem Schwanz davon – sie vermehren sich.

Und während ihr Leute von der Einsatztruppe Nachforschungen angestellt und Verhaftungen vorgenommen habt, habe ich nach der richtigen Öffnung Ausschau gehalten, um eine Bombe in die Schlangengrube zu werfen. Das ist es, Paul. Der Kongress hat mir Notstandsvollmachten erteilt und ich werde die Armee rufen. In Sunterra werden wir diese Revolte ein für alle Mal zerschlagen."

„Ranold ... ich bin ... *schockiert*, das ist vermutlich das richtige Wort. Ich dachte mir schon, dass du dich mit einem wichtigen Projekt beschäftigst, aber –"

„Du wusstest nicht, wie sehr sich die Situation verschlimmert hat? Paul, du bist schon lange nicht mehr im aktiven Dienst. Was du gesehen hast, ist nur die Spitze des Eisberges. Überall finden wir Bibeln und das, was sie ‚Traktate' nennen – kleine Broschüren mit dem ‚Evangelium'. Selbst in deinem Garten tauchen sie auf, in ganz Michigan und Ohio. Wir wissen nicht, wo sie gedruckt werden. Und dieses Zeug überschwemmt auch das Internet. Dagegen gibt es Gesetze, aber sie sind nur schwer durchsetzbar."

Paul platzte beinahe vor Stolz auf das, was seine Brüder und Schwestern zu Stande brachten – genau wie man es ihm im Salzbergwerk erzählt hatte –, aber er bemühte sich um einen gleichgültigen Gesichtsausdruck.

„Die Bewegung ist stärker, größer – und rücksichtsloser und listiger – und weiter verbreitet, als du dir vorstellen kannst. Darum ist es höchste Zeit."

„Was geschieht in LA?"

Ranold stellte die Füße auf den Boden. Er erwärmte sich allmählich für sein Thema.

„Die dortigen Fanatiker sind sehr wagemutig", erklärte er. „Und ich bin sicher, du weißt, wie wichtig die Filmindustrie für unsere Regierung ist."

Paul rieb sich die Augen.

„So wichtig, dass alle Studios zu einem zusammengefasst wurden."

„Eine einzige von der Regierung geführte Firma, richtig. ‚LA Idea Co.' Und warum? Weil Filme unser wichtigstes Propagandawerkzeug sind. Sie gehören auch zu unseren wertvollsten Exportgütern, sowohl für die Kulturpropaganda als auch in finanzieller Hinsicht. Nun, die Zeloten versuchen, das Geschäft zu sabotieren. Aber sie haben einen fatalen Fehler begangen."

„Was tun sie?"

„Du wirst schon sehen. Wir fliegen morgen von hier ab."

„Weißt Koontz Bescheid?"

„Natürlich. Und du unterstehst nach wie vor dem Leiter der NPO in LA. Vetternwirtschaft bringt Uneinigkeit hervor, Paul. Übrigens, bei dieser Operation werde ich General Decenti sein – militärischer Berater, alter Soldat, der als Berater aus dem Ruhestand geholt wurde. Das ist das Schöne an der Abteilung Spezialprojekte. Mir wird die Last der Überprüfung durch die Öffentlichkeit erspart und –", er lächelte, „– durch das Gesetz. Sie gibt mir die Freiheit, diese Show so zu inszenieren, wie ich es für richtig halte. Für das Tagesgeschäft habe ich Balaam die Verantwortung übertragen."

„Der Agentin, die ich bei der Verleihung der Auszeichnung kennen gelernt habe?"

„Ich habe dir ja gesagt, sie ist ein junges Talent. Sie hat schon viel für mein Team getan, auch wenn sie noch keine unmittelbare Kampferfahrung hat. Aber du wirst in meiner Nähe bleiben. Wir werden zusammen reisen und wir werden zusammen untergebracht sein."

Ranold erhob sich. „Ich habe mir ein Zimmer zwei Stockwerke tiefer genommen. Wir fliegen um 8 Uhr."

„Dad, du musst wissen, dass zwischen mir und Andy Pass' Tochter absolut nichts läuft."

„Was immer du sagst. Aber du spielst mit dem Feuer, es sei denn, du versuchst, ihr Informationen über den Untergrund zu entlocken."

■ ■ ■

Ein paar Minuten später rief Paul in Ranolds Zimmer an, um sich zu vergewissern, dass dieser auch wirklich dort war.

„Um wie viel Uhr, sagtest du, fliegen wir?"

„Um 8 Uhr. Wir treffen uns um halb sieben zum Frühstück."

„Einverstanden."

Paul rief bei Angela an, doch Willie war am Apparat. „Sie spricht noch mit einigen der Mädchen."

„Willie, was ich jetzt sage, ist sehr wichtig. Sagen Sie ihr, sie soll nicht in ihr Hotel zurückkehren. Jemand soll ihre Sachen und die Kinder holen. Sie soll sich eine neue Bleibe suchen. Verstanden?"

„Ja, Sir, aber –"

„Wir können jetzt nicht darüber diskutieren, Willie."

■ ■ ■

Pauls letzter Anruf galt Straight, der auf den geplanten Einsatz mit Entsetzen reagierte.

„Ich muss dir sagen, Paul, wir hatten einen Rückschlag erwartet. Einer unserer Leute in Washington war der Meinung, hinter Balaam müsse ein großes Tier stecken. Aber wir hätten nie gedacht, dass es so schlimm ist und so bald passieren würde."

„Ich brauche Kontakt zu den Gläubigen in LA, und zwar schnell", erklärte Paul. „Ich wünschte, du wärst hier bei mir."

„Interessant, dass du so etwas sagst, Paul. Nun, da die Schlacht heißer wird, habe ich oft gewünscht, ich könnte mehr in den vordersten Schlachtreihen kämpfen. Aber noch nicht jetzt schon."

Straight versprach, alles, was Paul brauchte, innerhalb von 24 Stunden zu beschaffen.

Kapitel 28

Das Frühstück und der Flug waren für Paul sehr anstrengend, weil er seinem Schwiegervater nicht aus dem Weg gehen konnte. Dieser sprach ständig davon, wie froh Paul über diese Gelegenheit sein sollte, sich zu beweisen.

„Wir übernachten bei Tiny Allendo in Beverly Hills", erklärte Ranold, als sie in Los Angeles aus dem Flugzeug stiegen. „So ein Haus hast du noch nicht gesehen." Allendo war der Leiter des Filmstudios.

„Wir übernachten dort?", fragte Paul. „Das sieht mir aber nach einem Interessenkonflikt aus."

„Er arbeitet auch für die Regierung."

„Er wird nach Profit bezahlt, Dad. Darum lebt auch kein anderer, der für die Regierung arbeitet, in Beverly Hills."

Eine Stretchlimousine fuhr vor. Ein Schild mit der Aufschrift *Decenti* lag hinter der Windschutzscheibe.

„Das ist typisch Tiny", sagte Ranold, als der Fahrer ihr Gepäck in den Kofferraum verfrachtete.

Ranold bat den Fahrer, sie auf dem Weg zu Tiny Allendos Haus durch Hollywood zu fahren.

„Dann bekommst du eine Vorstellung von den dortigen Vorgängen", erklärte er Paul. Die Sitzmassage tat Paul gut, und er freute sich über die vielen Radio- und Fernsehsignale, die er durch seine Backenzahnempfänger empfangen konnte.

„Fahren Sie hier einen Augenblick rechts ran", forderte Ranold den Fahrer nach einer Weile auf. Er machte Paul auf eine Reklamewand für einen Film aufmerksam, doch das Hologramm zeigte einen anderen Film, als den dort angegebenen. „Ekelhaft."

Auf der Reklamewand wurde für einen neuen Erotikthriller geworben, doch das Hologramm stammte aus dem Film „Die zehn Gebote". Gezeigt wurde die Szene, in der Charlton Heston als Mose außer sich vor Zorn über die Sünde der Israeliten die Tafeln mit den Geboten Gottes zerschmetterte. Immer wieder wurde diese Szene wiederholt. Die Tafeln zerbrachen und Mose ermahnte das Volk.

„Was hat es damit auf sich?", fragte Paul.

„Was denkst du? Das sind diese Fanatiker. Sie sind davon überzeugt, dass Hollywood ein Sündenpfuhl ist, und sie sind entschlossen, das zu ändern. Wir dürfen das nicht zulassen."

Dass Hollywood und seine Produkte unmoralisch waren, war wohl kaum eine Neuigkeit. Selbst in Pauls vorherigem Leben hatte er sich die Filme kaum ansehen können. Alle waren jetzt holografisch und die meisten interaktiv. Nur wenige Filme konnte er sich mit seiner Familie zusammen anschauen. Grenzen gab es keine mehr.

„Das ist Hightech-Vandalismus", wütete Ranold. „Und da dieser Industriezweig der Regierung untersteht, handelt es sich um ein Verbrechen gegen den Staat."

„Wie schwer ist es wohl, dem Einhalt zu gebieten?", fragte Paul.

„Darum sind wir ja hier."

„Wegen dieser Reklamewand-Straftat?"

„Die Quelle ist nicht ausfindig zu machen, Paul! Unsere Leute können diese Dinge nur verzögern, aber nicht unterbinden. Das wird deine Aufgabe sein. Zumindest wird das dazugehören. Es ist nur der Anfang."

„Das hoffe ich, denn du hast gesagt –"

„Ich sagte, es handle sich um eine Krise, und das stimmt auch. Dies ist nur eine Form. Fahrer, bringen Sie uns an eine Stelle, von wo aus wir die Hollywood-Buchstaben in den Bergen sehen können."

Jedes Haus in dem Viertel schien das Nachbarhaus an Prunk noch übertrumpfen zu wollen. Fontänen und Swimmingpools in den wunderschön angelegten Gärten waren die Regel, ebenso wie Tennisplätze und kleine Golfplätze mit ein paar Löchern.

„Du hättest diese Stadt vor deiner Geburt sehen sollen, Paul. Smog so dicht, dass du diese Häuser gar nicht hättest erkennen können. Dank der Technologie – vorwiegend der elektro-betriebenen Autos und Lastwagen – ist die Luft jetzt wieder sauber."

Ein paar Minuten später fuhr die Limousine erneut an den Fahrbahnrand, und Paul blickte zu den Hügeln von Hollywood, in denen die berühmten weißen Buchstaben mehr als ein Jahrhundert lang gestanden hatten. In den vergangenen 20 Jahren waren die Buchstaben durch Laserstrahlen erzeugt worden und da hatten die Vandalen erneut zugeschlagen. Dort stand jetzt *Holywood* zu lesen statt *Hollywood.*

„Dieselben Leute?“, fragte Paul.

„Nun, natürlich sind das dieselben Leute“, erwiderte Ranold ärgerlich. „Das Problem ist nicht nur, dass diese Leute existieren, sie sind auch außer Kontrolle geraten.“

■ ■ ■

Tiny Allendo war natürlich nicht auffallend klein, wie es sein Name vermuten ließ. Es war ein seltsamer Spitzname für einen Mann von 1,90 Meter mit lockigem schwarzen Haar, blauen Augen und einem freundlichen Lächeln. Paul sollte seine Augen erst am späten Abend sehen, da Allendo bis nach Einbruch der Dunkelheit eine Sonnenbrille trug. Er war ganz in Schwarz gekleidet, sehr elegant und ein großzügiger Gastgeber. Seine fast 50 Jahre sah man ihm nicht an. Er wirkte zehn Jahre jünger. In der Unterhaltung mit ihm war deutlich sein unterschwelliger Zorn über die Ereignisse in Hollywood zu spüren.

Tinys Personal arbeitete in Schichten zu jeweils acht Leuten, und nachdem der Butler Paul und Ranold begrüßt hatte, wurden sie von Dienern, die ihre Taschen auspackten und ihre Sachen aufhängten, in ihre Zimmer gebracht, die in zwei unterschiedlichen Flügeln des Hauses lagen. Dort konnten sie sich bis zum Brunch ein wenig ausruhen, der um zehn Uhr am Pool serviert werden sollte.

Obwohl Tiny eigentlich ein Angestellter der Regierung war, war Paul nicht davon begeistert, bei ihm zu wohnen. Das Haus war so verschwenderisch und luxuriös eingerichtet, wie Paul es noch nie gesehen hatte. Alles war ultramodern und von Hand gearbeitet, von den Möbeln bis hin zu den Vorhängen und der Bettwäsche. Pauls Bad war so groß wie sein Wohnzimmer zu Hause. Sobald er einen Raum betrat, ging das Licht an und wieder aus, wenn er das Zimmer verließ. Ein Diener stand am Ende des Ganges bereit, falls etwas benötigt würde, was auch immer es war.

Paul wusste nicht, was er für das Frühstück am Pool anziehen sollte. Er kam zu dem Schluss, dass er gerade Dienst hatte, und entschied sich, entsprechende Kleidung zu wählen, auch wenn er am Pool mit einem der reichsten Männer Hollywoods frühstückte. Er wählte eine leichte Hose und ein Sportsakko. Sein einziges Zugeständnis an das Wetter und den Ort war ein dünner Pullover statt Hemd und Krawatte.

Sein persönlicher Diener begleitete Paul zum Pool. Ranold und sein Diener trafen etwa zur gleichen Zeit ein. Sein Schwiegervater trug einen dreiteiligen Anzug und er schien sich darin recht unwohl zu fühlen. Noch am selben Tag wollte er sich eine Badehose und passende Kleidung für den Pool kaufen, um am Abend ein wenig zu schwimmen. In dem Pool vergnügten sich darüber hinaus mindestens zwei Dutzend braun gebrannte Mädchen im Bikini.

Tiny hatte sich, passend zu seiner Sonnenbrille, eine goldfarbene Badehose angezogen, dazu schwarze Flip-Flops und ein weißes Hemd. Sehr herzlich begrüßte er seine Gäste und forderte sie auf, neben ihm an einem runden Tisch Platz zu nehmen. Seine Sekretärin und sein junger Assistent waren ebenfalls anwesend. Die bereitstehenden Kellner servierten einen leichten Brunch, bestehend aus frischen Meeresfrüchten.

„Und Sie beide sind irgendwie verwandt, stimmt das?", begann Tiny.

Ranold erklärte ihre Beziehung und richtete die ihm aufgetragenen Grüße aus Washington aus.

„Ich bin froh, dass Sie hier sind", sagte Allendo.

„In ein paar Tagen werden Sie sich noch mehr freuen", versprach Ranold. „Washington wird mit dem Büro der ‚National Peace Organization' in Los Angeles zusammenarbeiten. Als Berater für das Sonderkommando Zelotischer Untergrund besitzt Paul weit reichende Befugnisse. Agentin Bia Balaam und mir stehen als Vertretern des Kongresses der Vereinigten Sieben Staaten von Amerika alle Mittel der Bundesregierung zur Verfügung. Ich versichere Ihnen, Mr. Allendo, diese Angriffe auf Hollywood werden sich nicht mehr weiter ausbreiten. Wir werden nicht eher gehen, bis wir die Bemühungen dieser Fanatiker, die Filmindustrie zu ruinieren, niedergeschlagen haben."

„Es freut mich, das zu hören", erwiderte Tiny. „Es handelt sich hierbei nicht nur um ein Ärgernis, müssen Sie wissen. Diese Leute versuchen, uns zu stürzen. Und egal, was sie von unseren Produktionen halten – denke nur ich so oder verstoßen diese Leute nicht schon allein dadurch gegen das Gesetz, dass sie ihre Religion praktizieren?"

„Natürlich tun sie das", empörte sich Ranold. „Darum ist es so wichtig, dass die Arbeit der Untergrundbewegung so schnell wie möglich beendet wird. Wir haben eine hervorragende Einsatztruppe angefordert. Am Abend werde ich nicht nur Hollywood, sondern die ganze Stadt Los Angeles abgeriegelt haben."

„Das ist nicht Ihr Ernst."

„Aber natürlich. Sicher, es ist ein großes Gebiet, doch so schwierig ist die Aufgabe gar nicht. Unsere Männer werden sich mit den Leuten der

NPO hier vor Ort zusammentun. Unter der Führung von Agentin Balaam haben sie bereits begonnen, Spitzel bei den für die Angriffe auf ihre Operation Verantwortlichen einzuschleusen."

Spitzel? Damit hatte sich Balaam doch auch in Washington gebrüstet.

Für seine Größe war Allendo kein großer Esser. Er tauchte seine Hände in eine Wasserschüssel, um sich die geschmolzene Butter von den Händen zu waschen und trocknete sie mit einem Handtuch ab.

„Der Presse würde diese Unternehmung gefallen, Mr. Decenti, darum –"

„Sie können mich General Decenti nennen."

„Sehr gut. Wie halten wir uns die Presse vom Leibe?"

Ranold tupfte sich mit seiner Serviette den Mund ab.

„Bisher ist es uns gelungen, die Sache ganz gut unter Kontrolle zu behalten."

„Der Vandale, der die Reklamewand manipuliert hat, ist nur ein Hacker mit Zugang zu einem alten Film", erklärte Tiny. „Und die Hollywood-Buchstaben werden von Witzbolden verunstaltet. Ihre Desinformationskampagne ist ein Fehlschlag. Wir senden unsere Botschaft noch immer durch die ganze Welt."

„Genau. Und wir werden der Presse in kleinen Portionen mitteilen, was wir sie wissen lassen wollen."

Allendo lächelte und nickte. „Wie lange können wir die Presse Ihrer Meinung nach heraushalten?"

„Ausgezeichnete Frage", erwiderte Ranold. „Nicht lange. Das ist nun einmal typisch für dieses Ungeheuer. Darum werden wir schnell und effizient zuschlagen. Glauben Sie mir, Mr. Allendo, wir werden rigoros gegen diese Zeloten vorgehen und sie auslöschen."

„Eine Mission wie diese schreit geradezu danach, verfilmt zu werden."

Ranold strahlte.

■ ■ ■

Nach dem Essen sagte Allendo: „Für heute Abend habe ich in einem exzellenten Club, dem ‚Studio', einen Tisch für uns reserviert. General, Sie sprachen davon, dass Sie am Nachmittag einkaufen gehen wollten. Mein Fahrer und meine Limousine stehen Ihnen jederzeit zur Verfügung."

„Das ist sehr großzügig", erwiderte Ranold, „aber mir steht ebenfalls ein Regierungsfahrzeug samt Fahrer zur Verfügung."

„Und Sie, Dr. Stepola?"

„Für mich wurde ein Wagen von der NPO bereitgestellt."

„Ihr Wagen ist gerade eingetroffen", teilte die Sekretärin Paul mit.

Allendo begleitete Paul zur Vorderseite des Anwesens, wo eine Kopie der Buckingham-Fontäne aus echtem Gold das Wasser 30 Meter in die Höhe spritzte. Tiny schüttelte Paul noch einmal die Hand und beteuerte, wie froh er sei, ihn als Gast in seinem Haus willkommen heißen zu können.

„Ich wollte noch hinzufügen, dass Sie natürlich gerne eine Begleitung für den Abend bekommen können. Feierabenddrinks, Gespräche, was Sie wollen. Geben Sie Ihrem Diener Bescheid."

„Das wird nicht nötig sein", lehnte Paul ab.

„Nicht?"

„Nein, danke."

„Wie Sie wollen. Wenn Sie nicht zu beschäftigt sind, können Sie mir heute Nachmittag am Pool Gesellschaft leisten."

„Würden Sie mich jetzt bitte entschuldigen?", fragte Paul. „Ich habe einige Anrufe zu erledigen."

„Natürlich. Aber Sie werden uns heute Abend im ‚Studio' Gesellschaft leisten?"

„Ja, natürlich."

Allendo verschwand, als zwei Regierungswagen vorfuhren. Beide Fahrer stiegen aus, eine Frau um die 60 und ein Mann Anfang 40.

„Tolles Teil", sagte der Mann. „So viel zum Thema ‚Wasserknappheit', nicht wahr?"

„Ja", stimmte die Frau ihm zu. „Wollen Sie nicht in meine Wohnung ziehen und mir Ihr Zimmer hier überlassen?"

Sie wandte sich Paul zu. Dieser gab sich Mühe, sich amüsiert zu zeigen. „Das scheint etwas ungerecht, oder?"

„Zu schade, dass Sie keinen Benz bekommen wie Triple-D."

„Wie bitte?"

Sie deutete auf die Limousine mit Fahrer, die in der Nähe des Hauses wartete. „Deputy Director Decenti. Die gehört ihm."

„Ehemaliger Deputy Director", korrigierte Paul. „Er ist als General Decenti hier."

„Wie auch immer. Wir fangen morgen mit einer kurzen Besprechung an, und zwar um neun Uhr im Hauptquartier, Sir. Wird er daran teilnehmen?"

„Ich werde ihm Bescheid sagen."

Paul fuhr los, um sich die Stadt ein wenig anzusehen. Eine Überflutung während des Krieges hatte die Küstenbereiche von Los Angeles zerstört, doch jetzt wirkte die Stadt mit ihren fünf Millionen Einwohnern sehr wohlhabend. Dank neuer Technologien hielten die Wolkenkratzer nun den häufigen Erdbeben stand, sogar den sehr starken.

Von einer besonders hohen Stelle auf der Schnellstraße aus konnte Paul die Pazifikküste im Westen und die schneebedeckten Berge im Nordosten erkennen. Das NPO-Hauptquartier in Los Angeles war in einem Gebäudekomplex der Stadtverwaltung untergebracht, zwischen dem historischen 20 Stockwerke hohen Rathaus und dem Kongresszentrum. Paul hielt in der Nähe an und besorgte sich eine Stadtkarte.

Auf der Karte waren die acht großen Viertel der Stadt grob skizziert: South Central, Central, Downtown, das San Fernando Valley, der Hafen von LA, West LA, South Bay und Ost LA. Nach Straights Angaben hatten die Leute aus dem Salzbergwerk unter Detroit Beziehungen zu den Untergrundabteilungen in jedem dieser Viertel. Bevor er zum Allendo-Anwesen zurückkehrte, fuhr Paul noch ein wenig herum und betete für seine Brüder und Schwestern in der Stadt.

■ ■ ■

An diesem Abend zwängten sich Paul und Ranold, in dunkle Anzüge gekleidet, in Tinys extravaganten Sportwagen. Tiny hatte einen schwarz-goldenen Kaftan gewählt. Das historische *Grauman's Chinese Theatre* war zu einem exklusiven Nachtclub mit Bar umgewandelt worden, in dem es interaktive Filme, Musik, Tanzvorführungen und hervorragendes Essen gab.

An einem Tisch in der unteren Ebene verzehrten die drei Sushi und andere Delikatessen, die an diesem Tag aus Asien eingeflogen worden waren. Auf Plätzen über ihnen ließen sich die Gäste, die nicht tanzten oder flirteten, von den *Virtual Reality*-Filmen unterhalten, durch die das Studio bekannt geworden war. Gegen eine deftige Gebühr konnte man sich in speziellen Glaskabinen in jeden beliebigen Film hineinbegeben, eine Rolle übernehmen und später eine Kopie der Szene kaufen, in der man mitgespielt hatte.

Paul fiel auf, dass die meisten Leute seines Alters und Jüngere Erotik- oder Pornofilme wählten, und niemandem schien es peinlich zu sein, dass andere mitbekamen, was sie sahen oder taten. Ältere Menschen tendierten eher zu den Klassikern. Paul fragte sich, wie es wohl war, neben Humphrey Bogart mit Ingrid Bergman in *Casablanca* zu spielen.

Ranold sagte, er wäre gerne einmal John Wayne.

Für Tiny waren diese Filme ein alter Hut, aber er bestand darauf, dass Ranold und Paul ihre Neugier befriedigten. Ranold wollte die Rolle des Rooster Cogburn bei einem Pistolenduell übernehmen. Paul griff dem Barpianisten Sam in Rick Blaines Nachtclub über die Schulter hinweg in die Tasten und spielte „Chopstick", dann setzte er sich selbst auf die Klavierbank und wurde der Klavierspieler in *Casablanca.* Er lehnte es jedoch ab, diese Szene zu kaufen.

Als Paul an den Tisch kam, beschäftigten sich Tiny und Ranold gerade mit den neuesten Heldentaten aus *True Grit.* Paul hielt es für sicherer, hier mit Straight zu telefonieren als von Tinys Haus aus. Er schlüpfte in einen ruhigen Gang und rief seinen Freund an. Er informierte ihn über alles, was er erfahren hatte, und Straight sagte, er werde die Informationen über die militärische Präsenz an das Kontrollzentrum in Detroit weitergeben. Straight gab ihm auch Hinweise auf die christliche Gemeinschaft.

„Wo fange ich an?", fragte Paul.

„Kirk Quinn", erklärte Straight. „Er wird Specs genannt, weil er noch immer eine Brille trägt. Er ist ein Einzelgänger, ein Computergenie, aber er kennt sie alle. Er kann zu jeder beliebigen Person einen Kontakt herstellen. Er ist das Superhirn hinter dem größten Teil der Operationen dort unten. Aber sei vorsichtig, Paul. Wenn du unter Decentis Fuchtel stehst, dann überlasse es den unterschiedlichen Gruppen, deine Nachrichten weiterzuleiten. Du solltest deine direkten Kontakte auf ein Minimum beschränken. Zweifellos wirst du überwacht."

Am Morgen, als Paul auf seinen Wagen wartete, fuhren Armeeangehörige in einem Sicherheitsfahrzeug vor, von dem Paul bisher nur gelesen hatte. Angeblich konnte es sogar einem Raketenangriff standhalten. Von außen wirkte es langsam und schwerfällig, aber als Ranold, der von allen Insassen sehr herzlich begrüßt wurde, einstieg und der Wagen davonbrauste, zeigte sich, dass der erste Anschein trog.

Paul fuhr mit seinem elektrisch betriebenen Sedan in die Stadt. Die Leute im Büro begrüßten den Religionsberater aus Chicago freundlich, doch Ranold hatte tatsächlich Recht. Man hatte den Eindruck, als wären sie Blinde, die die Blinden führen wollten. Offensichtlich hatten diese Leute keine echte Spur und schienen sich darüber zu ärgern, dass die Leitung dieser Operation Bia Balaam anvertraut worden war. Sie hatte sich bereits unbeliebt gemacht, so erfuhr Paul, indem sie andeutete, die Leute vor Ort hätten sich als inkompetent erwiesen und die Situation nicht unter Kontrolle. Sie behandelte die Leute wie Lakaien, die sich selbst erst einmal unter Beweis stellen mussten.

Die Leiterin des NPO-Büros in LA, eine geradlinige Frau namens Harriet Johns, breitete eine große Karte von den acht größeren Vierteln der Stadt aus und deutete auf die vermeintlichen Treffpunkte der Fanatiker. Sie hätten Verdächtige zu einem verlassenen College in der Nähe des Flughafens von Los Angeles verfolgt, berichtete sie. Auch glaubte sie, eine kleine Zelle könnte einen verlassenen Nachtclub in South Central übernommen haben.

„*Wie von Washington angewiesen*", sagte sie spitz, wobei sie es sorgfältig vermied, Balaams Namen zu nennen, „haben wir in beide Zellen Spitzel eingeschleust. Aber sie sind bisher nicht besonders effektiv gewesen. Und vielleicht haben wir nicht die Zeit, sie vor dem Schlag abzuziehen."

Die NPO würde einen Spitzel einfach preisgeben? Noch mehr Sorgen machte sich Paul darüber, einem zu begegnen.

Er erbot sich, mögliche Treffpunkte zu überprüfen und nach Anzeichen von subversiver Aktivität Ausschau zu halten, und ging. Insgeheim war Paul dankbar, dass er über mehr Informationen verfügte als die Einsatztruppe. Doch leider hatte die NPO nach dem, was Straight ihm erzählt hatte, Recht mit der verlassenen Universität und South Central. Paul rief ihn vom Wagen aus an.

„Ich kenne dieses College", sagte Straight. „Es war früher die ‚Loyola Marymount'-Universität. Nach dem Krieg hat die Regierung sie in ein Umprogrammierungszentrum umgewandelt. Dort wurde den Menschen beigebracht, ohne die ‚Belastungen' der Religion auszukommen. War das nicht nett von der Regierung?"

„Hey, Straight, haben die Gläubigen auch ein eigenes Erkennungszeichen?"

„Ja. Einen Penny."

„Die alte englische Münze?"

„Die amerikanische. Ein Prozent von einem Dollar. Diese wurden bis zum Ende des Krieges aufgebraucht. Auf der einen Seite ist Abraham Lincoln abgebildet und darauf steht: ‚In God we trust.' Sie sind dunkelbraun, weil etwas Kupfer darin enthalten ist."

„Hat das auch etwas mit der Offenbarung zu tun?"

„Nicht ganz so offensichtlich wie bei den anderen Symbolen. Lincoln war damals auch als der ‚Ehrliche Abe' bekannt, natürlich eine Eigenschaft, an der auch wir erkannt werden wollen. Und der Satz mit Gott darunter ist der einzige Grund, warum der Penny aus dem Verkehr gezogen wurde. Doch wegen der Farbe steht der Penny für Gold."

„Davon gibt es bestimmt einiges."

„Die Gläubigen sind nicht diejenigen, die es besitzen. Der Penny bezieht sich auf den Vers: ‚Darum rate ich dir: Kaufe von mir Gold, das im Feuer geläutert ist.'"

„Los Angeles ist also Laodizea. Aber ich erkenne noch immer nicht den Grund dafür."

„Laodizea musste sein Wasser über ein Aquädukt in die Stadt leiten, genau wie Los Angeles. Und erinnere dich, was in diesem Abschnitt noch gekauft werden soll: ‚Und kaufe dir Salbe für deine Augen, damit du sehen kannst.' Laodizea war in der Antike ein wichtiger Hersteller von Augensalbe."

„Die hier hergestellten Filme könnten als die heutigen Produkte für die Augen betrachtet werden."

„Genau – ganz zu schweigen von dem, was man gemeinhin als ‚Augenweide' bezeichnet – die schönen Menschen."

„Unglaublich. Wo finde ich einen Penny?"

„Außerhalb der Untergrundbewegung? Keine Ahnung. Du musst mit ihrem Code den Kontakt herstellen und dann sehen, ob du von ihnen einen Penny bekommst."

■ ■ ■

Mit der Stadtkarte auf dem Beifahrersitz machte sich Paul auf den Weg zu einem Treffen mit seinem ersten Untergrundkontakt. Seit seiner Kindheit hatte er niemanden mehr gesehen, der eine Brille trug. Nach Straights Aussage gehörte Kirk Quinn zu den wenigen Menschen, bei denen die Laserbehandlung der Augen nicht durchzuführen war. Aber das schien Quinn bei der Erledigung seiner gegenwärtigen Aufgabe nicht zu behindern. Obwohl niemand außer dem Untergrund ihn kannte, wurde seine Arbeit Tag für Tag von Millionen von Menschen in LA gesehen und kommentiert.

Paul fuhr über den Santa Monica Freeway nach Westen zu der nach dem Krieg wieder aufgebauten Stadt Venice-on-the-Ocean. Dort machte er eine Reihe von einstöckigen Ziegelgebäuden ausfindig, in denen die Bearbeitungsräume der Filmindustrie untergebracht waren.

Paul stellte den Wagen ein paar Straßenzüge weiter ab. Niemand achtete auf ihn, als er über die Parkplätze zu den Gebäuden ging. In einem einfachen Namensverzeichnis fand er den Namen „K. Quinn". Dieser arbeitete als freischaffender Cutter in Suite J, dem zweitletzten Gebäude auf dem Gelände.

Die Tür zur Suite war verschlossen. Ein kleines Guckloch war in die Tür eingelassen und bei dem kleinen Fenster in der Mauer daneben war der Rollladen heruntergelassen. Paul drückte auf den Knopf an der Gegensprechanlage.

„Im Augenblick nehme ich keine Arbeit entgegen", ertönte die kurz angebundene Antwort.

„Und wenn ich der Freund eines Freundes wäre?"

„Ich nehme trotzdem keine Arbeit an."

„Ich möchte nur reden."

„Zu beschäftigt."

„Und wenn ich von der ‚National Peace Organization' wäre und einen Durchsuchungsbefehl hätte?"

„Dann würde ich Sie freundlich hereinbitten. Halten Sie Ihre Karte an das Guckloch."

Die Tür öffnete sich und ein kleiner, blasser Mann Mitte 30 mit einer schwarzen Hornbrille trat heraus. In der Wohnung herrschte ein heilloses Durcheinander – überall standen Teller, Becher und elektrische Geräte herum.

Paul entdeckte eine Herdplatte und eine schmutzige Pfanne.

„Sie leben hier auch?", fragte er, als er Specs begrüßte.

„Kreatives Chaos", erklärte der Mann. „Hinter diesem Vorhang befindet sich mein Quartier. Erstreckt sich Ihr Durchsuchungsbefehl auch darauf?"

Specs zog einen Klappstuhl hinter dem Kühlschrank hervor und stellte ihn für Paul bereit. Er wischte einige Krümel weg und setzte sich auf den Küchentresen.

„Wessen werde ich verdächtigt und was kann ich für Sie tun?"

„Sie werden verdächtigt, der Filmvorführer zu sein, der Reklamewände und die Hollywood-Buchstaben mutwillig manipuliert hat."

„Sie meinen *Holy*wood?", fragte Specs lächelnd.

Paul nickte. „Wie machen Sie das?"

„Wer immer das tut, es wäre mit Hacking leicht zu realisieren. Mir gefällt der Begriff Filmvorführer, obwohl er natürlich veraltet und nicht ganz korrekt ist. Diese hoch technisierten visuellen Bilder werden ausschließlich von Computern erzeugt, wenn also jemand sie umprogrammieren wollte, müsste er über die Funktionsweise der Geräte Bescheid wissen, Zugang zu den Bildern haben und sie manipulieren, dann fest einrichten, um das – sagen wir Bild? – als Festeinstellung zu installieren, wann immer jemand versucht, die Neuprogrammierung zu ändern."

„Ich tue mal so, als würde ich das verstehen, und frage, ob ich etwas Derartiges auf Ihren Computern finden würde, wenn ich sie konfiszieren und überprüfen ließe."

Specs fuhr sich mit seiner schmutzigen Hand über den kahl werdenden Schädel.

„Wenn ich den Grips hätte, das zu tun, was ich gerade beschrieben habe, denken Sie nicht, ich würde dann die Programmierung so verschlüsseln, dass sie nicht zu finden wäre?"

„Ich kenne mich auf diesem Gebiet nicht besonders gut aus", gestand Paul. „Aber ich denke, ein anderer mit Ihren Fähigkeiten würde diesen Code doch sicher knacken können."

„Das wäre wirklich eine Herausforderung für beide Seiten. Ihr Verdächtiger würde versuchen, jeden daran zu hindern, und die andere Seite würde versuchen, den Code zu knacken."

Paul legte die Hände hinter den Kopf.

„Und da Sie nicht zugeben wollen, dass Sie es sind, und wir nicht in der Lage sind, irgendwelche Beweise in Ihren Geräten zu finden, befinden wir uns in einer Pattsituation."

„Mit den gegebenen Variablen."

„Wie wäre es mit einer anderen Variablen? Und wenn ich Ihnen nun sagen würde, dass ich Ihr Bruder in Christus bin und dass ich den Penny, um Ihnen das zu beweisen, nur noch nicht habe, weil ich noch keinen Kontakt zu der Führungsebene des Untergrunds hier vor Ort hatte?"

Specs legte den Kopf zur Seite und verschränkte die Arme.

„Nun, das wäre wirklich eine schwierige Situation."

„Wie das?"

„Wenn ich der wäre, für den Sie mich halten, dann würde ich mir sehr wünschen, dass Sie die Wahrheit sagen. Zweifellos würde ich mich selbst verraten. Aber wenn Sie nicht sind, wer Sie zu sein behaupten, dann würden meine Worte mich überführen."

Paul beugte sich vor, die Ellbogen auf die Knie gestützt. „Ich bin, der ich zu sein behaupte, und Sie können es glauben, weil ich es im Namen des auferstandenen Christus sage, der gesagt hat: ‚Ich bin gekommen, damit sie das Leben haben –'"

„‚– und es in Fülle haben.'" Specs schüttelte den Kopf. „Dann sind Sie also dieser Mann? Sie sind wirklich dieser Mann?"

„Welcher Mann?"

„Sie können sich vorstellen, dass sich in Windeseile die Nachricht verbreitet hat, wir hätten einen Kontaktmann in einer einflussreichen Position."

„Das bin ich."

Kirk Quinn nahm langsam seine Brille ab und legte sie auf die Arbeitsfläche. Er barg sein Gesicht in den Händen und begann zu weinen. Paul erhob sich und legte die Hand auf seine Schulter, woraufhin Specs ihn umfasste und fest an sich drückte.

„Wir haben uns so lange so allein und isoliert gefühlt."

„Es ist mir eine Ehre, Sie kennen zu lernen, Sir", sagte Paul. Dann imitierte er John Malkovich aus „Con Air“ und sagte: „Mir gefällt Ihre Arbeit.“

Das brachte Specs zum Lachen. Er wischte sich über die Augen und setzte seine Brille wieder auf, dann holte er eine Visitenkarte mit seiner Handynummer aus der Tasche.

„Ich muss immer am Ball bleiben, wissen Sie. Leider ist es überhaupt kein Problem, meine Störungsaktionen aus den fest installierten Programmen herauszunehmen.“

„Ich kann Ihnen nicht ganz folgen.“

„Nun, wenn der Fehler entdeckt wird, versuchen sie, die Programmierung zu ändern, darum erstelle ich ein neues Störprogramm. Aber das ist für die Gegenseite ziemlich lästig. Ich muss ständig auf der Suche bleiben und wieder von vorn anfangen. Oft mehrmals am Tag.“

„Warum wird keine Sperre eingebaut?“

„Wollen Sie die Wahrheit hören?“

„Natürlich.“

„Das klingt ziemlich überheblich.“

„Nur los.“

„Sie sind nicht so gut wie ich.“

Paul berichtete Specs gerade von der Gefahr, sowohl für Loyola als auch South Central, als er einen Ton in seinem Kopf hörte.

„Entschuldigen Sie, Mr. Quinn“, sagte er und wandte sich der Tür zu. Er presste seine Fingerspitzen zusammen. „Hier spricht Paul.“

Es war Ranold. „Wo immer du gerade auch bist, komm sofort nach South Central.“

„Was ist los?“

„Beeile dich. Das wirst du sehen wollen.“ Er nannte Paul eine Adresse.

Paul bat Specs, die Leute in Loyola zu warnen. „Ich muss los.“

Specs nickte. „Der Countdown läuft“, sagte er.

Paul lächelte. „Der Countdown läuft.“ Er rannte zur Tür hinaus und zu seinem Wagen. Unmittelbar hinter der neuen Marina del Rey geriet er in dichten Verkehr, und er brauchte eine Stunde, um nach South Central zu kommen. Dort traf er seinen Schwiegervater umgeben von Soldaten in Kampfausrüstung an, die sich gegenseitig zu einer Schießerei gratulierten, bei der fünf Christen ums Leben gekommen, sechs verwundet und ein Dutzend gefangen genommen worden waren.

Als Ranold Paul entdeckte, kam er mit erhobenem Daumen angerannt. Paul ignorierte es.

„Ranold, wie konnte es von dem bloßen Verdacht gegen eine kleine Zelle zu diesem Blutbad kommen?"

Sein Schwiegervater errötete, beugte sich zu Paul hinüber und zischte wütend: „Hör zu, Junge, wage es nie wieder, mich vor meinen Untergebenen so in Frage zu stellen. Und du solltest stolz sein, daran teilzuhaben. Was ist mit dir los?"

„Ist der zelotische Untergrund gewöhnlich bewaffnet? Haben sie zurückgeschossen?"

„Du bist noch nie so dicht am Geschehen dran gewesen, dass du dir ein Urteil darüber erlauben könntest, Paul. Werd endlich erwachsen."

Eine hoch gewachsene, feingliedrige Gestalt löste sich aus der Gruppe und kam herüber. Paul brauchte eine Weile, bis er erkannte, dass es sich um eine Frau handelte. *Muss wohl die Balaam sein.* Als sie ihm im Rosengarten vorgestellt worden war, war er noch blind gewesen.

„Dr. Stepola", sagte sie und streckte ihm ihre knochige Hand entgegen. Daran erinnerte er sich noch. „Ich freue mich, Sie an Bord zu haben."

Paul nahm ihre Hand. Die Selbstgefälligkeit in ihrer Stimme, als sie davon gesprochen hatte, sie würde dafür sorgen, dass es „ungesund" sei, ein Christ zu sein, war ihm in Erinnerung geblieben. Ihre Augen zogen ihn in ihren Bann. Wie ihr Haar waren sie silbern und schienen zu pulsieren und sich wie kleine Quecksilberpools zu bewegen. In seinem Kopf breitete sich eine große Leere aus. Sie wirkte beinahe nichtmenschlich.

„Sie hatten eine schwierige Zeit in Gulfland."

„Nicht so schwer wie diejenigen, die gestorben sind. Ich hatte Glück."

„Sehr viel Glück", bestätigte Balaam. „Und unter der Leitung Ihres Schwiegervaters wird diese Operation auch ein gutes Ende nehmen."

„Sie haben sicher Recht."

Die Soldaten begaben sich zu ihren Fahrzeugen und riefen nach Ranold und Balaam.

„Komm doch mit, Paul", forderte Ranold ihn auf.

„Ich verfolge gerade eine Spur. Wir sehen uns heute Abend."

Paul kehrte zu seinem Wagen zurück und schnappte nach Luft. Dann rief er Straight an.

„Ich habe es gerade gehört", erwiderte Straight. „Diese Leute waren nicht bewaffnet. Wie wir gehört haben, wollten sie gerade ihre Sachen packen und verschwinden."

„Wer ist noch übrig, Straight? Mit wem soll ich mich jetzt in Verbindung setzen?"

„Quinn müsste dir das eigentlich sagen können. Hast du ihn schon getroffen?"

„Bin gerade von ihm gekommen. Oh nein."

„Was ist los, Paul?"

„Eine der Reklamewände ist gerade schwarz geworden."

„Mach dir darum keine Sorgen", beruhigte Straight ihn. „Das ist ein stetiges Auf und Ab gegen Specs, aber letztendlich ist er ihnen immer einen Schritt voraus. Ruf ihn an."

Paul wählte Specs Nummer, doch er bekam keine Verbindung. Er musste dafür sorgen, dass Specs den Leuten in Loyola mitteilte, was sich in South Central ereignet hatte, und sie warnen, dass sie als Nächste an die Reihe kommen könnten.

Auf dem Rückweg war der Verkehr nicht so dicht, aber Paul fiel auf, dass alle Filmreklamewände jetzt dunkel waren. Hatte Specs die Nachrichten gesehen? War dies sein Versuch, eine Erklärung abzugeben, irgendeine Art Mahnmal zu errichten? Oder war er zu seiner eigenen Sicherheit ausgestiegen? Hatte er sein Studio aufgegeben?

Paul zwang sich dazu, nicht das Schlimmste anzunehmen. Specs war sicher sehr beschäftigt.

Zu beschäftigt, um einen Anruf entgegenzunehmen.

Kapitel 30

Auf dem Weg nach Venice versuchte Paul immer wieder, Specs zu erreichen. Er stellte den Wagen unmittelbar gegenüber Suite J ab. Sein Herz sank, als er entdeckte, dass sich in der Nähe der Tür eine Menschenmenge aufhielt.

„NPO", rief er und zwängte sich durch die Menge. Ein riesiges Loch war an der Stelle, an der der Türgriff gesessen hatte, in die Tür geschossen worden. Das kleine Büro sah aus, als hätte ein Wirbelsturm darin gewütet. Alle Computer und Monitore waren zerstört worden.

Und dort auf dem Boden an der hinteren Wand lag Specs in einer großen Blutlache, leblos, mit weit aufgerissenen Augen hinter seinen dicken Brillengläsern, mit gebleckten Zähnen und aufgeschlitzter Kehle.

Übelkeit stieg in Paul hoch, und er begann zu zittern, doch er zwang sich, Block und Stift aus der Tasche zu ziehen und die Leute zu fragen, was sie gesehen hatten.

„Ein Kommandotrupp", berichtete ein junger Mann. „Sie kamen in mehreren Armeejeeps hier an und dann – *wumm!* Die Tür flog auf und sie stürmten hinein. Ich hörte, wie Dinge zu Bruch gingen, viel Geschrei. Und dann waren sie wieder verschwunden. Hat nicht mehr als 30 Sekunden gedauert. Wie geht es dem Mann mit der Brille? Ist er in Ordnung?"

Paul hatte Quinn gerade erst kennen gelernt, doch er hatte das Gefühl, einen lieben Bruder verloren zu haben. *Was für eine Verschwendung. Was für ein tragischer Verlust.*

■ ■ ■

Er hätte sich der Gefahr, in der er stand, bewusst sein sollen – er fuhr einen Wagen aus dem NPO-Wagenpool, stand nun unter dem Kommando einer energischen Agentin, die niemandem traute, schon gar nicht der Konkurrenz. Paul war zweimal verwundet worden und galt in der NPO als Held. Noch bedrohlicher war für sie die Tatsache, dass er der Schwiegersohn von Ranold Decenti war. Nein, Bia Balaam würde Paul niemals die Gelegenheit geben, sie vorzuführen, indem er seine eigenen Spuren verfolgte und möglicherweise eigene Verhaftungen vornahm. Sie würde dafür sorgen, dass sie immer wusste, was er vorhatte, und dafür sorgen, dass er ihre Autorität niemals in Frage stellen konnte.

■ ■ ■

Da die Aufmerksamkeit der Zuschauer noch immer dem Blutbad in der Wohnung galt, untersuchte Paul rasch seinen Wagen. Er fand einen Peilsender über dem rechten Vorderrad. Wohin damit? Unten an der Straße stand ein hellgelbes Sportcoupé, das zweifellos Tag und Nacht viel gefahren wurde. Es zu verfolgen würde die Überwacher so erfolgreich in Atem halten, dass die Balaam vermutlich keine Zeit mehr hatte, sich auf Paul zu konzentrieren.

Als er wieder im Wagen saß, rief er Harriet Johns an.

„Stellen Sie sich vor", sagte sie. „Die Armee hat den Hersteller dieses Reklamewand-Projektors gefasst."

„Ich bin vor Ort."

„Das kann ich mir vorstellen. Sie hat man informiert, weil Sie ja zu denen gehören, aber wir haben die Nachricht erst vor ein paar Minuten erhalten. Anscheinend erwartet Washington von uns, dass wir uns ebenfalls in der Schlange anstellen, den Cops und der Presse nur einen Schritt voraus."

„So war das nicht", erklärte Paul. „Ich war zufällig in der Nähe und hielt an, um zu sehen, was los war. Nach Aussage der Zeugen hat ein kleiner Trupp ein Loch in die Tür geschossen, die Wohnung verwüstet und ist eine Minute später wieder abgerückt. Der Leichnam liegt noch immer in seinem Blut auf dem Boden."

„Das ist bestimmt kein schöner Anblick."

„Durchaus nicht. Und ich werde jetzt die Schaulustigen verscheuchen müssen. Kommt jemand rüber, um die Sauerei zu beseitigen?"

„Der Leichenbeschauer und die Aufräummannschaft sind schon unterwegs", erklärte sie. „Hey, ich schaue mir gerade die Nachrichten an. Die Reklamewände werden wieder eingeschaltet, und sehen Sie sich die Buchstaben an, wenn Sie in die Hollywood-Hügel kommen."

„Wieder normal?", fragte Paul.

„Besser als normal. Das müssen Sie sich unbedingt ansehen. Vermutlich haben Sie von South Central gehört."

„Ja."

„Die Überlebenden wurden ins ‚King-Drew Medical Center' gebracht. Wollen Sie hinfahren und sie vernehmen?"

„Allerdings."

„Kommen Sie vorbei, wenn Sie fertig sind, und informieren Sie mich."

Als Paul im Gefängniskrankenhaus in South Central eintraf, wurde er von allen Seiten angestarrt. An diesem Ort war man nicht an den Besuch von Regierungsagenten gewöhnt.

Paul sprach mit drei verwundeten Überlebenden, doch angesichts ihrer Verfassung beschloss er, sich ihnen nicht als Bruder in Christus zu erkennen zu geben. Auf der Intensivstation trat er ans Bett von Tyrone Perkins, einem jungen Schwarzen, dessen Werte von Monitoren überwacht wurden. Er war bei Bewusstsein. Und weinte.

Paul zog seinen Ausweis hervor und bat die Schwester, ihnen einen Augenblick Zeit zu geben.

Tyrone fragte: „Sie sind von der NPO?"

Paul nickte.

„Ich war Ihr Spitzel", erklärte Tyrone weinend.

„Unser Spitzel?"

„Ich habe es für Geld getan, Mann. Nie hätte ich gedacht, dass sie sie umbringen würden . . ."

„Was ist passiert, Tyrone? Waren diese Leute bewaffnet?"

„Kein Stück."

„Keine Waffen?"

„Nein. Ich werde sterben, Mann, und diese Toten verfolgen mich. Gute Menschen. Ich habe sie getötet . . ."

„Ich wollte auch nicht, dass sie getötet werden, Tyrone." Die Brust des jungen Mannes hob sich, und Paul bemerkte auf dem Monitor, dass sein Puls gefährlich unregelmäßig schlug. „Ich hole jemanden, der sich um Sie kümmert."

„Nein, Mann!", keuchte er. „Ich habe den Tod verdient."

„Tyrone, haben Sie die anderen Gruppen gekannt?"

„Kann ich nicht sagen . . . nicht jetzt." Sein Atem kam rasselnd.

Paul berührte seine bandagierte Hand. „Wenn ich Sie davon überzeugen könnte, dass ich zu ihnen gehöre, könnten Sie es mir sagen, damit ich sie warnen könnte?"

„Was?"

„Sie wollen das Geschehene doch sicher wieder gutmachen. Sagen Sie mir, wen ich warnen kann."

„Ich kann Ihnen nicht trauen ..."

„Sie können mir trauen, Tyrone. Ich kenne den Code."

„Habe den Satz niemandem verraten ..."

„Sie brauchten ihn mir nicht zu verraten. Ich kenne ihn."

„Sagen Sie ihn."

„‚Ich bin gekommen, damit sie das Leben haben ...'"

Tyrons Augen wirkten riesig. „‚... und es in Fülle haben'", flüsterte er. Paul musste sich über ihn beugen, um ihn zu verstehen. „Der Hafen ... Menschenfischer ..."

„Danke", flüsterte Paul. „Gott segne Sie."

Tyrons Maschinen begannen zu piepen und die Schwestern und Ärzte kamen angerannt.

■ ■ ■

Paul fuhr in die Stadt zurück. Ihm begegnete eine lange Kolonne von Armeefahrzeugen. Sein Ziel waren die Hollywood-Berge, wo er die bekannten Buchstaben wieder sah. Dort stand nun: „Hurra für Hollywood". Die Fahrer hupten und winkten im Vorbeifahren.

Der Anblick erfüllte ihn mit Trauer und Zorn. Was er an diesem Nachmittag miterlebt hatte, verursachte ihm Übelkeit. *War ich auch so schlimm?* Vermutlich schon. Ohne zu zögern, hatte er in San Francisco auf Menschen geschossen; er fühlte sich im Recht, als er die Christen hinrichtete. Er hatte Stephen Lloyd gestellt und dann daneben gestanden und keinen Finger gerührt, als Donny Johnson auf ihn losgegangen war und ihn totgeschlagen hatte. Selbst dieser Agent Jefferson hatte sich aufgeregt.

„Was ist mit Ihnen los, Mann?", hatte er gefragt. Und Paul hätte dem Mexikaner, ohne mit der Wimper zu zucken, in den Kopf geschossen, wenn die Sirene nicht losgegangen wäre. *Ich habe aus Zorn gehandelt, nicht aus Unmenschlichkeit. Zumindest hoffe ich das.*

Balaams rücksichtsloser Mord an Specs verursachte ihm Übelkeit – und der Gedanke, dass sich der Sadismus ihrer „Interventionen" in Washington hier nun in breiter Öffentlichkeit entfalten würde. Paul betete, dass er nicht den Kopf verlieren würde und eine hoffnungslos erscheinende Situation irgendwie positiv beeinflussen konnte. Sein Schwiegervater Ranold kannte kein Erbarmen, das wusste Paul, aber wie sollte er Ranolds blutrünstiges Grinsen die ganze Zeit ertragen, die er mit ihm bei Tiny festsaß? Und wenn Paul seinen Ekel nicht unterdrücken könnte, welches Misstrauen würde er erregen? Am Nachmittag hatte er sich bereits den Zorn des alten Mannes zugezogen. *Vielleicht will mich Ranold in seiner Nähe haben, um mich zu beobachten. Hat er den Brief meines Vaters etwa doch in die Hände bekommen?* Die Ungewissheit machte Paul noch immer zu schaffen.

Trotzdem, er konnte das Blutbad nicht schweigend hinnehmen. *Ich muss einfach mutig an meinen Überzeugungen festhalten, an meinem Glauben festhalten und meine Chancen nutzen.*

Wie hatte Jae im selben Haus mit einem Ungeheuer wie Ranold aufwachsen können? Auf einmal wünschte sich Paul verzweifelt, mit ihr zu reden. Über ihr Handy erreichte er nur die Mailbox. Er hinterließ eine Nachricht und wählte die Nummer seiner Schwiegermutter.

„Jae ist gerade nicht hier", sagte sie ihm.

„Wo ist sie?"

„Ich weiß es nicht genau, aber ich werde ihr sagen, dass du angerufen hast. Sie ist ein paar Tage unterwegs."

„Und wohin ist sie gefahren?"

„Sie hat mir keine genaue Adresse genannt, aber sie wird sich melden, da bin ich sicher."

„Ich möchte mit den Kindern sprechen."

„Bei uns ist es drei Stunden später als bei euch, Paul. Sie schlafen schon."

■ ■ ■

Noch nie hatte Paul sich so allein gefühlt. Es war zu spät für den Versuch, die Menschenfischer unten am Hafen aufzuspüren; die Märkte öffneten bei Sonnenaufgang und schlossen früh. Mittlerweile war es schon nach sechs. Er erinnerte sich daran, dass Harriet Johns ihn gebeten hatte, im Büro vorbeizuschauen. Sie war sicher noch dort. Bis vor kurzem war Paul ihr mit Respekt begegnet. Sie hatte sich hochgearbeitet und sich den Respekt ihrer Agenten verdient.

Ihr schlichtes, in Grün gehaltenes Büro befand sich im vierten Stockwerk, und sie begrüßte ihn sehr herzlich.

„Endlich weiß ich Einzelheiten über die Sache mit diesem Filmmenschen“, begann sie. „Venice-on-the-Ocean, offensichtlich eine Art Strandgammler, aber schwer bewaffnet. Sie wollten ihn verhaften, aber er weigerte sich, kampflos mitzukommen. Sie mussten ihn erschießen.“

„Erschießen. Wie schlitzt man einem schwer bewaffneten Mann die Kehle auf?“

„Und was haben Sie in South Central erfahren?“

„Nicht viel. Ich wundere mich, dass Sie nicht dabei waren.“

Sie verzog das Gesicht. „Ich hätte mich nur in einem Panzer nach South Central gewagt. Der Überfall wird als ein Bandenkrieg dargestellt, bei dem unschuldige Zivilisten ums Leben kamen. Das klingt für die dortige Gegend glaubwürdiger. Die LAPD räumt gerade dort auf.“

„Ich muss Ihnen sagen, Chief Johns, ich bin verwirrt. Bei der Sitzung heute Morgen hatte ich den Eindruck, wir würden noch abwarten wollen. Doch dann sind wir urplötzlich auf ein wichtiges Ziel losgegangen. Bin ich nur nicht auf dem Laufenden oder was ist hier los?“

Harriet zog die Augenbrauen in die Höhe und verdrehte die Augen. „Der Grund ist die Beteiligung Washingtons – Ihr Schwiegervater und Chief Balaam samt allen ihnen zur Verfügung stehenden Mittel. Der Geheimdienstsektor des Armeecorps allein hat genügend Informationen zusammengetragen, um die Mitglieder der Untergrundbewegung dazu zu bringen, sich gegenseitig zu verraten. Ich habe aufgehört, Fragen zu stellen, Doktor. Vielleicht sollte mir das peinlich sein, aber ich muss zugeben, in den vergangenen Stunden haben sie mehr zu Stande gebracht als wir in den vergangenen sechs Monaten.“

„Und was kommt als Nächstes? Gibt es noch andere Ziele?“

„Ich bin nicht eingeweiht, Paul. Alles liegt in den Händen Washingtons. So etwas passiert, wenn man schwere Geschütze auffährt. Wir sind jetzt nur noch Fußsoldaten und überprüfen die Spuren.“

„Chief, was wurde aus dem Spitzel in South Central? Die gesamte Einsatztruppe muss über die Spitzel informiert werden. Wir könnten sie töten, ohne es zu wissen.“ Paul fürchtete den Gedanken, er könnte an andere Spitzel verraten worden sein.

Harriet zuckte die Achseln. „Er war ein Kerl von der Straße, ein Drogensüchtiger. Kollateralschaden.“

„Ich denke, wenn wir zum Beispiel einen richtigen Agenten einschleusen würden, dann wären wir beim Vorgehen gegen diese Leute etwas vorsichtiger.“

„Sie sehen das nicht richtig. Wir tun diesen Leuten das nicht an. Sie tun es sich selbst an. Und was den Agenten betrifft, wie wäre es mit Ihnen?"

Undercover? „Ich?"

„Sie würden ihre Sprache sprechen."

„Eine ziemlich gefährliche Aufgabe."

„Ich dachte, Sie hätten früher der ‚Delta Force' angehört. Ist Ihr zweiter Vorname nicht ‚Gefahr'?"

Paul zwang sich zu einem Lächeln, und ihm wurde klar, dass er lange nicht mehr gelächelt hatte. „Ich sage Ihnen etwas, Harriet: Wenn ich das jemals tun würde, würde ich darauf bestehen, der bekannteste Undercoveragent in der Geschichte zu werden. Ich würde wollen, dass jeder Einzelne Ihrer Leute und natürlich die gesamte Einsatztruppe und sogar jeder Soldat in der Armee weiß, auf wessen Seite ich stehe. In dieser Stadt leben Untergrundchristen sehr gefährlich."

„Und es wird noch gefährlicher für sie."

Damit würde ich nicht rechnen.

■ ■ ■

Paul fuhr zurück zum Allendo-Anwesen.

„Lassen Sie den Wagen laufen", forderte einer der Chauffeure Paul auf, als dieser vor dem Eingangsportal vorfuhr. Der Portier führte ihn zu einem Spielzimmer im unteren Stockwerk des Hauses. Tiny Allendo teilte gerade an einem großen, mit grünem Filz bezogenen Tisch Karten aus. Er und Ranold rauchten Zigarren. Hübsche junge Frauen standen hinter ihnen. Paul erkannte in den anderen beiden Männern am Tisch Mitarbeiter der *LA Idea Co*. Einige der Frauen, die er am Tag zuvor am Pool gesehen hatte, spielten Billard.

„Kommen Sie nur herein!", rief Tiny. „Wir feiern gerade. Nicht einmal ich hätte gestern, als wir zusammengesessen haben, einen so großen Erfolg erwartet."

„Ich spiele nicht", entschuldigte sich Paul.

Tiny ließ die Karten aus der Hand fallen. Sie verteilten sich über den Tisch.

„Dann spielen wir auch nicht", sagte er. „Wir erzählen uns sowieso lieber unsere Kriegsgeschichten, nicht wahr, Jungs?"

„Ich auf jeden Fall!", sagte Ranold viel zu laut. Er schien getrunken zu haben. „Komm her, Paulie. Das war ein Tag, nicht wahr?"

Paul gelang es nicht, Begeisterung zu heucheln. „Das war wirklich ein Tag."

„Sie haben den Reklamewandvandalen geschnappt!", meinte Tiny.

„Ich weiß", sagte Paul. „Irgendein Computerfreak?"

„Ein verrückter Hacker – bewaffnet!"

„Haben Sie etwas auf den Computern gefunden?"

„Alles vernichtet!", berichtete Ranold. „Zerschmettert. Niemand wird dieses Sabotageprogramm jemals wiederherstellen können."

Das war gut. Vermutlich hatte Specs irgendwo eine Menge Material über seine Brüder und Schwestern versteckt.

„Ich habe gehört, dass die LAPD den Überraschungsangriff untersuchen wird?", sagte Paul. „Um die Befürchtungen der Öffentlichkeit zu zerstreuen."

„Das sollen sie mal lieber bleiben lassen", erwiderte Ranold. „Wo hast du denn das gehört? Mir ist egal, was diese Verrückten in South Central darüber denken, wir werden nicht daneben stehen und uns niedermetzeln lassen. Also, was hat es mit der LAPD auf sich? Ich werde mich sofort ans Telefon hängen –"

„Ich mache nur Spaß, Ranold. Ich bin sicher, sie werden sich damit zufrieden geben, dass das Versteck mit Waffen voll gestopft ist, wie sie noch keiner von uns bisher gesehen hat."

„Die örtlichen Behörden haben nicht das Recht, die Bundesbehörden zu kontrollieren, Paul. Das weißt du. Wir kontrollieren *sie*. Ich würde gerne Nachforschungen anstellen, warum die LAPD dieses Versteck nicht schon früher aufgespürt hat. Wir haben dazu nur wenige Stunden gebraucht."

„Hört, hört", sagte Allendo und hob sein Glas.

Kapitel 31

Paul sank in eines der bequemsten Betten, in denen er je gelegen hatte, doch er fand keinen Schlaf. Seine Gedanken quälten ihn, und er fragte sich, wie er als Mitglied der Einsatztruppe dem Morden Einhalt gebieten konnte. Er begann, für die Gläubigen im Untergrund zu beten, für seine Frau und seine Kinder und sogar für Angela Pass, die er, wie er wusste, sehr schlecht behandelt hatte.

Gott, warum bin ich hier? Doch nicht, um das Abschlachten meiner Brüder und Schwestern mit anzusehen. Bitte zeige mir die Aufgabe, die du für mich hast.

Endlich schlief er ein und um halb sechs erwachte er erstaunlich erfrischt. Er bat seinen Diener, dem Gastgeber sein Bedauern darüber zu übermitteln, dass er wegen eines wichtigen Termins das Frühstück ausfallen ließ, und bat ihn, seinen Wagen vorfahren zu lassen. Es war noch nicht sechs Uhr, als er aus dem Haus trat. Ein leichter Wassernebel von der Fontäne in Allendos goldenem Springbrunnen legte sich auf seinen Kopf und sein Gesicht. Paul hatte das Gefühl, angespuckt zu werden. Es war schwer zu sagen, was ihn an Tiny Allendo und seinem Prunk mehr anwiderte, aber der Springbrunnen stand ziemlich oben auf der Liste.

Paul musste zugeben, dass es schön war, von vorne bis hinten bedient zu werden und den Wagen vorgefahren zu bekommen. Aber das war nicht das wahre Leben. Wer lebte schon so? Menschen, die es nicht verdient hatten.

Paul machte sich auf den Weg zum Hafen. Als er an der Mole ankam, die den Hafen vom Meer trennte, wurde ihm sofort klar, dass dies keine leichte Aufgabe werden würde. Der Kai mit den Geschäften war zweifellos mehrere Meilen lang.

Wie an jedem Tag war der Hafen voller Leben. In der San Pedro Bay lagen bereits Schiffe aus der ganzen Welt vor Anker, die mit Fischen und anderen Waren beladen wurden. Zu jeder anderen Zeit hätte Paul die salzige, nach Fisch riechende Luft genossen. Aber wie es schien, brachte er seinen Brüdern und Schwestern nur Ärger; und er hoffte, er würde durch sein Erscheinen kein Unheil über diese Gruppe bringen.

Pauls unauffälliger Sedan erregte keinerlei Aufmerksamkeit, als er sich seinen Weg durch das Menschengewühl bahnte. Er stellte den Wagen in einer Seitenstraße ab und ging zu Fuß weiter. Die Schilder gaben ihm keinerlei Hinweise, aber er hatte auch nicht erwartet, dass ihm sofort eines mit die Aufschrift „Menschenfischer" ins Auge fallen würde. Im Laufe des Vormittags stieg die Sonne am Himmel immer höher. Schweiß bildete sich auf seiner Stirn. Seine Mission schien sinnlos zu sein. Paul vermutete, dass er bereits vier Meilen gelaufen war, als im plötzlich ein Schild ins Auge stach.

Er war an ein rostendes, blau-graues Metallgebäude gekommen, das auf einem Anlegesteg unmittelbar am Wasser stand. Auf der Vorderseite stand nichts, aber über einem Nebeneingang an der Seite hing ein Schild mit der Aufschrift: „Sapiens Fischerei". *Sehr clever.*

Er klopfte laut.

„Es ist offen!"

Die Düfte, die Paul draußen noch angesprochen hatten, verursachten ihm nun in einem abgeschlossenen Raum Übelkeit. Der Gestank in dem Schuppen war entsetzlich. Der schmutzige Betonboden führte zu einem Tresen aus Stahl und Holz, auf dem Waagen in den unterschiedlichsten Größen standen. Ein Gabelstapler stand neben einem gewaltigen Plastikvorhang, der den vorderen Teil von dem Dock im hinteren Bereich abtrennte, wo die Leute offensichtlich eine Ladung Fisch entluden.

Der Schuppen war nur schwach erleuchtet. Im hinteren Teil schienen einige Leute an der Arbeit zu sein, doch vorne traf er nur einen dicken jungen Mann an, schätzungsweise Ende 20, der von Kopf bis Fuß in Ölzeug gekleidet war und Stiefel an den Füßen trug. Seine schmutzig blonden Haaren, die unter einer öligen Kapuze hervorlugten, lagen nass am Kopf an. Er hatte einen rötlichen Bart und seine Lippen waren praktisch nicht existent.

„Sie sehen nicht wie ein Fischer aus", begrüßte ihn der junge Mann. „Und unsere Zulassungen sind gültig. Was wollen Sie also?"

„Sie sind Menschenfischer, nicht wahr?", fragte Paul.

Rotbart zögerte. „Eigentlich sind wir nur Arbeiter und löschen die Ladung für einen Fischhändler, der die Kaufleute am Ort beliefert – Geschäfte und Restaurants. Kann ich Ihnen helfen?"

„Dr. Paul Stepola", stellte er sich vor und streckte dem Mann die Hand hin. „Aus Chicago."

„Barton James", erwiderte der junge Mann. Bevor er Pauls Hand ergriff, zog er sich seine nassen Handschuhe aus. „Was kann ich für Sie tun?"

„‚Ich bin gekommen, damit sie das Leben haben . . .'", sagte Paul.

Barton wurde blass. „‚. . . und es in Fülle haben'", beendete er den Satz lächelnd. „Sie haben mich zu Tode erschreckt. Seit Jahren ist niemand mehr durch die Seitentür hereingekommen. Ich dachte, wir wären aufgeflogen. Nach dem, was gestern passiert ist, sind alle in höchster Aufregung. Ich habe einen Freund in South Central verloren."

„Das war eine Katastrophe."

„Eine Gräueltat. Kommen Sie mit nach hinten. Ich stelle Sie den anderen vor."

Barton ging durch den Plastikvorhang zu einem Lagerraum, in dem Kisten mit verfaultem Fisch die Luft verpesteten. Er lächelte, als Paul das Gesicht verzog. „Das hält unerwünschte Besucher fern."

Auf dem Dock draußen entluden etwa ein Dutzend Leute, vorwiegend unter 30, einen Lastwagen. „Sie sind schon fast fertig", sagte Barton und hob eine Sperrholzplatte hoch, die eine Treppe zu einem Geheimversteck verbarg.

Er führte Paul eine schmale Holztreppe hinunter in einen Kesselraum, wie es schien. Hinter einer der Holzwände verbarg sich ein großer, fensterloser Raum, der mit Möbelstücken möbliert war, die selbst Obdachlose abgelehnt hätten. Eine alte Frau mit einem Schultertuch las in einer Bibel. Ein älterer Mann schien sich mit einem Kommentar zu beschäftigen. Er machte sich Notizen.

„Unsere Lehrer", stellte Barton die Eheleute Carl und Lois vor. „Carl war vor dem Krieg Pastor. Er besitzt eine Bücher- und Bibelsammlung, die ihn für den Rest seines Lebens ins Gefängnis bringen könnte."

„Sie sollen nur kommen", sagte Carl blinzelnd. Wie ein Boxer hob er seine Fäuste. „Ich würde . . ."

Lois winkte grinsend ab.

„Wie schön, dass Sie eine Bibliothek haben", sagte Paul.

„Sie ist für unsere Mission von unschätzbarem Wert. Wir verfassen Traktate. Und wir beliefern die anderen Gruppen im Westen mit gedruckter Literatur."

„Ich bin erstaunt, dass so etwas überhaupt noch gebraucht wird", meinte Paul. „Es ist vielleicht schwer, ein Originaldokument in die

Hände zu bekommen, aber wenn Gruppen erst einmal darüber verfügen, durch Sie oder vielleicht auch über das Internet, dann können sie doch so viele Kopien davon anfertigen, wie sie wollen, oder nicht?"

„Von einigen schon", erklärte Carl. „Von Flyern, Blättchen, sogar Fotokopien von Büchern zur Verteilung. Das tun alle, aber wir fertigen hier etwas ganz Besonderes an. Haben Sie jemals ein Buch aus der Zeit vor dem Computerdruck gesehen?"

„Vermutlich nicht. Wann war das denn?"

„Vor 70 oder 80 Jahren. Ich versichere Ihnen, diese Bücher sind ganz anders."

Lois blätterte ihre Bibel durch und nahm eine kleine Broschüre heraus.

„Dies ist eines unserer Traktate. Sie sehen, es ist zweifarbig. Sicher, Computer drucken in vielen Farben, aber fassen Sie es einmal an. Schließen Sie nur einmal die Augen und fahren Sie mit den Fingern über die Seite."

Paul tat es. „Die Buchstaben sind in das Papier gepresst."

„Genau – und darum wird dieses Verfahren Buchdruck genannt. Es ist eine sehr alte Methode des Druckens und kann unabhängig von Computern und Druckern – sogar, wenn nötig, auch ohne Strom – durchgeführt werden. Aus diesem Grund ist diese Presse so wertvoll. Wir glauben, dass die Erde bald ganz anders aussehen wird als heute."

„Nach der Entrückung."

„Vielleicht nicht direkt danach. Aber wenn Sie alles gelesen haben, was kommen wird, dann ist es nicht schwer, sich vorzustellen, dass alle elektronischen Geräte irgendwann nutzlos sein werden."

„Das stimmt."

„Doch das ist nicht unser wichtigster Grund für die Verwendung dieser Presse bei der Operation Countdown. Sehen Sie, wir denken, dass Menschen, denen solche Literatur in die Hände fällt, sei es nun heute oder nach der Entrückung, sie aufheben werden, selbst wenn sie nicht genau wissen, worum es sich dabei handelt. Solche ungewöhnlichen Dinge fallen auf. Man merkt, dass sich der, der es geschaffen hat, viel Mühe gegeben hat. Darum werden die Menschen diese Literatur lesen und hoffentlich auch aufheben."

„Gute Theorie", meinte Paul. „Ich würde es jedenfalls nicht wegwerfen."

„Ich werde ihm die Druckerpresse zeigen", sagte Barton. Er führte Paul tiefer in den Raum hinein. Die alte Druckerpresse war hinter einem Vorhang verborgen.

„Es ist schwierig, das Zubehör aufzutreiben, Tinte, Schmiere und solche Sachen, aber sie funktioniert prima."

Paul streckte die Hand aus, um die Druckplatten zu berühren, doch Barton hielt ihn zurück. „Nicht. Das Fett an Ihren Fingern könnte das Druckbild zerstören."

„Tut mir Leid."

„Sie sehen, wir sind nicht so produktiv wie die Leute in Detroit, aber wir leisten unseren Beitrag. Natürlich heben wir die Druckerpresse für besondere Literatur auf. Die meisten unserer regulären Broschüren – und auch die Sendungen – stellen wir mit Hilfe von Computern her. Trotz aller Probleme, die wir im Augenblick haben, werden wir nun eine größere Sache in Angriff nehmen."

Barton zeigte ihm große Stapel von Broschüren.

„Wir werden diese an andere Gruppen verteilen und anfangen, LA damit zu überschwemmen."

Die Flugblätter trugen die Überschrift „Wir riskieren für Sie unser Leben". Darin wurde ausdrücklich betont, dass die Untergrundchristen in Los Angeles nicht bewaffnet waren und auch nicht vorhatten, sich zu bewaffnen.

„Das Abschlachten von Gläubigen ist Völkermord", las Paul, „ganz schlicht und ergreifend Völkermord. Wir sind keine Bedrohung für die Regierung oder den Status quo. Wir glauben nur, dass Gott real, dass Jesus lebendig und dass er für die Sünden der Welt gestorben ist und bald wiederkommt. Wir werden sein Wort auch weiterhin verbreiten, bis niemand von uns mehr da ist."

Das Flugblatt schloss mit mehreren Bibelversen, in denen erklärt wurde, wie ein Mensch Christus in sein Leben aufnehmen, Vergebung der Sünden erhalten und die Sicherheit bekommen könnte, in Ewigkeit bei Gott zu leben.

„Natürlich", fuhr Barton fort, „steht auf die Verteilung dieser Schriften eine Gefängnisstrafe."

„Und für das Drucken die Todesstrafe", ergänzte Carl.

„Ich weiß nicht, wovor die Regierung solche Angst hat", meinte Lois. „Wir sprechen doch nur über den freien Meinungsaustausch."

„Und doch sind es gefährliche Ideen", erwiderte Paul. „Das müssen Sie zugeben. Ich habe die Religion studiert, und die Menschheit schleppt ein großes Vermächtnis an Gräueltaten mit sich herum, die während der gesamten Menschheitsgeschichte im Zusammenhang mit der Religion begangen wurden."

„Aber Religion und christlicher Glaube sind doch zwei ganz unterschiedliche Dinge."

„Bei mir rennen Sie offene Türen ein, Madam. Aber wir müssen begreifen, wo der Widerstand gegen uns herrührt und wie diese Menschen denken. Sie haben schreckliche Angst vor dem, was echte Spiritualität und echter Glaube den Menschen antun können. Ins Extrem getrieben, hat dies sogar zum Krieg geführt."

Die Arbeiter vom Dock kamen einzeln herunter und wurden Paul vorgestellt. Sie zogen ihre Handschuhe und Öljacken aus und setzten sich auf den Boden.

„Ich überbringe Ihnen die Grüße Ihrer Brüder und Schwestern in Heartland", sagte Paul. „Sie beten für Sie."

„Wir haben wegen South Central noch nichts von ihnen gehört", meinte Barton. „Unsere Kommunikation findet normalerweise über einen Kontaktmann statt."

„Quinn?", fragte Paul.

„Ja, Specs", bestätigte er. Andere nickten und lächelten.

„Ich habe schlechte Nachrichten", begann Paul und berichtete ihnen von Specs Tod. Seine Zuhörer reagierten mit fassungslosem Entsetzen auf das Gehörte. Einige bargen ihr Gesicht in den Händen und weinten.

„Das ist ein großer Verlust", meinte Barton mit belegter Stimme. „Er wollte nichts weiter, als den Menschen helfen und die Gute Nachricht weitergeben. Was sollen wir nur tun? Wir können uns nicht mehr länger verstecken, und das wollen wir auch nicht, aber welche Chance haben wir, wenn sie die Armee auf uns hetzen? Wir sind ihnen hoffnungslos unterlegen. Wir können ihnen nichts entgegensetzen."

„Das stimmt nicht", widersprach Carl. „Wir haben etwas, mit dem wir die Aufmerksamkeit des Volkes auf uns ziehen können. Wir müssen diese Armee dezimieren, denn sonst werden noch mehr von uns getötet werden."

Barton erhob sich. „Carls Lehre hat uns in den vergangenen Monaten angefeuert, und wir sind bereit, uns zu erheben, weil wir von unserer Sache überzeugt sind. Wenn sie uns töten, nur weil wir die Gute Nachricht von Jesus weitererzählen, dann können wir uns ruhig auch gegen sie stellen. Ich bin der Meinung, dass wir etwas unternehmen müssen, um ihren Feldzug zu stoppen. Wenn wir das nicht tun, werden wir nicht mehr lange hier sein."

„Die verschiedenen Gruppen müssen sich zusammenschließen", schlug Paul vor. „Wir sollten die Kraft einer großen Anzahl von Menschen nicht unterschätzen."

„Aber mit der Armee können wir es nicht aufnehmen."

„Gideon konnte das auch nicht", gab Paul zu bedenken. „Nicht die Macht schafft das Recht, denn sonst läge die Regierung richtig. Gott steht auf unserer Seite und nur er kann uns den Sieg schenken. Das müssen wir von ihm erwarten, genau wie Gideon."

Der alte Carl erhob sich mühsam. „Gideon ist das perfekte Vorbild, Leute. Ich möchte euch an seine Geschichte erinnern." Schnell blätterte er in seiner Bibel und las:

„Da erschien ihm der Engel des Herrn und sagte zu ihm: Der Herr sei mit dir, starker Held. Doch Gideon sagte zu ihm: Ach, mein Herr, ist der Herr wirklich mit uns? Warum hat uns dann all das getroffen? Wo sind alle seine wunderbaren Taten, von denen uns unsere Väter erzählt haben? Sie sagten doch: Wirklich, der Herr hat uns aus Ägypten heraufgeführt. Jetzt aber hat uns der Herr verstoßen und uns der Faust Midians preisgegeben. Da wandte sich der Herr ihm zu und sagte: Geh und befreie mit der Kraft, die du hast, Israel aus der Faust Midians! Ja, ich sende dich. Er entgegnete ihm: Ach, mein Herr, womit soll ich Israel befreien? Sieh doch, meine Sippe ist die schwächste in Manasse und ich bin der Jüngste im Haus meines Vaters. Doch der Herr sagte zu ihm: Weil ich mit dir bin, wirst du Midian schlagen, als wäre es nur ein Mann."

„Ihr seht also, Leute", sagte Carl, „die Israeliten waren aus der Sklaverei in Ägypten befreit worden, aber als sie Gott vergaßen und ihm ungehorsam wurden, lieferte er sie den Midianitern aus, die sie sieben Jahre lang quälten. Als Gott Gideon auftrug, in seiner Kraft auszuziehen, wollte Gideon mit einer Armee von 32 000 Mann losziehen.

Doch Gott sagte ihm, es seien zu viele Krieger. Bei einer solchen Menge würden sich die Männer den Sieg über die Midianiter selbst zuschreiben. Darum sollte Gideon seinen Soldaten sagen, jeder, der Angst habe, könne gehen. 22 000 Männer verließen sie. Zurück blieben nur 10 000 Mann. Sie sollten gegen eine Armee von 135 000 Mann antreten. Doch Gott sagte Gideon, er hätte noch immer zu viele Leute. Gideon sollte mit seinen 10 000 Männern zu einer Quelle gehen und sie trinken lassen. Diejenigen, die sich auf alle Viere hinabließen und mit dem Mund aus der Quelle tranken, sollten nach Hause gehen. Nur 300 schöpften mit der Hand Wasser. Nur sie sollten mit Gideon in den Krieg ziehen.

Als Gideon die Midianiter angriff, waren sie so verängstigt, dass 120 000 sich gegenseitig töteten, die übrigen 15 000 flohen in die Wüste. Gideon setzte ihnen nach und tötete auch sie.

Ich weiß nicht, wie Gott den Rest der Untergrundchristen in Los Angeles gebrauchen wird, um die Armee zu besiegen. Aber ich glaube, wir sollten uns die Männer Gideons zum Vorbild nehmen, mutig und bereit sein zu tun, was immer nötig ist. Und Gott wird die Schlacht gewinnen."

Barton James begleitete Paul zu seinem Wagen zurück.

„Wenn Sie die Runde drehen“, bat er, „grüßen Sie die anderen von uns. Sagen Sie ihnen, wir seien bereit, für die Sache zu sterben.“

„Ich hoffe, dass das nicht nötig werden wird“, erwiderte Paul.

„Ich sollte Ihnen sagen, dass wir für morgen Abend eine besondere Aktion geplant haben.“

„Will ich das überhaupt hören?“, fragte Paul.

„Bestimmt. Die Sache ist nicht mit Gideon und seinem Feldzug zu vergleichen, aber es ist schon etwas. Uns steht ein ferngesteuertes Flugzeug zur Verfügung, das ich vom Boden aus steuern kann. Oder sollte ich sagen, vom Wasser aus. Es startet und landet in der Bucht. Wir werden die Stadt mit Flugblättern überschwemmen und hoffen, dass das Flugzeug nicht abgeschossen wird. Wenn das passiert, verlieren wir ein teures Flugzeug, aber wenigstens keine Leute.“

„Eine ziemlich gewagte Aktion“, meinte Paul. „Das muss ich zugeben. Aber wenn Sie geschnappt werden?“

„Dann gibt es Ärger.“

„Sie sagen es.“

„Ein solches Unternehmen wird die Armee nicht unbedingt daran hindern, gegen die Gläubigen vorzugehen“, meinte Paul. „Aber mir gefällt es. Diese Aktion wird die Aufmerksamkeit der Öffentlichkeit erregen. Sind schon einige Ihrer Leute geschnappt worden?“

„Nein. Manchmal war es haarscharf, aber bisher noch nicht. Drei unserer Mitglieder wurden eines Abends zu Fuß etwa eine Meile verfolgt, aber sie konnten unerkannt entkommen und, wie wir hoffen, ohne jemanden zu uns geführt zu haben. Sterben auch in anderen Staaten Gläubige so wie hier?“

„Nicht in diesem Ausmaß“, erwiderte Paul. „Ein paar sind gefoltert worden, ja. Aber dass die Armee jetzt mitmischt, ist eine böse Wendung der Dinge. Scheinbar hat die Regierung beschlossen, einen offenen Krieg gegen uns zu führen. Die Zaghaften werden aussteigen, wenn sie Angst haben, die Sache nicht zu überleben."

„Hier gibt es keine Zaghaften, Sir", widersprach Barton. „Das ist keine Bewegung für Zaungucker."

„Wenn wir nur eine große Sache auf die Beine stellen könnten, wie damals Gideon, Barton. Etwas, das alle diese Leute vereinen und ihnen zeigen würde, dass Gott durch sie wirken wird, um die Macht der Armee abzuwehren. Was würde diese Stadt in die Knie zwingen?"

„Auf dem Rückweg werde ich für diese Stadt beten", erwiderte Barton. „Ich werde dafür beten, dass Gott Ihnen eine Idee schenkt."

„Vielleicht wird er *Ihnen* eine Idee schenken."

„Ich bin für so etwas nicht klug genug", wehrte Barton bescheiden ab. „Und ich brauche diese Last auch nicht. Aber Sie können sich darauf verlassen, dass ich mithelfen werde, sie zu tragen."

„Doch diese Idee für heute Abend stammt von Ihnen, nicht wahr?"

„Wollen Sie die Wahrheit hören? Es war Lois' Idee."

■ ■ ■

Auf dem Parkplatz eines Fastfood-Restaurants erreichte Paul ein Anruf von seiner Schwiegermutter.

„Jae hat mich gebeten, mich mit dir in Verbindung zu setzen", erklärte sie. „Ich soll dir sagen, wie Leid es ihr tut, dass sie deinen Anruf verpasst hat, und ich soll dir ausrichten, sie würde sich bei dir melden, sobald sie dazu in der Lage sei."

Tatsächlich? Das klingt gar nicht nach Jae. „Weißt du, wo sie steckt?"

„Nein, das hat sie mir noch nicht verraten."

Das sieht ihr auch nicht ähnlich. „Ich nehme an, Dad hält dich über die Geschehnisse hier auf dem Laufenden."

„Oh nein, wenn er unterwegs ist, höre ich nichts von ihm. Er hat von morgens bis abends Besprechungen mit wichtigen Leuten. Ich bin sicher, wenn er zurückkommt, werde ich alles erfahren."

Paul meldete sich bei Straight. Dieser klang sehr niedergeschlagen.

„Was ist los?", fragte Paul.

„Du weißt es noch nicht?"

Straight schien so aufgewühlt zu sein, dass er keinen Ton herausbekam.

„Nimm dir Zeit, Freund", beruhigte Paul ihn. Er zappte durch die Kanäle seines Taschencomputers, bis er eine Nachrichtenseite fand. *Was?* Die Armee hatte einen Schlag gegen die Christen in der ehemaligen *Loyola Marymount*-Universität im Westchester-Viertel von Los Angeles geführt, die nur wenige Minuten vom internationalen Flughafen entfernt lag.

„Paul", brachte Straight schließlich heraus, „Anrufe von Insidern, kurz bevor es losging, berichteten von 200 Menschen, die zusammengekommen waren, um die Toten von South Central zu betrauern. Sie befanden sich in einer provisorischen Kapelle und auf dem ganzen Gelände gab es keine Waffen. Die Führer bemerkten, dass die Armee anrückte, und wollten verhandeln. Nun, es gab keine Verhandlungen. Sie wurden in der Tür erschossen, dann zogen sich die Anführer der Armeetruppen auf ihre Positionen zurück und brachten alle um. Diese Menschen wurden buchstäblich abgeschlachtet."

Paul stopfte den Rest von seinem Essen in die Tüte und raste davon. Er machte sich Vorwürfe, dass er keinen Weg gefunden hatte, die Gläubigen in Loyola zu warnen. Er hatte Specs gebeten, sich mit ihnen in Verbindung zu setzen, aber vermutlich hatte dieser sie nicht mehr rechtzeitig erreicht.

Der Verkehr war sehr dicht, und schwarzer Rauch sammelte sich über dem Gelände, auf dem das Massaker stattgefunden hatte. Schließlich ließ Paul den Wagen stehen und rannte die fast zwei Kilometer zum Ort des Geschehens. Keuchend und schwitzend kam er an und fand seinen Schwiegervater zusammen mit Bia Balaam bei einem Reporter, der ihnen das Mikrofon vor die Nase hielt.

„Wir sprechen live mit Chief Bia Balaam und General Ranold Decenti, Veteran aus dem Dritten Weltkrieg und nun militärischer Berater der neuen nationalen Anti-Christen-Einsatztruppe. Chief Balaam, was ist hier geschehen?"

„Unsere Geheimdienstagenten haben die anti-amerikanischen und subversiven Aktivitäten der schwer bewaffneten und gefährlichen Gruppe religiöser Fanatiker überwacht. Diese Gruppe mit mehr als 1 000 Mitgliedern plante, Los Angeles unter ihre Kontrolle zu bekommen und danach vermutlich ganz Pacifica. Wir haben das Gelände im Morgengrauen umstellt, die Führer aufgeweckt und sie aufgefordert, sich widerstandslos zu ergeben. Sie versprachen, mit ihren Gefährten eine friedliche Lösung zu erörtern, und wir stellten ihnen ein Ultimatum. Um zwölf Uhr sollten sie uns ihre Waffen ausliefern und in Haft genommen werden.

Als wir nichts mehr von ihnen hörten, bereiteten wir uns auf das Schlimmste vor. Eine Minute nach dem Ultimatum eröffneten sie das Feuer auf unsere Truppen, und wir waren gezwungen, uns zu verteidigen. Zum Glück gab es auf unserer Seite keine Todesopfer oder Verletzten und offensichtlich haben sie ihre schweren Geschütze dann gegen sich selbst gerichtet. Wir waren gezwungen, uns zurückzuziehen, als sie die Gebäude in Brand steckten und in die Luft sprengten und sich auf diese Weise selbst umbrachten."

„Mit wie vielen Toten rechnen Sie?"

„Mit mehreren hundert."

„General Decenti, was ist mit Augenzeugenberichten, die besagen, sie hätten das Militär erst nach halb zwölf anrücken sehen und Sie selbst, Sir, seien erst kurz vor der Schlacht eingetroffen?"

„Diese Augenzeugen irren sich. Ich bin seit dem Morgengrauen hier, und vielleicht haben sie mich gesehen, als ich von einer anderen Stellung gekommen bin."

Sobald der Reporter gegangen war, stellte Paul Ranold zur Rede. „Warum wurde ich über diese Aktion nicht informiert? Ich bin hier, um die Verhafteten zu verhören und ihre Antworten für dich und die anderen zu interpretieren, damit wir ein Gesamtbild bekommen. Ich erfahre immer erst durch die öffentlichen Medien von diesen Belagerungen, und offensichtlich bleibt niemand am Leben, den ich verhören könnte."

„Erstens, Paul, dies ist Chief Balaams Operation. Zweitens, man kann das wohl kaum eine Belagerung nennen. Wir würden es nur zu gerne sehen, wenn diese Leute sich angemessen und kooperativ verhalten würden, und nichts wäre uns lieber, als dir eine endlose Zahl Subversiver zur Befragung zu überstellen. Aber das sind Fanatiker, Extremisten. Sie werden nicht auf die Stimme der Vernunft hören. Sie werden nicht verhandeln. Bei dem ersten Anzeichen, dass die Regierung vor ihrer Tür steht, fangen sie an zu schießen."

„Zu schießen?"

„Eine ähnliche Unterhaltung in demselben selbstgerechten Ton haben wir nach der Sache in South Central geführt, und du fragst dich, warum wir dich nicht darüber informieren, wann und wo wir zuschlagen?"

„Ich habe das Recht, darüber informiert zu werden. Warum bin ich denn sonst hier?"

„Willst du die Wahrheit wissen? Weil ich nicht glaube, dass du das verkraften könntest – darum führt Balaam diese Operation und nicht du. Vielleicht liegt es an deiner Verwundung, ich weiß es nicht, aber du bist mir zu weich geworden, Junge. Diese Sache ist Monate her. Zeit genug, darüber hinwegzukommen. Mittlerweile müsstest du erkannt haben, wie wichtig ein taktischer Erstschlag ist."

„Taktisch? Das sieht mir mehr aus wie ein Abschlachten. Und ist diese Desinformationstaktik deine Vorstellung davon, dir die Presse vom Hals zu halten?"

Ranold blickte ihn verächtlich an. „Du bist ein hoffnungsloser Fall, Paul. Wie oft haben wir darüber gesprochen, dass wir die Presse zu unserem Vorteil nutzen wollten! Wahrheit ist eine Frage der Perspektive. Die Leute glauben, was sie hören, und erst recht, wenn es in den Nachrichten gesendet wird. Die Zeit ist gekommen, die Öffentlichkeit aufzuwecken. Die Menschen müssen begreifen, dass diese religiöse Subversion ein Krebsgeschwür ist, eine Bedrohung unseres Lebens. Auflehnung kann nicht geduldet werden. Wir müssen mit allen uns zur Verfügung stehenden Mitteln dagegen angehen und werden es auch tun. Du solltest stolz auf das sein, was wir hier heute erreicht haben, Paul. Das übrige Amerika wird es sein."

Paul war sprachlos. Die Balaam unterhielt sich noch immer mit den Reportern, so blieb ihm wenigstens ihre Prahlerei über ihren Erfolg erspart. Er zog los, um nach Überlebenden zu suchen, mit denen er reden konnte.

Aber es gab keine.

■ ■ ■

Einer der Chauffeure nickte Paul zu, als dieser durch das Tor zu Allendos Anwesen fuhr. Sein Diener stand bereit, als er vor dem Eingang vorfuhr. Es fiel Paul unglaublich schwer, freundlich zu sein.

Sein Diener teilte ihm mit: „Abendessen wird um sieben Uhr serviert. Mr. Allendo bat mich, Ihnen mitzuteilen, er und General Decenti seien noch unterwegs, würden aber rechtzeitig eintreffen."

Sie kamen tatsächlich pünktlich und ihre überschwängliche Fröhlichkeit zeigte Paul, dass tatsächlich nur er ein Problem mit dem hatte, was an diesem Tag geschehen war. Amerika war stolz auf sie. Tiny hatte viele Freunde und Kollegen aus der Filmbranche zu sich eingeladen, die sich alle um Chief Balaam scharten. In ihrem silbernen Kleid erinnerte sie ihn an eine Messerklinge.

Für die Bewirtung hatten die Caterer alle Register gezogen. Serviert wurden die feinsten Delikatessen, vorwiegend in Tinys Lieblingsfarbe gold. Ranold schien sich wunderbar zu amüsieren. Er schlang Toastschnittchen mit goldenem und schwarzem Kaviar hinunter und trank prickelnden Champagner aus einer Champagnerflöte mit einem goldenen Rand. Aber das Prunkstück unter den Horsd'oeuvres war lebendes Sushi, kleine goldene Fische in einem Glasgefäß mitten auf dem Tisch, die mit kleinen Speeren gefangen wurden. Das alles ekelte Paul an.

Bia Balaam trat neben ihn, einen kleinen Spieß in der Hand. „Schon einen gefangen?“

„Nein“, erwiderte Paul. „Ich kann auch nicht sagen, dass ich es versucht hätte.“

„Vielleicht ist das ein Sport, der Ihnen nicht liegt.“

„In einem Gefäß Fische zu fangen, ist für mich kein Sport.“

„Sie scheinen viele Skrupel zu haben, Dr. Stepola.“

„Ich versuche, das Richtige zu tun, Agentin Balaam.“

„Davon bin ich überzeugt. Aber was zählt, ist die Fähigkeit zu tun, was getan werden muss.“

„Das werde ich mir merken.“

„Das hoffe ich. Und bitte merken Sie sich, dass ich *Chief* Balaam bin.“

■ ■ ■

Bei Einbruch der Dunkelheit wurden die Gäste von dem Dröhnen eines Flugzeugs abgelenkt.

„Es scheint sehr nah zu sein“, meinte Tiny. „Aber nicht einmal die kleinsten einmotorigen Flugzeuge dürfen dieses Gebiet überfliegen.“

Das Geräusch wurde lauter, bis es sich direkt über ihnen befand.

„Ich werde eine Beschwerde einreichen“, sagte Tiny. „Eine Party zu stören . . . Ich weiß nicht, für wen diese Leute sich halten oder für wen sie uns halten. Hier handelt es sich nicht um irgendeine Grillparty im Valley.“

Eine dunkle Wolke verhüllte auf einmal einen Teil des Himmels. Paul und die anderen beobachteten, wie sie sich dann aufzulösen und auf die Erde zu schweben begann. Papier fiel vom Himmel. Hunderte schwebender Flugblätter.

Einige Gäste schrien auf. Andere fingen die Flugblätter und lasen ihre Botschaften laut vor. Sie lasen von Wundern, Warnungen vor dem kommenden Gericht und von der Möglichkeit der Erlösung durch Jesus Christus. Tiny brüllte Befehle und das Dienstpersonal lief hektisch herum und sammelte die Blätter auf.

Mit hochrotem Kopf forderte Bia Balaam ein Telefon. Ranold hob drohend seine Faust zum Himmel und stieß wüste Drohungen aus. Paul war begeistert, hatte aber auch Angst um Barton. Um seine Gefühle zu verbergen, schlenderte Paul zum Springbrunnen. Der Boden war mit durchnässten Blättern übersät und einige schwammen noch auf der Wasseroberfläche. Und auf einmal entstand vor seinem inneren Auge ein Plan, der so klar und lückenlos war, dass er nur von Gott selbst stammen konnte.

Paul wusste, was er und die Untergrundchristen von Los Angeles zu tun hatten.

Kapitel 33

Beim Frühstück am folgenden Morgen hatte Ranold seine gute Laune wieder gefunden.

„Paul“, sagte er, „gestern Abend haben wir einen großen Durchbruch erzielt. Unsere Jungs konnten das Flugzeug ausfindig machen, das LA mit dieser Propaganda verschmutzt hat. Wie sich herausstellte, war es ferngesteuert, das hat die wärme-empfindliche Aufklärung ergeben. Unsere Leute wollten es abschießen, doch als es in Sicht kam, war der größte Teil der Ladung bereits abgeworfen. Wir konnten es zu seinem Besitzer verfolgen. Das Ding führte unsere Leute in die San Pedro Bay. Sie hielten sich versteckt, um den Besitzer nicht zu verscheuchen.

Und tatsächlich kam ein Mann in einem Boot herausgefahren, um es zu holen. Allerdings machten unsere Leute den Fehler, ihn zu verhaften, bevor er das Flugzeug in sein Versteck zurückgebracht hatte. Vermutlich hätten sie dort auch einige seiner Gefährten festnehmen können, doch sobald er merkte, dass er verfolgt wurde, blieb er in seinem Boot und ließ sich widerstandslos festnehmen.

Ein unverschämter Junge. Sehr frech, kann sich sehr gut ausdrücken. Roch nach Fisch. Er hatte noch einen Vorrat dieser Blätter bei sich und noch mehr davon haben wir in dem Flugzeug und in seinem Boot gefunden. Andere Broschüren, Paul, mehr über Jesus, die Erlösung und das kommende Gericht. Du willst jemanden, den du verhören kannst? Du bekommst ihn.“

„Wo ist er?“

„In einer Zelle hier in einer Armeekaserne.“

„Ich mache mich sofort auf den Weg.“

„Er wird dir schon nicht weglaufen. Iss fertig und entspann dich.“

„Nein, ich fahre besser hin, bevor die Balaam zu der Überzeugung kommt, dieser Kerl sei bewaffnet und gefährlich, und ihn dazu bringt, ‚Selbstmord‘ zu begehen.“

Ranold starrte ihn an. „Die Leute, die getötet wurden, hatten den Tod verdient, Paul, angefangen mit deinem Freund Pass, und das weißt du ganz genau. Chief Balaam hat die subversiven Sekten in Washington beinahe im Alleingang handlungsunfähig gemacht. Es waren besonders bösartige Leute, die für größere Sabotageakte verantwortlich waren. Sie haben die Kirschbäume in der Stadt absterben lassen – und damit ein nationales Symbol zerstört und der Wirtschaft der Stadt empfindlichen Schaden zugefügt. Das war ein genauso feindlicher Akt, als hätten sie die Freiheitsstatue in die Luft gesprengt. Das war offener Terrorismus und hier draußen in LA haben wir es mit demselben Kaliber Menschen zu tun."

„Niemand hat bisher beweisen können, dass jemand die Kirschbäume hat absterben lassen, Ranold, hast du das vergessen? Und in diesem Land gibt es noch immer ein Rechtssystem."

Ranold schüttelte den Kopf. „Ich habe fast den Eindruck, dass du eifersüchtig auf die Balaam bist. Ich höre von dir nur Kritik, obwohl es uns gelungen ist, zwei größere terroristische Zellen zu zerstören, den Reklamewand-Saboteur auszuschalten und gestern Abend diesen Rebellen zu verhaften. Ich habe das zuerst nicht verstanden, aber ich glaube, du hast Probleme damit, dass sie diese Operation leitet und ihre Sache gut macht. Du magst vielleicht ein Held sein, der für die Sache gelitten hat, aber hier geht es um mehr als um das Ego von irgendjemandem. Die Balaam leitet die Operation, weil sie Ergebnisse vorzuweisen hat, also reiß dich zusammen, und kümmere dich um deinen eigenen Job, bevor du deine Vorgesetzten kritisierst.

Bring diesen Jungen dazu, dir zu verraten, wo sich das Hauptquartier der Gruppe befindet. Wir werden diese ganze Gemeinschaft auslöschen und vernichten. Das ist die Aufgabe, für die wir bezahlt werden."

■ ■ ■

In der Kaserne wurde Paul zu einem Seitenflügel gebracht. Die Wachsoldaten rauchten und langweilten sich.

„Ein schwieriger Fall dahinten", sagte einer, der sich erhob, als Paul sich auswies. „Ich bezweifle, dass Sie aus dem etwas herausbekommen."

Im Vernehmungszimmer fand Paul Barton auf dem Boden liegend vor. Er trug seine weite Jacke und seine Hände waren auf den Rücken gefesselt. Sein Atem kam stoßweise.

„Helfen Sie diesem Mann auf den Stuhl“, befahl Paul dem Wachposten. „Und nehmen Sie ihm die Handschellen ab.“

„Er hat uns angegriffen, Sir. Ich würde Ihnen davon abraten.“

„Nehmen Sie ihm die Handschellen ab und lassen Sie uns allein. Wenn er mich angreift, werde ich ihn erschießen.“

„Mir gefällt Ihre Art.“

Als Barton auf dem Stuhl saß, die Hände in den Schoß gelegt, scheuchte Paul den Beamten hinaus und schloss die Tür ab.

„Haben Sie diese Männer angegriffen, Barton?“

„Natürlich nicht.“ Man hatte ihm einen Zahn ausgeschlagen und er blutete auch aus der Nase. Über einem Auge klaffte eine üble Wunde und Blut sickerte auch aus einer Verletzung an seinem Hinterkopf.

„Wollen Sie die Jacke ausziehen?“

Er nickte und Paul half ihm aus der Jacke.

„Reden Sie mit mir.“

„Sie haben sich gegen mich gewandt?“, fragte Barton. „Haben Sie mich verraten?“

„Natürlich nicht. Niemand hat hier irgendjemanden verraten. Jetzt schreien Sie nicht so. Ich bin gekommen, sobald ich davon gehört habe. Sagen Sie mir, was passiert ist.“

„Wissen Sie das nicht? Man wird mich nicht einsperren. Sie werden mich umbringen, genau wie alle anderen.“

„Das ist eine sehr reale Möglichkeit“, stimmte Paul ihm zu. „Ich werde Sie nicht anlügen. Ich denke darüber nach, wie ich Sie schützen kann. Was haben Sie ihnen erzählt?“

„Nichts von unserer Operation. Die haben doch nicht herumgeschnüffelt, oder?“

„Nicht, dass ich wüsste.“

Barton bedeckte die Augen mit den Händen.

„Es gibt keine Möglichkeit zur Flucht. Die haben Truppen von ein paar tausend Mann, richtig?“

„Das könnte hinkommen. Im Augenblick kann ich nur wenig für Sie tun. Aber ich werde Sie aus dem Gewahrsam der Armee herausholen und ins NPO-Büro in der Stadt bringen lassen. Ich kann für nichts garantieren, aber wenigstens werden Sie dann nicht mehr in den Händen der Armee sein. Und vielleicht kann ich Ihnen dort eine Gelegenheit zur Flucht verschaffen.“

„Das scheint eine langwierige Angelegenheit zu werden.“

„Nicht so lange wie dann, wenn Sie hier bleiben würden.“

„Nun, ich kenne die Risiken. Hey, Doc, wie lange sind Sie schon Christ?"

„Noch nicht besonders lange."

„Lang genug, um für mich zu beten?"

„Aber ganz bestimmt", erwiderte Paul.

Er legte die Hand auf Bartons Schulter und betete, dass Gottes Wille sich in seinem Leben erfüllen würde. Was für ein seltsamer Ort für ein Gebet, und er fragte sich, was die Wachen draußen vor der Tür denken würden, wenn sie dies sehen könnten.

Als er Barton verließ, rief Paul Harriet Johns an und teilte ihr mit, er werde ihr einen Verdächtigen schicken, den er gerne verhören wolle.

„Ich werde ihn erwarten, Paul. Es ist gut, dass auch wir allmählich wieder ins Spiel kommen. Ihr Verdächtiger wird hier sein, wann immer Sie ihn vernehmen wollen."

Paul füllte die nötigen Papiere aus und wartete noch eine Weile, um sicherzugehen, dass die Verlegung auch tatsächlich über die Bühne ging. Er beobachtete die Soldaten, die Barton an Händen und Knöcheln gefesselt über den Parkplatz führten und ihn in einen Jeep setzten. Er betete, dass Barton heil in der Stadt ankommen würde.

■ ■ ■

Paul fuhr zur Tarnung einige der Orte ab, die auf der Liste der Einsatztruppe standen, bevor er auf Umwegen die Sapiens-Fischerei ansteuerte. Als er dort eintraf, war es bereits später Nachmittag. Die Gruppe hatte sich spontan getroffen, um für Barton zu beten.

„Das Risiko war einfach zu groß", weinte Lois.

„Barton ist jung und mutig", meinte Carl. „Jetzt müssen wir nur Vertrauen haben."

„Ich habe eine Idee, wie wir das sinnlose Abschlachten aufhalten können", erklärte Paul, „aber dazu brauchen wir einen Hydrologen."

„Einen Gewässerspezialisten?"

„Kennen Sie einen? Hier oder aus einer anderen Gruppe?"

Lois berichtete, eine Angestellte der Wasserwerke würde zu einer Untergrundgruppe in der Nähe des Stone-Canyon-Reservoirs gehören.

„Oh, Dr. Stepola, das ist eine wundervolle Gruppe, vorwiegend ältere, hochgebildete Menschen. Ich bin mir sicher, dass sie helfen werden."

„Erzählen Sie mir von dieser Frau."

„Sie arbeitet für die Wasserwerke von Los Angeles."

„Das ist zu schön, um wahr zu sein."

„Sie heißt Grace Dean und ist ein zäher alter Vogel."

„Kennen Sie sie gut genug, um sie herzubitten?"

„Jetzt?"

„So schnell wie möglich."

Ein paar Minuten später berichtete Lois: „Grace hat Skrupel, das Gesetz zu brechen, aber ich erinnerte sie daran, dass sie das bereits seit mehr als zwei Jahren tut, seit sie sich dieser kleinen Gruppe angeschlossen hat."

„Woher weiß sie, dass sie das Gesetz brechen soll?"

„Sie ist nicht dumm, Doktor. Sie wird in etwa einer Stunde hier sein, sobald sie Feierabend hat."

■ ■ ■

Grace Dean traf zusammen mit drei anderen aus ihrer Gruppe etwa eine Stunde später ein. Sie war Mitte 40, sehr klein und stämmig, mit kurzen, schwarzen Haaren. Sie redete sehr schnell und offen und zweifellos kannte sie sich in ihrem Metier aus.

Nachdem sie sich gegenseitig vorgestellt hatten, kam Paul gleich zur Sache.

„Falls ich die Wasserversorgung der ganzen Stadt lahm legen und Los Angeles und die ganze Stadt in die Knie zwingen wollte, wie würde ich das anstellen?"

Grace kräuselte die Lippen und sah zur Decke.

„Seit fast 200 Jahren muss Los Angeles sein Wasser von weit her holen", erklärte sie. „Vor etwa 135 Jahren wurde endlich das California-Aquädukt fertig gestellt und es bringt eine Menge Wasser aus dem etwa 1 100 Kilometer nördlich gelegenen Sacramento Valley zu uns in die Stadt. Wenn es hier ankommt, wird das Wasser natürlich durch ein riesiges Netz von Rohren und Tunneln in die verschiedenen Teile des Bezirks umgeleitet."

„Und wenn wir nun die Versorgung unterbrechen wollten?", fragte Paul.

„Man könnte das Aquädukt natürlich zerstören, aber was würden Sie mit dem ganzen Wasser tun? Es muss ja irgendwohin fließen."

„Wo könnte man das Wasser hinleiten, ohne irgendjemandem zu schaden?"

„Oh, da gibt es eine Menge Möglichkeiten", erwiderte Grace. „Einige zwischen hier und dort. Aber man müsste es zu einem der Seen leiten, die nicht so streng bewacht sind. Doch seit Terroristen die Idee hatten, den Wasservorrat zu vergiften, wird das Wasser in der Stadt, dem Landkreis und dem gesamten Sunterra-Gebiet von der Bundesregierung ganz besonders scharf bewacht. Wie lange, denken Sie, würden Sie mit Ihrer Sabotage durchkommen? Würden Sie LA tatsächlich in die Knie zwingen oder würden Sie nur ein paar Tage lang ein wenig Unruhe stiften?"

„Ich weiß es nicht", erwiderte Paul. „Sie sind hier der Experte."

„Mir scheint", sagte sie, „Sie sollten es lieber Gott überlassen einzugreifen."

„Manchmal frage ich mich, ob Gott uns verlassen hat", beklagte sich ein Mann. „Ist seine Hand noch immer über uns? Sind wir ihm zu weit vorausgelaufen und haben die Reichweite seines Segens verlassen? Natürlich gebe ich nicht ihm die Schuld an all diesen Todesopfern, aber wenn er noch bei uns wäre, würde er dann zulassen, dass sein Volk niedergemetzelt wird wie Ungeziefer?"

Carl hob die Hand. „Ich denke, wir sollten in der Bibel Rat suchen." Er blätterte seine zerlesene Bibel durch. „Ich lese aus Jesaja, Kapitel 50, Vers 2. Gott sagt: ‚Ist meine Hand denn zu schwach, um zu befreien, fehlt mir die Kraft, um zu retten? Durch meine Drohung trockne ich das Meer aus. Ich mache Flüsse zur Wüste, sodass die Fische verfaulen aus Mangel an Wasser und sterben vor Durst.'

Und in den Versen 7 und 8 sagt der Prophet: ‚Doch Gott, der Herr, wird mir helfen; darum werde ich nicht in Schande enden. Deshalb mache ich mein Gesicht hart wie einen Kiesel; ich weiß, dass ich nicht in Schande gerate. Er, der mich freispricht, ist nahe. Wer wagt es, mit mir zu streiten? Lasst uns zusammen vortreten! Wer ist mein Gegner im Rechtsstreit? Er trete zu mir heran.'

Und im folgenden Kapitel, in den Versen 12 bis 16 gibt Gott das folgende Versprechen: ‚Ich bin es, ja, ich, der euch tröstet. Was hast du, dass du dich fürchtest vor sterblichen Menschen, vor Menschen, die dahinschwinden wie Gras? Warum vergisst du den Herrn, deinen Schöpfer, der den Himmel ausgespannt und die Fundamente der Erde gelegt hat? Warum zitterst du dauernd vor der Wut dessen, der dich bedrängt, der darauf ausgeht, dich zu vernichten? Wo ist denn die Wut dessen, der dich bedrängt? Bald wird der Gefesselte freigelassen; er wird nicht im Kerker sterben und es mangelt ihm nicht mehr an Brot.'"

Paul war fasziniert, und den Gesichtern und der Körpersprache der anderen nach zu urteilen, ging es ihnen ebenso.

„Und jetzt hört dies, meine lieben Brüder und Schwestern von Los Angeles: ‚Ich bin doch der Herr, dein Gott, der das Meer aufwühlt, sodass die Wogen tosen. Herr der Heere ist sein Name. Ich habe dir meine Worte in den Mund gelegt, im Schatten meiner Hand habe ich dich verborgen, als ich den Himmel ausspannte und die Fundamente der Erde legte und zu Zion sagte: Du bist mein Volk.'"

Carl setzte sich kurz hin, dann fiel er auf die Knie und legte sich lang auf den Boden. Die anderen folgten seinem Beispiel. Paul begann zu weinen. Es war, als hätte Gott selbst laut zu ihm gesprochen.

„Du bist Gott", betete Carl. „Wir beten dich an."

Und die anderen murmelten zustimmend. „Ja, Herr. Danke, Gott. Wir glauben an dich. Wir vertrauen dir, Herr. Hilf uns, uns daran zu erinnern, was du für uns getan hast und noch tun willst."

Zögernd und ängstlich trat Paul vor Gott und betete um ein Wunder.

„Gott", sagte er, „wir bitten dich, den Mund der Atheisten zu verschließen, den Boden zurückzufordern, den unsere Feinde gewonnen haben. Wir bitten dich, auf so mächtige und übernatürliche Weise zu handeln, dass selbst die Armeen der Vereinigten Sieben Staaten wissen werden, dass du es bist, und sich vor dir verstecken. Gott, du musst eingreifen!"

Während auch die anderen beteten, fühlte Paul sich Gott näher als je zuvor. Im Stillen dankte er ihm für das Wunder seines Augenlichts und bat Gott, ihm zu zeigen, was er als Nächstes tun solle. Lange würde er nicht mehr für beide Seiten arbeiten können. Wie konnte er sein Bestes geben, wirklich etwas bewirken und der Sache dienen, bevor er entlarvt und wegen Verrats hingerichtet wurde?

Paul lag da, wartete auf das Reden Gottes und betete für eine Antwort, einen Anstoß, eine Führung, irgendein Wort Gottes. Die Opposition allein gegen seinen Schwiegervater und Bia Balaam würde wenig bewirken. Er wollte nicht mehr länger durch Los Angeles fahren und die Frustration und das Entsetzen über die Ermordung ihrer Gefährten durch den Feind mit seinen Mitchristen teilen.

Die Gebete der anderen rührten Paul, und auf einmal hatte er eine Vision von dem, was Gott tun würde. Es war, als hätte Gott selbst ihn geführt, um die Gläubigen in allen sieben Staaten – und vor allem in Los Angeles – zu mobilisieren. Er hörte keine Stimme, aber es war, als könnte er Gottes Gedanken spüren. Gott würde für sie handeln, wenn alle Untergrundchristen sich vereinigen und ihr Vertrauen ganz auf Gott setzen würden.

Paul sah sein Ziel immer klarer vor Augen. Aus diesem Grunde war er hier. Das Fragen, die Überlegungen, wie er als Doppelagent am besten dienen könnte, hatten ein Ende. Seine Aufgabe bestand darin, die Untergrundchristen zu mobilisieren, zu beten und Gott anzuflehen, sich dem Feind in seiner ganzen Macht zu zeigen.

Alle Zweifel waren nun verschwunden. Zitternd erhob sich Paul. Er wusste nicht, ob er darüber sprechen oder seine Vision lieber für sich behalten sollte. Er hatte das drängende Gefühl, dass alle Gläubigen im ganzen Land beten sollten. Gott konnte die inbrünstigen Gebete der Gerechten nicht ignorieren und würde es auch nicht tun.

„Ich möchte alle Untergrundchristen dazu bringen, eins zu werden im Gebet. Wir müssen beten, dass Gott in Los Angeles etwas tut, um diese Massaker zu beenden“, sagte Paul. „Ich glaube, dass wir etwas Bestimmtes tun sollen. Lasst uns dafür beten, dass Gott die Wasserzufuhr nach Los Angeles unterbricht. Dann müssen wir der Regierung irgendwie klar machen, dass dies ein Werk Gottes ist und dass er dasselbe im ganzen Land tun kann. Die Ermordung von Christen muss ein Ende haben, und wir müssen die Freiheit bekommen, die Wahrheit der Bibel zu verbreiten. Ich werde in Chicago anrufen und meine Kontaktperson bitten, sich mit möglichst vielen Untergrundzentren in Verbindung zu setzen. Und dann sollten wir auf ein Wunder warten.“

Es war fast sieben Uhr.

Grace und ihre Gefährten begaben sich zusammen mit Paul zu ihrem Wagen. Er hatte angeboten, Essen für die Sapiens-Gruppe zu besorgen. Die Stimmung im Kellerraum war so fröhlich, dass niemand sich verabschieden wollte, und es gab eine Menge zu besprechen.

„Grace, Ihre Infos haben uns sehr geholfen", bedankte sich Paul. „Ich weiß, Sie hatten große Angst und Bedenken, uns zu helfen, darum vielen Dank."

„Mein Glaube ist echt, aber mit meinem Mut ist es nicht so weit her", erklärte sie. „Als Lois mir erzählte, was Sie vorhaben, da klang das sehr gefährlich, so anders als unsere Treffen im Stone Canyon. Ich fühle mich noch immer ziemlich neu im Glauben."

„Ich bin selbst neu dabei", erwiderte Paul. „Ich war blind – im wahrsten Sinne des Wortes –, und Gott hat mir mein Augenlicht wiedergegeben, bevor ich den Sprung gewagt habe. Und selbst dann hat es noch eine Weile gedauert."

„Für mich war es eine Hilfe, dass sie –", sie deutete auf ihre Freunde, „– bereit waren, mich zu begleiten. Sie haben mir gesagt, ich solle beten."

Nachdem Paul sich von der Gruppe verabschiedet hatte, informierte er Straight über ihre Erkenntnisse. Dieser war von dem Plan begeistert und versprach, Gebetsgruppen ins Leben zu rufen. Dann rief Paul bei Tiny an, um mitzuteilen, dass er nicht zum Abendessen kommen werde. Er hörte Musik im Hintergrund – an einem Freitagabend würden vermutlich wieder Gäste da sein. Ranold übernahm den Telefonhörer.

„Was hast du dir dabei gedacht, einfach einen Kriminellen von einem sicheren Aufbewahrungsort zu verlegen?"

„Er war mein Gefangener, Ranold. Ich habe keinen Grund gesehen, ihn in Armee-Gewahrsam zu lassen. Ich werde ihn morgen früh weiter vernehmen."

„Nein, das wirst du nicht. Ihm ist beinahe die Flucht gelungen."

Beinahe? „Dann wurde er also wieder geschnappt, willst du mir das sagen?"

„Das stimmt, aber er musste für seine Flucht bezahlen."

„Sie hatten ihn doch bereits halb totgeschlagen, Dad. Was erwartest du denn noch, aus ihm herauszubekommen? Ich werde mit ihm reden."

„Du begreifst es einfach nicht, oder, Paul? Du wirst nicht mehr mit ihm reden können. Komm zurück, damit ich dich nicht verdächtigen muss, etwas mit dem Ganzen zu tun zu haben."

„Mich verdächtigen?"

„Ich habe dir gesagt, du sollst dein Ego in Schach halten. Die Balaam war gar nicht davon begeistert, dass du ihren Gefangenen verlegt hast. Sie betrachtete dies als einen direkten Angriff auf ihre Autorität. Ich habe ihr erklärt, du seist ein Hitzkopf, würdest dich vielleicht ein wenig zurückgesetzt fühlen –"

„Ranold, was wurde dem Mann angetan?"

„Keine Folter, falls du das andeuten willst. Wir sind viel zu beschäftigt, um unsere kostbare Zeit mit einem Flugblattverteiler zu vergeuden. Das war deine Aufgabe. Heute Nachmittag haben wir einen Tipp bekommen, dass die Terroristen etwas Großes vorhaben. Und darum haben wir die Gelegenheit genutzt, um deinen Mann unter Druck zu setzen, und das war's."

„Was bedeutet das?"

„Gib endlich Ruhe, Paul! Du willst doch bestimmt nicht noch mehr Ärger deswegen. Und kommst du jetzt hierher?"

Paul knirschte mit den Zähnen.

„Kommst du, Paul?"

„Ich kann dich nicht mehr verstehen", sagte Paul und unterbrach die Verbindung.

■ ■ ■

Paul suchte einen Informationssender im Radio, doch zuerst musste er die Sportnachrichten über sich ergehen lassen. Schließlich wurde die Nachricht gesendet, die er gefürchtet hatte.

„Heute Nachmittag stürzte ein Wagen, in dem der subversive christliche Rebellenführer Barton James vermutet wird, von einer Klippe auf der ‚Peace Canyon Road' und ging in Flammen auf. James war, wie berichtet wird, aus der Arrestzelle im Hauptquartier der NPO hier in Sunterra geflohen. Er war wegen Drogen- und Waffenbesitzes und des Angriffs auf Armeeangehörige festgenommen worden. Die Behörden versuchten, das Feuer auf der Klippe zu löschen, und bargen den Leichnam mit Hilfe von Hunden ..."

Peace Canyon Road. Paul hatte das Gebiet auf der Karte gesehen, als er herumgefahren war, um sich zu orientieren. Auf diesen Klippen gab es nichts außer dichtem Blattwerk und Kojoten und die wenigen Häuser, die nach dem Erdbeben noch standen. Warum sollte ein Fahrzeug diese Route wählen?

Obwohl Paul sich kaum vorstellen konnte, einen Bissen herunterzubringen, holte er für die Gruppe in einem Fastfood-Restaurant eine gute Auswahl an Gerichten und fuhr zurück, um von Bartons Tod zu berichten. Carl und Lois wirkten besonders betroffen, aber alle waren schockiert.

„Es mag nicht gerade der beste Zeitpunkt dafür sein", sagte Paul betrübt, „aber vielleicht können wir Barton am besten betrauern, indem wir weiter planen."

Paul erzählte, sein Freund Straight würde ihr Gebetsanliegen an die Untergrundchristen im ganzen Land weitergeben.

„Jeder Gläubige wird für euch hier beten. Ich bin noch neu dabei, aber auch wenn ich glaube, dass Gott zu mir gesprochen hat, fällt es mir nicht immer leicht zu glauben. Trotz allem, was Gott bereits für mich getan hat, habe ich manchmal noch meine Zweifel."

„Das ist nicht ungewöhnlich", tröstete Carl ihn. „Denken Sie daran, Jesus hat gesagt: ‚Alles vermag, wer da glaubt.' Und ein Mann bat ihn um Hilfe mit den Worten: ‚Ich glaube, hilf meinem Unglauben.'"

Paul hatte den Eindruck, dass die kleine Gruppe durch seine Worte ermutigt wurde. Mit feuchten und glänzenden Augen waren sie wirklich bereit zu glauben, dass Gott etwas tun würde – sich darauf zu verlassen, dass er ihre Gebete erhören würde.

„Während Paul fort war, habe ich etwas erarbeitet", erklärte Carl, „und jetzt werde ich es ausdrucken. Und dann wollen wir an dieser Erklärung feilen, bis jedes Wort sitzt, und Gott für alles danken, was er tun wird."

Ein Klopfen an der Tür im oberen Stockwerk ließ alle zusammenfahren. Carl deutete auf eine junge Frau. „Rhoda, sieh bitte nach, wer es ist. Und bitte sei vorsichtig."

Die anderen beteten, einige auf den Knien, einige lang ausgestreckt auf dem Fußboden. Kurz darauf waren Schritte auf der Treppe zu hören.

„Entschuldigt", rief Rhoda blass und zitternd. „Es – es ist Barton!"

„Was?"

„Wer?"

„Lass ihn rein!"

„Wo ist er?"

„Er ist am Leben?"

„Ich geh hoch!"

„Ich auch!"

Ein halbes Dutzend Leute stürmten die Treppe hinauf. Bald darauf kamen sie mit einem humpelnden, mitgenommen aussehenden und erschöpft wirkenden Barton James wieder herunter. An seinem Hemd und seiner Hose hingen die Überreste von Klebeband.

„Bist du es wirklich?"

„Was ist passiert?"

Paul wartete hinter Carl, bis er an der Reihe war, Barton zu umarmen.

„Haben Sie wirklich versucht zu fliehen oder was –"

„Das hat man Ihnen erzählt? Wir sind nicht einmal in die Stadt gekommen. Wir fuhren in die andere Richtung, und mir war klar, dass sie irgendetwas vorhatten."

„Es heißt, Sie seien von einer Klippe im ‚Peace Canyon' gestürzt."

„So war es auch", erzählte Barton. Er ließ sich auf eine zerschlissene Couch sinken. „Sie nahmen mir die Handschellen und Fußfesseln ab und setzten mich in einen alten Wagen. Dann wurde ich mit Klebeband am Fahrersitz befestigt. Benzinkanister, deren Verschlüsse man abgedreht hatte, wurden im Fond auf dem Boden deponiert. In die Öffnung steckten sie alte Lappen. Der Wagen stand vor der Leitplanke. Sie ließen den Motor an und setzten die Lappen in Brand, bevor sie den Gang einlegten. Ich betete, dass es nicht so schlimm wehtun und dass ich schnell im Himmel sein würde.

Mit voller Geschwindigkeit durchbrach der Wagen dann die Leitplanke, aber ich konnte mich nicht bewegen, weil ich ja an den Sitz gefesselt war. Dann war der Wagen in der Luft und stürzte kopfüber hinunter. Der Rauch nahm mir fast den Atem. Als der Wagen auf dem Boden aufschlug, riss jemand meine Tür auf, löste das Klebeband und zog mich heraus. Wir rollten weiter und erreichten schließlich die

Büsche, als der Wagen explodierte und noch tiefer in den Canyon stürzte.

Der Mann sagte mir, das Klebeband hätte mich gerettet, aber ich wäre bei lebendigem Leibe geröstet worden, wenn er mich nicht herausgezogen hätte. Eine Weile blieb ich halb bewusstlos in den Büschen liegen. Der geheimnisvolle Fremde war auf einmal verschwunden. Der Wagen brannte vollständig aus. Ich wusste, ich musste schleunigst verschwinden, ehe sie anfingen, meinen Leichnam zu suchen.

Ich lief zur Hauptstraße zurück und ging immer weiter, bis ich zur Magnetbahn kam. Ich konnte nicht riskieren, von jemandem gesehen zu werden, darum folgte ich den Schienen, so weit ich konnte. Ganz vorsichtig habe ich mich hierher geschlichen."

„Das ist unglaublich."

„Ein Wunder."

„Das war bestimmt ein Engel."

Lois stimmte ein Lied an.

„Gesegnet sei das Band, das uns im Herrn vereint!
Geknüpft von Christi Liebeshand, bleibt's fest, bis er erscheint."

Carl sprach ein Dankgebet. Dann berichtete er Barton: „Wir planen einen Gegenschlag."

„Erzählt!"

Carl fasste Pauls Pläne kurz zusammen, und Barton setzte sich auf und lehnte sich vor.

„Das machen wir", sagte er. „Wir wollen darauf vertrauen, dass Gott etwas tun wird."

Carl reichte ihm seinen Entwurf. „Ich wollte das gerade vorlesen."

Paul stand hinter Barton und las Carls waghalsiges Manifest durch. Darin stand, die Christen im Umkreis von Los Angeles würden dafür beten, dass Gott den Wasservorrat der Stadt austrocknen würde, um der brutalen Verfolgung der Gläubigen Einhalt zu gebieten.

„Wir wissen, dass inbrünstiges Gebet des Gerechten viel bewirkt, und wenn die Ermordung unschuldiger Menschen nicht sofort eingestellt wird, vertrauen wir darauf, dass Gott dieses Gebet erhören und sein Gericht über unsere Peiniger kommen lassen wird.

Sollte sich die Armee nicht sofort zurückziehen und uns in Ruhe lassen, so glauben wir, dass unser Gebet erhört werden wird. Wenn eintrifft, worum wir gebetet haben – und daran zweifeln wir nicht –, werden Sie wissen, dass Gott gehandelt hat. Um dieses Gericht zu verhindern, bitten wir alle betroffenen Bürger, aktiv zu werden und die Regierenden zu zwingen, ihre ungerechten Gesetze gegen die Menschen zu ändern, die an Gott glauben.

Wir wollen unsere Überzeugungen in der Öffentlichkeit mit Respekt und Liebe für alle und von allen frei ausleben können. Nur darum geht es uns.

Sollte die Dürre auftreten, dann erinnern Sie sich daran, dass Jesus gesagt hat: ‚Wer Durst hat, komme zu mir, und es trinke, wer an mich glaubt. Wie die Schrift sagt: Aus seinem Inneren werden Ströme von lebendigem Wasser fließen.'"

„Das ist toll", lobte Barton. „Ich würde kein einziges Wort ändern. Wir sollten diese Erklärung an alle Gruppen schicken, die wir kennen, und sie bitten, sie zu verbreiten. Man wird über uns lachen und uns verspotten, aber Gott wird handeln, und dann wird das Lachen – und das Töten – ein Ende haben."

Er und ein paar andere eilten an die Computer und fingen an, die Erklärung per E-Mail zu versenden. Paul verabschiedete sich, da er wusste, dass Ranold vermutlich auf ihn wartete.

„Sie sind gleich fertig und wir werden alle in ein paar Minuten gehen", sagte Carl. „Aber wir haben etwas für Sie, mein Freund. Sie haben Ihr Leben für uns riskiert und wir möchten Ihnen ein Zeichen unserer Wertschätzung geben."

Er reichte Paul einen Penny, den Paul fest in seiner Hand verschloss. Vor Rührung brachte er kein Wort über die Lippen. Carl trat näher und legte ihm die Hand auf den Kopf.

„Im Buch Judas, in den Versen 24 und 25, lesen wir: ‚Dem einen Gott aber, der die Macht hat, euch vor jedem Fehltritt zu bewahren und euch untadelig und voll Freude vor seine Herrlichkeit treten zu lassen, ihm, der uns durch Jesus Christus, unseren Herrn, rettet, gebührt die Herrlichkeit, Hoheit, Macht und Gewalt vor aller Zeit und jetzt und für alle Zeiten. Amen.'"

Bewegt bedankte sich Paul und trat hinaus in die Nacht.

■ ■ ■

Auf dem Rückweg nach Beverly Hills dankte er Gott, dass dieser Barton verschont hatte.

„Und ich danke dir auch dafür, dass du mir die Idee geschenkt hast, wie du dich selbst den Leuten von Sunterra zeigen kannst. Von ganzem Herzen glaube ich, dass du es tun wirst."

Paul war etwa einen halben Kilometer von Allendos Haus entfernt, als er ein Piepen vernahm und sich meldete.

„Paul?" Es war Jae. Sie klang irgendwie seltsam.

„Ja! Hallo!"

„Habe ich dich geweckt?"

„Nein. Was ist los?"

„Nichts ist los, Paul. Ich wollte nur deine Stimme hören."

„Wirklich?"

„Und jetzt möchte ich dich sehen."

„Ich weiß nicht, wann ich nach Hause komme, Jae", erklärte Paul, „aber ich hoffe, dass du und die Kinder dann da seid."

„Ich möchte dich heute Abend sehen."

„Jae, das würde ich auch gerne. Ich habe dich vermisst. Aber ich bin noch in LA und ich arbeite –"

„Ich bin am Flughafen, Paul."

„Im Ernst?"

„Komm und hole mich bei ‚Helios Air' ab."

■ ■ ■

Fast eine Stunde später eilte Paul aus dem Wagen in Jaes Arme. Viele Fragen beschäftigten ihn. Sie drückte ihn fest an sich und küsste ihn.

„Ich möchte nie wieder von dir getrennt sein, Paul."

Er legte ihre Tasche in den Kofferraum und sie fuhren los.

„Ich muss dir so viel erzählen", gestand sie.

„Ich freue mich, dich zu sehen, Jae. Aber was führt dich hierher? Und warum jetzt?"

„Lass uns irgendwohin fahren, wo wir reden können."

Unterwegs erzählte Jae ihm von den Kindern und von dem Spaß, den sie in Washington hatten.

„Aber sie vermissen dich, Paul. Ständig fragen sie, wann ihr Daddy sie besuchen kommt. Ich habe ihnen erzählt, du müsstest viel arbeiten, nachdem du so lange krank warst. Sie haben Angst, du könntest wieder verletzt werden, und ich habe ihnen versprochen, du würdest mit ihnen darüber reden."

„Das werde ich."

Was ist mit dem Brief meines Vaters? Hast du ihn an dich genommen? Paul achtete auf ungewöhnliche Nuancen in Jaes Stimme. *Was hat dieser Besuch zu bedeuten?*

Schließlich bog er auf den Parkplatz eines vornehmen Restaurants ein paar Kilometer von Allendos Wohnsitz entfernt ein. Er winkte ab, als der Parkwächter seinen Wagen einparken wollte, und zog seinen Ausweis hervor, um den Sicherheitsbeamten zum Schweigen zu bringen, der sie verscheuchen wollte. Als sie allein waren, wandte sich Paul Jae zu.

Sie nahm seine Hände. „Paul, es tut mir so Leid. Ich habe dir nicht vertraut. Ich war davon überzeugt, du würdest mich betrügen."

„Das habe ich nicht."

„Dieser Brief von Angela hat mich so gequält. Ich konnte nicht glauben, dass nichts dahinter steckte – nicht nach dem letzten Mal. Die Detektive haben nicht herausgefunden, mit wem du dich in Toledo getroffen hast, aber du hast mir nicht einmal ein Alibi genannt – nicht, dass ich es dir geglaubt hätte. Trotzdem, ich wollte dich eigentlich gar nicht verlassen. Denn dann hätte ich die Scheidung eingereicht und wäre nicht nur nach Washington gefahren."

„Das habe ich mir auch immer gesagt."

„Ich wusste, Angela Pass Barger musste die Tochter von Andy Pass sein. Erinnerst du dich noch daran, dass du mich nicht einmal zu der Beerdigung mitnehmen wolltest? Das hat mich von der Richtigkeit meines Verdachts überzeugt. Die NPO hatte Fotos von der Beerdigung gemacht, darum bat ich Daddy, mir eines zu beschaffen."

„Und das hat er getan? Das durfte er nicht."

„Ich bin seine Tochter, Paul. Es ist ja nicht so, dass er sie verfolgen oder einschüchtern sollte. Als ich sah, wie jung, schön und lebhaft sie war, dachte ich, unsere Ehe sei vorbei. Und dann habe ich sie gemeinsam mit dir in dieser Berichterstattung über die Vorgänge in Las Vegas gesehen."

„Das war alles purer Zufall, Jae."

„Nun, es war auf jeden Fall seltsam. Aber trotzdem konnte ich unsere Ehe noch nicht aufgeben. In ihrem Brief erwähnte sie die Kongressbibliothek. Ich habe versucht, sie dort zu erreichen. Man sagte mir, sie hätte ein paar Monate zuvor gekündigt. Und so bin ich nach Las Vegas geflogen, um sie zur Rede zu stellen."

Paul schlug sich mit der Hand vor die Stirn. „Oh Mann. Hast du sie gefunden?"

„Nein. Ich zeigte das Foto im ‚Babylon' herum, wo du die Verhaftung vorgenommen hast. Eine der Hostessen – oder was immer sie sind – wusste etwas über sie. Sie sagte, sie würde sozusagen Sozialarbeit unter den Prostituierten leisten."

„Das war aber wirklich Detektivarbeit, Jae."

„Und da wurde mir alles klar."

„Tatsächlich?"

„Ich stellte mir vor, dass du sie bei der Beerdigung kennen gelernt und dir gedacht hast, sie könnte eine gute Informantin sein. Auch wenn sie nicht selbst zu den religiösen Fanatikern gehörte, kannte sie vielleicht die Freunde ihres Vaters. Und dann fiel mir etwas ein, das in dem Brief gestanden hatte, etwas, dem ich nicht viel Beachtung geschenkt hatte. Es ging um Handschriftenproben oder so etwas. Das hat mir Klarheit verschafft – du hast von ihr Informationen bekommen. Kein Wunder, dass du mir nicht von ihr erzählen wolltest."

„Vieles, was ich tue, muss geheim bleiben . . ."

„Ach, Paul, ich weiß. Ich schätze, ich neige einfach zur Eifersucht. Und darum beschloss ich, um unsere Ehe zu kämpfen, was immer sie dir bedeutet und auch wenn du in sie verliebt bist. Zehn Jahre sind eine lange Zeit – eine viel zu lange Zeit, um sie einfach wegzuwerfen. Liebst du sie?"

Paul seufzte. „Ich kann nicht leugnen, dass ich sie attraktiv fand. Aber ich schwöre, Jae, ich habe niemals etwas mit ihr gehabt."

„Können wir um der Kinder willen die letzten sechs Monate vergessen? Können wir versuchen, uns gegenseitig wieder glücklich zu machen?"

„Jae, das würde mir sehr viel bedeuten."

Aber irgendwie wurde Paul das Gefühl nicht los, dass dies ein wenig zu glatt gegangen war.

Als Paul schließlich bei Allendos Haus vorfuhr, teilte der Mann am Tor ihm mit: „General Decenti bat, darüber informiert zu werden, wenn Sie eintreffen. Er würde gerne mit Ihnen sprechen."

„Es ist drei Uhr morgens", wandte Paul ein.

„Er sagte, die Zeit spiele keine Rolle."

„Geben Sie uns ein paar Minuten", bat Paul, „und behalten Sie bitte für sich, dass meine Frau, seine Tochter, bei mir ist. Ich möchte ihn überraschen."

„Ich werde ihn bitten, Sie in zehn Minuten im Salon zu treffen."

■ ■ ■

Als sie im Haus waren, sagte Jae: „Paul, meine Rolle in all dem tut mir so Leid. Ich hoffe, du kannst mir vergeben."

„Ich war auch im Unrecht. Seit Jahren bin ich dir kein guter Ehemann mehr gewesen."

„Ich war dir auch keine gute Frau. Ich war schrecklich misstrauisch und habe dich ständig verdächtigt, mir untreu zu sein. Und dann, als du verletzt warst, hatte ich das Gefühl, von dir ausgeschlossen zu werden, und ärgerte mich darüber. Ich habe nicht bedacht, wie schlimm die Blindheit für dich sein musste."

„Und ich konnte nur an mein eigenes Elend denken, Jae. Ich habe nicht darüber nachgedacht, welche Auswirkungen meine Blindheit oder mein Zorn auf dich und die Kinder haben würde. Ich möchte dir ein besserer Mann sein und den Kindern ein besserer Vater. Da gibt es eine gravierende Veränderung, von der ich dir erzählen möchte – erzählen *muss*. Aber ich weiß nicht, ob ich im Augenblick die richtigen Worte finde angesichts von all dem, was gerade passiert. Hier findet nämlich gerade eine wahre Schlacht statt."

„Solange sich nichts an deiner Liebe zu mir verändert hat, Paul, kann ich warten."

„Glaub mir, es geht um eine Veränderung, die dich mir wertvoller macht als je zuvor. Das verspreche ich dir."

■ ■ ■

Während Jae auspackte, ging Paul nach unten. Er fragte sich, ob er glücklich und erleichtert oder lieber misstrauisch sein sollte.

Er traf Ranold in einem burgunderfarbenen Morgenrock, Schlafanzug und Pantoffeln an.

„Wo in aller Welt hast du gesteckt?"

„Ich hatte nicht den Eindruck, dass ich dir Rechenschaft schuldig bin."

„Vielleicht nicht, aber du wirst mir meine Fragen beantworten. Ich war heute Abend aus. Eigentlich bin ich nicht leicht zu schockieren, Paul, aber heute Abend hat mich beinahe der Schlag getroffen. Es ging um dich."

Pauls Pulsschlag beschleunigte sich. Sein Schädel dröhnte. Er spürte, wie seine Augenlider zuckten – unmerklich, wie er hoffte –, während er versuchte, Ranolds eindringlichem Blick standzuhalten.

Das ist es jetzt.

Paul zwang sich, seinen Schwiegervater anzusehen und mit fester Stimme zu sprechen. „Um mich?"

„Ich habe eine Frau namens Grace Dean getroffen. Schon von ihr gehört?"

Das Katz-und-Maus-Spiel. Pauls Antwort konnte Leben oder Tod für sie oder ihn selbst bedeuten. Er zuckte mit keiner Wimper und antwortete auch nicht.

„Sie ist Wasserspezialistin im Wasserwerk von Los Angeles. Aber das weißt du ja, Paul, nicht wahr?"

Er kann es nicht erwarten zu sehen, ob ich zusammenbreche.

„Dies ist deine Geschichte, nicht meine, Dad."

„Heute Nachmittag wurde Grace von einer Bekannten, die sie nur als Lois kennt, zu sich gebeten. Ihre Gruppe, eine terroristische Zelle von Fanatikern, wollte von ihr Informationen über die Wasserversorgung von LA haben. Grace hatte Angst, wusste nicht, was sie davon halten sollte. Ab und zu hatte sie eine ähnliche Gruppe in der Nähe des Stone-Canyon-Reservoirs besucht, aber zum ersten Mal wurde von ihr die Teilnahme an einer terroristischen Aktion verlangt. Sie bat ein paar Freunde aus ihrer Gruppe, sie zu begleiten. Einer war zufällig unser Informant.

Unser Informant hatte jedoch einen Geschäftstermin. Darum bat Grace einen anderen, für ihn einzuspringen. Selbstverständlich rief unser Informant uns an. Doch als unser Mann bei Graces Büro ankam, war sie schon weg.

Wir warteten in ihrer Wohnung auf sie. Die mögliche Sabotage der Wasserversorgung von Los Angeles war eine zu große Sache für einen kleinen Agenten der NPO. Darum hat sich Agentin Balaam, die ein Talent für solche Dinge hat, persönlich dieser Sache angenommen. Ich habe sie selbstverständlich begleitet. Und, was meinst du, ist passiert?"

Paul kräuselte die Lippen, als wäre es ihm vollkommen egal. „Erzähle es mir bitte."

„Ich habe mich immer gefragt, warum Menschen sich ihre Pulsadern gerne in einer vollen Badewanne aufschneiden. Wollen sie tatsächlich mit ansehen, wie sich das Wasser rot färbt, während ihr Leben aus ihnen herausfließt? Auf jeden Fall hat sich Grace für ein solches Ende entschieden. Sie hat sogar einen Brief hinterlassen, in dem sie beschreibt, wie verzweifelt sie darüber ist, von religiösen Extremisten getäuscht worden zu sein, die einer armen, einsamen Jungfer ihre Freundschaft angeboten hatten, sich jedoch nur ihr Wissen für ihre illegalen Machenschaften zu Nutze machen wollten. Sie schnitt sich beide Unterarme auf, vertikal vom Handgelenk bis zum Ellbogen – so wird Selbstmord nämlich fachgerecht begangen, weißt du. Natürlich brauchte sie ein wenig Hilfe dabei. Sie schrie übrigens wie ein Ferkel. Wie ein Ferkel."

Paul bemühte sich krampfhaft, seine Gefühle zu unterdrücken. *Ihr Ungeheuer!*

„Und hier kommst du ins Spiel, Paul. Bevor ihr die Pulsadern aufgeschnitten wurden, wurde Graces Erinnerungsvermögen mehrmals, sagen wir, ein wenig angeregt. Die Balaam verband ihr die Augen mit einem Seidenschal – ein hübsches Detail, nicht wahr? – und tauchte sie unter Wasser. Wann immer Grace wieder Luft holen konnte, erzählte sie uns ein wenig mehr über die Zelle in der Nähe des Hafens. Sie kannte nur die Vornamen, aber sie war in der Lage, eine gute Beschreibung des Anführers zu geben, des Mannes, der all die Fragen über die Wasserversorgung gestellt hat. Wie es scheint, kommt er aus Chicago – also ein Aufrührer von außerhalb. Stell dir das vor. Er nannte sich Paul und erzählte ihr, er sei blind gewesen, doch Gott hätte ihm sein Augenlicht zurückgegeben. Sie hat sogar seinen dunkelblauen Sedan gesehen."

Paul erinnerte sich an Stephen Lloyd, der ihn umarmt und gekeucht hatte: „Mann, mein Glaube ist zum ersten Mal auf die Probe gestellt worden. Ich hätte es beinahe nicht geschafft."

„Paul, leugnest du, dieser Mann zu sein?"

„Nein", erwiderte Paul. Er stand mit geballten Fäusten da und konnte sich nur mit Mühe beherrschen.

„Nein, du bist es nicht? Oder nein, du leugnest es nicht?"

„Hi Daddy!", sagte Jae. Sie eilte zu ihrem Vater, legte ihm den Arm um den Hals und gab ihm einen Kuss auf die Wange.

„Jae, Liebes, ich –"

„Ihr beide wirkt so ernst. Was ist los?"

„Nur Geschäfte. Was machst du hier?"

„Ich habe meinen Mann vermisst. Ich hoffe, dem Gastgeber ist es recht, wenn –"

„Tiny wird hocherfreut sein, da bin ich sicher. Ich werde das morgen früh mit ihm klären. Aber Jae, wir haben hier zu arbeiten. Du wirst nicht viel von Paul haben –"

„Ich werde ihm nicht im Weg stehen. Und vermutlich werde ich sowieso früher als er zurückfliegen. Aber ich wollte ihn unbedingt sehen."

„Nun, das ist gut. Dann habt ihr euch also wieder versöhnt?"

„Genau."

„Wie schön. Wenn du uns jetzt bitte entschuldigen würdest, Jae, wir müssen hier noch etwas regeln. Paul wird gleich bei dir sein."

„Schön, dich zu sehen, Daddy."

„Ja, natürlich. Ich freue mich auch."

Als Jae fort war, fluchte Ranold und wandte sich wieder Paul zu. „Es geht nicht, dass unsere Frauen uns bei einer Operation wie dieser begleiten. Du warst nicht da, als ich gegen zehn Uhr hierher zurückkam, darum habe ich die Leiterin der NPO von Los Angeles bei sich zu Hause angerufen – wie heißt sie noch? Johns?"

„Harriet."

„Natürlich sagte ich ihr, sie solle sich als gefeuert betrachten und ich würde es offiziell machen, wenn ich den Leiter der NPO am Morgen erreichte. Sie beteuerte, sie hätte dir keine Undercover-Arbeit genehmigt und schon gar nicht bei einer so großen Sache, die nicht von uns genehmigt wurde. Die Leute vor Ort ärgern sich natürlich über uns und würden uns nur zu gerne die Show stehlen, aber Johns hat mich davon überzeugt, dass sie nicht so dumm ist, eine solche Sache zu inszenieren – schon gar nicht, wo die Wasserversorgung von LA auf dem Spiel steht – und erst recht nicht mit meinem Schwiegersohn. Sie sagte, sie hätte nur eine Bemerkung gemacht, du würdest ein guter Undercover-Agent sein, nichts weiter."

Paul war fassungslos.

„Paul, du hast mich mit deiner Arroganz beschämt – und noch mehr dich selbst. Was ist in dich gefahren, dass du ohne Vorbereitung eine solche Nummer abziehst? Und das auch noch auf eigene Faust. Dachtest du, du müsstest mit mir in Konkurrenz treten? Mit der Balaam? Sie ist ein viel besserer Soldat als du, weil sie im Gegensatz zu dir Befehle befolgt. Sicher, sie zeigt auch Kreativität, aber sie tut, was ihr gesagt wird. Du bist derjenige, der gefeuert werden sollte. In der NPO ist kein Platz für eigenmächtiges Handeln, vor allem jetzt nicht. Wie rechtfertigst du das?"

„Das kann ich nicht."

„Was mich besonders trifft, ist die Tatsache, dass du geglaubt hast, du würdest mit dieser Sache davonkommen, weil ich dein Schwiegervater bin."

„Niemals, nicht ein einziges Mal, habe ich versucht, mir durch deine Position Vorteile zu verschaffen."

„Dann wolltest du also nicht auf eigene Faust Punkte machen? Dachtest du, du müsstest zusätzliche Mühen auf dich nehmen, weil du in San Francisco und Gulfland versagt hast? Das kann ich verstehen, Paul. Aber wir alle müssen schon mal Fehlschläge einstecken. Ein richtiger Soldat akzeptiert das und macht weiter. Oder war es dein weiches Herz? Du missbilligst unsere Taktik und dachtest, du könntest diese Abtrünnigen in Handschellen vorführen, anstatt in Särgen? Nun, das funktioniert bei Terroristen nicht." Er schüttelte den Kopf. „Du bist selbstgerecht und naiv. Das macht mich krank – und es hätte dich mehr kosten können als nur deinen Job. Du hättest es verdient, im Gefängnis zu verrotten, wenn diese Verrückten tatsächlich die Wasserversorgung manipuliert hätten und du sie dir durch die Finger hättest schlüpfen lassen.

Zum Glück sagte Grace, sie hätte dir klar gemacht, dass so etwas nur durch ein Wunder möglich sei. Zu diesem Zeitpunkt hatte sie keinen Grund mehr zu lügen."

„Und warum wurde sie dann ermordet?"

„Denkst du, sie hätte uns noch mehr sagen können? Wie auch

immer, so zurückhaltend sie auch war, immerhin hat sie dazugehört. Und ich habe dir doch gesagt, es war eindeutig Selbstmord."

„Mit einem Arm, der vom Ellbogen bis zum Handgelenk aufgeschnitten war, konnte sie sich noch den anderen aufschneiden?"

„Wir haben keine Spuren hinterlassen, Paul. Keine Sorge. Einige werden sich vielleicht fragen, wie sie das gemacht hat, aber niemand wird uns verdächtigen."

„Was ist mit der Zelle am Hafen?"

„Es hat ewig gedauert, den Treffpunkt zu finden, aber wir haben natürlich alles durchsucht. Personen haben wir nicht angetroffen, doch wir fanden eine alte Druckerpresse, Computer, jede Menge verbotener Bücher und Traktate. Stell dir nur vor, Paul: Wenn du bei diesen Leuten gewesen wärst, um dein großes Ding durchzuziehen, als die Razzia durchgeführt wurde, dann hättest du dabei dein Leben verlieren können. Zumindest hätte großer Erklärungsbedarf bestanden.

Wir halten das Gebäude natürlich unter Beobachtung. Und am Sonntag wird es das erste Ziel einer größeren Aktion sein. Wir wissen mittlerweile von sieben anderen größeren Zellen, und wir werden sehen, ob Graces Freunde noch etwas dazu beizutragen haben. Diese Leute treffen sich jeden Sonntag, dann können wir sie alle auf einmal schnappen. Selbst wenn große gleichzeitig durchgeführte Razzien die Untergrundbewegung nicht komplett vernichten, so werden sie sie doch drastisch dezimieren.

Die Frage ist jetzt, Paul, was ich mit dir machen soll."

„Was immer du für nötig hältst."

„Es ist so schwer einzuschätzen, wie viel Schaden du tatsächlich angerichtet hast. Deine Einmischung hat uns auf ein neues Ziel aufmerksam gemacht und eine Ahnung davon vermittelt, was für Angriffe die Terroristen planen könnten. Nur die Balaam und ich wissen, wie sehr du dich zum Narren gemacht hast. Ich geriete in einen Interessenkonflikt, wenn ich dich jetzt bestrafen sollte. Und ich werde dich nicht noch weiter demütigen, indem ich es Chief Balaam überlasse, dein Schicksal zu bestimmen. Vielmehr werde ich deinem Vorgesetzten Chief Koontz Bericht erstatten und deine Bestrafung in seine Hände legen."

Paul hätte am liebsten vor Erleichterung aufgeseufzt.

„Das scheint mir fair zu sein", sagte er.

„Ich werde dir die Gelegenheit geben, diese Sache am Sonntag wieder gutzumachen. Du wirst bei den Razzien an meiner Seite bleiben und dich, wie ich hoffe, so verhalten, dass mein Bericht an Koontz ein wenig positiver ausfällt. Bis dahin bist du vom Dienst suspendiert. Du darfst den Wagen der NPO nicht benutzen. Vielleicht stellt Tiny dir ein Fahrzeug zur Verfügung, damit du Jae morgen ein wenig die Stadt zeigen kannst.

Und jetzt gehe ich ins Bett, und ich schlage vor, dass du dasselbe tust."

■ ■ ■

An Schlaf war im Augenblick überhaupt nicht zu denken. Paul war über Graces Schicksal entsetzt und hätte die Menschenfischer am liebsten sofort gewarnt, am folgenden Tag dem Hafen fern zu bleiben. Außerdem wollte er den anderen Untergrundchristen von LA davon abraten, sich am Sonntag wie üblich an ihren Versammlungsorten zu treffen. Weiter unten auf der Liste stand die Erkenntnis, wie knapp er einer Entdeckung entgangen war. Auch diese Erkenntnis erschütterte ihn, doch die anderen Dinge hatten Priorität.

Paul hatte unglaubliches Glück gehabt, dass sein Schwiegervater einem so gravierenden Irrtum zum Opfer gefallen war. Es sah ihm eigentlich gar nicht ähnlich, voreilige Schlüsse zu ziehen. *Wenn er den Brief meines Vaters gehabt hätte, hätte er die Situation anders gedeutet. Jae muss ihn haben.*

Um wie viel Uhr hatte sie ihn angerufen? War es möglich, dass dieser Anruf von Ranold inszeniert gewesen war, um ihn vor dem Überfall von den Sapiens wegzulocken und sich selbst eine Peinlichkeit zu ersparen?

Ranold sagte, er sei um zehn Uhr nach Hause gekommen, was stimmen konnte, aber nicht unbedingt stimmen musste. Grace war um kurz vor sieben vom Hafen aufgebrochen. Wenn die Folterung gegen neun Uhr stattgefunden hatte, hätte Ranold die Razzia anordnen und Jae dann bitten können, sich mit Paul in Verbindung zu setzen. Er hätte sie bitten können, nach LA zu kommen. Der Rest ihrer Geschichte mochte sogar stimmen, aber Ranold hätte sie auch schon früher herbeordern können.

Wie lange haben wir über Barton und das Manifest gesprochen? Und wie lange war ich danach unterwegs?

Bei allem, was geschehen war, konnte Paul die Reihenfolge nicht mehr genau benennen. Die Warnung der anderen war nun seine dringlichste Aufgabe.

Paul ging nach draußen. Er stand vielleicht unter Beobachtung, musste aber Straight jetzt einfach anrufen. Die Fontäne spritzte wie immer. Paul stellte sich ganz dicht an den Brunnen. Die Gischt würde ihn nass spritzen, aber das Plätschern würde zweifellos seine Stimme verschlucken. Um nicht noch mehr Verdacht zu erregen, wenn er klatschnass wieder ins Haus zurückkehrte, zog er Hemd und Hose aus und warf sie an eine Stelle, wo sie trocken bleiben würden.

Wie Paul war auch Straight fassungslos über die Ereignisse.

„Ich weiß nicht, wie ich die Christen hier vor Ort erreichen kann", klagte Paul. „Sie müssen gewarnt werden. Keinesfalls dürfen sie morgen zur Sapiens-Fischerei gehen. Auch müssen sie die anderen Untergrundzellen in Los Angeles warnen. Und Grace Deans Freunde von der Stone-Canyon-Gruppe. Man wird sie zum Verhör abholen, falls das nicht bereits geschehen ist.

Und hier stehe ich, ganz und gar außer Gefecht gesetzt – und bestimmt lässt Ranold oder möglicherweise Jae mich beobachten."

„Sie hat dir doch keine Wanze untergeschoben, oder?"

„Ich glaube nicht einmal, dass sie mit dieser Sache etwas zu tun hat. Zum Glück –" Paul brach in Gelächter aus, „– selbst wenn es so wäre, ich stehe hier in meinen Shorts, tropfnass, den Kopf unter einer Fontäne."

„Ich habe mich schon gefragt, was das für ein Geräusch ist."

Kapitel 36

Am Morgen versprühte Tiny Allendo seinen Charme und tat so, als hätte Jaes Anwesenheit die Lage gerettet.

„Ihr Timing ist perfekt", schwärmte er. „Heute Abend werde ich am Pool ein großes Dinner geben, zu dem Sie natürlich herzlich eingeladen sind. Der Gouverneur von Sunterra und seine Frau werden da sein, außerdem einige wichtige Persönlichkeiten aus der Stadt und natürlich Chief Balaam und Ihr Vater. Oh, und Juliet Peters."

„Die Schauspielerin?"

„Genau die", bestätigte Tiny. „Ich denke darüber nach, ihr in meinem Film die Rolle von Chief Balaam zu geben. Sie wissen schon, die schöne Blondine kämpft sich in den Rängen der NPO nach oben und bekommt schließlich durch die Leitung einer hervorragenden Einsatztruppe ihre große Chance. Über den Liebesaspekt bin ich mir noch nicht im Klaren – vielleicht verliebt sie sich in den gut aussehenden Anführer der Fanatiker, den sie gefangen nimmt. Vielleicht eine Verführungsszene in der Gefängniszelle ... sie kommt in einem hautengen goldenen Overall und Stiefeln mit hohen Absätzen herein, um zu unterstreichen, dass sie eine Frau ist, die den Job eines Mannes tut. Aber da ist noch Mr. Right, der weise alte Leiter der Organisation. Er ist 35 Jahre älter als sie, aber ein Tiger – ein Silberfuchs. Erfahren, zäh. So reich wie König Midas.

Am Ende entpuppt sich der Zelot als Mistkerl. Der Silberfuchs rettet die Blondine, und sie erkennt, dass er viel stärker und besser ist als der gut aussehende Muskelmann. Oder vielleicht auch anders herum und eigentlich ist der alte Mann der Böse. Das hängt davon ab, welche Kollegen Juliet sich wünscht."

Paul konnte nur mit Mühe seinen Ekel verbergen.

„Danke für Ihre Gastfreundschaft Jae gegenüber", sagte er.

„Bis heute Abend dann“, verabschiedete sich Tiny und verneigte sich.

■ ■ ■

Tiny hatte Paul und Jae seinen Wagen samt Chauffeur für den Tag angeboten. Das hatte sicher Ranold in die Wege geleitet; Paul hatte nicht darum gebeten. Dass ihr Vater ihn suspendiert hatte, wollte er Jae lieber nicht sagen. In der Nacht hatte Paul kaum ein Auge zugemacht. Die Sorge um die Menschenfischer, Grace Deans drei Freunde von der Stone-Canyon-Gruppe und die anderen Gruppen, die am Sonntag überfallen werden sollten, quälte ihn. Ob Straight und die anderen Christen sie wohl hatten warnen können? Irgendwie musste sich Paul noch an diesem Tag mit Straight in Verbindung setzen. Aber was sollte er mit Jae machen?

Er hatte sich wirklich sehr gefreut, sie zu sehen, doch er war auch verwirrt. Bisher hatte er mit ihr noch nicht über den Brief seines Vaters gesprochen und sie hatte von sich aus kein Wort darüber verloren. Er hatte keine Ahnung, ob sie den Brief gefunden hatte und, falls das der Fall war, was sie davon hielt. Dazu kam noch ihr Anruf vom Vorabend, der möglicherweise nur dazu gedient hatte, um ihn von der Gruppe wegzulocken, bevor die Armee anrückte.

Selbst ohne dieses Misstrauen konnte Paul auf keinen Fall riskieren, Jae zu erzählen, dass er die Seiten gewechselt hatte und nun genau die Menschen zu retten versuchte, die ihr Vater verfolgte. Diese Nachricht würde nicht nur ihr Bild von ihm selbst, sondern auch die Werte zerstören, die ihr von Kind auf vermittelt worden waren. Das Leben so vieler unschuldiger Menschen stand auf dem Spiel. Er konnte nicht auf ihr Verständnis bauen.

Der Tag war sehr heiß und um zehn Uhr kletterten die Temperaturen bereits auf über 30 Grad. Paul schwitzte, aber nicht nur wegen der Hitze.

Jae brauchte ein Abendkleid für die später stattfindende Party. Tinys Chauffeur brachte sie zum berühmten *Rodeo Drive*, inzwischen ein zehnstöckiges Einkaufszentrum mit exklusiven Geschäften für diejenigen, die das richtige Einkaufen mehr liebten als die virtuelle Anprobe im Netz.

„Das ist unglaublich“, meinte Jae. „Ich hätte nie gedacht, dass ich das wirklich mal zu sehen bekommen würde. Aber ich bezweifle, dass wir es uns leisten können, hier einzukaufen.“

„Heute protzen wir mal. Wie oft hast du Gelegenheit, den Abend mit Juliet Peters zu verbringen?"

„Ein goldener Overall und Stiefel mit hohen Absätzen ... Dieser Film scheint unter ihrem Niveau zu liegen. Aber Paul, ich weiß, wie sehr du Einkaufsbummel hasst ..."

„Ich hatte gehofft, du würdest das sagen."

„Warum lässt du dich nicht von dem Chauffeur ein wenig herumfahren? Dies ist meine große Chance für den ‚Rodeo Drive' und ich würde sie gerne ausgiebig nutzen."

Paul war drauf und dran, ihr Angebot anzunehmen. Er wollte unbedingt sehen, was am Hafen vor sich ging. Doch dann kam ihm ein Gedanke: *Das ist ein Test.* Vielleicht steckte Jae mit Ranold unter einer Decke, vielleicht aber auch nicht. Doch Ranold hatte ihnen Fahrer und Limousine organisiert und er hatte Paul den Wagen der NPO weggenommen. Wenn der Mann am Steuer kein Agent wäre, der ihn überwachen sollte, dann hätte sich Paul gewundert.

„Weißt du, Jae, ich habe es ziemlich satt, in der Gegend herumzufahren. Ich habe die ganze Woche im Wagen gesessen. Es wird gut tun, an einem Tag wie heute in einem klimatisierten Einkaufszentrum herumzulaufen. Wenn ich mich langweile, dann ziehe ich einfach auf eigene Faust los."

■ ■ ■

Das Einkaufszentrum war ein architektonisches Wunderwerk aus gewölbten Kupferbalken und gold gefärbtem Glas. Jae las die Auflistung der Geschäfte durch und staunte über die berühmten Namen.

„Ich werde oben anfangen und mich nach unten durcharbeiten", sagte sie. „Denkst du, du kannst das ertragen?"

„Nur zu."

Über ihre Schulter hinweg erspähte Paul im zehnten Stock ein Geschäft, das wie eine Oase gestaltet war: *Cicero's Games.* Sie stiegen aus dem Aufzug und Jae steuerte das erste interessante Geschäft an. Paul verließ sie an der Tür und ging hinüber zu dem Spieleladen. Dort gab es außer den üblichen interaktiven Spielen eine ganze Abteilung mit altmodischen Brettspielen wie Scrabble und Schach. Angestellte oder Kunden waren nicht zu sehen. Paul tat so, als würde er sich die Spiele ansehen, und rief Straight an.

Straight rückte sofort mit der guten Nachricht heraus. Jemand im Salzbergwerk kannte Carl und Lois, und er hatte ihnen die Warnung zukommen lassen, dass sie der Fischerei fernbleiben sollten. Diese wiederum hatten ihnen Hinweise auf viele andere Gruppen in Los Angeles geben können. Die schlechte Nachricht war, dass die drei Freunde von Grace Dean von der *Stone Canyon Reservoir*-Gruppe noch nicht gefunden worden waren.

„Vermutlich ist es jetzt sowieso schon zu spät. Bestimmt sind sie mittlerweile zu Tode gefoltert worden."

„Nichts ist hoffnungslos", widersprach Straight. „Soweit ich weiß, sitzt Gott noch immer auf seinem Thron."

Straight berichtete, die Untergrundgruppen in allen Staaten würden eifrig für Gottes Gericht über Los Angeles und seinen Schutz für die Gläubigen beten.

„Deine Kontakte zahlen sich aus", meinte Straight. „Die Nachricht wird durch Abraham, Sarah und Isaak im Untergrund von Detroit verbreitet, aber auch von Arthur Demetrius in New York. San Francisco und Washington sind schrecklich wütend. Sie können es kaum erwarten, dass Gott ihre Märtyrer rächt. Und stell dir vor: Die Medien nehmen allmählich dieses christliche Manifest zur Kenntnis. Das ganze Land blickt auf LA, Paul."

Danke, Herr.

Paul suchte Jae, und gemeinsam fuhren sie hinunter in den neunten Stock, dann den achten, wo Jae in zwei Geschäften nach einem Abendkleid suchte. Im siebten Stock betrat Paul ein Elektrogeschäft. Im Schaufenster waren die modernsten Videogeräte ausgestellt. Alle waren auf einen Nachrichtensender eingestellt.

„Wir wollen uns das ansehen", bat er.

Der Bericht über das christliche Manifest war auf jedem Bildschirm zu sehen. Polizeisprecher behaupteten, die Warnung sei ein Scherz, und forderten die Bevölkerung auf, sie zu ignorieren. Aber in den Talkshows nahmen die Moderatoren Anrufe aus dem ganzen Land entgegen. Alle wollten über diese Warnung sprechen. Die Drohung der Untergrundbewegung, LA von der Wasserversorgung abzuschneiden, hatte vielen Angst gemacht, aber die Christen waren auch zum Gespött geworden. Viele Experten rissen ihre Witze und lachten über ein so unvorstellbares Szenario.

„Was um alles in der Welt . . .?", fragte Jae.

Als Paul und Jae das unterste Stockwerk erreichten, wurde das Manifest schon landesweit diskutiert.

■ ■ ■

Ein paar Stunden vor dem Abendessen kehrten sie zum Allendo-Anwesen zurück. In der brütenden Hitze liefen sie ein wenig im Garten umher. Jae hielt sich von der Fontäne fern, um ihre Frisur nicht zu ruinieren. Doch sie war von der Anlage beeindruckt.

„Wer sind eigentlich all die jungen Frauen?", fragte sie.

„Eine Aufmerksamkeit des Gastgebers", erwiderte Paul.

„Und hast du –?"

„Nein."

„Und Daddy?"

„Frag lieber nicht."

Wann immer es ihm möglich war, betete Paul still für sich. Nun, da die Warnung die Sapiens-Gruppe erreicht hatte und auch im Untergrund von LA verbreitet wurde, konnte er sich endlich über seine eigene Situation Gedanken machen. Wenn die Treffpunkte am Sonntagmorgen beim Anrücken der Armee verlassen waren, würden Köpfe rollen, das wusste er genau. Man würde nach der undichten Stelle suchen und irgendjemand würde dafür bezahlen. Paul war froh, dass Ranold ihm nicht genau gesagt hatte, welche Gruppen überfallen werden sollten, trotzdem befürchtete er, dass der Verrat leicht zu ihm zurückverfolgt werden könnte. Er wäre gern der Maulwurf in der NPO geblieben, bis er von selbst gegangen wäre. Ein solcher Vorfall würde ihm die Entscheidung abnehmen. Er würde fort sein, bevor sie ihn schnappen konnten.

■ ■ ■

Allendo war wie üblich ganz in Schwarz gekleidet und trug seine goldene Sonnenbrille. Er schien nicht zu schwitzen. Paul dagegen kam der Abend unglaublich schwül vor. Um zehn nach sechs traf der Gouverneur mit seinem Gefolge ein. Ranold erschien ebenfalls um diese Zeit für den Fototermin und den üblichen Händedruck. Voller Stolz stellte er Jae den Würdenträgern vor. Die Frau des Gouverneurs schien erleichtert zu sein, Jae zu sehen, und bestand darauf, dass diese an ihrer Seite blieb und auch beim Essen neben ihr saß.

Bia Balaam trug wieder ein silbernes Abendkleid – dieses Mal aus Satin. Hauteng schmiegte es sich an ihren Körper. Dazu trug sie passende Stöckelschuhe. Jae stieß Paul in die Seite.

„Man könnte meinen, sie hätte Tinys Ideen für Juliet Peters mitbekommen. Ich kann nicht glauben, dass diese Frau der NPO angehört."

Bia Balaam ignorierte Paul und Jae. Offensichtlich ärgerte sie sich über Pauls Verbindung zur Sapiens-Fischerei. *Du weißt nur die Hälfte von allem.* Paul war froh, dass Jae offensichtlich auf Anhieb eine tiefe Antipathie für diese Frau empfand.

Am Pool herrschte eine fröhliche Stimmung. Es war, als wüssten alle über ein köstliches Geheimnis Bescheid. Ranold tuschelte mit Balaam, den Militärangehörigen, dem Gouverneur und Tiny und seinen Freunden und lachte.

Jae flüsterte: „In Anbetracht der Tatsache, dass es doch eigentlich ein ernster Tag sein sollte, wird hier aber viel gelacht. Man könnte meinen, hier würde eine Überraschungsparty geplant."

„Wirklich seltsam, wenn man bedenkt, dass Menschen dabei ums Leben kommen könnten", stimmte Paul ihr zu.

Die Frau des Gouverneurs war ebenfalls ihrer Meinung. „Ich weiß, wir gehen gegen Terroristen vor, aber die Fröhlichkeit zu einem solchen Zeitpunkt ist für mich schwer zu ertragen."

Plötzlich wandten alle ihre Aufmerksamkeit den Flügeltüren des Hauses zu. Juliet Peters war eingetroffen und hatte ihren großen Auftritt. Ein trägerloses weißes Kleid schmiegte sich an ihren kurvenreichen Körper. Ihre platinfarbene Mähne reichte ihr bis zu ihrer unglaublich schmalen Taille.

„Juliet, Liebste", begrüßte Tiny sie, „endlich. Wir wollen jetzt zu Tisch gehen."

Er bot Juliet den Arm und führte sie zu Tisch. Ihr Platz war zwischen Bia Balaam und ihm selbst.

Paul und Jae saßen am unteren Ende des Tisches, in der Nähe des Pools. Tinys „Partymädchen" vergnügten sich während des Essens im kühlen Wasser. Paul beneidete sie. Er sehnte sich danach, sich ebenfalls in das erfrischende Nass zu stürzen. Die Kellner achteten darauf, dass die Weingläser gefüllt waren, doch Paul hielt sich lieber an sein Glas mit Eiswasser.

Und wenn es nun noch mehr Treffpunkte gab, als Straights Leute ausfindig gemacht hatten? Und wenn er mitgehen und zusehen musste, wie seine Brüder und Schwestern umgebracht wurden? Ganz fest klammerte er sich an seinen Glauben. Er musste einfach darauf vertrauen, dass Gott die Gebete einer ganzen Nation erhören und den Menschen seine Macht zeigen würde.

■ ■ ■

„Nun“, sagte Juliet Peters, als die Kellner das Dessert servierten, „haben wir alle jetzt große Angst vor dem Gericht Gottes?“ Lächelnd trank sie aus ihrem Glas.

Die anderen lachten.

„Ja“, spottete Ranold, „wir sollten uns wohl besser einen Wasservorrat anlegen.“

„Tatsächlich“, sagte Allendo. „Ich habe extra-lange Strohhalme gekauft, damit wir, wenn nötig, aus dem Pool trinken können.“

Paul vernahm das Rauschen der Fontäne vor dem Haus, die weit über das Dach hinauf spritzte. Die jungen Frauen planschten vergnügt im Pool.

Hilf uns, betete er.

Bia Balaam starrte Paul an, doch dieser wandte den Blick ab. Er befürchtete, sie könnte seine Gedanken lesen. Als spürte sie seine Sorge, griff Jae unter dem Tisch nach Pauls Hand.

Juliet Peters hustete. Jemand schrie, und als Paul aufsah, beobachtete er, wie eine der Frauen im Pool eine Rutsche herunterrutschte und mit einem dumpfen Aufprall im trockenen Becken landete. Ihre Freundinnen begannen zu kreischen.

Die Fontäne war versiegt.

Die Wassergläser auf dem Tisch waren nicht nur leer, sondern auch trocken. Sogar das Wasser *an* den Glaskrügen war getrocknet.

Tiny Allendo sprang so schnell auf, dass sein Stuhl nach hinten wegkippte. Er starrte den Pool an, dann wirbelte er herum und sah nach der Fontäne.

Paul betrachtete den Tisch. Sogar die Flüssigkeit in den Speisen war verdampft, die Obsttorte verschrumpelt, das Sorbet nur noch ein buntes Pulver, der Wein in den Weingläsern zu einer klebrigen Masse zusammengeschrumpft.

Mit schwacher Stimme rief Tiny nach den Kellnern.

„Wasserflaschen!“, krächzte er.

Die Kellner rannten ins Haus. In höchster Verwirrung kehrten sie wenige Augenblicke später zurück. „Die Flaschen sind noch verschlossen, Sir, aber leer.“

Paul betrachtete den wundervollen Rasen. Er war verwelkt. Am nächsten Morgen würde das Gras braun sein.

Bia Balaam war aufgesprungen und stöckelte auf ihren hohen Absätzen zu ihrem Wagen. Ranold erhob sich mit zitternden Lippen. Tiny rief seinen Leuten zu: „Fahrt zum Supermarkt! Beschafft so viele Wasserflaschen, wie ihr kriegen könnt!“

Doch Paul wusste genau, was sie vorfinden würden: noch mehr leere Flaschen. Gott hatte die Gebete der Gläubigen mehr als erhört. Er hatte Los Angeles nicht nur von der Wasserzufuhr abgeschnitten.

Der mächtige Herr und Schöpfer des Universums hatte jeden Tropfen Wasser aus der bösen Stadt herausgesogen. Diese Nachricht würde durch das ganze Land gehen und die Untergrundchristen würden mit Vertrauen und Kraft ins Licht der Öffentlichkeit treten und mutig die Botschaft des Glaubens verkündigen. Die Mächtigen würden das Volk Gottes in Ruhe lassen, sonst würden sie wie das Gras verwelken und sterben.

■ ■ ■

Die Nachricht von dem Wunder ging innerhalb von Minuten um die ganze Welt. Für diejenigen, die nicht im Untergrund lebten, läutete es den Beginn des Christlichen Partisanenkrieges ein, wie er später genannt werden würde. Für die Menschen im Untergrund war dies ganz eindeutig der Anfang vom Ende, das Zeichen dessen, der kommen würde.

Der Countdown lief . . .